Glasscherbenviertel

Stefanie Mohr, geboren 1972, liebt ihre Heimatstadt Nürnberg, in der sie ihr bisheriges Leben verbracht hat und (fast) jeden Winkel kennt. Sie wohnt und arbeitet als freiberufliche Sprachlehrerin und Fotografin im Nürnberger Norden. Im Emons Verlag erschienen »Das letzte Lächeln«, »Die dunkle Seite des Sommers« und »Frauentormauer«. Nähere Infos auf www.stefanie-mohr.com.

Die Übersetzung der Passagen im fränkischen Dialekt findet sich im Anhang (im Text mit * gekennzeichnet).

STEFANIE MOHR

Glasscherbenviertel

FRANKEN KRIMI

emons:

Bibliografische Information der Deutschen Nationalbibliothek
Die Deutsche Nationalbibliothek verzeichnet diese Publikation in der Deutschen Nationalbibliografie; detaillierte bibliografische Daten sind im Internet über http://dnb.d-nb.de abrufbar.

MIX
Papier aus verantwortungsvollen Quellen
FSC® C083411
FSC
www.fsc.org

Umschlagmotiv: photocase.de/lewakaas
Umschlaggestaltung: Tobias Doetsch
Druck und Bindung: CPI – Clausen & Bosse, Leck
Printed in Germany 2012
ISBN 978-3-89705-999-3
Franken Krimi
Originalausgabe

Für
Annemarie und Gunter Hackel

Proud people breed sad sorrows for themselves.

Emily Brontë, »Wuthering Heights«

Montag

Kriminalhauptkommissar Frank Hackenholt stand seit geraumer Zeit am Fenster seines Büros und starrte auf den vor ihm liegenden Jakobsplatz. Passanten hasteten mit allerlei Tüten und Taschen beladen an der gegenüberliegenden Jakobskirche vorbei. Der Himmel war mit dunklen Wolken verhangen. Es schneite – nicht zum ersten Mal in diesem Winter –, allerdings so stark, dass der Neuschnee bereits zehn Zentimeter hoch lag. Vielleicht würde es weiße Weihnachten geben, vielleicht auch nicht. Hackenholt kümmerte das herzlich wenig. Für Sophie und ihn war das bevorstehende Fest sowieso schon gestorben. Geplatzt wie eine Seifenblase: ohne Vorankündigung, von einer Minute auf die andere.

Eigentlich sollte er in diesem Augenblick gar nicht in seinem Büro sein. Ursprünglich hatte er sich freigenommen, da heute *der* große Tag hätte werden sollen: der Tag, an dem Sophie und er endlich ein Haus kauften – *ihr* Haus. Aber dann hatte der Anruf des Noch-Eigentümers am vergangenen Dienstagabend alles ruiniert. Mit knappen Worten hatte der Mann Hackenholt mitgeteilt, er habe kurzfristig einen Interessenten gefunden, der die von ihm geforderte Summe voll bezahlen würde. Damit sei der vereinbarte Notartermin *obsolet*.

Allein die Wortwahl war Hackenholt unangenehm aufgestoßen, ganz zu schweigen von der Tatsache, dass Sophie und er vier Wochen lang mit dem Verkäufer um einen akzeptablen Preis gerungen hatten, das Haus von allerlei Gutachtern hatten prüfen lassen und all die Termine mit der Bank wegen der Finanzierung hatten absolvieren müssen. Nun saßen sie quasi auf einem Haufen Geld, das sie nicht brauchten. Alles für die Katz.

Sophie war nicht zu Hause gewesen, als der Anruf kam – und Hackenholt hatte sich den restlichen Abend über den Kopf zerbrochen, wie er es ihr schonend beibringen könnte. Doch wie immer hatten Sophies Antennen ihr sofort beim Betreten der Wohnung gemeldet, dass etwas nicht stimmte. Nachdem er ihr gesagt hatte, dass es mit dem Haus nichts werden würde, hatte er sie zum ersten Mal, seit sie sich kannten, weinen sehen. Es waren Tränen der Wut und der Enttäuschung gewesen. Er hatte versucht, sie zu trösten, obwohl es ihm selbst kaum besser ging. Auch er hatte sich auf das Haus gefreut und war nun tief enttäuscht. Sophie schien der geplatzte Immobilienkauf jedoch stärker mitzunehmen, als er gedacht hatte: Seit ein paar Tagen aß sie kaum noch etwas, klagte immer wieder über Übelkeit und musste sich manchmal sogar übergeben.

Während Hackenholt seinen Gedanken nachhing, steckte Manfred Stellfeldt den Kopf zur Tür herein.

»Anruf vom Dauerdienst. Sie sind bei einer Wohnungsöffnung in der Denisstraße auf einen Toten gestoßen. Der Situation in der Wohnung nach zu urteilen, liegt ein Fremdverschulden vor.«

Mit einem Seufzer wandte sich Hackenholt um. »Wissen die Kollegen von der Spurensicherung Bescheid?«

»Christine Mur ist mit ihrem Team vor Ort.«

»Gut, dann lass uns auch hinfahren.« Hackenholt griff nach seiner Jacke.

Im Innenhof des Polizeipräsidiums empfing die beiden Beamten das mittlerweile bereits fast zur Gewohnheit gewordene Chaos. Die Sanierungsarbeiten der Tiefgarage waren nach wie vor in vollem Gange, der damit verbundene Parkplatzmangel nervte allmählich jedermann gewaltig. Diesmal war ihr Dienstwagen so zugeparkt, dass sich die Fahrertür nur eine Handbreit weit öffnen ließ. Definitiv zu wenig, um sich hindurchzuquetschen. Hackenholt blieb nichts anderes übrig, als wieder hinauf in den zweiten Stock zu laufen und den Schlüssel eines anderen Fahrzeugs zu holen.

Wegen der Straßenglätte kamen sie allenfalls im Schritttempo voran. Der Plärrer war dicht. *Rien ne va plus*, aber vom Winterdienst war weit und breit nichts zu sehen. Entweder hatte der Servicebetrieb Öffentlicher Raum der Stadt Nürnberg noch nicht bemerkt, dass es schneite, oder man wollte dieses Jahr am Streusalz sparen, damit der Betrieb nicht wie im Vorjahr nach ein paar Wochen ohne dastand.

Die Kriminaler quälten sich die Fürther Straße entlang, bevor Hackenholt zwanzig Minuten später endlich hinter einem der Streifenwagen in der Denisstraße hielt. Er stieg aus und stellte resigniert fest, dass der Hauseingang nicht nur von Anwohnern aus den umliegenden Gebäuden, sondern auch schon von einem Fotografen belagert wurde. Zielstrebig eilten Hackenholt und Stellfeldt ins Innere, vorbei an dem Streifenbeamten, der den Eingang gegen unbefugten Zutritt schützte.

Bereits im Erdgeschoss stieg ihnen unverkennbarer Verwesungsgeruch in die Nase, der sich mit jedem Schritt, den sie die alte, ausgetretene Holztreppe hinaufstiegen, intensivierte. Hackenholt stöhnte innerlich auf. Der Tote lag wohl nicht erst seit gestern unentdeckt in seiner Wohnung. Andererseits genügten in der kalten Jahreszeit wegen der eingeschalteten Heizung schon wenige Tage, um den Verwesungsprozess stark voranzutreiben.

Die Räume lagen in der Mansarde. Auf dem handgeschriebenen Klingelschild entzifferte der Hauptkommissar den Namen »Bülent Alkan«. Die Wohnungstür stand offen, wahrscheinlich, um den mörderischen Gestank wenigstens etwas abziehen zu lassen. Der Streifenkollege, der am Eingang Wache hielt, sah ziemlich blass um die Nase aus. Hackenholt konnte es ihm nicht verdenken. Als sie hineingehen wollten, kamen ihnen die beiden Beamten vom Dauerdienst entgegen, die sie angefordert hatten.

»Wir wissen noch nicht, ob der Tote der Mieter ist«, berichtete eine junge blonde Kriminalobermeisterin mit Pferdeschwanz. »Die Leiche ist stark entstellt. Von den Nachbarn haben wir allerdings erfahren, dass Herr Alkan allein gelebt hat. Es besteht also durchaus die Möglichkeit, dass er es ist.« Sie machte eine kurze Pause, bevor sie fortfuhr: »Vielleicht könnt ihr ja die Identität feststellen, wenn der Rechtsmediziner eintrifft. Dr. Puellen hat Dienst.«

»Was ist eigentlich passiert?«, wollte Stellfeldt wissen.

»Es scheint einen Kampf gegeben zu haben: Blutflecken, wo man nur hinschaut. Außerdem ist die Wohnung völlig verwüstet, zum Teil wurden sogar die Möbel umgeworfen. Eine Tatwaffe haben wir auf den ersten Blick zwar nicht entdeckt, aber wir wollten auch nichts durchsuchen, bevor die Spurensicherung mit ihrer Arbeit fertig ist.«

»Wer hat die Kollegen von der PI West verständigt?«, fragte Hackenholt den jungen Beamten vom Dauerdienst, der bislang geschwiegen hatte.

»Eine Nachbarin aus dem zweiten Stock. Wegen dem Geruch. Allerdings konnte sie keine Angaben machen, wann sie Herrn Alkan zum letzten Mal gesehen hat. Vielleicht ist er noch gar nicht so lange tot, wie man zunächst vermuten würde. In den Räumen war es sehr warm.«

Hackenholt zog besorgt die Augenbrauen hoch.

»Keine Bange. Nach unserer Ankunft haben wir als Erstes an mehreren Stellen im Zimmer, in dem der Tote liegt, die Temperatur gemessen. Und Christine Mur hat die Prozedur sogar in allen anderen Räumen noch einmal wiederholt. Erst danach haben wir uns getraut, die Wohnungstür offen stehen zu lassen, damit zumindest ein bisschen Luft reinkommt.«

In dem Augenblick erschien die soeben erwähnte Kollegin höchstpersönlich in der Diele. »Dann habe ich also richtig gehört.« Mur trat zu dem Grüppchen und sah sich suchend um. »Wo habt ihr Ralph und Saskia gelassen?«

»Ralph ist zu Hause, weil sich der Heizungsableser angesagt hat«, murmelte Hackenholt. Das war auch der eigentliche Grund gewesen, warum er, nachdem der Notartermin geplatzt war, auf seinen freien Tag verzichtet hatte: Das Kommissariat wäre sonst gnadenlos unterbesetzt gewesen. Andersherum ärgerte er sich über seine Gutmütigkeit. Sophie hätte es mit Sicherheit gutgetan, wenn sie heute zusammen etwas Schönes unternommen hätten. Er verbannte die Gedanken und zwang sich ins Jetzt zurück. »Können wir rein?«

Mur nickte, bevor sie sich abwandte, um ihnen die erforderliche Schutzkleidung zu holen.

Die Wohnung war nicht sonderlich groß, Hackenholt schätzte sie auf vielleicht fünfzig Quadratmeter. Sie traten in einen schmalen, länglichen Flur, von dem die einzelnen Zimmer abgingen.

Schon in der Diele sah es chaotisch aus: Die Türen eines Garderobenschranks hingen schief in den Angeln, der Inhalt war achtlos auf den Boden geworfen worden. Je weiter der Hauptkommissar in die Wohnung vordrang, desto intensiver wurde der Gestank, den der dünne Zellstoff des Mund- und Nasenschutzes keine Sekunde lang abhielt und der einen Brechreiz auslöste.

Der Tote lag im Wohnzimmer vor einem umgekippten Couchtisch auf dem Boden. Hackenholt warf nur einen schnellen Blick auf die Leiche, dann drehte er sich weg. Der kurze Moment hatte ihm genügt, um sich das Bild des bereits stark verfärbten Körpers einzuprägen: den geöffneten Mund, die leeren Augenhöhlen, die Fliegen und Maden und die angetrocknete Pfütze, die sich im Verlauf des Zersetzungsprozesses auf dem Linoleumbelag am Fußboden gebildet hatte.

Der Hauptkommissar richtete seine Aufmerksamkeit auf das restliche Wohnzimmer. Ein Sessel lag umgestürzt seitlich vom Couchtisch, daran entlang zog sich eine breite, verwischte Blutspur, die unter dem Toten endete. Der Fußboden war übersät mit Müll: zerrissene Zeitschriften, Bücher und zerbrochenes Geschirr lagen herum. Sogar ein zertrümmerter Laptop war in dem Chaos auszumachen. Es sah ganz danach aus, als habe jemand nach etwas gesucht und sich anschließend abreagiert, weil er es nicht gefunden hatte. Im Schlafzimmer bot sich ein ähnliches Bild: Die Matratze war zur Hälfte vom Bett gezerrt, und die Federbetten waren aufgeschlitzt worden. Kleider lagen auf dem Fußboden verstreut, Möbel waren zum Teil umgestürzt. Heimlich, still und leise war das mit Sicherheit nicht vonstattengegangen. Einer der Nachbarn musste etwas gehört haben.

Langsam ging Hackenholt zurück in den Flur und besah sich die Wohnungstür. Den Spuren am Rahmen nach zu urteilen, war sie mit einer Brechstange aufgestemmt worden.

»Als wir eintrafen, gab es keinerlei optische Auffälligkeiten«, erklärte ein Uniformierter, dem der Blick des Hauptkommissars nicht entgangen war. »Die Kollegen von der Feuerwehr haben die Tür so zugerichtet, weil sie den hochwertigen Schließzylinder nicht öffnen konnten. Es war abgesperrt.«

Hackenholt runzelte die Stirn. Der Täter sollte in aller Seelenruhe zugeschlossen haben, als er abgehauen war? Kaum zu glauben. Oder handelte es sich bei dem Toten doch nicht um Bülent Alkan? Der hätte vielleicht aus Gewohnheit unbewusst hinter sich abgeschlossen.

»Wollen wir mit den Hausbewohnern sprechen? Dr. Puellen wurde aufgehalten. Es wird wohl noch eine Weile dauern, bis er hier eintrifft.« Stellfeldt war zu Hackenholt an die Tür getreten.

Der Hauptkommissar wandte sich zu seinem Kollegen und nickte. Ihm war alles recht, um die Wohnung verlassen zu können – auch wenn er wusste, dass er den Geruch mit Sicherheit noch länger in der Nase haben würde. Insgeheim bewunderte er Christine Mur, die den Unbilden auch diesmal wieder stoisch trotzte – vielleicht wäre *stur* das richtigere Wort gewesen.

Auf jeder Etage gab es zwei Wohnungen. Der Kollege von der Schutzpolizei informierte Hackenholt sogleich, dass in der anderen Mansardenwohnung niemand zu Hause war.

Ähnlich sah es mit den Bewohnern in den darunterliegenden Stockwerken aus: Alle schienen ihrem Tagesgeschäft nachzugehen. Sogar die Frau, die mit ihrer Beschwerde über den üblen Geruch die Wohnungsöffnung initiiert hatte, war nach einer kurzen Vernehmung durch den Kriminaldauerdienst in die Arbeit gefahren.

Hackenholt drückte auf die Klingel der rechten Erdgeschosswohnung. Als er sich schon abwenden wollte, weil er annahm, dass auch hier niemand zu Hause war, hörte er schlurfende Schritte. Eine junge Frau in Schlafanzug und Bademantel öffnete. Ihr war anzusehen, dass sie krank war.

»Maja Schütz?«, fragte Stellfeldt, der sich die Namen der Bewohner notiert hatte, die laut Einwohnermeldeamt im Haus lebten.

Die junge Frau schüttelte den Kopf und krächzte heiser: »Sonja Lehmann.«

»Oh«, sagte Stellfeldt überrascht, »Sie sind hier gar nicht gemeldet.«

»Ich weiß, ich hätte mich schon längst darum kümmern müssen«, druckste die junge Frau herum. »Aber ich bin erst seit dem Wintersemester in Nürnberg und habe es einfach noch nicht geschafft, den ganzen Papierkram zu erledigen. Außerdem wohne ich eigentlich –«

»Das ist uns völlig egal«, unterbrach Hackenholt sie schnell, weil er sich sicher war, dass sonst eine Litanei an Ausreden folgen würde. »Wir haben nur ein paar Fragen an Sie, Frau Lehmann. Können wir kurz reinkommen?«

»Wenn Sie keine Angst haben, sich anzustecken.« Sie zuckte mit den Schultern und ging den Beamten voran in die Gemeinschaftsküche. »Setzen Sie sich, ich hole mir bloß schnell Strümpfe und einen Pullover, sonst wird es mir zu kalt.«

Hackenholt sah sich neugierig um: eindeutig eine Studentenbude. Das wichtigste Utensil schien eine Mikrowelle zu sein, die auf einer der wenigen Arbeitsflächen thronte.

Auf dem Herd stand eine Espressokanne, im Spülbecken stapelte sich schmutziges Geschirr.

»Worum geht es denn?«, fragte die junge Frau, als sie zurück war. »Da herrscht ja ein ziemlicher Betrieb vor dem Fenster.«

»Frau Lehmann, seit wann genau wohnen Sie hier?«, stellte Hackenholt eine Gegenfrage.

»Erst seit Vorlesungsbeginn.« Als er sie stirnrunzelnd ansah, fügte sie rasch hinzu: »Der war Anfang November.«

»Haben Sie schon Ihre neuen Nachbarn kennengelernt?«

»Kennengelernt ist zu viel gesagt. Ich bin ihnen allenfalls im Treppenhaus begegnet.«

»Wir interessieren uns für Bülent Alkan. Können Sie ihn uns beschreiben?«

»Warum?« Die junge Studentin sah Hackenholt irritiert an.

»Weil wir in seiner Wohnung einen Toten gefunden haben und nun herausfinden müssen, um wen es sich handelt.«

Sonja Lehmann sah mit weit aufgerissenen Augen von einem Ermittler zum anderen.

»Ist Ihnen in den letzten Tagen denn kein komischer Geruch im Treppenhaus aufgefallen?«, fragte Stellfeldt.

Sie machte eine verneinende Geste. »Ich bin aber seit Mitte vergangener Woche bloß noch im Bett gelegen und habe es manchmal kaum bis in die Küche geschafft. Mein Gott, wie schrecklich. Kurz nachdem ich eingezogen bin, hat mir Bülent mal mit meinem Auto geholfen, als es nicht angesprungen ist. Er war sehr nett, hat sofort seinen Wagen geholt und meinen überbrückt. Zum Glück, denn ich habe von so was keinen blassen Schimmer. Aber als Lastwagenfahrer kennt man sich natürlich mit Autos aus.«

»Wie sieht Herr Alkan aus?«, kam Hackenholt auf seine ursprüngliche Frage zurück.

»Er ist einen Kopf größer als ich, schlank, hat kurze schwarze Haare, die er zu einem Iro gestylt trägt. Dann hat er noch so einen kurzen Ziegenbart. Wenn er mir begegnet ist, trug er immer typische Hip-Hopper-Kleidung: eine Trainingsjacke mit Kapuze und eine dieser Baggy Jeans, von denen man immer meint, dass sie den Typen gleich in den Kniekehlen hängen.«

»Ist Ihnen vielleicht auch Schmuck aufgefallen?«

»In einem Ohr hat er so einen Ring. Einen, der das Ohrläppchen aufdehnt.«

Hackenholt nickte. Mit der Beschreibung konnte er etwas anfangen. »Wann haben Sie Herrn Alkan zum letzten Mal gesehen?«

»Das ist schon eine ganze Weile her, aber ich war ja auch krank.«

»So ungefähr?«

»Ein paar Tage nachdem er mir mit dem Auto geholfen hat. Das war vor drei oder vier Wochen. Wir sind uns im Treppenhaus begegnet. Ich bin von der Uni gekommen, und er wollte mit seiner Freundin das Haus verlassen. Wir haben uns nur kurz unterhalten. Er hat sich erkundigt, ob mit meinem Auto alles okay ist.«

»Hat seine Freundin bei ihm gewohnt?«

»Keine Ahnung, aber ich glaube nicht.«

»Können Sie sich an ihren Namen erinnern?«

Sonja Lehmann schüttelte den Kopf. »Er hat sie mir nicht vorgestellt, aber er hatte den Arm um sie gelegt. Eine junge, sehr hübsche Türkin.«

»Denken Sie bitte noch einmal genau nach, wann Sie Herrn Alkan gesehen haben. Das Datum ist für uns sehr wichtig.«

Die junge Frau stand auf, holte ihr Smartphone aus ihrem Zimmer und tippte darauf herum. »Hm. Es kann eigentlich nur am 14. November gewesen sein.«

Als Hackenholt und Stellfeldt in die Mansardenwohnung zurückkehrten, waren zwei Mitarbeiter eines Bestattungsunternehmens gerade dabei, den in einen schwarzen Leichensack gebetteten Toten auf eine Trage zu schnallen.

»War Dr. Puellen schon da?«, fragte Hackenholt erstaunt.

Mur nickte. »Die Obduktion ist morgen früh um sieben. Maurice will es so schnell wie möglich hinter sich bringen.«

Hackenholt konnte sich ein Lächeln nicht verkneifen. Ihm war Murs Tonfall nicht entgangen. Früher hätte ihre Stimme allein bei der Erwähnung von Puellens Namen vor Entrüstung gebebt, heute hingegen verzichtete sie sogar auf eine verächtliche Bemerkung über dessen stets gute Laune. Seit der Rechtsmediziner Mur an ihrem fünfundvierzigsten Geburtstag zum Essen in ein Feinschmeckerlokal eingeladen hatte, hatten sich die Wogen offenbar nachhaltig geglättet.

»Und konnte *Maurice* uns auch schon etwas über den Toten sagen?« Die kleine Spitze, Dr. Puellens Vornamen zu betonen, den Mur sich zu verwenden jahrelang strikt geweigert hatte, konnte sich Hackenholt nicht verkneifen.

»Wir gehen davon aus, dass es sich um Bülent Alkan handelt«, antwortete sie gleichmütig.

»Wie kommt ihr darauf?«

»Ich habe in dem Chaos hier seinen Geldbeutel gefunden – samt Personalausweis. Es ist noch ein alter mit herkömmlichem Foto, also keinem biometrischen. Darauf kann man recht gut erkennen, dass er in seinem linken Ohrläppchen so ein neumodisches, aufgedehntes Loch hat. Genau wie der Tote. Das ist zwar kein Beweis, aber doch ein brauchbares Indiz.«

Hackenholt nickte. »Was hat Puellen sonst noch gesagt?«

»Nicht viel. Wie lange der Körper hier lag, wird man wohl anhand der Larvenstadien der Fliegen bestimmen müssen. Unter Berücksichtigung der aufgedrehten Heizung könnte der Tod vor zwei bis drei Wochen eingetreten sein.«

»Und woran ist er gestorben?«

»Er weist Stich- und Schnittverletzungen auf, aber die genaue Todesursache muss die Obduktion klären.«

Hackenholt nickte erneut. »Was war sonst noch in dem Portemonnaie?«

»Kein Geld, falls du das meinst.«

»Denkst du, er ist ausgeraubt worden?«

»Hätte der Täter dann nicht auch den Laptop mitgenommen, anstatt nur darauf herumzutrampeln?« Sie zuckte mit den Schultern. »Jedenfalls war hier jemand mit einer gehörigen Portion Wut am Werk.«

»Frank, du kannst sagen, was du willst, aber ich fahre jetzt erst mal in die Dienststelle zurück und stelle mich unter die Dusche. Sonst bekomme ich den Geruch den restlichen Tag nicht mehr aus der Nase«, nörgelte Stellfeldt, sobald sie wieder im Dienstwagen saßen. »Die Angehörigen müssen noch ein paar Minuten warten.«

Hackenholt brummte gedankenverloren seine Zustimmung. Auch er wollte sich den Gestank erst einmal vom Körper spülen. Für solche Fälle lag immer eine Ersatzgarnitur in seinem Schrank auf der Dienststelle: Handtuch und Kulturbeutel, Unterwäsche und T-Shirt, Hemd und Krawatte, Jeans und Jackett.

Sobald er nach dem Duschen zurück in seinem Kommissariat war, nutzte er die Zeit, bis Stellfeldt ebenfalls fertig war, um im Computer die Anschrift von Bülent Alkans Eltern zu recherchieren. Sie wohnten in Lauf an der Pegnitz.

Als die beiden Ermittler schließlich aufbrechen wollten, betrat Saskia Baumann das Zimmer.

»Hobb iech edzerdla wos verbassd?« Sie sah von einem zum anderen. »Odder machd ihr nerblous er Windermodnschau?«* Ihr war nicht entgangen, dass die Männer seit dem Morgen ihre Kleidung gewechselt hatten.

Hackenholt erzählte ihr kurz, was geschehen war, bevor er sich mit Stellfeldt endlich auf den Weg machte.

Die Adresse in der Richard-Wagner-Straße führte sie zu einem großen Mehrfamilienhaus in einem eher schmucklosen Wohngebiet. Auf Hackenholts Klingeln hin rührte sich nichts. Während die beiden Ermittler noch unschlüssig warteten, näherte sich eine Frau mit einem Kleinkind, sperrte die Haustür auf und wollte hineingehen. Von ihr erfuhren sie, dass Familie Alkan eine Änderungsschneiderei betrieb – im selben Gebäudekomplex, in dem sich auch der EWS-Supermarkt befand, also direkt an der B 14, die nach Hersbruck führte. Ein paar Häuser weiter sollte auch deren Tochter in einem Friseursalon arbeiten.

Hackenholt und Stellfeldt setzten sich wieder in ihren Dienstwagen und fuhren zurück auf die Altdorfer Straße. An der Abzweigung zur Karlstraße zögerte der Hauptkommissar einen Augenblick und entschied sich dann, nicht abzubiegen. In der Zeitung hatte er gelesen, dass es neben dem Nürnberger Christkindlesmarkt in der näheren Umgebung nur in Lauf an der Pegnitz einen durchgängig geöffneten Weihnachtsmarkt gab. Und wenn er nun schon einmal hier war, wollte er zumindest im Vorbeifahren einen Blick darauf werfen.

Kaum hatten sie die Pegnitz überquert und waren auf der anderen Seite den kopfsteingepflasterten Berg hinaufgeholpert, lagen die Ausläufer der Budenstadt vor ihnen: Über zwanzig Holzhäuschen scharten sich um eine liebevoll dekorierte Krippe. Der Duft von Glühwein und Bratwürsten lag im Wettstreit mit dem von Lebkuchen und gebrannten Mandeln. Hackenholts Magen knurrte.

Der Schneiderladen im Erdgeschoss des Einkaufszentrums war schmal und lang gezogen. Neben der weit geöffneten gläsernen Ladentür entdeckte Hackenholt ein Schild mit dem Namen des Firmeninhabers: »Özgür Alkan«. Die Neonröhren warfen ein hartes, kaltes Licht von der Decke. An einer Längswand waren auf zwei Ebenen Kleiderstangen befestigt, an denen diverse Kleidungsstücke hingen. Ganz am Ende des Raums entdeckte Hackenholt zwei Umkleidekabinen und daneben ein rotes Sofa. Die Frau, die rechts davon an einem Bügelbrett stand, trug ein Kopftuch und ein knöchellanges Gewand. In der Nähe des Eingangs saß ein Mann in Hemd und Anzug an einer Nähmaschine. Er blickte auf, als die beiden Männer eintraten.

»Wir möchten gern Herrn und Frau Alkan sprechen«, begann Hackenholt.

»Ich bin Özgür Alkan. Womit kann ich Ihnen helfen?«

»Ist das Ihre Frau?«, fragte Hackenholt, nachdem er Stellfeldt und sich vorgestellt hatte.

Alkan nickte. »Aber sie spricht kein Deutsch.«

»Herr Alkan, wir kommen wegen Ihrem Sohn Bülent.«

»Warum? Was ist mit ihm?« Der Türke sah Hackenholt mit zusammengekniffenen Augen misstrauisch an. Auch seine Frau stellte bei der Erwähnung des Namens ihres Sohnes das Bügeleisen zur Seite. Während sie mit ihrem Mann auf Türkisch sprach, gesellte sie sich zu ihm und musterte die Beamten von Kopf bis Fuß.

»Was hat Ihre Frau gesagt?«, wandte sich Hackenholt an Alkan.

»Sie will wissen, warum Sie nach Bülent fragen.«

»Lassen Sie uns zum Sofa gehen, damit sich Ihre Frau setzen kann.«

»Das ist nicht nötig«, widersprach Alkan barsch. »Warum fragen Sie nach unserem Sohn?«

»Wir hätten gern gewusst, wann Sie das letzte Mal Kontakt mit ihm gehabt haben.«

»Das ist schon eine ganze Weile her.«

»Geht es vielleicht auch etwas genauer?«, mischte sich jetzt Stellfeldt ins Gespräch ein.

»Er hat Kurban Bayrami mit uns gefeiert. Das Opferfest. Unser höchster Feiertag.«

»Wann war das?«

»Am 6. November.«

»Und seither haben Sie nichts mehr von ihm gehört?« Hackenholt gelang es nicht, seine Verwunderung zu überspielen. Seit dem Fest war fast ein ganzer Monat vergangen. »Ich rede nicht nur davon, wann Sie Bülent zum letzten Mal gesehen haben, sondern meine jeglichen Kontakt zu ihm. Auch durch ein Telefonat oder eine SMS.«

Alkan schüttelte den Kopf.

»Und Ihre Frau?«

»Die ebenfalls nicht.«

»Könnten Sie sie bitte fragen?«

Alkan sagte ein paar Worte, ohne seine Frau dabei anzusehen. Als sie ihm antwortete, klang ihre Stimme zunehmend atemlos.

»Auch sie hat seit Anfang November nicht mehr mit Bülent gesprochen«, erklärte Özgür Alkan nachdrücklich.

Doch Hackenholt entging nicht, dass die Frau bei seiner Frage unruhig von einem Fuß auf den anderen getreten war und ihre Hände seither mit dem Stoff ihres Kleids spielten. Er ärgerte sich, dass er an keinen Dolmetscher gedacht hatte. Nun, sobald die Identität des Toten feststand, würde eine Befragung im Präsidium stattfinden, an die er anders herangehen würde.

»Weshalb haben Sie so lange schon keinen Kontakt mehr zu Ihrem Sohn?«, fragte Stellfeldt den Vater.

»Wir haben unterschiedliche Ansichten. Warum wollen Sie das alles wissen?«

Endlich erklärte Hackenholt den Grund ihres Besuchs. Der Vater erbleichte. Sofort bemerkte Frau Alkan die Veränderung im Gesicht ihres Mannes, griff mit beiden Händen nach seinem Arm und schüttelte ihn, während sie auf ihn einredete. Ihre Stimme wurde immer höher, schriller und lauter, je länger er ihr nicht antwortete. Passanten blieben neugierig vor dem Laden stehen und starrten durch das Schaufenster. Stellfeldt drehte sich schließlich um und zog die Glastür zu. Hackenholt beobachtete währenddessen genau die Veränderungen, die äußerlich mit den Eheleuten Alkan vorgingen. Als die Türkin ins Wanken geriet, stützte er sie und führte sie zusammen mit ihrem Mann in den hinteren Teil des Ladens, wo sich die beiden auf das Sofa sinken ließen.

»Was genau ist passiert?«, fragte Alkan.

»Wir stehen noch ganz am Anfang unserer Ermittlungen«, erklärte Hackenholt unbestimmt.

»Wurde Bülent ermordet?«

»Wie kommen Sie darauf?« Hackenholt musterte den Vater mit durchdringendem Blick.

Der Mann zuckte mit den Schultern. »Was sonst sollte der Grund dafür sein, dass er tot ist? Er war jung und gesund.«

»Zum jetzigen Zeitpunkt können wir nicht ausschließen, dass Ihr Sohn Opfer eines Gewaltverbrechens geworden ist, aber die genaue Todesursache lässt sich nur bei der Obduktion feststellen. Im Moment müssen wir erst einmal klären, ob es sich bei dem Toten zweifelsfrei um Ihren Sohn handelt. Dafür können wir eine DNA-Analyse heranziehen, schneller würde es jedoch anhand seines Zahnstatus' gehen. Dafür bräuchten wir allerdings Name und Adresse des behandelnden Arztes.«

In dem Moment drückte eine bildhübsche junge Frau mit langen dunklen Haaren die Glastür des Ladens einen Spaltbreit auf und zwängte sich herein. Stellfeldt wollte sie aufhalten, doch sie drängte sich mit einem türkischen Wortschwall an ihm vorbei. Vor Frau Alkan ging sie in die Knie, ergriff ihre Hände und redete hastig auf sie ein. Nachdem der Schneider etwas gesagt hatte, schlug sie die Hände vors Gesicht und begann zu schluchzen.

»Unsere Tochter Damla«, erklärte Alkan den Beamten, während er zur Seite rutschte, damit sie sich neben die Mutter aufs Sofa setzen konnte.

»Wann haben Sie das letzte Mal Kontakt mit Ihrem Bruder gehabt, Frau Alkan?«, fragte Hackenholt nach einer Weile.

»Ich heiße Ünlü. Damla Ünlü«, murmelte sie und starrte auf den Boden. Es folgte ein kurzer Wortwechsel zwischen ihr und ihrem Vater auf Türkisch. »Meinen Bruder habe ich zuletzt im November gesehen«, sagte sie dann.

Schon anhand der wenigen Worte konnte Hackenholt heraushören, dass sie fast akzentfreies Deutsch sprach. Er merkte aber auch, dass sie nicht gewillt war, mit ihm zu reden – zumindest nicht im Beisein ihrer Eltern.

»Wo hat Ihr Sohn gearbeitet?«, wandte er sich wieder an den Vater.

»Er war Lastwagenfahrer. Bis vor ein paar Monaten bei einer kleinen Spedition in Röthenbach an der Pegnitz, aber im Sommer hat er gewechselt. Seither war er für ein Logistikunternehmen in Forchheim überall in Europa unterwegs.«

Hackenholt sah, wie Damla Ünlü bei den Worten ihres Vaters aufblickte, Luft holte, als wolle sie etwas sagen, sich dann jedoch auf die Unterlippe biss und den Kopf wieder senkte. Einen Augenblick lang erwog er, sie zu fragen, ob die Informationen nicht stimmten oder sie noch weitere beizutragen hatte, verwarf aber den Gedanken. Sie würde ihm nichts sagen, solange ihr Vater neben ihr saß. Also erkundigte er sich nach dem Namen der Firma.

»Yilmaz-Logistics. In Forchheim.«

Stellfeldt machte sich eine Notiz.

»Können Sie uns jetzt noch den Namen des Zahnarztes nennen, bei dem Ihr Sohn in Behandlung war?«

Der Vater sagte etwas auf Türkisch, und die Mutter antwortete.

»Der Arzt heißt Dr. Blank. Er hat seine Praxis in Röthenbach an der Pegnitz«, übersetzte Damla Ünlü.

»Wie lang wird es dauern, bis Sie uns sagen können, ob es wirklich Bülent ist?«, fragte Alkan abschließend.

»Wir werden Sie so schnell wie möglich benachrichtigen. Spätestens morgen Vormittag.«

Alkan nickte und nannte Hackenholt zum Abschied zwei Telefonnummern, unter denen er zu erreichen war.

»Wollen wir nach dem Besuch beim Zahnarzt noch zu Yilmaz-Logistics fahren und uns erkundigen, warum Bülent Alkan dort bislang nicht vermisst wurde?«

Hackenholt reagierte nicht, sondern konzentrierte sich auf die verschneite Straße. Mittlerweile hatten sie Röthenbach an der Pegnitz erreicht, und er versuchte, den Wagen souverän durch die S-Kurve den Berg hinunterzusteuern, der die schlecht gestreute Hauptstraße derzeit zu einer nicht gerade geringen Herausforderung machte. Da half es auch nicht, dass sie mit dem großen BMW unterwegs waren – Hackenholt hasste Fahrzeuge mit Heckantrieb. Trotzdem gelang es ihm, das Auto nur minimal aus der Spur ausbrechen zu lassen.

»Was hast du gesagt?«, fragte er schließlich, nachdem sie den sich auf der anderen Seite anschließenden Berg wieder hinaufgeschlichen waren.

»Yilmaz-Logistics. Wollen wir da nachher noch hinfahren?«

Hackenholt schüttelte den Kopf. »Nein, das machen wir morgen, wenn wir die Analyse vom Zahnstatus haben.« Er bremste und hielt vor einem Neubau in der Speckschlagstraße. »Wir sind übrigens da. Dort drüben ist die Praxis.«

Wegen der an den Straßenrändern hoch aufgetürmten Schneemassen war weit und breit kein Parkplatz in Sicht, sodass Stellfeldt allein in die Zahnarztpraxis gehen musste. Zehn Minuten später kam er mit einem großen braunen Briefkuvert zurück.

»Ich habe vorsorglich Kopien für die Akten mitgenommen, aber die Arzthelferin hat die Unterlagen bereits in meinem Beisein direkt ins Leichenschauhaus gefaxt. Wir haben Glück. Dr. Puellen ist noch dort. Er hat zurückgerufen und gesagt, dass der Tote ein sehr eigenwilliges Gebiss hat. Bis wir wieder in Nürnberg sind, sollte die Untersuchung abgeschlossen sein.«

Kaum hatte Hackenholt in seinem Büro Platz genommen, kam Christine Mur herein.

»Nanu?« Der Hauptkommissar sah sie erstaunt an. »Was machst du denn hier? Bei dem Chaos, das in der Wohnung geherrscht hat, kannst du mit deiner Arbeit doch unmöglich schon fertig sein.«

»Im Moment sind die Spezialisten vom LKA vor Ort, um den Tatort mit ihrem 3-D-Laserscanner zu vermessen. Ich habe sie gleich heute Morgen angefordert. Der Scanner ist ein probateres Mittel als unsere Foto- und Videoaufzeichnungen. Mit einer Computersimulation könnt ihr den Kampf, der in der Wohnung zweifellos stattgefunden hat, endlos oft aus verschiedenen Perspektiven nachstellen. Ich mache jetzt für heute Schluss. Wir sehen uns dann morgen früh bei der Obduktion.«

Hackenholt nickte und griff zum Telefonhörer, bevor er die Nummer des Westfriedhofs wählte, um sich nach dem Zahnstatus zu erkundigen. Ein Mitarbeiter bestätigte ihm seine Vermutung, dass es sich bei dem Toten in der Tat um Bülent Alkan handelte.

Schweren Herzens rief Hackenholt in der Schneiderei an, in der jedoch nur der Anrufbeantworter ranging. Also versuchte er es unter der Privatnummer der Alkans. Der Vater meldete sich nach dem ersten Klingelzeichen.

Nachdem Hackenholt ihm die Nachricht des Todes seines Sohnes überbracht hatte, entstand am anderen Ende der Leitung eine kurze, lautstarke Diskussion. Schließlich wurde der Hörer weitergegeben.

»Ich bin Bülents Onkel«, sagte eine fremde Stimme. »Mein Schwager und ich wollen den Toten sehen. Wohin müssen wir kommen?«

Hackenholt gab zu bedenken, dass der Leichnam stark entstellt sei und keinen schönen Anblick bot, doch der Mann war hartnäckig und pochte auf die Rechte enger Familienangehöriger.

»Geben Sie mir bitte noch einmal Herrn Alkan.«

Als sich Bülent Alkans Vater erneut meldete und die Forderung wiederholte, gab sich Hackenholt geschlagen. »Kommen Sie mit Ihrer Frau und Ihrer Tochter bitte morgen Vormittag um elf Uhr ins Polizeipräsidium am Jakobsplatz. Wir haben noch ein paar Fragen an Sie, aber anschließend wird Sie ein Beamter ins Leichenschauhaus begleiten.«

Sophie saß an ihrem Computer und arbeitete noch, als Hackenholt in der Meuschelstraße die Wohnungstür aufsperrte.

»Du bist schon daheim?« Verwundert sah sie auf die Uhr. »Ach, verdammter Mist!«

»Na, das nenne ich eine freudige Begrüßung nach einem langen Arbeitstag.« Hackenholt wandte sich ab, um seine Jacke aufzuhängen.

Sophie stand auf, lief zu ihm und schlang ihre Arme um seinen Hals. »Du weißt ganz genau, dass das nicht auf dich bezogen war.« Schnell stellte sie sich auf die Zehenspitzen und gab ihm einen Kuss. »Ich wollte heute eigentlich noch in der Stadt beim Wurzelsepp ein paar Gewürze besorgen. Wenn ich jetzt nicht bald mit dem Plätzchenbacken anfange, ist Weihnachten vorbei. So spät wie dieses Jahr war ich noch nie dran. Und alles nur wegen dem blöden Haus.« Ihre Stimme war leiser geworden.

»Wer weiß, wofür es gut ist! Vielleicht …« Ratlos ließ er den Satz unbeendet, denn eigentlich glaubte er selbst nicht daran, dass etwas Besseres folgen würde. Das Anwesen wäre für sie ideal gewesen. »Es hat einfach nicht sein sollen. Wir werden bestimmt etwas anderes finden. Etwas, wovon wir beide bislang noch nicht wissen, dass wir danach suchen.«

»Ich will aber nicht in die Pampa ziehen!«

Hackenholt lächelte in sich hinein, während er seine Nase in Sophies Haaren vergrub. »Natürlich bleiben wir in Nürnberg. Es genügt schließlich, dass alle meine Kollegen außerhalb wohnen.«

»Versprochen?«

»Versprochen!« Er küsste sie aufs Haar. »Wie geht es dir?«

»Passt schon.« Sophie schaute auf die Uhr. »Wenn wir uns beeilen, schaffen wir es noch in die Stadt, bevor der Wurzelsepp zumacht. Anschließend könnten wir irgendwo zu Abend essen. Vielleicht im Bratwursthäusle, was meinst du? Das liegt genau auf dem Weg, zwischen hier und …« Mit einem Mal zitterte ihre Unterlippe.

Hackenholt wusste, dass sie in Gedanken wieder an dem Haus direkt unterhalb vom Ölberg hängen geblieben war.

»Lass uns ein andermal in die Stadt gehen. Nicht ausgerechnet heute«, sagte er rasch. Noch immer hielt er sie in seinen Armen und streichelte ihr sanft über den Rücken. »Bedeutet der Vorschlag, irgendwo etwas essen zu gehen, etwa, dass dir nicht mehr übel ist?«, fragte er nach einer Weile mit Bedacht.

»Ja, ich glaube, es geht wieder.«

»Wir könnten nach Kalchreuth fahren, oder gibt es ein Restaurant in deinem Gutscheinbuch, das du lieber ausprobieren möchtest?«

Damit brachte er sogar Sophie in ihrer jetzigen Stimmung zum Lachen, denn sie wusste, wie schwer es ihm fiel, sich auf die exotischen Restaurants einzulassen, die in ihrem Büchlein vertreten waren. Sein Angebot kam einem ultimativen Liebesbeweis gleich. Zärtlich strich sie ihm über die Wange.

»Kalchreuth ist in Ordnung.«

»Sag mal, kann es sein, dass du allmählich eine Lesebrille brauchst?« Sophie beobachtete Hackenholt, wie er in den Drei Linden die Speisekarte so unauffällig wie möglich fast eine Armeslänge von sich entfernt hielt und trotzdem noch die Augen zusammenkniff.

»Was nimmst du?«, konterte er mit einer Gegenfrage.

»Die Semmelknödel mit Pfifferlingen. Und du? Lendchen oder Schäuferle?«

»Keines von beiden: Gänsebrust mit Rotkraut und Kloß.«

»Es heißt *Blaukraut*! Wenn deine Fortschritte in puncto fränkischer Sprache weiterhin so stagnieren, werde ich dir irgendwann noch einen Sprachkurs bei Saskia schenken.«

»Oh ja. Damit würdest du mir wirklich einen lang gehegten Herzenswunsch erfüllen.«

»Eigentlich könnten wir doch zu Nikolaus ein –«, begann Sophie, wurde jedoch durch das Piepen von Hackenholts Handy unterbrochen.

Wie sich herausstellte, war es der Dienstgruppenleiter der PI West, der Hackenholt mitteilte, dass Bülent Alkans Nachbarin die Polizei alarmiert hatte, weil sie nebenan Geräusche gehört hatte. Mehrere Streifenwagenbesatzungen waren in die Denisstraße geschickt worden, wo sie Vater und Onkel des Ermordeten in der amtlich versiegelten Wohnung angetroffen hatten. Sich keines Vergehens bewusst, hatten die beiden bei ihrer Festnahme heftigen Widerstand geleistet.

»Das darf doch wohl nicht wahr sein!«, fluchte Hackenholt mit nur schwer unterdrückter Wut.

»Willst du herkommen und selbst mit ihnen reden?«, fragte der Kollege von der PI West. »Sie haben angegeben, dass sie sich nur umschauen wollten, weil die Polizei ihnen nichts erzählt, sondern sie auf morgen vertröstet hat.«

»Was für einen Eindruck machen sie denn auf dich? Haben sie am Tatort etwas verändert beziehungsweise gesucht?«

»Schwer zu sagen. Man kann in die Leute nicht reinschauen. Vielleicht ging es ihnen wirklich nur darum, nachzusehen, was passiert ist, vielleicht aber auch nicht. Um diese Uhrzeit werden wir das sicherlich nicht herausfinden. Die Spurensicherung wird sich erst morgen früh die Räume wieder vornehmen.«

»Dann übergebt die Männer jetzt an die Kollegen vom Dauerdienst. Sie sollen sie befragen und nach Rücksprache mit der Staatsanwaltschaft über Nacht dabehalten. Wir übernehmen sie im Lauf des Vormittags.«

Sobald er das Gespräch beendet hatte, rief Hackenholt bei Stellfeldt an, um ihn über die aktuelle Lage in Kenntnis zu setzen. Außerdem bat er ihn, sich um eine weitere Vernehmung der beiden zu kümmern, während er selbst der Obduktion beiwohnen würde.

»Das heißt also, der mumifizierte Tote ist auf deinem Schreibtisch gelandet?« Sophie runzelte die Stirn.

»Woher weißt du denn schon von der Sache?«

»Stand in der Onlineausgabe der Zeitung unter der Rubrik ›Aus dem Polizeibericht‹. Fakten wurden aber keine genannt. Nur dass der Tote noch nicht identifiziert ist, er aber seit Längerem in der Wohnung gelegen hat und die Leser auf dem Laufenden gehalten werden.« Sophie machte eine Pause. »Jetzt sag schon: Was ist passiert? Wäre es einfach ein Rentner, der nach seinem natürlichen Ableben zwei Wochen in seinem Bett gelegen hätte, würdest du wohl kaum damit zu tun haben.«

»Stimmt. Der Tote ist kein Rentner, sondern ein junger türkischstämmiger Deutscher, der vermutlich erstochen wurde.«

»Warum hat ihn niemand vermisst?«, begann Sophie ihr Verhör.

»Er scheint keinen allzu innigen Draht zu seiner Familie gehabt zu haben.«

»Aber sind das nicht eigentlich immer Großfamilien? Ganze Clans?«

Hackenholt zuckte mit den Schultern.

»Und was ist mit seinen Freunden? Die müssen doch –«

»Schatz!«, unterbrach Hackenholt sie mit einem Stöhnen. »Ich hatte einen nicht ganz so tollen Tag. Ich wäre dir wirklich sehr dankbar, wenn du mir deine Fragen nach Einzelheiten ersparen würdest.«

Als die Bedienung schließlich den verführerisch duftenden Semmelknödel vor Sophie abstellte, war ihr der Appetit offenbar bereits wieder vergangen. Lustlos stocherte sie in ihren Pilzen herum, während Hackenholt innerlich seufzte und sich über seine unbedachte Äußerung ärgerte.

Dienstag

Da er spät dran war, fuhr Hackenholt am Morgen entgegen seiner sonstigen Gepflogenheiten mit dem Auto und nicht mit den öffentlichen Verkehrsmitteln zum Westfriedhof. Sophie hatte in der Nacht kaum geschlafen und sich am Morgen wieder übergeben müssen, und ihm selbst erging es nun während der Obduktion nur wenig besser. Der Geruch war unerträglich. Erst gegen zehn Uhr betrat er endlich sein Büro. Er fühlte sich gerädert wie nach einem Zwölf-Stunden-Tag. Gerade als er seine Winterjacke aufhängte, begann das Telefon zu klingeln.

»Hallo, Frank, hier ist Peter«, schallte es ihm aus dem Hörer entgegen. »Wie geht's dir?«

Hackenholt zögerte. Kollegen mit diesem Vornamen kannte er mehrere, aber die raue, gehetzt klingende Stimme des Anrufers konnte er im Augenblick nicht einordnen.

»Du erkennst mich wohl gar nicht mehr?«, brummte der Mann am anderen Ende der Leitung hörbar verstimmt, als Hackenholt nicht antwortete.

»Hilf mir auf die Sprünge.«

»Ist schon ein bisschen her, dass wir uns das letzte Mal gesehen haben. Ich bin's, der Renners Peter.«

Am Schreibtisch sitzend, riss der Hauptkommissar überrascht die Augen auf. »Das darf ja wohl nicht wahr sein! Mensch, Peter, ich hab dich wirklich nicht erkannt.«

Renner hatte vor Jahren wie Hackenholt bei der Mordkommission Münster gearbeitet. Allerdings hatte der fünfzehn Jahre ältere Kollege einige Monate vor Hackenholt die Dienststelle gewechselt und war dem Ruf des Landeskriminalamts nach Düsseldorf gefolgt. Das musste mittlerweile fast sieben Jahre her sein.

»Bist du noch in Düsseldorf, oder hast du dich wieder zurück an die Front versetzen lassen?« Wegen der Rufnummernunterdrückung konnte Hackenholt nicht erkennen, aus welcher Stadt Renner sich meldete.

»Die Front ist überall, aber beim LKA darf man noch seltener seine Meinung sagen als in den Kreispolizeibehörden.«

Hackenholt lachte. Renner war schon immer ein Freund ungeschönter Formulierungen gewesen. Dass das in einer Dienststelle, die ihre Weisungen vom Innenministerium erhielt, ein nicht unbedingt hilfreicher Wesenszug war, stand außer Zweifel.

»Was kann ich für dich tun, Peter? Oder ist das ein Sozialanruf, weil dir die Decke auf den Kopf fällt und du an deinen alten Kollegen denken musstest?«

»Erinnerst du dich noch an die Fingerabdrücke, die wir damals am Wandtelefon im Stall gefunden haben? Ich habe dir gleich gesagt, dass mit denen etwas nicht stimmen kann.«

Hackenholt runzelte verwirrt die Stirn, doch bevor er nachfragen konnte, wovon Renner eigentlich redete, fuhr der schon fort.

»Ich bin mir absolut sicher, dass die uns damals ein Märchen aufgetischt haben.«

»Peter, ich kann dir beim besten Willen nicht folgen. Worum geht's?«

»Na, um die Schweinsbergers natürlich.« Plötzlich klang Renner gereizt.

Der schroffe Ton war von Hackenholt nicht unbemerkt geblieben. Was war denn mit dem Kollegen los? Und: Was wollte er nach so langer Zeit mit den ollen Kamellen? Selbstverständlich erinnerte sich Hackenholt noch an ihre damaligen Ermittlungen im Mordfall Anton Schweinsberger. Ein tragischer Fall: Die Kripo war durch einen anonymen Anruf informiert worden, dass auf einem einsam gelegenen Gehöft in der Nähe von Münster der Familienvater ermordet worden war. Als die Beamten auf dem Bauernhof der Russlanddeutschen eintrafen, der zu einer Zobelfarm umfunktioniert worden war, hatten sie zwar keine Leiche, dafür aber jede Menge Blutspuren gefunden. Zunächst behauptete der Sohn, der Vater sei auf Geschäftsreise, konnte aber nicht sagen, wo genau er sich befand. Dann erklärte die Ehefrau, ihr Mann sei nach Russland zurückgekehrt, weil seine Mutter im Sterben lag. Doch die folgenden Ermittlungen hatten zutage gefördert, dass die Mutter schon vor der Übersiedlung nach Deutschland beerdigt worden war.

Je intensiver die Beamten bei den einzelnen Familienmitgliedern nachbohrten, desto stärker begannen diese, sich in Widersprüche zu verstricken. Schlussendlich war die damals dreiundzwanzigjährige Tochter damit herausgerückt, dass der Vater sie jahrelang sexuell missbraucht hatte. Konfrontiert mit dieser Tatsache, räumte die Mutter schließlich diverse weitere häusliche Gewaltdelikte ein: Der Vater habe die gesamte Familie tyrannisiert, und Schläge seien bei Weitem nicht das Schlimmste gewesen. Irgendwann waren Mutter und Sohn bei den Vernehmungen umgekippt und hatten gestanden, den Ehemann und Vater gemeinsam erschlagen zu haben, nachdem er wieder einmal betrunken aus der Dorfkneipe nach Hause gekommen war und sich an der Tochter hatte vergehen wollen. Die Leiche hätten sie in den Aasee geworfen.

Einige Wochen vergingen, dann widerriefen sowohl die Ehefrau als auch der Sohn auf Anraten ihrer Anwälte die Geständnisse. Sie machten geltend, von der Polizei bei den Vernehmungen dermaßen unter Druck gesetzt worden zu sein, dass sie alles zugegeben hätten, nur um endlich in Ruhe gelassen zu werden. Da der Körper des Familienvaters trotz intensiver Suche verschwunden blieb, wurden die Angeklagten vom Landgericht Münster in Ermangelung stichhaltiger Beweise freigesprochen, obwohl das Gericht davon überzeugt war, dass sich die Tat so, wie von den Kripobeamten dargestellt, ereignet haben musste.

Nur Peter Renner hatte damals schon nicht an die Theorien und Indizien geglaubt und wollte nun anscheinend den alten Fall wieder aufwärmen. Offenbar war ihm beim LKA schrecklich langweilig, oder vermisste er etwa die alten Zeiten bei der Mordkommission Münster? Vielleicht aber hatte er auch einfach bloß seine Pensionierung vor Augen und wollte davor noch Tabula rasa machen.

Hackenholt seufzte in sich hinein und betete, nicht selbst irgendwann so zu werden. Laut sagte er: »Ich verstehe immer noch nicht, worauf du hinauswillst.«

»Die Fingerabdrücke, die wir damals am Wandtelefon gesichert haben. Bei den Zobelkäfigen. Die Frau hat doch behauptet, jeden Tag vom Stall aus heimlich bei einer Freundin angerufen zu haben, und trotzdem haben wir am Hörer die Fingerabdrücke ihres Mannes gefunden.«

»Und? Ich meine, wenn du das sagst, wird es wohl so gewesen sein. Ich kann mich beim besten Willen nicht mehr daran erinnern. Aber warum kommst du da jetzt gerade drauf? Ist etwa die Leiche aufgetaucht?«

Peter Renner ging nicht auf Hackenholts Frage ein. »In der Vernehmung haben sie behauptet, sie hätten den Mann bereits zwei Monate zuvor umgebracht. Hätten diese Angaben gestimmt, hätte von den Fingerabdrücken auf dem Hörer nichts mehr übrig gewesen sein dürfen.«

»Vielleicht hat die Frau nach dem Mord immer in Ruhe vom Wohnzimmer aus telefoniert. Aus Angst vor ihrem Mann musste sie sich ja dann nicht mehr in den Stall zurückziehen.«

»Das glaube ich kaum. Die Fingerabdrücke sind schlicht und ergreifend der Beweis, dass der Mann nicht zu dem Zeitpunkt umgebracht wurde, den die Mutter und der Sohn angegeben haben.«

»Wie kommst du denn darauf?« Hackenholt war perplex.

»Das habe ich dir doch gerade erklärt«, knurrte Renner aggressiv. »Was ich dich aber eigentlich fragen wollte: Hast du in letzter Zeit jemanden von der Familie gesehen? Bist du mal bei denen vorbeigefahren?«

»Peter! Ich war seit fünf Jahren nicht mehr in Münster! Wie soll ich da der Familie begegnen?«

»Ach, dir geht das doch auch alles am Arsch vorbei.«

Im nächsten Augenblick vernahm Hackenholt nur noch ein Tuten in der Leitung. In Zeitlupentempo legte er auf.

Fünf Minuten später starrte der Hauptkommissar noch immer den Hörer an und fragte sich, was dieses mehr als kryptische Gespräch zu bedeuten haben mochte. Musste er sich ernsthafte Sorgen um den Kollegen machen? So mürrisch war der früher nie gewesen. Wenn er Zeit hatte, sich über längst abgeurteilte Fälle den Kopf zu zerbrechen, konnte er in seiner derzeitigen Dienststelle jedenfalls nicht ausgelastet sein.

Als Wünnenberg mit einer Kanne voller Wasser ins Zimmer kam, gab sich Hackenholt einen Ruck und drehte sich zu ihm um. »Sind alle da für eine Besprechung?«

»Noch fünf Minuten, bis dahin ist auch der Kaffee durchgelaufen.« Er wandte sich seinem Heiligtum, der Kaffeemaschine, zu und vergaß die Welt um sich herum.

Hackenholt seufzte. »Dann sag in der Zwischenzeit wenigstens den Kollegen Bescheid.« Er selbst griff zum Telefonhörer und rief Christine Mur auf dem Handy an. Sie war nicht zur Obduktion gekommen, sondern hatte sich von einer Kollegin vertreten lassen.

»Christine, wo bist du?«, fragte Hackenholt, nachdem die Beamtin als Begrüßung ihren Namen ins Telefon gemurmelt hatte.

»In der Denisstraße, wo denn sonst?« In Sekundenbruchteilen war aus dem leisen Murmeln ein aufgebrachtes Knurren geworden. »Du kannst wirklich froh sein, dass die Kollegen vom LKA gestern hier waren und den Tatort mit ihrem Scanner vermessen haben, sonst hätten wir jetzt ein ziemliches Problem! Ich weiß nicht, ob es dir schon jemand gesagt hat, aber heute Nacht sind zwei Männer in die Wohnung eingedrungen und haben sich *ein bisschen* umgesehen.«

»Ich weiß, der Kollege von der PI West hat mich gestern Abend gleich angerufen. Aber was heißt das im Klartext? Ist viel verändert worden?«

»Einer von beiden hat massenhaft Fingerabdrücke hinterlassen. In jedem Zimmer.«

»Verfluchter Mist! Das hätte wirklich nicht passieren dürfen.«

»Ganz genau. Jetzt kannst du anhand der Finger- und DNA-Spuren hier in der Wohnung nämlich nicht mehr nachweisen, ob sie etwas mit Bülent Alkans Tod zu tun haben. Es ist richtiggehend auffällig, wie gezielt Abdrücke auf schier jedem Gegenstand hinterlassen wurden. Stell dir vor, die beiden behaupten, gestern Abend zum ersten Mal überhaupt hier gewesen zu sein. Das Gegenteil können wir ihnen nicht nachweisen. Höchstens eventuell durch die Gegenstände, die ich gestern bereits untersucht habe.«

»Waren denn die Spuren da schon irgendwo vorhanden?«, hakte Hackenholt sofort nach.

»Keine Ahnung. Heute Morgen sind die beiden Männer noch nicht erkennungsdienstlich behandelt gewesen. Wir konnten also bisher keinen Abgleich machen.«

»Gut. Dann versuche ich jetzt in Erfahrung zu bringen, ob das zwischenzeitlich geschehen ist.«

In der Besprechung gab Hackenholt kurz das Ergebnis der Obduktion bekannt: Der Tote war durch einen Messerstich ins Herz getötet worden, allerdings wies sein Körper noch dreiundzwanzig weitere Stichverletzungen auf. Puellen blieb bei seiner Schätzung des eingetretenen Todes von vor zwei bis vier Wochen, den genauen Zeitpunkt würde ein Entomologe über das Stadium der Fliegenlarven bestimmen müssen. Darüber hinaus hatte die Kollegin von der Spurensicherung den Fingernagelschmutz gesichert, sodass zumindest die Chance bestand, eine Fremd-DNA nachzuweisen, die eventuell bei Abwehrhandlungen während des Kampfes am Opfer haften geblieben war. Und natürlich war auch die Kleidung sichergestellt worden, die der Tote getragen hatte.

Dann übernahm Stellfeldt und berichtete von Özgür Alkans Vernehmung und der seines Schwagers Köksal Aguzüm. Beide hatten die Aussage verweigert und lediglich zu Protokoll gegeben, der Polizei nicht trauen zu können.

»Wie schaut es mit Frau Alkan und ihrer Tochter aus?«

»Frau Alkan wurde gestern Abend über die Festnahme ihres Mannes und ihres Bruders informiert. Sie sitzt seit zehn Uhr unten an der Pforte Jakobsplatz und wartet darauf, ihren Mann zu sehen. Die Tochter ist ebenfalls mitgekommen.«

»Okay. Lass uns einen Dolmetscher anfordern, und sobald er da ist, befragen wir die beiden Frauen separat.«

»Gibt es nicht drüben in der PI Mitte einen türkisch sprechenden Kollegen?«, fragte Stellfeldt an Baumann gewandt.

Sie nickte. »Achmedd. Obber der is in der A-Schichd, un haid hodd di Diensdgrubbm B Fräih. Obber iech schau glei ermål in der Dolmedscherlisdn nåch, ob ned amend då aa er Kolleech Dürgisch kånn. Odder vielleichd anne vo die Dibbsn.«*

»Dann redet ihr mit der Tochter, und wir kümmern uns um die Mutter«, beendete Stellfeldt das Thema.

»Was haben Sie mit meinem Vater und meinem Onkel gemacht?«, fuhr Damla Ünlü Hackenholt mit funkelnden Augen an.

Der Hauptkommissar musterte die junge Frau aufmerksam. Sie trat sehr selbstbewusst auf. Aus den bereits erhobenen Personalien wusste er, dass sie fünfundzwanzig Jahre alt war, einen vierjährigen Sohn hatte und von ihrem Mann getrennt lebte.

»Beide befinden sich bei uns in Gewahrsam. Die Staatsanwaltschaft wird später entscheiden, ob beim Ermittlungsrichter ein Haftantrag wegen des Verdachts der Verdunklungsgefahr gestellt wird. Allerdings haben wir noch ein paar Fragen hinsichtlich Ihres getöteten Bruders an Sie.« Hackenholt machte eine kurze Pause, bevor er zu dem Thema kam, das ihn wirklich interessierte. »Wann hatten Sie zum letzten Mal Kontakt mit Bülent?«

»Das haben Sie mich gestern auch schon gefragt, und ich habe Ihnen genauso geantwortet: als er zu Kurban Bayrami bei uns war.«

»Aber das ist über einen Monat her«, protestierte Hackenholt.

Damla Ünlü schwieg.

»Warum hatten Sie mit ihm seither keinerlei Kontakt?«

»Mein Vater hat es mir verboten.«

»Weshalb?«

»Er fand, Bülent würde sich nicht an unsere Traditionen halten.«

»Gab es Streit zwischen Ihrem Bruder und Ihrem Vater?«

»So kann man das nicht nennen.«

»Wie dann?«

»Beide hatten unterschiedliche Lebenseinstellungen.«

»Frau Ünlü, waren Sie jemals in der Wohnung Ihres Bruders?«

»Auch das hat mein Vater mir verboten«, antwortete die junge Frau sofort, doch Hackenholt entging nicht, dass sie bei der Antwort die Augen niederschlug.

»Hatte Ihr Bruder eine Freundin?«

»Das weiß ich nicht.« Sie hielt den Blick starr auf ihre Hände gesenkt.

»Und wie sieht es mit männlichen Freunden aus?«

»Dazu kann ich genauso wenig sagen. Bülent hat mir nie von ihnen erzählt.«

»Soso. Wie würden Sie also das Verhältnis zwischen Ihnen und Ihrem Bruder beschreiben?«

»In unserem Kulturkreis pflegen die Männer ihre Angelegenheiten nicht mit Frauen zu besprechen.«

»Ihr Bruder wird es wohl kaum als ein Geheimnis betrachtet haben, mit wem er befreundet war. Insbesondere dann, wenn er sich nicht sonderlich um Traditionen geschert hat, wie Sie vorhin berichtet haben. Und da Sie von Ihrem Ehemann getrennt leben, scheint mir, dass auch Sie keinen allzu großen Wert darauf legen. Ist es da nicht naheliegend, dass man sich unter Geschwistern beisteht – vor allem, wenn die eigene Familie sich gegen einen stellt?«

»Ich kann Ihnen wirklich nichts dazu sagen.« Die junge Frau hielt die Augen weiterhin eisern auf ihre Hände gesenkt.

Hackenholt sah, dass die Tür zu Stellfeldts Büro offen stand, und ging zu ihm, nachdem er die Zeugin an die Pforte zurückgebracht hatte.

»Seid ihr mit Frau Alkans Vernehmung schon fertig?«, fragte er seine Kollegen verwundert.

»Die Mudder hod uns blous gsachd, dass nix sång mecherd un aa vo nix er Åhnung hodd. Un in Männerwår mischdser si brinzibiell ned nei«, erklärte Baumann. »Mir sin edz also kann Millimeder weider. Desweeng hobbi aa ermål erweng in Indernedd ieber unsern Doudn rescherschierd. Ern Dwidder-Erkound hodder scheinds ned, un bei Schdudi-Fau-Zedd isser aa ned verdredn, obber derfier hobb iech nern bei Fäissbugg gfundn.« Sie deutete auf den Bildschirm vor sich. »Laider hodderern houer Schudz vo seiner Brifådsfärn eigeem. Aaf seiner Binnwend kommer blous sein Nåmer, Gschlechd un Wohnord lesn, wemmer ned midnern befreunded is.«* Baumann verzog das Gesicht.

Hackenholt staunte. Saskia Baumann, die Kollegin, die keinen einzigen Satz in anständigem Hochdeutsch von sich geben konnte, war so ziemlich die letzte Person in seinem Team, der er zugetraut hätte, sich in den sozialen Netzwerken der heutigen Jugend auszukennen. Doch offenbar hatte sie überall eigene Accounts und bewegte sich im Internet wie ein Fisch im Wasser.

»Was ist eigentlich mit dem kaputten Laptop passiert, der in der Wohnung lag?«, fragte Hackenholt an Stellfeldt gewandt.

»Den hat Christine Mur ans LKA in München schicken lassen. Sie hegt die Hoffnung, dass die Fachleute vielleicht noch etwas Brauchbares zutage fördern können.«

»Wemmer Glügg hom, hodder Bülend seine Basswörder vielleichd im Basswoddmänädscher gschbeicherd. Sunsd mäisserdn mir bei Fäissbugg und Co er Offmleechung vo dene Erkaunds beondrong.«*

»Aber bis es so weit ist, halten wir uns erst mal an seinen Mobilfunkprovider«, rettete sich Hackenholt auf für ihn sichereres Terrain. »Ich habe in der Wohnung zwar kein Handy gesehen, aber er wird mit Sicherheit eins gehabt haben. Saskia, kümmerst du dich bitte um eine richterliche Anordnung? Und seine Kontobewegungen müssen wir auch abfragen.«

Baumann nickte.

»Manfred, hast du Zeit, jetzt mit mir zu dieser Spedition nach Forchheim zu fahren, für die Bülent Alkan gearbeitet hat?«, fragte Hackenholt dann seinen Kollegen. »Mich würde wirklich interessieren, wie es sein kann, dass der Arbeitgeber nichts unternommen hat, obwohl einer seiner Fahrer seit ein paar Wochen nicht zur Arbeit erschienen ist. Außerdem können uns Bülents Kollegen vielleicht etwas über sein soziales Umfeld sagen. Wenn wir zurück sind, rede ich noch einmal mit Vater und Onkel, und dann schauen wir, was die Staatsanwaltschaft angesichts der derzeitigen Beweislage zu tun gedenkt.«

Als Zeichen seiner Zustimmung erhob sich Stellfeldt, um im Geschäftszimmer den Schlüssel für ein freies Dienstfahrzeug zu holen.

Sie nahmen die A73. Noch immer machten die winterlichen Straßenverhältnisse den Autofahrern zu schaffen. Die Beamten kamen nur langsam voran und brauchten fast das Dreifache der üblichen Zeit für die Strecke von rund vierzig Kilometern. Sie waren an mindestens drei Auffahrunfällen vorbeigekommen, als Stellfeldt endlich auf das Areal der Spedition einbog und vor einem imposanten Gebäude hielt.

Erdal Celik war der Niederlassungsleiter von Yilmaz-Logistics in Forchheim. Wie Hackenholt schnell erfuhr, war die Spedition keine kleine Einzelfirma, sondern ein international operierendes Unternehmen mit Stammsitz in Köln. Weitere Niederlassungen lagen in ganz Deutschland und in der Türkei verstreut.

Celik war ein freundlicher Mann Anfang fünfzig. Das Sweatshirt und die Jeans, die er trug, ließen vermuten, dass er gewohnt war, selbst Hand anzulegen, und sich nicht nur hinter seinem Schreibtisch verschanzte.

»Wir kommen wegen Bülent Alkan«, eröffnete Hackenholt das Gespräch.

Sofort verdüsterte sich Celiks Miene. »Das war ja früher oder später zu erwarten«, murmelte er. »Aber bitte: Worum geht es genau?«

»Wir hätten gern gewusst, wann Herr Alkan zum letzten Mal zur Arbeit erschienen ist.«

»Am 2. November«, antwortete Celik wie aus der Pistole geschossen.

»Und seither haben Sie ihn nicht vermisst?« Hackenholt konnte sein Erstaunen nicht verbergen.

»Vermisst?« Jetzt war es Celik, der verwundert klang. »Aber warum denn? Hat er Ihnen nicht erzählt, dass ich ihm an dem Tag fristlos gekündigt habe?«

Hackenholt schüttelte schweigend den Kopf.

»Das sieht ihm ähnlich. Wahrscheinlich hat er es seiner Familie ebenfalls nicht gesagt.« Celik ging zur Kaffeemaschine. »Möchten Sie auch einen?«

Er schwenkte die Kanne in Richtung der beiden Beamten. Stellfeldt nickte, Hackenholt lehnte dankend ab.

Nachdem Celik zwei Tassen eingeschenkt hatte, setzte er sich hinter seinen Schreibtisch und nahm den Gesprächsfaden wieder auf.

»Bülent sollte am 2. November eigentlich in Fürth eine Ladung Spielzeug abholen und nach Hanau fahren. Im Anschluss daran wäre seine Tour weiter in den Norden nach Hamburg gegangen, aber dazu ist es nicht gekommen. Der Tag begann damit, dass Bülent sage und schreibe drei Stunden zu spät hier eingetrudelt ist. Und auch das nur, weil Nursen heimlich bei ihm angerufen hat. Da bin ich mir sicher, obwohl sie es nicht zugibt. Nursen ist eine unserer Disponentinnen. Verstehe, wer will, was sie in ihm sieht. Bis Anfang November hatte Bülent in den vier Monaten, die er für uns gearbeitet hat, schon zwei Abmahnungen kassiert, weil er mehrfach zu spät gekommen beziehungsweise überhaupt nicht zur Arbeit erschienen ist – und auch kein Attest nachgereicht hat. So etwas geht einfach nicht. Jeder normale Mensch hätte sich danach am Riemen gerissen, aber Bülent glaubte offenbar, er wäre etwas Besonderes.« Celik trank einen Schluck Kaffee. »Als er dann am 2. November doch noch hier aufgekreuzt ist, war er bis unter die Hutschnur zugedröhnt – Entschuldigung, dass ich das so sage. Wenn er in einem solchen Zustand mit seinem privaten Pkw fährt, ist das seine Sache, aber einen Vierzigtonner bekommt er so nicht von mir. Das allerdings wollte er partout nicht einsehen. Bülent ist explodiert wie ein Silvesterkracher, hat rumgemeckert und gebrüllt. Mir blieb nichts anderes übrig, als ihn am Ende der Auseinandersetzung fristlos zu entlassen.«

»Hat den Streit noch jemand Drittes mitbekommen?«

Erdal Celik nickte. »Alle, die zu dem Zeitpunkt drüben im Büro gearbeitet haben. Bülent und ich standen hier in meinem Zimmer, und die Tür war offen. Jeder konnte mithören – wir haben nicht gerade geflüstert.«

»Haben Sie Herrn Alkan seit dieser Auseinandersetzung noch einmal wiedergesehen?«

»Nein, dafür gab es keinen Grund. Ich habe seine Papiere noch am selben Tag fertig gemacht und ihm per Einschreiben zuschicken lassen.«

»Kam es bei dieser Auseinandersetzung auch zu Tätlichkeiten?«

Der Niederlassungsleiter sah Hackenholt verblüfft an. »Hat Bülent etwa behauptet, ich hätte mich mit ihm geprügelt?«

»Herr Alkan wurde gestern erstochen in seiner Wohnung aufgefunden. Alles deutet drauf hin, dass er schon seit geraumer Zeit tot ist.«

Celik erbleichte. »Damit habe ich nichts zu tun. Da müssen Sie wohl eher in seinem privaten Umfeld suchen.«

»Wie meinen Sie das?«

Der Mann leckte sich kurz über die Lippen, er war sichtlich nervös. »Bülent … hat ein sehr eigenwilliges Leben geführt. Manchmal hatte ich den Eindruck, dass seine Familie damit nicht einverstanden war.«

»Wie kommen Sie darauf?«

»Sein Vater hat mich im Mai angesprochen. Er besitzt eine Schneiderei in Lauf, in der ich schon lange meine Hosen kürzen lasse. Er wusste, dass ich hier die Niederlassung leite, und hat mich gefragt, ob ich nicht einen zuverlässigen Fahrer bräuchte. Sein Sohn würde bei einer kleinen Spedition in Röthenbach an der Pegnitz arbeiten, hätte aber dort den falschen Umgang. Herr Alkan hat mich ausdrücklich gebeten, Bülent kreuz und quer durch Europa zu schicken, damit er möglichst wenig in Mittelfranken ist. Bülent hingegen wollte immer nur kurze Tagestouren fahren. Eigentlich hat es mich sogar gewundert, dass er überhaupt zu uns gewechselt ist.«

»Wissen Sie, ob Bülent Alkan eine Freundin hatte?«

»Da fragen Sie am besten Nursen. Sie kennt sich in solchen Dingen besser aus. Ich habe es mir zur Angewohnheit gemacht, mich nicht in die Privatangelegenheiten meiner Mitarbeiter einzumischen.« Erdal Celik stand auf und führte die Beamten in ein anderes Büro, in dem eine mütterlich aussehende Türkin hinter einem Schreibtisch saß und mit einem Anrufer schäkerte.

Nachdem sie das Telefonat beendet hatte, tippte sie noch eine Notiz in den Computer, dann wandte sie sich Hackenholt und Stellfeldt zu und bestätigte weitestgehend die Aussage ihres Chefs. Darüber hinaus konnte sie jedoch berichten, dass Bülent bis über beide Ohren in eine junge Frau namens Rojin verliebt gewesen sei. Genaueres konnte sie den Ermittlern allerdings nicht erzählen, und auch seine Freunde kannte sie nicht.

»Denkst du, der Celik hat etwas mit der Sache zu tun?« Stellfeldt entriegelte die Fahrzeugtüren.

»Du meinst, weil er einen Streit mit Bülent hatte?«

»In meinen Ohren klang das eher nach einer gravierenden Auseinandersetzung. Heutzutage ist es nicht mehr so einfach, eine neue Arbeit zu finden – gerade im Niedriglohnsektor. Sofern Bülent weiterhin als Lastwagenfahrer arbeiten wollte, war er auf ein gutes Zeugnis angewiesen, und das dürfte er von Celik wohl kaum bekommen haben. Außerdem wäre sein Vater von dem Rausschmiss sicher alles andere als begeistert gewesen.«

»Wir wissen aber nicht, ob er davon Kenntnis hatte. Außerdem: Würde man deiner Argumentation folgen, dann hätten wir mit dem Streit eher einen Grund dafür entdeckt, warum Bülent Alkan auf Erdal Celik sauer war und nicht umgekehrt.«

»Und was ist, wenn Celik uns nicht die Wahrheit gesagt hat? Wenn der Streit einen ganz anderen Grund hatte? Wenn Bülent öfter die Balkanroute gefahren ist, als Celik zugegeben hat? Bei dem Stichwort muss ich immer sofort an Heroinschmuggel und Menschenhandel denken. Bei beidem zählt ein Leben nicht besonders viel.«

Hackenholt seufzte. »Da hast du zwar recht, aber für diese Annahmen gibt es keinerlei Grundlage. Gerade wenn es um Rauschgift ginge, hätte Celik doch wohl kaum erwähnt, dass er Bülent Alkan wegen seinem Drogenkonsum vor die Tür gesetzt hat. Ich glaube, im Moment wird da kein Schuh draus.«

Unterdessen waren sie in Richtung Forchheimer Innenstadt unterwegs.

»Was hältst du davon, uns auf dem Weihnachtsmarkt ein Bratwurstbrötchen als verspätetes Mittagessen zu gönnen? Ich habe ziemlich Hunger«, wechselte Hackenholt das Thema.

»Eigentlich wollte ich einen Abstecher in die Kaiserpfalz vorschlagen«, murmelte Stellfeldt. »Diesen Weihnachtsmärkten kann ich einfach nichts abgewinnen, außerdem sind die sowieso überall gleich.« Bevor Hackenholt protestieren konnte, fuhr er schnell fort: »Aber im Pfalzmuseum ist in der Adventszeit immer eine tolle Eisenbahnanlage aufgebaut. Dieses Jahr nicht nur eine Fleischmann HO, sondern auch eine Lehmann-Großbahn. Die wollte ich mir gern ansehen, wo wir schon mal hier sind. So oft kommen wir ja nicht in die Ecke.«

Hackenholt sah auf die Uhr. Auch Polizeibeamten stand schließlich eine Mittagspause zu, gegen eine halbe Stunde konnte also niemand etwas einwenden – schon gar nicht, wenn sie sie erst verspätet um drei Uhr am Nachmittag machten. Und was sie während dieser dreißig Minuten taten, konnten sie ebenfalls selbst entscheiden.

»Lass mich da vorn an der Ecke raus«, bat er Stellfeldt daher. »Ich drehe eine Runde über den Weihnachtsmarkt, und um halb vier treffen wir uns vor der Kaiserpfalz.«

Sobald er ausgestiegen war, wehte ihm der Geruch von Lebkuchen und Bratwürsten entgegen. Einfach göttlich! Schade, dass er keinen Glühwein trinken konnte. Fasziniert betrachtete Hackenholt das einmalige Fachwerkensemble des Forchheimer Rathauses, das sich auch dieses Jahr wieder in den legendären Adventskalender verwandelt hatte. Im Inneren des Gebäudes stieß er in den mittelalterlichen Hallen auf Stände mit Produkten des fränkischen Traditionshandwerks. Im Nu wusste Hackenholt, dass er mit Sophie noch einmal in Ruhe hierherkommen musste. Sie würde ihre helle Freude an den Keramiken, Weihnachtskugeln, Krippen und handgenähten Teddybären haben.

Hackenholt genoss die Bratwürste, die wegen der geografischen Nähe zu Oberfranken anders schmeckten als die in Nürnberg. Einen Augenblick lang musste er grinsen, als er sich fragte, ob es wohl analog zum »Schäufeleführer« schon einen »Bratwurstführer für fränkische Weihnachtsmärkte« gab. Kurz entschlossen ging er in die weihnachtlich dekorierte Bücherstube an der Martinskirche und erkundigte sich bei einer freundlichen Verkäuferin danach. Leider musste sie ihm mit größtem Bedauern mitteilen, dass bislang noch niemand auf die Idee gekommen war, ein solches Büchlein zu verfassen. Vielleicht sollte er ja …? Schmunzelnd verließ er den Laden.

Was sprach eigentlich dagegen, nächstes Jahr im Dezember drei Wochen vor Weihnachten Urlaub zu nehmen und eine solide Weihnachtsmarktrecherche in Franken zu betreiben? Sophie wäre mit Sicherheit begeistert.

Gleich neben dem Pfalzmuseum entdeckte Hackenholt ihren geparkten Dienstwagen, von Stellfeldt war jedoch weit und breit nichts zu sehen. Anstatt ihn auf dem Handy anzurufen, beschloss der Hauptkommissar, doch noch einen Abstecher zu den zwei ausgestellten Eisenbahnen zu machen.

Als er seinen Kollegen mit leuchtenden Augen vor der großen Anlage fand, ließ ihn dessen Anblick mehr an ein Kind als an einen erwachsenen Mann denken. Nach ein paar Minuten stummen Beobachtens fiel Hackenholt ein, dass Stellfeldt ihm einmal von seinem Vater erzählt hatte, der Zugführer gewesen war. Und sein Großvater hatte im Straßenbahndepot Muggenhof der ehemaligen Nürnberg-Fürther Straßenbahn gearbeitet. Aber es half alles nichts. Er musste seinen Kollegen unsanft aus seinen Eisenbahner-Träumen reißen.

Als sie endlich wieder im Kommissariat eingetroffen waren, nahm Hackenholt Özgür Alkan mit in sein Büro, um dort noch einmal persönlich mit ihm zu sprechen. Wünnenberg hatte den Vater in der Zwischenzeit ins Leichenschauhaus begleitet, sodass dieser Gelegenheit gehabt hatte, seinen toten Sohn zu sehen.

»Was haben Sie gestern in Bülents Wohnung gesucht, Herr Alkan?«

»Nichts, ich wollte nur mit eigenen Augen sehen, was passiert ist. Sie haben uns ja nichts gesagt.«

»Aber die Tür war versiegelt. Ihnen muss klar gewesen sein, dass Sie nicht hineindurften!«

»Hören Sie: Mein Sohn ist tot! Ich habe ein Recht darauf, zu erfahren, was ihm zugestoßen ist.«

»Deshalb können Sie doch nicht einfach ein amtliches Siegel und eine Tür aufbrechen!«

»Sie haben mir verschwiegen, dass mein Sohn umgebracht wurde. Weil ich allerdings genau so etwas befürchtet habe, bin ich hingefahren, um mich umzusehen.«

»Nun gut, Herr Alkan. Wir brauchen von Ihnen jetzt absolut exakte Angaben, wo Sie in der Wohnung was angefasst haben.«

»Daran kann ich mich nicht erinnern.«

»Quatsch. Sie haben es noch nicht einmal versucht. Also: In welchen Zimmern waren Sie?«

»In allen.«

»Auch in der Küche, im Badezimmer und im WC?«

»Ja.«

»Was haben Sie in der Küche angefasst?«

»Ich weiß nicht. Nichts. Glaube ich zumindest.«

»Und im Badezimmer?«

»Auch nichts.«

»Was ist mit Herrn Aguzüm?«

»Er hat in der Küche ein Glas Wasser getrunken und in ein paar Schubladen geschaut.«

»Und im Bad?«

»Dort hat er sich die Hände gewaschen, nachdem er auf der Toilette war.«

»Wer ist Rojin?«, wechselte Hackenholt abrupt das Thema.

»Kenne ich nicht.«

»Sie kennen die Freundin Ihres Sohnes nicht?«

Alkan zuckte mit den Schultern.

»Warum wollten Sie unbedingt, dass Bülent bei der Spedition in Röthenbach zu arbeiten aufhörte?«

»Er sollte etwas von der Welt sehen. Immer nur Schutttransporter fahren, das wäre auf Dauer nichts für ihn gewesen.«

»Ihr Sohn hatte dort also keinen – in Ihren Augen – schlechten Umgang?«

Der Türke antwortete nicht, verschränkte aber die Arme vor der Brust.

»Wenn es nicht so war, warum haben Sie dann genau das Herrn Celik erzählt?«

»Bülent sollte für eine ordentliche, große Spedition arbeiten, nicht für so eine armselige Klitsche, wo er jede Woche seine Arbeit hätte verlieren können. Er sollte in die Türkei fahren und seine Heimat kennenlernen.«

»Da muss es Sie sehr getroffen haben, als ihm gekündigt wurde, oder?«

»Was soll das?«, brauste der Vater auf. »Er hat seine Arbeit nicht verloren!«

»Ihr Sohn ist im letzten Monat bei Yilmaz rausgeflogen, nachdem er zwei Mal wegen seiner Unzuverlässigkeit abgemahnt worden war und trotzdem wieder unpünktlich zu einer Tour erschienen ist. Noch dazu soll er zuvor Cannabis konsumiert haben, sodass er fahruntauglich war.«

»Von Ihnen lasse ich mir gar nichts weismachen. Bülent hat keine Drogen genommen. Und wenn er ein Problem mit der Arbeit gehabt hätte, dann hätte er es mir erzählt.«

»Herr Alkan, das Verhältnis zwischen Ihnen und Ihrem Sohn war nicht so ungetrübt, wie Sie es jetzt darstellen wollen. Gestern haben Sie uns noch selbst gesagt, dass Sie ihn zuletzt vor einem Monat gesehen haben.«

»Aber doch nur, weil er beruflich so viel unterwegs war.«

Hackenholt seufzte. »Gehören Sie einer Glaubensgemeinschaft an?«

»Wir sind Moslems.«

»Und praktizieren Sie Ihre Religion?«

»Natürlich«, zischte der Mann entrüstet.

»Wohin ging Ihr Sohn zum Beten?«

»Das kann ich Ihnen nicht sagen.« Alkan klang schroff. »Seit er nach Nürnberg gezogen ist, kam er jedenfalls nicht mehr zu uns in die Moschee.«

Da die zuständige Staatsanwältin nach Stand der Akten beschloss, keinen Haftantrag zu stellen, ließen die Beamten Özgür Alkan und Köksal Aguzüm schließlich gehen, bevor sie sich zu einer letzten kurzen Besprechung zusammensetzten.

»Ach, bevor ich es noch vergesse: Sophie hat vorhin angerufen«, wandte sich Wünnenberg mitten in einer Zusammenfassung plötzlich an Hackenholt. »Sogar zwei Mal. Sie wartet um halb acht unten vor der Pforte Jakobsplatz auf dich. Du sollst sie mit nach Hause nehmen, sie war in der Stadt einkaufen.«

Der Hauptkommissar sah seinen Kollegen überrascht an und wünschte sich, er hätte ihm die Nachricht gleich bei seiner Rückkehr zukommen lassen. Es kam selten genug vor, dass Sophie ihn in der Arbeit anrief, geschweige denn abholte. Am Jakobsplatz getroffen hatte sie ihn keine fünf Mal, seit sie zusammen waren, und in seinem Kommissariat war sie noch nie gewesen. Manchmal hatte er den Eindruck, dass sie das Polizeipräsidium nicht nur nicht betreten wollte, sondern sogar dessen Nähe mied. Zumindest schien sich ihr Gesundheitszustand gebessert zu haben, wenn sie in die Stadt gegangen war. Schnell schaute er auf die Uhr. Kurz nach sieben. Wenn sie sich beeilten, würde er pünktlich sein.

»Ich habe mich um den Einzelverbindungsnachweis für Bülent Alkans Telefon und Handy gekümmert«, nahm Wünnenberg seinen Vortrag wieder auf und riss Hackenholt aus seinen Gedanken. »Jetzt muss nur noch eine Namenszuordnung gemacht werden. Morgen haben wir das sicher auf dem Schreibtisch. Immerhin können wir heute schon mit Bestimmtheit sagen, dass von seinem Handy bis einschließlich 16. November telefoniert wurde.«

Hackenholt blickte ihn überrascht an. »Das wäre dann das letzte Lebenszeichen, das wir nachweisen können.«

Wünnenberg nickte. »Wenn er es denn selbst war, der telefoniert hat. Christine konnte das Handy nämlich nirgendwo in seiner Wohnung finden.« Der Ermittler machte eine kurze Pause, bevor er fortfuhr. »Außerdem habe ich die richterliche Anordnung zur Offenlegung seiner Konten an die Zentralstelle in Frankfurt gefaxt. Auch von denen sollten wir morgen die Unterlagen bekommen.«

»Und was hat Christine Mur sonst so von sich hören lassen?«

»Außer diversen Verwünschungen nichts Relevantes. Ich habe sie zwei Mal angerufen und es beide Male zutiefst bereut.« Er schnitt eine Grimasse. »Offenbar hat sie heute einen ganz schlechten Tag. Wir werden wohl auf morgen hoffen müssen.«

»Ach, ersuu schlimm is doch gårned gween«, rüffelte Saskia Baumann ihn. »Iech bin neemli haid Namiddåch midnera Kollechin in dei Denisschdrass gfårn un hobb versuchd, dassi däi Nachbern befråch, wou derhamm wårn un Daidsch verschdandn hom.«*

»Na, Saskia, wenn *du* mit den Leuten gesprochen hast, wird es denen nichts genutzt haben, dass sie *Deutsch* verstehen«, lästerte Wünnenberg sofort.

»Wos Wichdichs hammer ned zern häärn gräichd«, fuhr Baumann unbeeindruckt fort. »Außer vielleichd vonnerer Fraa in Haus fisafie. Däi mäicherd am Namiddåch ern Schrei ghärd hom. Obber sie hodd si ned erinnern kenner, wenn des wår. Un obber aus dera Wohnung kummer is, schdäid aa ned zweifelsfrei fesd.«*

»Na, das ist wirklich nicht sonderlich viel. Irgendjemand muss doch etwas gehört haben, so wie die Wohnung ausschaut!«

»Des maan iech allerweil aa. Obber mir homs ja aa nunni alle oodroffm. Iech gäih morng fräih min Manfred nuermål hie.«*

Als Hackenholt kurz vor der vereinbarten Zeit um die Ecke bog, um vor dem Eingang Jakobsplatz auf seine Lebensgefährtin zu warten, glaubte er seinen Augen nicht zu trauen. Sophie war bereits da. Allerdings wartete sie nicht, wie er angenommen hatte, umringt von einem Berg Tüten und Tragetaschen auf ihn, sondern saß bis zu den Schultern in eine dicke Decke eingewickelt in einem rikschaähnlichen, hypermodernen Anhänger eines Fahrrades. Neben ihr ging ein junger Mann langsam auf und ab. Sobald sie Hackenholt sah, wühlte sie sich aus der Decke.

»Wie geht es dir, Schatz?« Hackenholt beugte sich zu ihr hinab und gab ihr einen schnellen Begrüßungskuss.

»Passt schon«, murmelte sie und begann, ihre Taschen zusammenzusuchen, von denen sie ihm einen Teil in die Hand drückte, bevor sie den jungen Mann bezahlte.

»Was war denn das jetzt bitte für ein Gefährt?«, fragte Hackenholt belustigt, sobald der Radler samt Anhänger außer Hörweite war.

»Sag bloß, du hast noch nicht mitbekommen, dass wir in Nürnberg Velotaxis haben?«

Hackenholt schüttelte den Kopf.

»Wir müssen unbedingt mal zusammen eine Sightseeingtour damit unternehmen. Im Sommer habe ich eine mit meiner Schwester gemacht, aber da hattest du zu viel zu tun, als dass du das mitbekommen hättest. Außerdem fahren einen die Zweiradtaxis in der Altstadt auch einfach nur von A nach B.«

»Was es in Nürnberg nicht alles gibt.«

»Tja: Die heimliche Hauptstadt der nördlichen Hemisphäre eben. Wenn wir nicht auf der anderen Seite des Burgbergs wohnen würden, hätte ich mich bis zur Haustür kutschieren lassen können, so musst du leider den weiteren Shuttleservice übernehmen. Dem armen Kerl konnte ich es definitiv nicht zumuten, mit mir und den Einkäufen die Tetzelgasse hochzustrampeln. Außerdem fährt das Velotaxi nur in der Altstadt, das sollten wir bei unserer Haussuche berücksichtigen.« Sie lächelte.

»Unter dem Aspekt hätten wir mit unserem Traumhaus aber auch verloren gehabt«, erwiderte er sanft. »Dann wissen wir jetzt wenigstens, wofür es gut war, dass es uns durch die Lappen gegangen ist. Bis unmittelbar unter die Burgfreiung wäre kein noch so motivierter Student in seiner Pseudorikscha hochgestrampelt.«

Sophie seufzte, und Hackenholt schaute sie von der Seite an. Im Schein der Straßenlaternen fiel ihm auf, dass sie noch immer sehr blass aussah. Automatisch hakte er sie unter, als hege er die Befürchtung, sie würde ihm jeden Moment umkippen. Dann wechselte er schnell das Thema: Während er sie zu seinem Auto führte, erzählte er ihr von seiner Mittagspause auf dem Forchheimer Weihnachtsmarkt und seiner damit verbundenen Überlegung, sich möglichst viele Weihnachtsmärkte anzusehen, um den ersten regionalen Bratwurst- und Weihnachtsmarktführer zu schreiben.

»Von Freitag bis Sonntag ist im Faberpark von Schloss Stein ein romantischer Weihnachtsmarkt, der allerdings Eintritt kostet«, ging Sophie auf seine Idee ein. »Letztes Jahr war er nur an einem Wochenende, in diesem wurde er jedoch auf drei ausgedehnt. Dort sind halt mal andere Aussteller als sonst üblich. Am Wochenende danach ist in Burg Grünsberg Weihnachtsmarkt, und ich glaube, am gleichen Samstag hat auch Schloss Dürrenmungenau seine Pforten für ein Weihnachtsevent geöffnet. Das muss ich zu Hause gleich noch einmal nachschauen.« Sie machte eine kurze Pause. »Hoffentlich ist bis dahin mein Magen wieder ganz in Ordnung.«

»Was hast du eigentlich alles eingekauft? Das wiegt ja einen halben Zentner.« Er hob seine rechte Hand, an der eine große Plastiktüte baumelte.

»Jetzt übertreibst du aber maßlos!« Sophie sah ihn gespielt streng an. »Auch wenn die Gute ein durchaus veritables Gewicht auf die Waage bringt, wiegt sie trotz allem nur sechs Komma vier Kilo.«

»Du sprichst in Rätseln.«

»Der Bauer, bei dem ich bisher immer die Weihnachtsgans erstanden habe, hält keine mehr. Also musste ich mich nach einem neuen Lieferanten umschauen, denn so ein osteuropäisches Mastvieh kommt mir nicht in den Bräter. Ich bin heute über den Markt geschlendert, um mich mal zu erkundigen, und dabei auf eine Bäuerin aus Großgründlach gestoßen, die Gänse aus eigener Zucht und Freilandhaltung anbietet. Wie es der Zufall so wollte, hatte sie noch ein Gänslein übrig, weil ein Kunde zwei bestellt hatte, wegen der Größe dann aber nur eins genommen hat. Also habe ich bei dir im Büro angerufen, um dich zu fragen, ob du Lust hast, deine Kollegen am Donnerstagabend zu einem Nikolausessen zu uns einzuladen, aber du warst ja wieder mal schwer beschäftigt. Deshalb habe ich kurzerhand entschieden, dass es übermorgen bei uns ein Gänseessen gibt. Und wenn du deine Leutchen nicht einladen magst, frage ich ein paar meiner Freunde.«

»Was ist mit deinem Magen?«

»Der wird das schon aushalten – ich muss ja nicht die ganze Gans allein essen.« Dass es maßgeblich die Gerüche waren, welche die Übelkeit hervorriefen, verschwieg sie ihm, sonst hätte sie am Ende noch eingestehen müssen, dass ihr allein der Weg entlang des Christkindlesmarkts am Nachmittag ziemlich zugesetzt hatte.

Bei Hackenholts Auto angekommen, entriegelte er die Türen und legte die schweren Tüten in den Kofferraum. »Falls du dir das wirklich antun willst, eine Horde hungriger Kripobeamter zu bekochen, werde ich dich ganz sicher nicht davon abhalten. Ich glaube, sie waren alle ein bisschen enttäuscht, dass die Umzugsparty geplatzt ist.«

»Dann ist das also abgemacht. Es ist jetzt halt ein bisschen kurzfristig.«

»Wen soll ich alles fragen?«

»Wenn ich vorher noch eine Kastaniensuppe mache und es als Nachtisch Zimtparfait mit Rumäpfeln gibt, reicht die Gans locker für Ralph, Manfred, Saskia und Christine. Christian Berger könntest du eigentlich auch fragen. Genauso wie euren Leichenfledderer, Dr. Puellen. Von dem habe ich bisher ja nur gehört, ihn jedoch nie persönlich kennengelernt.« Sie hielt einen Moment inne, bevor sie fortfuhr. »Wie steht es mit Manfred und Ralph? Haben sie keine Partner, die sie mitbringen wollen?«

»Nicht, dass ich wüsste. Und ob zwischen Saskia und Christian was läuft, haben wir bis heute nicht herausgefunden. Christine Mur und Maurice Puellen darfst du dagegen mit Sicherheit nicht in einen Topf werfen. Das wäre mehr als gewagt.«

»Aber hast du nicht immer wieder erwähnt, dass die beiden seit dem Geburtstagsessen ganz anders miteinander umgehen?«

»Das schon, allerdings nicht *so*. Früher ist Christine Maurice bei jeder Gelegenheit an die Gurgel gesprungen. Davon scheint sie jetzt abgekommen zu sein.«

»Na also.«

»Wie, na also?«

»Ach, Frank! Christine ist nun mal eine waschechte Fränkin – obwohl sie des Hochdeutschen mächtig ist. Wenn sie jemandem plötzlich nicht mehr an die Gurgel springt, kann das nur einen Grund haben.« Bevor er erneut nachfragen konnte, redete Sophie schnell weiter. »Saskia sagst du, dass sie Trigger mitbringen soll, ja? Irgendwie fehlt mir unser Hund immer noch. Wenn nur diese blöde Allergie nicht wäre.« Sie holte kurz Luft. »Dann stelle ich mich mal auf acht Personen ein. Und das Blaukraut mache ich gleich morgen Vormittag. Das schmeckt viel besser, wenn man es aufwärmt, als wenn es frisch ist.«

Gedankenverloren sah sie aus dem Autofenster. Sie standen an einer roten Fußgängerampel kurz vor der Kreuzung Spittlertorgraben/Kontumazgarten. Erhaben auf dem sandsteinernen Felsen thronte vor ihnen die hell erleuchtete Burg.

»Ach, du kannst sagen, was du willst: Nürnberg ist einfach wunderschön! Wer das nicht glaubt, der muss sich nur mal genau hierherstellen und den Blick genießen! Schade, dass es an dieser Stelle kein passendes Haus gibt, denn dem Gerling-Konzern werden wir seines wohl kaum abluchsen können.«

Hackenholt grinste.

Mittwoch

Als Hackenholt aus dem Badezimmer kam, wäre er fast mit Sophie zusammengeprallt, die auf nackten Füßen von der Toilette in Richtung Schlafzimmer schlich. Als sie ihn bemerkte, zuckte sie sichtlich zusammen, und bei genauerem Hinsehen stellte er fest, dass sie alles andere als taufrisch wirkte.

»Hast du dich übergeben müssen?«

Sie schüttelte den Kopf. »Ist nur so eine komische Übelkeit. Ich habe die ganze Zeit das Gefühl, dass mir gleich alles hochkommt, aber mehr als Würgen ist nicht.«

»Irgendwie gefällt mir das gar nicht. Für eine Magen-Darm-Grippe hält es sich schon viel zu lange.« Hackenholt ging den gestrigen Abend noch einmal durch. Was hatte Sophie gegessen? Nichts? Während er es sich mit einem Joghurt und seinem Buch auf dem Sofa gemütlich gemacht hatte, hatte sie sich in die Badewanne gelegt. »Ich finde, du solltest mal zum Arzt gehen.«

»Der kann doch auch nichts machen.«

Hackenholt legte den Kopf schief und musterte sie noch einmal gründlich, dann fragte er leise: »Kann es sein, dass du schwanger bist?«

»Quatsch. Du weißt genau, dass ich die Pille nehme.« Sophie hielt kurz inne, bevor sie sich einen Ruck gab. »Ich bin mir sicher, dass das nur die Nachwehen von unserem geplatzten Hauskauf sind. Zu viel Negativstress hat mir schon immer auf den Magen geschlagen.«

»Sollen wir das Nikolausessen morgen dann nicht einfach um ein paar Tage verschieben? Ich bin mir sicher, dass die Kollegen auch nächste Woche noch liebend gern zu einem Gänseessen kommen werden.«

»Und was wird aus dem Federvieh?«

»Das legst du in die Tiefkühltruhe.«

»Das wäre eine Verschwendung sondergleichen: eine frische Freilandgans einfrieren. Kommt gar nicht in Frage. Ich lege mich jetzt noch eine Runde ins Bett, und später wird es sicher besser sein. Dann gehe ich zum Kobergerplatz auf den Bauernmarkt und kaufe Blaukraut, Äpfel und Maronen.«

Im Kommissariat war zu dieser frühen Stunde noch alles ruhig. Hackenholt nutzte die Gelegenheit und riss alle Fenster auf, um den schalen Mief hinausziehen zu lassen, der sich durch die Heizungsluft regelmäßig in den langen Fluren ansammelte.

»Allmächd, mechersd du, dass mir uns in dera Käldn ern Doud hulln?«* Saskia Baumann stand in der Tür.

Hackenholt schaute von den Akten auf, die er gerade durchgegangen war. »Was machst du denn schon so früh hier?«, fragte er überrascht. Ein Blick auf die Uhr sagte ihm, dass die Kollegin eine Stunde vor ihrer üblichen Zeit dran war.

Mit einem Lächeln erhob er sich, schloss das Fenster und drehte die Heizung wieder auf, bevor er in die anderen Zimmer ging und dort dasselbe machte. Daher entging ihm auch Baumanns gemurmelte Antwort.

»Ich hoffe, du hattest keine schlaflose Nacht, weil Trigger Terror gemacht hat?«, fragte er im Scherz.

»Wäi wie wenn der des kennerd. Des is der bråfsde Hund vo der Weld.«*

»Dann ist es ja gut. Und deine Schulter tut dir auch nicht mehr weh?« Hackenholt sah die junge Beamtin besorgt an. Sie war im Herbst beim Versuch, einen Tatverdächtigen auf einem Parkplatz festzunehmen, angeschossen worden und seither deutlich schmaler geworden.

»Naaa.« Baumann wurde feuerrot. »Derf iech neddermål er bår Minuddn fräiers aafgraizn, ohne dass iech ern Verhör –«*

»Ich will nur sichergehen, dass es dir gut geht, Saskia.« Hackenholt lächelte sie beschwichtigend an. »Hast du morgen Abend schon etwas vor?«

Sie sah ihn abwartend an.

»Sophie hat sich in den Kopf gesetzt, einen neuen Gänselieferanten auszuprobieren, und bräuchte ein paar Testesser. Falls du also Zeit und Lust hast, bist du herzlich eingeladen. Sophie würde sich auch freuen, wenn du Trigger mitbringst – ich persönlich halte das allerdings für keine sonderlich gute Idee. Ihre Allergie wird in den paar Wochen mit Sicherheit nicht verschwunden sein.« Er machte eine kurze Pause und musterte die Kollegin aufmerksam. »Die Einladung gilt übrigens auch für Christian.«

Wieder wurde Baumann knallrot.

»Natürlich nur, wenn du ihn mitbringen möchtest«, schob Hackenholt, von ihrer Reaktion überrascht, schnell hinterher.

Baumann nickte eilig.

»Weißt du, wie er morgen Dienst hat?«

»Der kummd morng fräih ausn Nachddiensd«*, murmelte sie.

Endlich wurde Hackenholt klar, warum sie vorhin so furchtbar herumgedruckst hatte. Am liebsten hätte er laut aufgelacht. Wenn Berger heute Abend Nachtschicht hatte, hatte er jetzt gerade Frühdienst. Und da Baumann ebenfalls auffallend früh in der Dienststelle aufgetaucht war, konnte das nur bedeuten, dass sie bei ihm übernachtet hatte.

Wie zur Bestätigung sagte Baumann: »Iech will doch edzerdla min Manfred däi andern Nachbern in der Denisschdrass befrång. Däi wou iech gesdern Nammidåch ned derwischd hobb. Då håddsis oobuudn, dassi glei in Nämberch herinner schlåf.«*

»Lieber Gott, Saskia, du brauchst doch vor mir nicht zu rechtfertigen, wie du deine Freizeit verbringst.« Hackenholt sah sie eindringlich an.

»Iech hobb hald gmaand, dassd wissen sollersd, dass …«, sie hielt inne, gab sich dann einen Ruck und sagte leise: »dass iech min Chrisdiån banander bin.«*

»Das freut mich sehr für euch beide. Aber es gibt keinen Grund, warum ich das wissen sollte. Dienstlich, meine ich. Verstehst du? Ihr seid nicht in derselben Dienstgruppe, also ist das völlig egal.«

Sie nickte.

Plötzlich hörten sie Schritte im Flur, und einen Augenblick später steckte Stellfeldt seinen Kopf zur Tür herein.

»Guten Morgen. Ganz schön kalt hier drinnen«, begrüßte er die beiden. »Hat gestern Abend jemand vergessen, das Fenster zuzumachen?«

»Wenn ich Saskia gerade richtig verstanden habe, wolltet ihr euch jetzt um Bülent Alkans Nachbarn kümmern. Lasst euch von mir oder der Kühle hier nicht aufhalten.« Damit setzte sich Hackenholt wieder an seinen Schreibtisch und wühlte demonstrativ in den vor ihm liegenden Akten.

Nur zehn Minuten später wurde er mit einer ähnlichen Bemerkung erneut aus seiner Arbeit gerissen. Diesmal war es Christine Mur, die in sein Büro hereinschneite. Statt auf ihre Bemerkung hinsichtlich der eisigen Temperatur einzugehen, erzählte er auch ihr von Sophies Einladung zum Nikolausessen. Mur nahm strahlend an. Als Hackenholt sie fragte, was sie davon halten würde, wenn er Dr. Puellen ebenfalls Bescheid gab, wie es Sophie vorgeschlagen hatte, wurde sie zu seiner großen Verwunderung mindestens so rot wie Saskia zuvor. Ja, holla, die Waldfee, dachte Hackenholt. Was ist denn nur mit den Mädels hier los? Sollte Sophie am Ende doch recht gehabt haben? Er nahm sich vor, Christine und den Arzt in Zukunft ganz genau im Auge zu behalten.

»Du lädst Maurice aber nicht wegen mir ein, oder?«, fragte sie schließlich.

»Natürlich nicht! Sophie möchte ihn mal persönlich kennenlernen.«

»Aber warum fragst du mich dann?«

»Weil ich einen harmonischen Abend genießen möchte und du bis vor Kurzem häufig recht ungehalten auf Maurice reagiert hast.«

Mur wurde noch einmal rot.

»Und jetzt sagst du mir bitte, was du bisher in der Wohnung gefunden hast«, ging Hackenholt nahtlos zu seinem Fall über.

Mur schluckte und räusperte sich. In dem Augenblick kam Wünnenberg mit einigen Faxausdrucken in der Hand ins Büro.

»Die Bankunterlagen sind gekommen. Stellt euch vor, Bülent Alkan hat am 16. November sein Konto bis auf den letzten Cent abgeräumt. Das waren immerhin gut achtzehntausend Euro.«

»Ich geh mal wieder«, nuschelte Mur, bevor sie eilig die Flucht ergriff. »Wir sehen uns ja nachher noch zur Besprechung, und wichtige Neuigkeiten habe ich im Moment sowieso keine.«

Hackenholt sah ihr kurz hinterher, dann wandte er sich Wünnenberg zu. »Am 16. November, sagst du? Somit hat er da noch gelebt – sofern er das Geld selbst abgehoben hat. Das müssen wir schnellstmöglich überprüfen.«

»So einen hohen Betrag muss er sich am Schalter ausgezahlt haben lassen. Mit der Scheckkarte hätte er das Tages- und Wochenlimit gesprengt.«

Hackenholt nickte geistesabwesend. »Was wohl aus dem Geld geworden ist? Wenn Christine es in der Wohnung gefunden hätte, wüssten wir es. Wozu hat er überhaupt so viel in bar gebraucht?«

»Nun ja, die Fakten sind doch, dass er erstens arbeitslos war und zweitens Drogen konsumiert hat. Ich könnte mir gut vorstellen, dass er die Kohle abgehoben hat, weil er nach Holland oder in die Tschechische Republik fahren wollte, um dort ordentlich einzukaufen und das Zeug dann hier zu verticken.«

Hackenholt wiegte den Kopf hin und her. »Das ist eine Möglichkeit, allerdings eben nur eine von vielen. Die eigentliche Frage ist doch: Wie ist er überhaupt an die Summe gekommen? Für einen Lastwagenfahrer hatte er nicht gerade wenig auf der hohen Kante, schließlich musste er von seinem Gehalt auch die laufenden Kosten für seinen Lebensunterhalt bestreiten.«

»Es scheint, als ob er irgendwelche Sachen verkauft hätte, aber aus dem Verwendungszweck bei den eingegangenen Überweisungen kann man es nicht herauslesen, da stehen nur Rechnungsnummern. Der Großteil des Geldes ist ihm allerdings erst am Tag vor dem Abheben gutgeschrieben worden. Durch insgesamt fünf Überweisungen. Der niedrigste Betrag waren knappe siebenhundert Euro, der höchste etwas mehr als achttausend. Die anderen liegen dazwischen. Insgesamt waren es«, Wünnenberg zog einen Taschenrechner zu sich heran und tippte die Zahlen ein, »insgesamt waren es genau siebzehntausendvierhundertachtundneunzig Euro dreiundfünfzig.«

»Wir müssen nachprüfen, wofür er so viel erhalten hat.«

Wünnenberg nickte. »Über die Bankverbindungen können wir die Zahlungen zurückverfolgen lassen und dann bei den Auftraggebern nachfragen.«

»Sind wir mit der Handyauswertung schon weitergekommen?«

Wünnenberg schüttelte den Kopf. »Die Namenszuordnung fehlt noch.«

Pünktlich um halb neun betraten Hackenholt und Wünnenberg die Sparkassengeschäftsstelle Gostenhof in der Fürther Straße. Der Hauptkommissar hatte kurz zuvor in der Filiale angerufen und nachgefragt, ob Bülent Alkans Sachbearbeiterin zu sprechen sei. Die junge, schlanke Frau, die sich ihnen nun als Nicole Starck vorstellte, war etwa Mitte zwanzig und trug ihre blonden Haare seitlich mit mehreren bunten Haarklammern zurückgesteckt.

»Frau Starck, können Sie sich erinnern, wann Sie Herrn Alkan zuletzt gesehen haben?«

Sie nickte. »Ich habe mir gleich nach Ihrem Anruf die entsprechenden Unterlagen herausgesucht.« Sie starrte einen Augenblick auf die Ausdrucke. »Bei seinem letzten Besuch war er so komisch, er wollte sofort sein Konto auflösen, obwohl das wegen der Kündigungsfrist nicht so einfach war.«

»Also hat er zu dem Zeitpunkt nicht nur Geld abgehoben, sondern auch die Bankverbindung gekündigt?«, fragte Hackenholt überrascht.

Die Sachbearbeiterin nickte. »Er ist an die Kasse gegangen und hat gesagt, er wolle den gesamten Betrag ausbezahlt bekommen, weil er das Konto nicht mehr bräuchte. Daraufhin hat ihn die Kollegin zu mir geschickt.«

»Wann war das?«

»Am 16. November um zehn Uhr neununddreißig«, las Frau Starck von einem Blatt ab.

»Wie geht das denn üblicherweise vor sich, wenn jemand sein Girokonto auflösen möchte?«

»Der Kunde gibt uns seine neue Bankverbindung, und dann überweisen wir nach Ablauf der Kündigungsfrist das Restguthaben auf das neue Konto – oder buchen im Rahmen eines Lastschriftverfahrens von dort den ausstehenden Sollbetrag ab. Aber Herr Alkan wollte dazu keine Angaben machen. Er sagte, er würde am nächsten Tag in die Türkei zurückgehen, deshalb müsse alles jetzt sofort und auf der Stelle geregelt werden.«

Hackenholt und Wünnenberg warfen sich einen erstaunten Blick zu.

»Er wollte in die Türkei? Sind Sie sich da sicher?«

»Ja, er hatte seine Verlobte dabei.«

»Wissen Sie ihren Namen?«

Frau Starck schürzte die Lippen. »Nein, aber es war ebenfalls eine Türkin. Sie hat ein Kopftuch getragen.«

»Und Sie erinnern sich genau daran, dass Herr Alkan sie als seine Verlobte vorgestellt hat?«

»Na ja, er hat mir jedenfalls erzählt, dass sie zur Hochzeit in die Türkei ziehen und anschließend dort bei der Familie seiner Frau leben wollten.«

Nach ihrer Rückkehr ins Kommissariat rief Hackenholt als Erstes Dr. Puellen in seinem Büro an und lud ihn zum Nikolausessen ein.

Der Rechtsmediziner war hörbar überrascht, sagte aber sofort freudig zu. Noch erfreuter vernahm er die Tatsache, dass Christine Mur ebenfalls zu den anwesenden Gästen zählen würde.

Mit einem Lächeln ging der Hauptkommissar im Anschluss an das Telefonat zum Besprechungszimmer. Offenbar waren schon alle versammelt, zumindest schienen die Kollegen bereits angeregt zu diskutieren, wie er durch die angelehnte Tür hören konnte.

»Du musst unbedingt einen Karton von diesem fränkischen Rosé für morgen Abend besorgen, Saskia«, sagte Wünnenberg.

»Keinen Rosé«, widersprach Stellfeldt. »Christine mag den Rotwein viel lieber. Da hat sie ganz ohne unser Zutun im Nu ein paar Gläser intus.«

»Trotzdem sollten wir ein Auge auf ihr Glas haben. Hoffentlich macht Sophie keine Tischkärtchen, zuzutrauen wäre es ihr. Falls es welche gibt, musst du Frank ablenken, damit ich die Plätze so tauschen kann, dass Christine neben Maurice sitzt. Außerdem sollte einer von uns beiden auf der anderen Seite neben ihr sitzen, dann ist es am unauffälligsten, wenn wir ihr immer schön Wein nachschenken.«

»Un ihr maand wergli, dass des der richdiche Weech wär, dassmers zammbringer?«*, fragte Baumann skeptisch.

»Klar! Erinner dich bloß daran, wie Christine wegen seiner Essenseinladung an ihrem Geburtstag rumgezickt hat und wie wunderbar die beiden seither miteinander zurechtkommen«, erklärte Wünnenberg.

»Eem. Obber ned –«*

»Kein Aber«, unterbrach Stellfeldt Baumann. »Die zwei brauchen lediglich nur etwas Starthilfe, und mehr machen wir nun wirklich nicht.«

»Ihr maand also wergli, dassd Chrisdine middn Dr. Buelln hammgäihd, wenns nerblous gnouch becherd hodd?«*

»Klar, das fädeln wir schon so ein, dass sie nicht Nein sagen kann. Außerdem will sie es doch selbst. Sie hat nur noch keinen plausiblen Vorwand gefunden. Wenn wir ihr den liefern, sie quasi dazu zwingen, hat das für sie den zusätzlichen Vorteil, dass sie das Unschuldslamm mimen kann.«

»Un der Dr. Buelln?«*, fragte Baumann verunsichert.

»Der wird die Chance beim Schopfe packen, da kannst du dir sicher sein.«

»Sag mal, belauschst du etwa deine Kollegen?«, fragte plötzlich eine empörte Stimme hinter Hackenholt.

Der Hauptkommissar zuckte zusammen wie ein ertappter Schuljunge. Es war Christine Mur.

»Nein, natürlich nicht, ich war bloß in Gedanken. Irgendetwas habe ich vergessen, ich komme nur gerade nicht mehr darauf, was es war.«

»Na, das haben Dinge, die man vergisst, so an sich.«

Im Besprechungsraum war es schlagartig mucksmäuschenstill geworden. Hackenholt stieß die Tür auf und ließ der Beamtin den Vortritt.

»Was gibt es Neues?«, fragte er in geschäftsmäßigem Ton mit einem schnellen Blick in die Runde.

»Endli håmmer ern Nachbern gfundn, der wos ghärd hodd«, ergriff Baumann eilig das Wort. »Un zwår wår des geeng Middåch am 16. Nofember. Der Nachber hodd gsachd, es hädd glunger, wäi wenn der Bülend Alkån Möbl zammhauerd odder ummernand schäim däd. Er maand, er hädd aa erweng Ruufm ghärd, obber kanne Schreie. Die Siduadzion soll nix Bedroolichs ghobbd hamm.«*

»An das Datum konnte er sich so genau erinnern, weil er erst am Vortag einem Bekannten mit dem Umzug geholfen hatte und noch so erschöpft war, dass er einen Mittagsschlaf machen wollte«, übernahm nun Stellfeldt.

»Das würde absolut ins Bild passen. Am Vormittag geht Bülent zur Sparkasse und hebt sein gesamtes Geld ab, weil er am nächsten Tag mit seiner Zukünftigen in die Türkei fliegen will. Wenn ihm jemand etwas antun wollte, war der Rest des Tages quasi die letzte Gelegenheit dazu.« Wünnenberg trank sichtlich zufrieden einen Schluck Kaffee.

»Schon, aber die Theorie hat zwei winzige Schönheitsfehler: Bislang haben wir nicht die geringste Ahnung, ob Bülent Alkan wirklich eine Verlobte hatte, und genauso wenig wissen wir, ob die Sache mit der Reise in die Türkei überhaupt der Wahrheit entsprochen hat«, entgegnete Hackenholt. Dann erklärte er den Kollegen, was sie von der Sparkassenmitarbeiterin erfahren hatten.

»Irgendwie wird das alles immer verworrener«, seufzte Stellfeldt. »Was ist aus der Partnerin geworden? Warum hat sie Bülent Alkan nicht als vermisst gemeldet? Wo ist sie jetzt? Und vor allem: Wo ist das Geld?«

»Vielleicht ist sie ja untergetaucht, nachdem sie ihren ermordeten Bräutigam gefunden hat. Oder sie ist sang- und klanglos in die Türkei abgehauen – mitsamt den achtzehntausend Euro. Zumindest würde das die abgeschlossene Wohnungstür erklären«, kam Christine Mur auf ein wichtiges Detail zu sprechen.

»Du meinst, sie ist ahnungslos zurückgekommen, hat die Tür aufgemacht, den Toten gefunden, sich daraufhin die Moneten geschnappt und ist abgehauen, wobei sie hinter sich gewissenhaft abgesperrt hat?«, fragte Wünnenberg mit gerunzelter Stirn.

»Das würde voraussetzen, dass sie wusste, wo ihr Verlobter den Betrag versteckt hat«, murmelte Stellfeldt. »Wie es in den Räumen ausgeschaut hat, haben die oder der Täter dort schon vor ihr nach der Barschaft gesucht.«

Hackenholt schüttelte entschieden den Kopf. »All diese Spekulationen bringen uns keinen Millimeter weiter. Wir sollten unsere Zeit lieber nutzen, um die Fakten zu analysieren. Christine, was hast du herausgefunden?«

»Bislang nichts, was uns weiterhilft. Die Scheine sind jedenfalls nicht mehr in der Wohnung, sofern sie überhaupt jemals dort gewesen sind. Der kaputte Laptop ist bei den Kollegen vom LKA in München, aber bislang gibt es von deren Seite keine Neuigkeiten. Einen anderen Computer haben wir nirgends gefunden – genauso wenig ein Handy. Fingerabdrücke haben wir diverse gesichert, bisher können wir allerdings nur die zuordnen, die Vater und Onkel des Opfers bei ihrem Einbruch hinterlassen haben. Insbesondere Letzterer war dabei auffallend übereifrig. Er war sowohl in der Küche als auch im Bad. Dabei ist besonders interessant, dass ich im Handwaschbecken Blut nachweisen konnte. Der Täter muss sich in aller Seelenruhe gesäubert haben, bevor er die Wohnung durchsucht hat. Uns stellt die Situation vor folgendes Problem: Wir haben keine Chance nachzuweisen, ob Vater und Onkel vor ihrem nächtlichen Besuch schon einmal dort gewesen sind oder nicht.«

»Däi wern ja wohl nix midn Doud vo ihrn eichner Bou zern dou hamm«*, protestierte Saskia Baumann.

»Das wäre nicht der erste Fall, bei dem eine Familie jemanden aus den eigenen Reihen tötet«, argumentierte Mur dagegen. »Aber halten wir uns weiter an die Fakten: Der Schmutz unter den Fingernägeln des Toten muss erst noch ausgewertet werden, ebenso die DNA-

Proben, die wir genommen haben. Unklar ist auch noch, ob es sich bei den Blutspuren immer um Bülent Alkans Blut handelt oder ob vielleicht der Täter ebenfalls eine Verletzung davongetragen hat. Der Schnelltest gibt lediglich Aufschluss über die Blutgruppe, und die war stets dieselbe.«

»Über das Ergebnis der Befragung der Nachbarn haben wir euch ja bereits informiert«, übernahm Stellfeldt. »Ich habe mich anschließend den Handydaten gewidmet. Dabei kam heraus, dass Bülent Alkan sehr wohl Kontakt zu seiner Schwester hatte: Er hat sie regelmäßig angerufen und ihr Kurznachrichten geschickt. Neben unzähligen anderen Personen, mit denen er in sehr unregelmäßigem Telefonkontakt stand, hat er mehrmals am Tag mit einer Rojin Barzani telefoniert. Die Gespräche haben manchmal nur ein paar Sekunden, dann wieder bis zu einer Stunde gedauert.«

»Könnte also die vermeintliche Verlobte sein, oder?«, fragte Wünnenberg.

»Ich denke schon. So oft, wie die beiden miteinander gesprochen haben, liegt das nahe. Außerdem hat die Telefonistin in der Spedition angegeben, dass Bülent unsterblich in eine Rojin verliebt war.«

»Hast du das Mädchen überprüft?« Hackenholt sah Stellfeldt fragend an.

»Sie ist neunzehn Jahre alt und wohnt noch bei ihrer Familie in Altdorf. Ich habe versucht, sie anzurufen und vorzuladen, aber bislang ist sie nicht an ihr Handy gegangen. Ein Festnetztelefon hat die Familie offenbar nicht, zumindest ist nirgendwo eine Nummer eingetragen.«

»Dann bleibt uns wohl nichts anderes übrig, als nach Altdorf zu fahren und persönlich vorzusprechen. Falls sie seine Zukünftige war, haben wir endlich jemanden gefunden, der uns etwas Genaueres über den Toten erzählen kann. Wie schaut es mit den letzten Tagen aus, von denen wir bislang wissen, dass Bülent Alkan lebend gesehen wurde?«

»Am 15. November hat er noch einmal mit seiner Schwester telefoniert.«

»Gibt es irgendwelche eingegangenen Anrufe?«

»Etliche. Wie schon angedeutet: Er scheint mit Gott und der Welt telefoniert zu haben. Allerdings herrschte seit dem 15. November absolute Funkstille.« Stellfeldt massierte seine Glatze.

»Okay. Ralph und ich machen uns auf den Weg nach Altdorf. Ruf du in der Zwischenzeit bitte bei Damla Ünlü an und lade sie für den Nachmittag vor. Durch den Verbindungsnachweis wissen wir ja nun, dass sie uns definitiv angelogen hat, was den Kontakt zu ihrem Bruder betrifft. Und sprich auch noch einmal mit dem Vater: Hake nach, was es mit Bülents Hochzeit in der Türkei auf sich gehabt hat. Wenn er wieder behauptet, von nichts zu wissen, lade ihn ebenfalls für heute Nachmittag vor.«

Stellfeldt nickte und machte sich eine Notiz.

Aus purer Neugier auf den Weihnachtsmarkt in Altdorf folgte Hackenholt der Beschilderung zur Innenstadt. Über die Nürnberger Straße gelangte er zum historischen Oberen Torturm. Einen Augenblick lang wunderte er sich, dass die Altstadt trotz Weihnachtsmarkt nicht gesperrt war, dann passierte er mit einem Schulterzucken das schmale westliche Einfallstor. Über das kopfsteinerne Straßenpflaster holperten sie zunächst den Oberen und dann den Unteren Markt entlang, bis die beiden Beamten schließlich durch den Unteren Torturm die Altstadt wieder verließen.

Zwar waren sämtliche Plätze und Gassen Altdorfs festlich geschmückt, so wie auch das historische Rathaus, an dem sie vorbeigekommen waren, aber Weihnachtsbuden waren weit und breit nicht zu entdecken. Erst an einer Ampel bemerkte der Hauptkommissar ein Schild, das ihn auf den Weihnachtsmarkt im Innenhof der alten Universität hinwies, der allerdings ausschließlich an den ersten drei Adventswochenenden stattfand. Damit war klar, warum ihnen heute kein verlockender Duft nach Glühwein, Zimtsternen und gerösteten Maroni um die Nasen wehte. Einerseits war Hackenholt enttäuscht, andererseits erleichterte es ihm, sich auf den Grund zu konzentrieren, weshalb sie überhaupt hier in Altdorf waren.

Die Familie Barzani wohnte in einem kleinen frei stehenden Einfamilienhaus am südöstlichen Rand von Altdorf, an dem die Staatsstraße Richtung Neumarkt vorbeiführte. Auf ihr Klingeln hin öffnete eine kleine, rundliche Frau mit einer großen Brille und Kopftuch. Misstrauisch musterte sie die Beamten. Noch bevor diese sich vorstellen konnten, drehte sie sich weg und rief auf Türkisch etwas ins Hausinnere. Kurz darauf erschien ein Mann an der Tür, vom Alter her das Familienoberhaupt. Seine Haare wie auch sein Schnurrbart waren schon ergraut. Nachdem Hackenholt und Wünnenberg sich ausgewiesen hatten, bat er sie widerwillig herein.

»Wir hätten gerne mit Ihrer Tochter Rojin gesprochen«, begann Hackenholt, nachdem sie ins Wohnzimmer geführt worden waren.

»Rojin ist nicht hier«, antwortete der Vater abweisend.

»Wann kommt sie wieder?«

»Das weiß ich nicht.«

»Es ist sehr wichtig, dass wir so schnell wie möglich mit ihr sprechen. Wo können wir sie erreichen?«

»Rojin ist bei Verwandten in der Türkei.«

»Seit wann?«

»Schon länger, ein paar Wochen«, lautete die unbestimmte Antwort.

»Dann brauche ich die Telefonnummer von Ihren Angehörigen.«

»Auf dem Land gibt es kein Telefon.«

Hackenholt musterte Barzani. »Gut, dann geben Sie mir bitte die Postadresse.«

Ohne mit der Wimper zu zucken, rasselte Azad Barzani eine Anschrift herunter, die Wünnenberg sich zwei Mal buchstabieren lassen musste, bis er sicher war, sie richtig notiert zu haben.

»Mit welcher Fluglinie ist Ihre Tochter geflogen?«

»Ein Freund hat sie mit dem Auto mitgenommen, das Flugzeug wäre zu teuer gewesen.«

»Soso.« Hackenholt musterte Barzani mit einem Blick, der seine Skepsis deutlich zum Ausdruck brachte. »An welchem Tag ist sie von hier aufgebrochen?«

»Am 17. November.«

»Und wann ist sie in der Türkei angekommen?«

»Das weiß ich nicht. Wir haben seither nichts mehr von ihr gehört.«

»Ihre Tochter fährt in die Türkei, und Sie erhalten weder einen Anruf noch eine E-Mail oder eine Karte, dass sie gut angekommen ist?«

Der Vater blickte Hackenholt ausdruckslos an.

»Hat sie denn ihr Handy nicht mitgenommen?«

»Nein, sie soll sich ganz auf die Familie konzentrieren. Außerdem gibt es dort keinen Empfang.«

»Warum befindet sich Ihre Tochter in der Türkei?«

»Sie wird einen Cousin heiraten.«

»Aber nicht zufällig Bülent Alkan?«, fragte Hackenholt.

Das Gesicht des Vaters wurde hart. »Den kenne ich nicht.«

»Wir dachten, Ihre Tochter wäre mit ihm verlobt?«

Azad Barzani schüttelte stumm den Kopf. Irgendetwas hielt Hackenholt davon ab, ihm von Bülent Alkans Tod zu erzählen. Eine innere Stimme sagte ihm, dass er die Tochter womöglich in Schwierigkeiten brachte, wenn er von ihren häufigen Anrufen auf dessen Handy berichtete. Stattdessen fragte er, wo Rojin gearbeitet hatte.

»Meine Tochter hat sich um die Kinder meiner jüngsten Schwester gekümmert, seit sie mit der Schule fertig war.«

Sofort nachdem sie das Haus der Barzanis verlassen hatten, zückte Hackenholt sein Handy und rief Stellfeldt im Büro an.

»Haben wir einen direkten Draht zu einem Kollegen in der Türkei?«

»Nicht, dass ich wüsste«, brummte Stellfeldt. »Warum?«

»Weil Rojin Barzani am 17. November von einem Freund der Familie mit dem Auto in die Türkei gebracht wurde. Behauptet zumindest ihr Vater.«

Stellfeldt stieß einen leisen Pfiff aus. »Was für ein Zufall, dass sie ausgerechnet am Tag, nachdem Bülent Alkan zum letzten Mal lebend gesehen wurde, verreist ist.«

»Eben. Das riecht mir ein bisschen zu sehr nach einem Braten. Ich denke, wir sollten uns die beiden Familien genauer anschauen.«

»Schon, allerdings gibt es dabei ein Problem: Ich kann von der Familie Alkan niemanden erreichen. Weder im Geschäft noch unter der Privatnummer geht jemand ran, und am Handy ist die Mailbox eingeschaltet.«

»Okay, dann übernehmen wir das und fahren von hier aus gleich weiter nach Lauf«, entschied Hackenholt.

Doch auch er sollte zunächst nicht mehr Erfolg haben. In der Richard-Wagner-Straße öffnete niemand, und die Schneiderei im EWS war ebenfalls verwaist. An der Innenseite der Glastür prangte ein Zettel: »Wegen Todesfall geschlossen.«

»Und jetzt?«, fragte Wünnenberg.

»Soweit ich mich erinnere, hat die Nachbarin gesagt, dass Damla Ünlü gleich nebenan bei einem Friseur arbeitet. Lass uns mal schauen, ob wenigstens sie da ist.«

Gemeinsam gingen sie die Ladenpassage ab, aber nachdem sie dort keinen Salon fanden, verließen sie das Gebäude und wandten sich nach links in Richtung Stadtzentrum. Bereits nach wenigen Schritten standen sie vor dem gesuchten Laden. Als Hackenholt die Tür öffnete, schlug ihm sofort eine feuchtwarme Wolke des unverkennbaren Geruchs nach Shampoo und Haarspray entgegen, die von lauten, das Summen der Haartrockner übertönenden Stimmen begleitet wurde. Die beiden Beamten gingen zur Empfangstheke und fragten nach Bülent Alkans Schwester.

»Haben Sie einen Termin?«, fragte die Blondine hinter dem Tresen, während sie Hackenholts Frisur musterte.

Er verneinte.

»Dann wird es –«

»Wir sind von der Kripo und müssen dringend mit Frau Ünlü sprechen.«

»Ach so. Tut mir leid, aber Damla hat sich für den Rest der Woche krankgemeldet.«

»Wissen Sie, wo wir sie antreffen können?«

Die Frau zuckte mit den Schultern. »Zu Hause, nehme ich an. Oder bei ihren Eltern.«

Hackenholt bedankte sich mit einem Nicken und verließ das Geschäft. Auf dem Bürgersteig rief er erneut in der Dienststelle an und bat Saskia Baumann, Damla Ünlüs genaue Anschrift aus den Akten herauszusuchen. Er selbst konnte sich nur noch daran erinnern, dass sie bei ihrer gestrigen Vernehmung eine Adresse in Hersbruck angegeben hatte.

Die junge Frau wohnte im dritten Stock eines großen Mehrfamilienhauses. Hackenholt klingelte, aber auch hier öffnete niemand die Tür. Als die Beamten jedoch zu ihrem Wagen zurückgingen, fuhr schnittig ein knallroter Smart vor, aus dem Damla Ünlü mit einem kleinen Jungen stieg.

»Das nenn ich mal Glück«, murmelte Wünnenberg.

Der Gesichtsausdruck der jungen Frau drückte hingegen das genaue Gegenteil aus, als sie die beiden Kripobeamten entdeckte.

»Was wollen Sie hier?«

»Wir haben versucht, Sie telefonisch zu erreichen, aber offenbar haben Sie Ihr Handy ausgeschaltet. Frau Ünlü, wir müssen dringend noch einmal mit Ihnen reden.«

»Warum?«

»Seit unserem letzten Gespräch haben sich eine Menge neuer Fragen ergeben.«

»Ich habe Ihnen doch gestern bereits gesagt, dass ich Ihnen nicht weiterhelfen kann.«

»Aber wir haben in der Zwischenzeit neue Erkenntnisse gewonnen, die auch Sie betreffen. Wenn Sie nicht möchten, dass wir uns in Ihrer Wohnung unterhalten, können wir gern ins Präsidium nach Nürnberg fahren.«

Sie warf einen raschen Blick die Hausfassade hinauf. Hinter den Fenstern rührte sich nichts. »Gut, dann eben in Nürnberg. Kian muss aber mitkommen, ich habe niemanden, der auf ihn aufpasst.« Sie wies auf ihren Sohn.

»Kein Problem.« Hackenholt nickte.

»Frau Ünlü, Sie haben uns gestern nicht die Wahrheit gesagt«, konfrontierte der Hauptkommissar die junge Deutschtürkin mit den ermittelten Fakten, nachdem sie in seinem Büro Platz genommen hatte. Ihr kleiner Sohn saß auf ihrem Schoß und knabberte an einem Butterkeks, den ihm die Schreibkraft gegeben hatte, die die Vernehmung protokollierte. »Sie hatten mit Ihrem Bruder auch noch nach dem 6. November Kontakt. Als wir seine Telefonkontakte ausgewertet haben, haben wir festgestellt, dass Sie mit ihm bis zum 15. November so gut wie täglich telefoniert und sich gegenseitig SMS geschickt haben.«

»Papa darf davon nichts erfahren. Er wäre sehr wütend auf mich, weil ich mich nicht an seine Verbote gehalten habe.«

»Frau Ünlü, Ihr Bruder wurde umgebracht. Es muss doch auch in Ihrem Interesse sein, dass wir denjenigen finden, der das getan hat. Aber dazu haben wir nur eine Chance, wenn Sie uns die Wahrheit sagen.«

Die junge Frau rieb ihre Wange am Kopf ihres Sohnes, der sich daraufhin zu ihr umdrehte und sie anschaute. Schließlich nickte sie mit einem Seufzer.

»Dann noch einmal: Wann haben Sie Ihren Bruder zum letzten Mal gesehen?«

»Eine Woche nach Kurban Bayrami. Bülent ist nur mir zuliebe zu dem Opferfest nach Hause gekommen. Er wusste, dass Onkel Köksal mit seiner Familie dabei sein würde. Die beiden haben sich nie verstanden. Unser Onkel ist wesentlich strenger und traditioneller als unser Vater, aber immer, wenn Köksal da ist, eifert Papa ihm nach. Bülent hat das gehasst. Vor allem nachdem er seine Arbeit bei der Spedition gekündigt hatte, hatte er große Angst, nach Hause zu kommen. Ich habe ihn immer zu beruhigen versucht und gesagt, dass in der Familie niemand etwas davon weiß.«

»Können Sie mir sagen, wie es zu der Kündigung kam?«, hakte Hackenholt sofort nach. Die Version, die Bülent Alkan seiner Schwester aufgetischt hatte, interessierte ihn.

»Bülent ist klar geworden, dass er sein Leben nicht so hätte leben können, wie er es sich immer vorgestellt hat, wenn er hiergeblieben wäre. Also wollte er mit Rojin weggehen. Wohin, hat er mir nie verraten. Er sagte, es sei für mich am besten, wenn ich so wenig wie möglich wüsste.« Sie ließ ihren Sohn, der in ihren Armen heftig zu zappeln begonnen hatte, los, sodass er von ihrem Schoß rutschen und zur Schreibkraft an den Computer laufen konnte. »Verstehen Sie? Deswegen habe ich auch keinen Verdacht geschöpft, dass irgendetwas nicht in Ordnung ist, als ich ihn auf dem Handy nicht mehr erreicht habe. Immer wieder hat er gesagt: ›Eines Tages werde ich weg sein. Mein Handy lasse ich hier, du kannst mich dann nicht mehr kontaktieren, aber ich werde mich bei dir melden.‹ Als ich das letzte Mal bei ihm war, um ihm die Haare zu schneiden, hat er ein paar Andeutungen gemacht, dass es bald so weit sein würde.« Sie schlug die Hände vors Gesicht, weil sie die Tränen nicht länger zurückhalten konnte. Sofort kam ihr Sohn zu ihr zurückgelaufen und drückte sich an sie, bis sie ihn wieder auf den Schoß hob. »Als mein Bruder auf meine letzte SMS nicht mehr geantwortet hat, rief ich ihn an, aber diese Tonbandstimme sagte nur, dass der Teilnehmer nicht erreichbar ist. Also habe ich es unter Rojins Nummer versucht, aber auch da ging niemand ran. Ich war mir sicher, dass die beiden ihren Plan in die Tat umgesetzt hatten.«

Hackenholt schwieg einen Augenblick. »Waren Ihr Bruder und Rojin Barzani verlobt?«

»Machen Sie Witze? Hätte jemand davon erfahren, dass sie sich auch nur treffen, wäre schon ein Unglück geschehen.« Sie schluchzte laut auf. »Und genau dazu ist es ja gekommen: Jemand hat es herausgefunden. Ich habe Rojin wieder und wieder gesagt, sie soll auf ihr Handy achtgeben und nach jeder SMS und jedem Anruf den Speicher löschen, damit niemand in ihrer Familie merkt, wie oft sie mit Bülent Kontakt hat. Sicher hat ihr Vater oder einer ihrer Brüder es ihr weggenommen. Sie sind dahintergekommen, dass sie mit Bülent weggehen wollte, und deswegen haben sie Bülent …« Der Rest des Satzes ging in lautem Schluchzen unter.

»Warum durften sich Ihr Bruder und Rojin Barzani nicht treffen?«, fragte Hackenholt, nachdem sich Damla Ünlü wieder ein wenig beruhigt hatte.

»Rojin ist Jesidin.«

Hackenholt warf Wünnenberg einen kurzen Blick zu, der ihn mit einem ratlosen Schulterzucken erwiderte. Jesiden waren ihm bislang allenfalls in Karl-May-Büchern begegnet.

»Ich verstehe nicht«, wandte sich Hackenholt wieder an die junge Frau. »Was bedeutet das?«

»Wir sind Moslems. Die Barzanis sind Kurden jesidischen Glaubens. Jesiden müssen unter sich bleiben. Als die beiden sich kennenlernten, tolerierten Rojins Eltern die Beziehung nicht. Auch Papa hat sich deshalb öfter mit Onkel Köksal besprochen und Bülent dann befohlen, den Kontakt zu Rojin abzubrechen. Außerdem hat er ihn gezwungen, seine Arbeit aufzugeben, um bei Yilmaz-Logistics anzufangen, damit er möglichst viel unterwegs ist. Papa dachte, Bülent würde Rojin mit der Zeit vergessen, sodass sich das Problem von allein erledigt.«

»Wir haben versucht, Kontakt mit der Freundin Ihres Bruders aufzunehmen, aber ihre Familie hat uns gesagt, sie wäre in die Türkei zu ihrem Verlobten gereist, um ihn zu heiraten.«

»Arme Rojin. Da sehen Sie es: Ich liege mit meiner Vermutung goldrichtig. Ihr Vater hat herausbekommen, dass sie sich mit Bülent trifft, hat Bülent deswegen umgebracht und Rojin in die Türkei verheiratet. Falls sie überhaupt noch lebt«, murmelte Damla Ünlü leise, während sie ihren Sohn fest umklammerte. »Es würde mich nicht wundern, wenn er sie ebenfalls getötet hat. Sie hat die Familienehre beschmutzt, indem sie sich dem Willen ihres Vaters und ihrer Brüder widersetzt hat. In sehr gläubigen Familien wie ihrer wird das nicht geduldet.«

»Lassen Sie uns noch einmal zu der Kündigung in der Spedition Yilmaz zurückkehren. Sie sagten, Ihr Bruder hätte das Beschäftigungsverhältnis von sich aus beendet?«

»Bülent hat sich dort nie wohlgefühlt. Er wollte hier sein, in der Nähe von Rojin.«

»Warum hat er dann überhaupt den Arbeitgeber gewechselt?«

»Papa hat ihn dazu gezwungen.«

»Womit?«

»Er hat ihm gedroht, er würde Onkel Köksal sonst bitten, ihn in der Türkei bei seiner Familie unterzubringen.«

»Halten Sie es für möglich, dass Rojin Barzani und Ihr Bruder gemeinsam in die Türkei gehen wollten?«

Ohne nachzudenken, schüttelte Damla Ünlü den Kopf. »Beide sind hier in Deutschland geboren – so wie ich auch. Sie kennen die Türkei nur aus dem Urlaub. Das Land ist für uns eine völlig fremde Welt, in der wir nicht leben wollen. Bülent hat es gehasst, wenn er mit dem Lastwagen *in die Heimat* fahren musste.«

»Ich habe noch eine andere Frage: Hatte Ihr Bruder jemals etwas mit Drogen zu tun?«

Sie seufzte. »Er hat manchmal was geraucht.«

»Aber er hat nicht hin und wieder als Drogenkurier gearbeitet?«

»Wie kommen Sie denn darauf?«, fragte die junge Frau entsetzt.

»Die Balkanroute ist eine klassische Schmuggelstrecke.«

Sie machte eine abwehrende Geste. »Mit so etwas hatte Bülent mit Sicherheit nichts am Hut.«

»Ihr Bruder hat kurz vor seinem Tod mehr als achtzehntausend Euro von seinem Konto abgehoben. Können Sie sich erklären, wie er zu so viel Geld kam? Als Lastwagenfahrer verdient man eigentlich eher nicht so viel.«

»Achtzehntausend Euro?«, hauchte Damla Ünlü. »Das kann nicht sein, ich habe ihm doch ständig etwas borgen müssen. Immer war er im Minus.«

»Kann er irgendetwas verkauft haben, wofür er hohe Beträge bekommen hat?«

Wieder schüttelte sie nachdrücklich den Kopf. »Er hatte nichts Wertvolles. Alles, was er besaß, war nur billiges Zeug. Onkel Köksal hat unseren Vater andauernd gedrängt, Bülent und mich kurzzuhalten, damit wir bloß nichts Unmoralisches anstellen«, schnaubte sie.

»Ihr Onkel scheint viel Einfluss auf Ihre Familie zu haben.«

»Ja, leider. Meine Mutter stammt aus einer wohlhabenden Familie. Sie war für meinen Vater eine gute Partie, obwohl sie die jüngste von vier Töchtern war. Da ihr eigener Vater früh gestorben ist, wurde ihr Bruder das Familienoberhaupt – deswegen glaubt er auch bis heute, sich in alles einmischen zu können.« Plötzlich begann ihr Sohn auf ihrem Schoß zu weinen. »Was ich Ihnen erzählt habe, muss unbedingt unter uns bleiben. Mein Onkel darf keinesfalls erfahren, dass ich mit Ihnen gesprochen habe. Er regt sich sowieso schon auf, weil ich mich von meinem Mann scheiden lassen will. Ich habe Angst, dass er mir etwas antut, wenn er erfährt, was ich Ihnen gesagt habe.« Sie beugte sich vor und nahm den Butterkeks, den die Schreibkraft ihrem Sohn hinhielt, um ihn wieder zu beruhigen.

»Gibt es einen Grund für die Annahme, dass er Ihnen gegenüber gewalttätig werden könnte?«

Sie sah Hackenholt lang an, senkte aber am Ende den Kopf und gab keine Antwort.

»Frau Ünlü, das ist ein sehr ernstes Thema. Sie wissen, dass es diverse Hilfsangebote gibt – auch vonseiten der Polizei, nicht wahr? In der Zeughauswache neben dem City Point ist die Polizeiberatung untergebracht. Die Kolleginnen und Kollegen dort sind mit ähnlich gelagerten Problematiken gut vertraut und können Auswege aufzeigen. Gerade wenn es um häusliche Gewalt geht, gibt es Möglichkeiten, wie die Polizei helfen kann.«

Nach dem Gespräch brachte Hackenholt die junge Frau und ihren Sohn zunächst zum Erkennungsdienst, um dort ihre Fingerabdrücke als Vergleichsspuren einscannen zu lassen. Dann begleitete er die beiden hinunter zur Pforte am Jakobsplatz. Damla Ünlü wollte, da sie nun schon mal in Nürnberg war, noch ein bisschen mit ihrem Sohn durch die Stadt bummeln. Als Hackenholt in sein Büro zurückkam, saß Stellfeldt an seinem Schreibtisch und überflog das Vernehmungsprotokoll.

»Ein Ehrenmord in Nürnberg? Hältst du das für möglich?«

Hackenholt sah seinen Kollegen überrascht an. »Du etwa nicht?«

»Na ja«, druckste er herum. »Doch. Wahrscheinlich schon. Wenn ich daran denke, was mir die Petra von der Polizeiberatung im Sommer erzählt hat, scheint es nur eine Frage der Zeit zu sein, dass so etwas auch bei uns passiert. Die Beamten dort unterstützen regelmäßig die eine oder andere Hilfesuchende, die sich aus Angst vor Repressalien vor ihrer Familie verstecken muss.«

»Eigentlich ist es ja der absolute Wahnsinn, was sich da im Namen der sogenannten Familienehre alles abspielt. Allerdings dachte ich bisher, dass bei Ehrenmorden normalerweise Frauen die Opfer sind.«

»Das ist nicht zwingend der Fall. Manchmal werden auch junge Männer umgebracht – oder gleich beide Partner.« Stellfeldt fuhr sich wieder einmal gedankenverloren über die Glatze.

»Mal bloß nicht den Teufel an die Wand, Manfred. Damla Ünlü hat sich gerade ganz ähnlich geäußert.«

»Warten wir es ab. Jedenfalls würde ein Ehrenmord auch die rasende Wut erklären, mit der der Täter in der Wohnung vorgegangen ist. Wir müssen unbedingt herausfinden, wo sich Rojin Barzani aufhält.«

Hackenholt nickte. »Sie ist eine wichtige Zeugin für uns. Wir könnten versuchen, sie über das LKA und die Kollegen in der Türkei ausfindig zu machen. Nachdem die Verwandten, bei denen sie sich angeblich aufhält, kein Telefon haben sollen, muss jemand von den dortigen Behörden sich davon überzeugen, dass es ihr gut geht, und dafür sorgen, dass sie sich umgehend mit uns in Verbindung setzt.«

»Soll ich mich darum kümmern?«, fragte Stellfeldt.

»Das wäre prima. Ich würde heute ganz gern ein bisschen früher gehen, nachdem Sophie sicher noch einen Berg für morgen einkaufen muss und sie heute Morgen ziemlich wackelig auf den Beinen war.«

»Aber wenn es ihr nicht gut geht, muss sie sich doch nicht den Stress mit dem Nikolausessen antun.«

Hackenholt lächelte. »Für Sophie ist Kochen kein Stress. Ganz im Gegenteil, dabei kann sie sich nach Herzenslust ausleben. Ich glaube, sonst hätte sie ihren Partyservice schon längst aufgegeben.«

Statt mit den öffentlichen Verkehrsmitteln nach Hause zu fahren, nutzte Hackenholt das ausnahmsweise mal schöne Winterwetter für einen Spaziergang heim in die Meuschelstraße. Kurz überlegte er, ob er durch die Altstadt gehen und einen Abstecher über den Christkindlesmarkt machen sollte, um sich dort Drei im Weggla zu gönnen, entschied sich dann jedoch dagegen. Die Innenstadt war gnadenlos überfüllt, wahrscheinlich würde er nur im Schneckentempo vorankommen. Zu dieser Jahreszeit strömten einfach zu viele Touristen durch die fränkische Metropole und verstopften die Fußgängerzone – auch unter der Woche.

Also schlug der Hauptkommissar den Weg zum Westtorgraben ein, lief am Hallertor vorbei zum Neutor hinauf und bog sodann in den Vestnertorgraben ab. Hier fand er seine Vermutung hinsichtlich der Touristenmassen bestätigt: Der Busparkplatz neben dem Hexenhäusle war derart hoffnungslos überfüllt, dass die Reisebusse einen der beiden Fahrstreifen als Haltefläche missbrauchten, was ein ziemliches Verkehrschaos zur Folge hatte. Nun ja, die Einheimischen, die zu dieser Jahreszeit nicht auf die Öffentlichen umstiegen, waren selbst schuld. Schließlich wusste jedermann, dass in der Vorweihnachtszeit in Nürnberg Ausnahmezustand herrschte.

In der Pirckheimerstraße machte Hackenholt einen kurzen Abstecher zum Blumen Neidiger und kaufte einen Strauß. Während die Chefin persönlich seine Rosen einpackte, schaute er auf die Uhr: kurz vor vier. Er hatte vom Präsidium nur fünfundzwanzig Minuten gebraucht. Ihnen würde also noch genügend Zeit zum Einkaufen bleiben.

Als er in seiner Jackentasche nach dem Schlüssel kramte, wurde die Haustür von innen aufgerissen. Erschrocken wich er einen Schritt zurück, dann erst merkte er, dass es Sophie war, die vor ihm stand.

»Was machst du denn –?« Abrupt brach sie den Satz ab und wurde rot. Offenbar erinnerte sie sich, dass sie Hackenholt erst vor zwei Tagen mit ebendiesen Worten begrüßt hatte. »Ich wollte sagen: Schön, dass du da bist.« Sie stellte sich auf die Zehenspitzen und gab ihm einen schnellen Kuss auf die Wange.

»Ich bin davon ausgegangen, dass du heute sicher jede Menge für das Essen morgen besorgen musst, und wollte dir helfen. Ich dachte, wir könnten zusammen einkaufen fahren. Wie geht es dir?«

»Heute ist nicht mein Tag.«

»Warum?«

»Ich habe gerade eben meine Brille geschrottet.« Sie hielt ihm zum Beweis das Corpus Delicti entgegen, an dem das rechte Nasenpad direkt am Brillengestell abgebrochen war.

»Das sieht ziemlich irreparabel aus. Wie bringt man denn so etwas zustande?«

»Ich habe sie wohl zu heftig geputzt, während ich an einer kniffeligen Übersetzung gesessen bin.«

»Oh weh. So schlimm? Was war es denn?«

»Die Website einer Brauerei.« Sophie zog einen Flunsch. »Kommst du mit? Ich wollte schnell in die Pirckheimer zum Optik Henze. Die haben einen super Service. Wenn jemand meine Brille retten kann, dann die Juniorchefin. Aber ich fürchte, du hast recht: Diesmal wird wohl kaum noch etwas zu machen sein. Ich denke, ich werde eine neue brauchen.« Sophie seufzte. »Anschließend könnten wir in Manis Weinwirtschaft etwas essen gehen. Ich habe bisher nämlich nichts gekocht. Das heißt, gekocht habe ich natürlich, aber eben nur für morgen.«

»Und was ist mit dem Einkaufen?«

»Ach, Frank, das habe ich doch schon alles heute Vormittag erledigt. Wie hätte ich denn sonst das Blaukraut und die Maronisuppe vorkochen können?«

»Hm. Dann bin ich also völlig umsonst so früh nach Hause gekommen?«

»Nein, nicht umsonst: Du kannst deine Zeit mit mir verbringen.«

Hackenholt lächelte. »Gute Idee. Stellst du vorher schnell die Blumen in eine Vase?«

Sophie nahm ihm den Strauß ab und sperrte die Wohnungstür wieder auf. »Was hältst du eigentlich davon, wenn du dir auch gleich ein Brillengestell aussuchst?«

»Wozu denn das?«, fragte Hackenholt entsetzt.

»Am Montagabend in den Drei Linden hast du die Speisekarte so weit weg gehalten, wie es nur ging, damit du überhaupt noch etwas erkennen konntest. Ich fürchte, auch für dich, mein Lieber, wird es langsam Zeit für eine Lesebrille.«

»Das war bloß wegen dem schlechten Licht«, brummte Hackenholt. »Normalerweise sehe ich ganz ausgezeichnet. Ich bin schließlich keine fünfzig!«

Sophie sah ihn an und schüttelte mit einem leisen Seufzen den Kopf. Männliche Eitelkeit. Das konnte ja noch heiter werden.

Donnerstag – Nikolaustag

»Wie geht es Sophie?«, fragte Stellfeldt als Erstes in der Morgenrunde.

»Ach, gestern Abend war sie mopsfidel, und heute früh war ihr wieder schwindlig und speiübel. Sah aus wie das reinste Häufchen Elend. Keine Ahnung, was im Moment mit ihr los ist.«

»Das liegt bestimmt am Wetter. Da spielt der Blutdruck verrückt. Vielleicht hilft es ihr ja, wenn sie morgens ein Glas Sekt trinkt. Mach ich manchmal auch.«

»Alkohol im Dienst? Lass dich bloß nicht erwischen!« Christine Mur war gerade zur Tür hereingekommen und hatte wie so oft nur die letzten Worte mitbekommen, was sie allerdings nicht davon abhielt, sie dennoch zu kommentieren.

»Es geht hier zuvorderst um Sophies niedrigen Blutdruck und darum, dass ihr morgens schwindlig und schlecht ist.«

»Ach so. Na, das kann ich ihr nachfühlen. Mir wird auch manchmal ganz übel, wenn ich an die Arbeit und an all das denke, was wieder liegen geblieben ist.«

Hackenholt seufzte. »Ich glaube, es ist eher wegen dem Haus. Sie nimmt es sich ziemlich zu Herzen, dass wir es nicht bekommen haben.«

»Das ist aber auch eine Riesensauerei. Der Typ gehört eigentlich angezeigt, der hat euch systematisch verarscht«, ereiferte sich Mur.

»Ich fürchte, dazu müsstest du erst einen passenden Tatbestand ins Strafgesetzbuch einfügen. Aber jetzt lasst uns anfangen, wir wollen doch heute pünktlich Feierabend machen. Also, was gibt es Neues?«

»Wie ihr bereits wisst, sind wir mit der Tatortarbeit inzwischen fertig«, ergriff Mur gleich wieder das Wort. »Einen Terminkalender oder Ähnliches haben wir nirgendwo gefunden, wir müssen darauf hoffen, dass die Spezialisten beim LKA den Computer rekonstruieren können. Allerdings wird sich das noch hinziehen, ich habe gestern mit denen gesprochen. Die Ergebnisse der DNA-Analysen haben wir zwischenzeitlich immerhin erhalten. Am Toten und seiner Kleidung gibt es nur Spuren, die wir nicht zuordnen können. Diese wurden jedoch an Stellen gesichert, an denen sie genauso gut durch normale Berührungen übertragen worden sein können.«

»Männliche DNA oder weibliche?«, fragte Hackenholt, der sofort an Rojin Barzani denken musste. Sie würde Bülent Alkan mit Sicherheit angefasst haben, und dasselbe galt wohl für die Sparkassenmitarbeiterin.

»Sowohl als auch«, antwortete Mur, bevor sie fortfuhr. »Fingerabdrücke haben wir sehr viele gesichert, aber keinen einzigen in unserer Kartei gefunden – außer eben die vom Vater, Onkel und von der Schwester. Trotzdem war etwas an der Wohnung auffällig: Da hat jemand nach etwas gesucht. Das Ganze war definitiv kein Einbruch, bei dem der Täter überrascht wurde. Des Weiteren halte ich es für absolut ausgeschlossen, dass die Zimmer hinterher so verwüstet wurden, um Spuren zu verwischen. Dass der Täter sich in aller Seelenruhe im Bad die Hände gewaschen hat, finde ich genauso auffällig. Das Handtuch im Halter hat übrigens gefehlt.«

»Was ist mit dem Blut im Handwaschbecken?«

»Das stammt ausschließlich von Bülent Alkan.«

»Däi Sach, nach dererer gsouchd hadd, ko eichndlich blous es Bulver gween sei«*, mutmaßte Saskia Baumann.

»Pulver?«, fragte Hackenholt verständnislos.

»Pulver! Zaster, Kröten, Mäuse. Geld eben«, belehrte ihn Mur.

Hackenholt verdrehte die Augen. Die fränkische Sprache … »Okay. Sind wir eigentlich schon in dem Punkt weitergekommen, welchen Grund diese Überweisungen hatten, die auf seinem Konto eingegangen sind?«, schloss er schnell die nächste Frage an.

Wünnenberg rieb sich nachdenklich das Kinn. »Bislang hat die Sparkasse nichts von sich hören lassen. Wir warten noch immer auf die Daten der Auftraggeber.«

»Ich habe mich gestern mit dem türkischen Konsulat und den Kollegen vom LKA in Verbindung gesetzt«, meldete sich nun Stellfeldt zu Wort. »Sie versuchen, einen Kontakt zu den Behörden herzustellen, in deren Distrikt sich Rojin Barzani aufhalten soll. In der Tat scheint es sich um ein entlegenes und wenig erschlossenes Gebiet in der Türkei zu handeln. Der Kollege meinte, dass es erfahrungsgemäß eine ganze Weile dauern kann, bis wir eine Rückantwort erhalten.«

»Es wird wohl kein Weg daran vorbeiführen, dass wir uns zeitnah noch einmal mit Rojins Familie hier in Altdorf unterhalten«, entschied Hackenholt. »Schließlich steht die Möglichkeit im Raum, dass die Barzanis etwas mit Bülent Alkans Tod zu tun haben.«

»Gestern Nachmittag habe ich begonnen, die Handydaten vom Tatort für den Zeitraum vom 16. bis 18. November auszuwerten«, übernahm nun wieder Wünnenberg. »Am 15. war Bülent Alkans Handy in dem Gebiet bis kurz vor zwölf Uhr eingeloggt, seither gibt es keine Daten mehr. Entweder ist es ausgeschaltet, oder aber der Akku ist leer.«

»Es befindet sich also definitiv nicht mehr in der Wohnung?«, hakte Hackenholt nach.

Mur rollte mit den Augen. »Nein, wir haben das gesamte Chaos gründlich durchsucht. Selbst wenn es zerstört worden wäre, hätten wir irgendwelche Überreste gefunden.«

Hackenholt bedeutete Wünnenberg mit einem Nicken fortzufahren.

»Rojin Barzanis Handy war am 16. November zwischen Viertel vor sechs und kurz vor halb zwölf ebenfalls in dem Gebiet eingeloggt, dann hat sie sich woanders aufgehalten und ist von kurz vor bis kurz nach halb vier wieder in dem Gebiet des Funkmasten gewesen.«

Hackenholt begann in seinen Unterlagen zu blättern. »Von halb elf bis viertel zwölf waren Bülent Alkan und Rojin Barzani zusammen in der Sparkasse.«

»Un geecher Middåch hodder Nachber gherd, wäi in der Wohnung vo den Obfer Möbl grüggd worn sin.«*

»Wenn ihr mich fragt, klingt es in meinen Ohren nicht recht wahrscheinlich, dass Rojin Barzani am Tag, bevor sie in die Türkei zu ihrem zukünftigen Ehemann fährt, bis um vier Uhr bei ihrem derzeitigen Freund rumhängt, den der Vater angeblich nicht einmal kennt. Der hat doch gelogen, dass sich die Balken biegen.« Stellfeldt strich sich über seine Glatze.

»Das Problem ist, dass wir nach wie vor nicht wissen, wann genau Bülent Alkan getötet wurde. An den vier Tagen, die ich ausgewertet habe, waren sowohl Mitglieder seiner Familie als auch von den Barzanis in der Gegend. Allerdings muss das in Gostenhof nichts heißen. Schließlich gibt es dort einen der größten türkischen Kulturvereine, Lebensmittelläden en masse und so weiter«, warnte Wünnenberg.

»Ich frag mich, wie die achtzehntausend Euro zu der ganzen Geschichte passen«, murmelte Mur, während sie konzentriert Baumanns Kugelschreiber zerlegte.

»Wir brauchen ein genaues Bewegungsprofil von Bülent Alkans

und von Rojin Barzanis Handy. Vielleicht finden wir ja auf diesem Weg raus, was mit dem Geld passiert ist. Wenn er direkt von der Sparkasse nach Hause gegangen ist, wo ist es dann abgeblieben? Hat er es Rojin gegeben? Aber was hat sie damit gemacht? Wo hält sie sich jetzt auf? Wie haben sie den Nachmittag verbracht? Und was ist mit Bülent Alkans Handy passiert? Warum ist es nicht mehr in seiner Wohnung?«, zählte Hackenholt die Fragen auf.

»Ich denke, wir sollten überprüfen, ob Frau Barzani den Betrag auf ihrem Konto eingezahlt hat beziehungsweise ob sie überhaupt ein eigenes hat«, schlug Stellfeldt vor.

Hackenholt nickte. »Kümmerst du dich um einen entsprechenden richterlichen Beschluss?«

»Natürlich.«

Nach der Besprechung ging Hackenholt in sein Büro zurück. Vor dem Fenster wirbelten schon wieder Schneeflocken durch die Luft, aber trotz der dicken grauen Wolken war der Himmel nicht mehr ganz so dunkel, die Stimmung nicht mehr ganz so düster wie noch vor ein paar Tagen.

Wünnenberg kam herein und blieb vor der Kaffeemaschine stehen. »Möchtest du Brasilien Yellow Bourbon oder lieber Guatemala El Bosque?«

»Ralph, das ist mir völlig egal. Du weißt, dass ich nicht deiner Kaffeefaszination unterliege. Für mich schmeckt der eine wie der andere.«

Wünnenberg verdrehte die Augen und stieß einen demonstrativ lauten Seufzer aus, bevor er sich dem Regal mit dem Kaffee zuwandte und – wie es sich anhörte – leise einen Auszählreim vor sich hin murmelte. Schließlich griff er nach einer der beiden Dosen und häufte mit einem Kaffeelöffel das Pulver in einen Filter. Dann nahm er die Kaffeekanne und ging zum Sozialraum, um sie mit Wasser zu füllen. Kaum hatte er das Zimmer verlassen, begann sein Telefon auf dem Schreibtisch zu klingeln.

Ohne zu zögern, griff Hackenholt nach seinem Hörer, drückte ein paar Tasten und holte sich den Anruf auf seinen Apparat.

»Immobilien Fleischmann. Ich hätte gerne Herrn Wünnenberg gesprochen.«

»Tut mir leid, aber der ist gerade verhindert. Worum geht es denn?«

»Er hat wegen dem Objekt in der Altenberger Straße um einen Rückruf gebeten. Das historische Einfamilienhaus. Wann ist er denn zu erreichen?«

Hackenholt runzelte die Stirn. Er konnte sich nicht erinnern, dass sein Kollege etwas über ein Haus in Kleinreuth bei Schweinau recherchierte. »Bleiben Sie bitte einen Augenblick dran.« Er drückte die Anruferin in die Warteschleife. »Da ist eine Frau von einer Immobilienfirma am Telefon, die dich sprechen will. Ich habe nicht so wirklich verstanden, worum es geht, aber sie sagte etwas von einem Haus«, informierte er Wünnenberg, sobald der wieder da war.

»Ich ... äh ... sag ihr, dass ich sie in einer Viertelstunde zurückrufe, ja?«

Mit einem Schulterzucken holte Hackenholt das Gespräch zurück auf seine Leitung. »Hören Sie? Das dauert wohl doch etwas länger. Mein Kollege meldet sich bei Ihnen, sobald er kann.« Er legte auf. »Was war denn das jetzt?«, fragte er, während er sich in Wünnenbergs Richtung umdrehte, aber zu seiner Überraschung war er allein im Büro.

»Frank?« In der Tür stand Detlef Schuster, ein Ermittler vom Kommissariat für Computerkriminalität.

»Grüß dich, Detlef. Komm rein. Was kann ich für dich tun?«

»Es geht um deinen toten Türken, diesen Bülent Alkan.«

»Tatsächlich?« Hackenholt zog erstaunt die Augenbrauen hoch.

»Hast du seinen Computer sicher gestellt?«

»Zumindest das, was davon noch übrig war«, murmelte der Hauptkommissar.

»Was genau heißt das?«

»Er hatte einen Laptop – jemand ist darauf herumgetrampelt. Ich fürchte, da ist mehr als nur der Bildschirm kaputt.«

»Habt ihr ihn nach München geschickt?«

»Natürlich, allerdings haben sich die Jungs und Mädels vom LKA bislang noch nicht dazu geäußert. Aber warum fragst *du* nach Bülent Alkans Computer?«

»Das LKA in Nordrhein-Westfalen ermittelt derzeit gegen eine international agierende Gruppierung, die im großen Stil Onlinebanking-Transaktionen manipuliert. Erfahrungsgemäß erstrecken sich solche Recherchen gegen Onlinebanking-Hacker immer über das gesamte Bundesgebiet, wenn nicht sogar europa- oder weltweit. Im Moment werden die Ermittlungen noch gegen unbekannt geführt, somit gilt das Tatortprinzip: Die Beamten, in deren Zuständigkeitsbereich der Tatort fällt, bearbeiten den Fall und geben Teile der Sachbearbeitung an die örtlich zuständige Dienststelle ab, wenn sie einen Tatverdächtigen ausfindig gemacht haben. Da offenbar mehrere Geschädigte aus Nordrhein-Westfalen stammen, hat die Staatsanwaltschaft Münster das Verfahren an sich genommen. Einerseits versuchen die Kollegen natürlich, über die Computer der Geschädigten herauszubekommen, wer hinter der Sache steckt, andererseits verfolgen sie auch, wohin die unrechtmäßigen Überweisungen gehen. In diesem Zusammenhang sind sie auf deinen Toten gestoßen: Bei ihm sind am 15. November achttausendeinhundertfünfundzwanzig Euro und vierzehn Cent eingegangen, die da nicht hingehören.« Detlef Schuster legte einen aufgeschlagenen Schnellhefter vor Hackenholt auf den Schreibtisch. »Deswegen wurde der Vorgang hinsichtlich Bülent Alkans Tatbeteiligung zur hiesigen Sachbearbeitung an mich abgegeben.«

»Dann steckt er also hinter dem Computerbetrug?«

»Nein, wie es im Augenblick aussieht, war er nur ein kleiner Fisch. Ein sogenannter Finanzagent. Jemand, der sich gegen eine kleine Provision bereit erklärt, sein Konto für Geldeingänge zur Verfügung zu stellen, und den Betrag anschließend abhebt und weitergibt. Ist natürlich ebenfalls strafbar.«

»Warte mal einen Augenblick«, murmelte Hackenholt. Er griff nach einem Aktenordner. »Am 15. November ist noch mehr als nur diese eine Überweisung auf Bülents Konto eingegangen.« Endlich fand er die Ausdrucke. »Hier. Nachdem im Verwendungszweck immer ein ähnlicher Wortlaut steht, könnte es sich bei denen doch auch um solche unberechtigten Transaktionen handeln, oder?«

Detlef Schuster zog sich einen Stuhl heran und setzte sich neben Hackenholt. »Das ist nicht nur möglich, sondern sogar wahrscheinlich. Die Hacker verwenden das Konto eines Finanzagenten normalerweise immer für mehrere Überweisungen innerhalb weniger Stunden.«

Hackenholt sah Schuster fragend an.

»Du musst dir das so vorstellen: Das sind regelrechte Blitzaktionen. Alle Überweisungen gehen an einem Tag ein, dann benachrichtigen die Hacker den Agenten, der muss sofort zur Bank gehen, das Geld abheben und dann weiterleiten.«

»Auf welchem Weg gibt er den Betrag weiter?«

»Das ist unterschiedlich. Manchmal durch eine persönliche Übergabe an einen zweiten Strohmann, manchmal wird das Geld auch gleich per EU-Überweisung, Western Union oder Moneygram ins Ausland verschickt. In den letzten beiden Fällen haben wir kaum Chancen, es zu verfolgen und dadurch zu erfahren, wer der eigentliche Empfänger ist.«

»Wie schafft ihr es dann?«

»Viele Verfahren verlaufen im Sand, das ist ganz klar, aber jede Aktion im Internet hinterlässt ihre Spuren. Und wir kommen ja auch nicht auf der Brennsuppe dahergeschwommen und wissen, wonach wir schauen müssen. Außerdem werden unsere Täter mit der Zeit häufig unvorsichtig und fangen an, Fehler zu machen. Gelegentlich führen uns auch die Finanzagenten zu den Hackern. Deswegen brauchen wir unbedingt die Daten vom Computer deines Toten, nachdem wir nun schon nicht mehr mit ihm sprechen können. Wir müssen wissen, wie die Hacker zu ihm Kontakt aufgenommen haben, um ihm mitzuteilen, wann er das Geld abheben muss und wie er es weitergeben soll.«

»Und wenn alles am Telefon abgelaufen ist?«

»Kann schon sein, aber der Erstkontakt entsteht üblicherweise über das Internet.«

»Wie das?«

»Du kennst doch sicher diese Mails, die man von Zeit zu Zeit bekommt, in denen Leute für eine gut bezahlte Nebentätigkeit gesucht werden?«

Hackenholt nickte.

»Darüber rekrutieren die Hacker ihre Finanzagenten: Das sind Menschen, die tatsächlich glauben, man könne legal mit wenig Aufwand viel Geld verdienen. Die Interessenten antworten auf die E-Mails, die Täter lassen sie ein paar einfache Dinge erledigen, um ihre Zuverlässigkeit zu testen, und wenn alles klappt, gehen irgendwann die fremden Überweisungen auf ihrem Konto ein. Gleichzeitig bekommen sie gesagt, was sie tun müssen, manchmal per E-Mail, manchmal am Telefon. Sobald sie den Gesamtbetrag abgehoben und weitergegeben haben, sind sie für die Firma uninteressant. Üblicherweise verwendet kein Hacker denselben Finanzagenten ein zweites Mal.«

»Ich fürchte, Bülent Alkan entpuppt sich für dich als eine ziemliche Sackgasse.«

»Das werden wir sehen. Wichtiger sind mir in dem Fall die Informationen, die sich aus dem Computer ergeben. Wenn du mir sagst, welcher Kollege beim LKA dafür zuständig ist, rufe ich ihn selbst mal an und erkundige mich, wie die Lage ist. Und falls du mir eine Kopie der Sparkassenunterlagen zukommen lässt, versuche ich herauszufinden, was es mit den anderen Überweisungseingängen auf dem Konto deines Opfers auf sich hat.«

Hackenholt nickte, nannte ihm den Namen des LKA-Beamten und erhob sich, um ins Geschäftszimmer zu gehen, wo er die erforderlichen Kopien machte, die er Detlef Schuster gleich mitgab.

Als der Hauptkommissar in sein Büro zurückkam, wartete Stellfeldt mit weiteren Neuigkeiten auf ihn.

»Letzten Samstag wurde auf Rojin Barzanis Namen ein neues Mobiltelefon registriert«, ließ er die Bombe platzen.

»Was?« Hackenholt streckte automatisch die Hand nach den Unterlagen aus, die Stellfeldt mitgebracht hatte, und überflog die spärlichen Daten. Dann blickte er auf.

»Ich bin darauf gestoßen, weil ich bei der Kontaktstelle nur ihren Namen und das Geburtsdatum angegeben habe, aber nicht ihre Adresse. Prompt wurden mir zwei Nummern genannt.«

»Hast du die neue schon angerufen?«

»Nein, ich habe sie ja vorhin erst bekommen – außerdem dachte ich, dass du das vielleicht gerne selbst machen möchtest. Es wäre zu auffällig, wenn zwei Mal kurz hintereinander jemand anruft, der behaupten würde, dass er sich verwählt hat.«

»Hast du bei dem Provider nachgefragt, wo die SIM-Karte gekauft wurde?«

»Ich habe ein Fax geschickt.« Stellfeldt legte ein weiteres Blatt vor Hackenholt. »Das Handy wurde in einem Telefonladen in Ingolstadt gekauft. Die Käuferin der SIM-Karte hat sich über ihren Personalausweis legitimiert. Ich habe die Nummer überprüft, es scheint sich um das echte Dokument zu handeln.«

»Das würde bedeuten, dass sie sich nicht in der Türkei aufhält.«

Stellfeldt nickte.

»Und was ist mit der Adresse in Eichstätt, die sie als Wohnanschrift angegeben hat?«

»Die existiert, allerdings ist sie dort nicht amtlich gemeldet.«

»Mit Eichstätt verbinde ich eher die katholische Kirche«, murmelte Hackenholt. »Eine Muslimen-Hochburg ist das nicht gerade, oder?«

»Nicht, dass ich davon gehört hätte. Andererseits ist es auch eine Universitätsstadt mit vielen jungen Leuten.«

Hackenholt schürzte die Lippen, dann griff er zum Telefonhörer und wählte. Es klingelte und klingelte. Weder nahm am anderen Ende jemand ab, noch schaltete sich die Mailbox ein. Schließlich beendete er den Anruf. »Geht keiner ran«, brummte er unnötigerweise, bevor er erneut die Unterlagen überflog.

»Wie machen wir jetzt weiter? Sollen wir eine Handypeilung beantragen?«

»Lass uns damit mal noch warten. Zuerst muss überprüft werden, ob Frau Barzani dort wohnt oder nicht.«

»Soll ich die zuständigen Kollegen informieren?«

»Wer ist das?«

»Das Polizeipräsidium Oberbayern Nord. Direkt in Eichstätt gibt es nur eine Polizeiinspektion, die Kollegen von der Kripo sitzen in Ingolstadt.«

»Gut, dann rufe ich dort an. Vielleicht können sie die Aufgabe ja an die Ermittlungsgruppe in Eichstätt übergeben. Das spart Zeit – und der Aufwand sollte sich eigentlich auch in Grenzen halten.«

Der Rest des Nachmittags verging mit Routinearbeiten. Gegen halb fünf verabschiedete sich Hackenholt, um Sophie zu Hause ein wenig zur Hand zu gehen. Als er in der Meuschelstraße eintraf, tat diese seinen Vorschlag allerdings mit einem Lachen ab.

»Es ist schon alles fertig. Schau mal.« Als wäre Weihnachten und endlich der Moment der Bescherung gekommen, nahm sie ihn an der Hand und führte ihn zum Esszimmer, wo sie die bislang geschlossene Tür weit öffnete. Der im Normalfall schon den Raum dominierende große Esstisch war an beiden Enden ausgezogen und zu einer langen Tafel umfunktioniert worden. Zu jedem Gedeck hatte Sophie eine kunstvoll gefaltete Serviette, eine hübsche Platzkarte und einen handgegossenen kleinen Schoko-Nikolaus gestellt. Der Tisch war mit Kerzen, Tannenreisig, Zimtstangen, Nüssen, Äpfeln und Mandarinen weihnachtlich dekoriert.

»Wow! Das sieht ja unglaublich aus.« Hackenholt gab Sophie einen Kuss und ging um den Tisch herum, um zu überprüfen, wo sie wen platziert hatte: Wünnenberg und Stellfeldt saßen weit entfernt am entgegengesetzten Ende von Mur und Dr. Puellen. Besser hätte die Sitzordnung gar nicht sein können.

Als um halb sieben alle Gäste auf einen Schlag eintrafen, achtete Hackenholt mit Argusaugen darauf, dass weder Wünnenberg noch Stellfeldt Gelegenheit hatten, heimlich die Platzkarten zu vertauschen.

»Nun bleib doch auch mal fünf Minuten sitzen, Sophie, und spring nicht immer sofort, wenn ein Glas leer ist«, schimpfte Mur, nachdem die Gastgeberin zum mindestens zehnten Mal während des Hauptgangs aufstand, um ein Weinglas zu füllen, eine Schüssel herumzureichen oder noch etwas heiße Soße aus der Küche zu holen. »Du kommst ja selbst überhaupt nicht zum Essen.«

»Das passt schon«, antwortete Sophie ausweichend, die nicht im Geringsten Appetit hatte.

»Sag jetzt nicht, dass dir bei dem leckeren Duft nicht das Wasser im Mund zusammenläuft! Frank hat uns erzählt, dass dir in letzter Zeit ständig übel ist.« Stellfeldt warf ihr einen mitfühlenden Blick zu.

»Ihnen ist morgens immer unwohl?«, fragte Dr. Puellen mit einem freudigen Grinsen.

»Nicht nur morgens«, grummelte Sophie. »Anfangs dachte ich ja noch, dass ich vielleicht irgendetwas Falsches gegessen hätte oder es eine dieser grassierenden Magen-Darm-Grippen wäre, aber inzwischen kann ich es nur noch auf das Wetter schieben.« Sophie seufzte. »Dabei mag ich den Schnee eigentlich.«

»Nerblous solangsd in der Schdadd herinner wohnsd. Iech bin Mondåchåmd bei uns ball nimmer ern Berch naafkummer, suu vill hodd des gschneid«, warf Baumann ein. »Suu fräih wäi des Jåhr hodds nu nie ersuu vill herghaud.«*

»Siehst du«, sagte Sophie an Hackenholt gewandt, »wieder ein Grund, nicht in die Pampa zu ziehen.«

»Ja, obber der Drigger hodd sei helle Freid an den Schnee. Mir schlorchn bal ern jedn Åmd a Schdindler ieber die Felder.«*

»Trotzdem möchte ich lieber hierbleiben. Unser Fast-Haus wäre einfach ideal gewesen. Wenn ich nur daran denke, wie uns dieser Schuft behandelt hat, wird mir gleich noch schlechter. Wahrscheinlich ist das sowieso der wahre Grund, warum mir die ganze Zeit speiübel ist.«

»Bei einer jungen Frau in Ihrem Alter würde ich da aber eine ganz andere Vermutung hegen.«

Alle sahen Puellen fragend an.

»Na, wenn da mal nichts Kleines unterwegs ist.«

Sophie, die gerade einen Schluck Mineralwasser getrunken hatte, verschluckte sich derart, dass ihr das Wasser in die Nase stieg. Puellen beugte sich zu ihr hinüber und klopfte ihr auf den Rücken.

»Nun, meine Liebe, ich wollte Sie mit meiner Vermutung nicht schockieren«, entschuldigte er sich, sobald Sophie wieder halbwegs Luft bekam. »Aber das ist nun mal das Erste, woran ein Mediziner bei einer jungen, gesunden Frau denkt, wenn sie über lang anhaltende Übelkeit klagt.«

»Fachvorträge sind heute Abend nicht erwünscht, Maurice. Wir sind hier nicht im Sektionssaal«, wies Mur den neben ihr sitzenden Arzt zurecht, bevor sie das Thema wechselte und sich nach dem derzeitigen Stand der Haussuche erkundigte, wofür sie von Hackenholt ein Augenrollen erntete. Falsches Thema! Doch Mur ließ sich nicht beirren. »Dann habt ihr also nach wie vor nichts Neues in Aussicht?«

Sophie schüttelte den Kopf.

»Filleichd hâmmer nâcherdla ja wos fir eich«*, orakelte Saskia Baumann vielsagend.

Hackenholt warf einen schnellen Blick in die Runde. Tatsächlich: Die Kollegen grinsten sich verschwörerisch an. Offenbar steckten sie alle unter einer Decke. Damit war klar, dass der Anruf der Immobilienmaklerin bei Wünnenberg keineswegs ein Zufall gewesen war.

Doch erst nachdem sie der Gans, den Klößen und dem Blaukraut den Garaus gemacht hatten und vor der Nachspeise eine kleine Zwangspause einlegten, kam Mur wieder auf das Thema Haus zu sprechen.

»Da wir alle nicht so recht wussten, was wir euch als Dankeschön für diese famose Essenseinladung mitbringen sollten, hatte einer von uns die Idee, dass wir uns wohl am besten mit Inspirationen zur Haussuche bei euch bedanken könnten.«

Hackenholt kniff einen Augenblick lang die Augen zusammen.

Murs Formulierung ließ Böses erahnen. Er schob seine Hand unter den Tisch, wo er sie auf Sophies Bein legte, das er sanft streichelte. Hoffentlich verstand sie den Spaß, den sich seine Kollegen mit Sicherheit ausgedacht hatten, und brach bei der Erinnerung an den fehlgeschlagenen Hauskauf nicht in Tränen aus.

»Jetzt schau nicht so, als ob du plötzlich Zahnschmerzen bekommen hättest, Frank«, schimpfte Wünnenberg ihn. »Du weißt ganz genau, was wir zu leisten fähig sind, wenn es darauf ankommt.«

»Na, da bin ich aber mal gespannt«, lachte Sophie. »Habt ihr Fotos von sämtlichen Abrisshäusern der Umgebung mitgebracht?« Sie legte ihre Hand auf die von Hackenholt und drückte sie kurz zum Zeichen, dass alles okay war.

»Ich glaube, wir müssen mal ein ernstes Wörtchen mit dir reden, Frank. Was hast du Sophie bloß über uns erzählt, dass sie auf solch eine Idee kommt?«, protestierte Stellfeldt.

»Na, na! Nun schiebt mal nicht Frank alles in die Schuhe. Schließlich kenne auch ich euch seit geraumer Zeit persönlich, jedenfalls fast alle«, sprang Sophie Hackenholt bei.

»Also gut, bevor wir uns –« Doch weiter kam Christine Mur nicht, da ihr wie auch Hackenholts Diensthandy zu piepen begann.

»Ich fürchte, wir werden uns nach dem abrupten Ende des Abends ganz schön was einfallen lassen müssen, wenn Sophie uns jemals wieder zum Essen einladen soll«, unterbrach Stellfeldt das angespannte Schweigen, das schwer zwischen ihnen hing, seit sie sich auf den Weg gemacht hatten.

»Es wäre ihr nicht einmal zu verdenken, wenn sie uns nach diesem Abgang nie wiedersehen will«, murmelte Mur vom Rücksitz. Linker Hand zog zuerst das Tiergärtnertor, dann das Neutor an ihnen vorüber. Ihr Ziel war die Gostenhofer Hauptstraße. Hinter ihnen folgten Baumann und Wünnenberg in dessen Wagen.

»Vor allem nachdem wir sie jetzt in Dr. Puellens Obhut zurückgelassen haben.«

»So schlimm ist Maurice gar nicht«, fauchte Mur Stellfeldt an. »Außerdem ist Christian ja auch noch da. Sie ist also nicht mit Maurice allein.«

»Jetzt sag noch mal, was eigentlich passiert ist«, wandte sich Stellfeldt eilends an Hackenholt, der vom Beifahrersitz aus angespannt aus dem Fenster schaute und dem seit ihrem Aufbruch kein einziges Wort über die Lippen gekommen war.

»Ich habe euch doch schon alles erzählt, was mir der Kollege von der Einsatzzentrale am Telefon mitgeteilt hat. Aber gut: Im Moment stellt es sich so dar, als hätten Özgür Alkan und sein Schwager Köksal Aguzüm kurz nach zwanzig Uhr Azad Barzani, also Rojins Vater, vor dessen Geschäft aufgelauert und ihn mit mehreren Schüssen auf offener Straße niedergestreckt. Eine zufällig vorbeikommende Streife konnte Alkan überwältigen, der Schwager ist jedoch in seinem Auto geflüchtet. Die Fahndung nach ihm läuft auf Hochtouren.«

»Wusstest du, dass Barzani in Nürnberg arbeitet?«

»Woher denn?«

»Was hat er überhaupt für einen Laden?«

»Keine Ahnung.« Hackenholt klang genervt.

»Ein Internetcafé«, sagte Mur. »Am geschicktesten ist es, wenn du über den Plärrer anfährst. Die Kollegen von der Streife haben das Teilstück zwischen Gostenhofer Schulgasse und Gartenstraße bereits abgesperrt.«

Stellfeldt nickte und folgte der Anweisung. Als sie schließlich um die Ecke bogen, herrschte vor ihnen ein Durcheinander an Feuerwehr-, Rettungs- und Polizeifahrzeugen. Noch bevor Stellfeldt den Motor ausgeschaltet hatte, waren Hackenholt und Mur schon ausgestiegen und liefen zur Absperrung, wo die Beamtin zu ihren Mitarbeitern stieß, während der Hauptkommissar sich einen Uniformierten schnappte.

»Welche Streife war als Erste vor Ort?«

Der Kollege deutete zu einer Gruppe, die neben einem Streifenwagen mehrere Meter weit hinter dem Trassierband stand. Hackenholt ging zu ihnen hinüber. Ein Kripobeamter vom Dauerdienst erkannte ihn und kam ihm entgegen.

»Was ist passiert? Was wisst ihr schon?«, stellte Hackenholt dieselbe Frage wie Stellfeldt erst vor wenigen Minuten.

»Das Opfer heißt Azad Barzani und ist Eigentümer von dem Tele-Internetcafé dort drüben.« Der Kollege deutete mit der Hand in Richtung des Gebäudes, vor dem der Streifenwagen stand. »Dilser Barzani hat angegeben, dass sein Vater kurz vor zwanzig Uhr mit einem Bekannten aus dem Laden gegangen ist, um auf dem Bürgersteig eine Zigarette zu rauchen. Der Sohn wollte dem Vater und seinem Gast gerade ein Glas Tee bringen, als er sah, wie gegenüber ein Mann aus einem geparkten Auto stieg und über die Fahrbahn auf sie zukam. Azad Barzani soll sich dem Mann daraufhin wild gestikulierend und laut schimpfend in den Weg gestellt haben. Der Sohn wollte seinem Vater beistehen, ist ebenfalls auf die Straße gerannt, und plötzlich sind Schüsse gefallen. Der Vater ist zusammengebrochen, der Täter hat sich umgedreht und wollte flüchten, aber der Sohn hat sich auf ihn gestürzt. Durch die Schüsse sind mehrere Schaulustige aus dem benachbarten Gemüseladen sowie der Spielothek gegenüber auf die Straße gelaufen. Gemeinsam haben sie den Täter überwältigt und festgehalten, bis die erste Streife eintraf.« Der Beamte machte eine kurze Pause, um Hackenholt Gelegenheit zu geben, Fragen zu stellen. Da der jedoch nur knapp nickte, fuhr er schließlich fort: »Azad Barzani ist von mehreren Schüssen in Brust und Bauch getroffen worden. Der Notarzt hat ihn hier vor Ort versorgt und dann sofort in ein Krankenhaus gebracht. Der Sohn hat sich bei dem Gerangel an einer Scherbe von einem der zerbrochenen Teegläser geschnitten und wurde zur Behandlung in die Erler-Klinik eingeliefert.«

»Was ist mit dem anderen Mann passiert? Dem Raucher, der mit Barzani vor der Tür stand?«

»Der hat einen Schock erlitten, aber ansonsten keine physischen Verletzungen davongetragen.«

»Und die Person, die geschossen hat, ist Özgür Alkan?«

Der Beamte nickte.

»Wo ist er jetzt?« Hackenholt sah sich suchend um.

»Ich habe ihn ins Präsidium bringen lassen.«

»Gut.« Hackenholt rieb sich über das Kinn. »Als ich angerufen wurde, hieß es, es wären zwei Täter gewesen.«

»Genau. Ein weiterer Türke. Er ist nach dem Anschlag mit dem Auto geflüchtet, aus dem der Täter ausgestiegen ist. Aber während des Geschehens scheint der Mann die ganze Zeit über im Fahrzeug sitzen geblieben zu sein und nicht in die Handlung eingegriffen zu haben. Angeblich soll es sich dabei um einen gewissen Köksal Aguzüm handeln.«

»Woher wisst ihr das?«

»Einer der Zeugen will ihn erkannt haben. Außerdem ist der fragliche Wagen auf einen Mann mit diesem Namen zugelassen. Mehrere Passanten haben sich das Kennzeichen und den Fahrzeugtyp gemerkt.«

Endlich trafen auch Hackenholts drei Kollegen bei ihm ein. Er informierte sie kurz über die Lage, dann entschieden sie, dass Stellfeldt und Baumann die Befragung der Zeugen vor Ort übernehmen sollten, während Hackenholt und Wünnenberg zum Präsidium fuhren, um sich Özgür Alkan zu widmen.

»Herr Alkan, erzählen Sie uns bitte aus Ihrer Sicht, was heute Abend in der Gostenhofer Hauptstraße passiert ist.«

»Ich habe meinen Sohn gerächt.«

»Was meinen Sie damit?«

»Ich habe Barzani erschossen, weil er Bülent umgebracht hat.«

»Wie kommen Sie darauf?«

»Er hat den Mord im Sommer selbst angekündigt: Wenn Bülent sich noch einmal mit seiner Tochter trifft, bringt er ihn um.«

»Aber deswegen ist doch noch lange nicht gesagt, dass er es auch tatsächlich getan hat!«

»Bülents Tod darf nicht ungesühnt bleiben. Und da Sie ja nichts tun, musste ich das selbst in die Hand nehmen. Dort, wo ich herkomme, ist so etwas eine Frage der Ehre. Ich hatte keine andere Wahl, ich hätte anders nicht weiterleben können.«

»Das ist Selbstjustiz, Herr Alkan, und die ist in diesem Land verboten.«

Der Türke zuckte mit den Schultern. »In meiner Heimat gibt es in dem Fall nur eins: Blutrache.«

»Wir stehen mit unseren Ermittlungen noch ganz am Anfang. Wir sind gerade dabei, Zeugen zu vernehmen beziehungsweise sie überhaupt erst einmal aufzuspüren – wie zum Beispiel Rojin Barzani. Da können wir nicht so handeln, wie Sie es von uns erwarten.«

»Damla hat gesagt, dass Barzani das Mädchen ebenfalls umgebracht hat.«

»Das ist eine reine Vermutung Ihrer Tochter, für die es keinerlei Beweise gibt. Ganz im Gegenteil: Wir gehen davon aus, dass Rojin lebt und es ihr gut geht.«

»Er hat Bülent umgebracht. Ich musste es tun. Für meinen Sohn. Was jetzt mit mir passiert, ist mir egal.«

»Noch einmal, Herr Alkan: Warum glauben Sie, dass Herr Barzani Ihren Sohn umgebracht hat?«

»Er hat es im Sommer angedroht.«

»Erzählen Sie uns das bitte genauer.«

Özgür Alkan zuckte mit den Schultern. »Eines Abends hat es geklingelt. Ein junger Mann stand vor der Haustür. Er wollte nicht hereinkommen, stattdessen sollte ich zu ihm auf die Straße gehen. Es sei wichtig, sein Vater habe ihn geschickt. Also bin ich hinaus, obwohl es nicht im Sinne der Tradition ist, dass das Alter zur Jugend kommt. Der Mann hat behauptet, er wäre Rojins Bruder Servan, aber ich kannte keine Rojin. Daraufhin überreichte er mir einen Brief von seinem Vater. Ich sollte ihn lesen und ihm sofort meine Antwort sagen. Deshalb habe ich das Kuvert auf der Straße geöffnet und die wenigen Zeilen überflogen. Barzani schrieb, dass es ein Unglück geben werde, wenn sich mein Sohn weiterhin heimlich gegen seinen Willen mit seiner Tochter treffen würde. Als ich fertig gelesen hatte, fragte mich der junge Mann, ob ich mit der Regelung einverstanden sei. Ich habe ihm geantwortet, dass ich keine Rojin kenne und Bülent ein Ehrenmann ist. Daraufhin hat er mich herablassend angesehen und geantwortet: ›Wir haben dich gewarnt.‹ Danach ist er gegangen.«

»Gibt es den Brief noch?«

Alkan fuhr sich mit der Hand über das Gesicht. »Nein. Ich habe ihn an Ort und Stelle zerrissen.«

»Was haben Sie dann unternommen?«

»Ich habe mich mit meinem Schwager beraten. Er hat herausgefunden, wer die Barzanis sind und in welch schlechtem Ruf sie stehen. Also entschied ich, dass Bülent sich nicht mehr mit dem Mädchen treffen darf.«

»Musste er deswegen seine Stellung aufgeben und bei einer Firma arbeiten, die ihn oft tagelang durch Europa geschickt hat?«

»Es geschah alles nur zu seinem Besten. Aber anscheinend hat er sich nicht meiner Entscheidung gebeugt und sich heimlich weiterhin mit dem Mädchen getroffen.«

»Was hat Ihr Schwager Köksal Aguzüm heute Abend in der Gostenhofer Hauptstraße gemacht?«

»Nichts.«

»Wie meinen Sie das?«

»Er war nicht da.«

Hackenholt warf Alkan einen langen Blick zu. »Und wie sind Sie von Lauf aus nach Gostenhof gekommen?«

»Mit der S-Bahn.«

»Was soll denn das jetzt werden, Herr Alkan? Wir haben mehrere Zeugen, die Ihren Schwager gesehen haben. Einer kennt ihn persönlich, andere haben sich das Kennzeichen gemerkt und können den Fahrer beschreiben. Es war definitiv Ihr Schwager. Hat er Sie unter Druck gesetzt? Ihnen gesagt, dass Sie Blutrache verüben müssen? Dass Sie sonst aus der türkischen Gemeinschaft ausgeschlossen werden?«

Anstatt eine Antwort zu geben, schüttelte Özgür Alkan nur den Kopf.

Freitag

Als Hackenholt gegen halb zwei Uhr morgens endlich nach Hause kam, erinnerte im Esszimmer nichts mehr an das Gänseessen: Teller und Gläser waren verschwunden, Äpfel und Mandarinen lagen ordentlich in einer Schale, die Kerzen samt Leuchter standen aufgeräumt an ihren angestammten Plätzen auf der Anrichte. Nur die Schoko-Nikoläuse warteten auf dem Tisch aufgereiht und mit den Platzkärtchen versehen darauf, von Hackenholt am nächsten Tag für seine Kollegen in die Arbeit mitgenommen zu werden.

Leise schloss er die Tür und ging ins Badezimmer, wo er sich bettfertig machte. Während er seine Zähne putzte, hörte er Sophie auf die Toilette gehen.

»Habe ich dich aufgeweckt?«, fragte er, als er sich zu ihr ins Bett legte.

»Nein, ich konnte nicht einschlafen und habe bisher nur vor mich hin gedöst.«

Er rutschte näher an sie heran, legte seine Arme um sie und zog sie eng an sich. »Danke für den wundervollen Abend, den du für uns gezaubert hast«, flüsterte er ihr leise ins Ohr. »Es hat jedem sehr leidgetan, dass er so abrupt zu Ende war. Allen voran mir. Bist du böse deswegen?«

»Nein. Ich weiß ja inzwischen, dass so etwas bei euch jederzeit passieren kann. Das war schon in Ordnung.«

»Wie geht es dir? Ist dir immer noch schlecht?«

Ihre Antwort war ein undefinierbares Brummen.

Seine Finger strichen zärtlich über ihr Gesicht, bevor sie langsam zu ihrem Bauch hinabwanderten. »Was wäre eigentlich, wenn Maurice recht hat?«

»Das ist völlig unmöglich! Du weißt genau, dass ich die Pille nehme.« Doch ihre Stimme klang unsicher.

»Hast du sie mal vergessen?«

»Quatsch.«

»Und wann hast du zum letzten Mal deine Tage gehabt?« Er küsste sie liebevoll in den Nacken.

»Die letzte Pillenpause war vor drei Wochen«, murmelte Sophie ausweichend. Dass sie da allerdings keine Blutungen gehabt hatte, verschwieg sie ihm, weil es in ihren Augen nichts zu bedeuten hatte; seit sie vor ein paar Monaten auf ein anderes Medikament gewechselt hatte, war das schon einmal vorgekommen.

»Trotzdem finde ich, wir sollten die Möglichkeit abklären. Wenn du dich nicht in die Apotheke traust, gehe eben ich.« Noch immer ihren Nacken liebkosend, schob er seine Hände unter den Saum ihrer Schlafanzughose und streichelte ihren nackten Bauch. »Etwas Kleines.« Er lachte leise. »Mein Gott, wie komisch sich Maurice manchmal ausdrückt! Aber es wäre schon eine sehr schöne Vorstellung, findest du nicht?«

»Primär wäre es wohl eine sehr große Überraschung.« Sophie klang angespannt.

»Stimmt es, dass Maurice und Christian gestern den ganzen Nachtisch vertilgt haben?«, bestürmte Christine Mur Hackenholt, noch bevor er die Morgenbesprechung eröffnete.

»Ich habe nicht die leiseste Ahnung, Christine. Als ich heute Nacht nach Hause gekommen bin, wollte ich nur noch ins Bett, daher habe ich keine Überprüfung des Kühlschrankinhalts vorgenommen.«

»Hätte ja sein können, dass Sophie dir die Nachspeise mitgegeben hat, damit wir sie heute hier vernichten können.« Die Beamtin klang enttäuscht.

»Mit Zimtparfait und Rumäpfeln zum Frühstück kann ich leider nicht dienen, aber dafür habe ich euch die Schokoladen-Nikoläuse mitgebracht, die ihr gestern vergessen habt.« Hackenholt legte einen Stoffbeutel, in dem sich die Leckereien befanden, vor Mur auf den Tisch. Bevor sie zugreifen konnte, langte Stellfeldt schnell danach und zog ihn zu sich.

»Ich glaube, es ist sicherer, wenn ich die Verteilung des Inhalts übernehme. Bei dir würden doch alle außer dir selbst leer ausgehen.«

»Da bringst du mich glatt auf eine Idee, Manfred. In deinem Alter sollte man sowieso nicht mehr so viel Schokolade essen.« Mur setzte ein zuckersüßes Lächeln auf.

»Wenn das dann geklärt ist, lasst uns endlich zur Sache kommen!«, rief Hackenholt sie zur Ordnung. »Gibt es etwas Neues hinsichtlich der Fahndung nach Köksal Aguzüm?« Er sah Baumann fragend an.

Sie verneinte. »Däi Bollizeiinschbegdzioner, wou seine Freind un

Verwandn im Zuschdändichkeidsbereich wohner, sin informierd un schauer erweng aaf däi frächlichn Adressn. Bis edz isser obber närcherds gseeng worn.«*

»Und wie geht es Azad Barzani?«

»Er wurde in der Nacht notoperiert und liegt seither auf der Intensivstation. Die Ärzte sagen, dass sein Zustand äußerst kritisch ist. Unter Umständen muss er heute noch einmal in den OP. Auf jeden Fall werden wir in absehbarer Zeit nicht mit ihm sprechen können.« Stellfeldt sah auf seinen Schreibblock. »Den Sohn, Dilser Barzani, haben wir gestern nur zu dem Vorfall in der Gostenhofer Hauptstraße vernommen, ihn allerdings für heute noch einmal vorgeladen.«

Hackenholt nickte. »Wir müssen rausfinden, ob er und sein Vater etwas mit der Ermordung von Bülent Alkan zu tun haben, wie es Özgür Alkan behauptet.«

»Aber wir dürfen auch den jüngsten Bruder nicht außer Acht lassen«, unterstrich Stellfeldt.

»Ich dachte bislang eigentlich, dass es nur ein Mythos ist, dass Ehrenmorde häufig von den jüngsten Familienmitgliedern begangen werden, weil sie noch nicht voll strafmündig sind und damit eine geringere Strafe zu erwarten haben«, stichelte Mur.

»Das ist doch total egal, ob es ein Mythos ist oder nicht«, ging Hackenholt dazwischen. »Servan Barzani hat im Sommer die Drohung seines Vaters überbracht und laut Özgür Alkans Aussage versucht, ihn einzuschüchtern.«

»Wie alt ist denn der Bub?«

Hackenholt blätterte in seinen Unterlagen. »Zwanzig. Also ein Jahr älter als Rojin.«

»Bei alldem dürfen wir nicht vergessen, dass es auch atypische Ehrenmorde gibt«, ergriff Stellfeldt erneut das Wort. »Özgür Alkan hat gestern eindrucksvoll bewiesen, wozu er fähig ist.«

»Er könnte von seinem Schwager dazu angestiftet worden sein. Diese Möglichkeit sollten wir nicht ignorieren«, warnte Mur sofort.

»Nun lass Manfred doch mal ausreden.« Hackenholt warf Mur einen unmissverständlichen Blick zu.

»Bei einem Ehrenmord wird nicht zwangsläufig immer die Frau umgebracht. In unserem Fall wurde ein junger Mann getötet, wenn nicht sogar beide: Bülent und Rojin. Wenn sich das als Fakt erweist, liegt die Vermutung natürlich nahe, dass der Täter in der Familie Barzani zu suchen ist. Andererseits ist es genauso gut möglich, dass nur Bülent getötet wurde – und zwar von seiner eigenen Familie. Weil er sich nicht an die Ge- und Verbote seines Vaters gehalten hat.«

»Aber er war Alkans einziger Sohn, und Männer zählen in der türkischen Welt wesentlich mehr als Frauen«, gab Hackenholt zu bedenken.

»Du hast doch mitbekommen, was dieser Onkel für veraltete Vorstellungen hat und wie leicht Alkan sich anscheinend von ihm beeinflussen lässt. Wenn er ihm nun damit gedroht hat, dass er sein Ansehen in der hiesigen türkischen Gemeinde verliert, wäre das mehr als nur ein schlimmer Ehrverlust. Denk daran, dass seine Frau kein einziges Wort Deutsch spricht. Ihre gesamten sozialen Kontakte würden gekappt werden, wenn die Familie aus der Gemeinschaft ausgeschlossen werden würde, und auch auf ihre Änderungsschneiderei hätte das wahrscheinlich signifikante Auswirkungen. Mir sind diese Läden zwar sowieso immer suspekt, und ich frage mich jedes Mal aufs Neue, wie die überleben können, aber es würde sich mit Sicherheit sehr schnell negativ auswirken, wenn die Alkans von ihresgleichen boykottiert würden.«

»Du hast ja recht. Wir müssen diese Möglichkeit natürlich genauso überprüfen.« Hackenholt wandte sich Wünnenberg zu. »Kümmerst du dich heute um die Bewegungsprofile für die Handys von Rojin Barzani und Bülent Alkan?«

Während Wünnenberg nickte, klopfte es an der Tür, und die Schreibkraft steckte den Kopf herein. »Frank? Ich habe Detlef Schuster vom Kommissariat für Computerkriminalität für dich am Telefon. Es geht um Bülent Alkan. Willst du gleich mit ihm sprechen oder ihn später zurückrufen?«

Hackenholt stand auf. »Stell das Gespräch bitte in mein Büro durch.«

»Hallo, Frank. Wir sind inzwischen mit unseren Ermittlungen weitergekommen. Die fünf Überweisungen, die auf Bülent Alkans Konto eingegangen sind, stammen allesamt von Privatpersonen. Ich habe dir ja schon gestern gesagt, dass ein Geschädigter in Nordrhein-Westfalen wohnt. Ein weiterer lebt, wie sich herausgestellt hat, hier ums Eck in Ansbach. Ich habe mich gestern Abend mit ihm in Verbindung gesetzt. Er hatte noch überhaupt nicht bemerkt, dass von seinem Konto unautorisiert abgebucht wurde. Er kommt heute Vormittag zu mir ins Kommissariat und bringt seinen Rechner mit, den er für sein Onlinebanking nutzt. Ich gehe davon aus, dass wir bei ihm die gleiche Schadware finden werden, die die Kollegen in Nordrhein-Westfalen auch schon auf den Rechnern der bisherigen Opfer festgestellt haben.«

»Und was ist mit den anderen dreien?«

»Die wohnen im ganzen Bundesgebiet verstreut. Eine Dame in Thüringen, ein Herr in Hamburg und noch einer in Baden-Württemberg. Alle werden über ihre Bank verständigt und sollen sich mit den örtlichen Polizeidienststellen in Verbindung setzen. Ich wollte bloß, dass du Bescheid weißt, was bei uns derzeit Sache ist. Das LKA in München ist übrigens noch dabei, die Daten von Bülent Alkans Laptop zu rekonstruieren. Wie es ausschaut, können sie zumindest Teile der Festplatte retten, obwohl sie beschädigt ist. Das kann aber bis zu zwei Wochen dauern.«

»Na, eine ist ja fast schon rum«, brummte Hackenholt.

Kaum hatte er aufgelegt, klingelte es erneut. Diesmal war es eine Beamtin der PI Eichstätt. Yvonne Kraus teilte Hackenholt mit, dass ihr die Kripo Ingolstadt gestern sein Ermittlungsersuchen übermittelt habe und sie mit einem Kollegen zu der genannten Adresse, einem Studentenwohnheim, gefahren sei. Der Name Rojin Barzani habe nirgendwo gestanden – was aber nichts zu heißen habe, da nicht alle Appartements Namensschilder hatten. Um in der Uni-Verwaltung nachzufragen, sei es allerdings schon zu spät gewesen.

»Wir könnten uns auch unter den dort wohnenden Studenten umhören und ein Bild der jungen Frau herumzeigen. Habt ihr eins, das ihr uns zur Verfügung stellen könnt?«

»Bislang noch nicht, aber ich versuche, eins aufzutreiben. Könntet ihr als Nächstes bitte mal in dem Handyladen nachfragen, ob sich der Verkäufer an die Person, die das Handy beziehungsweise die SIM-Karte gekauft hat, erinnern und sie beschreiben kann? Für uns wäre es enorm wichtig zu wissen, ob es tatsächlich Rojin Barzani war. Ein Kollege wird sich heute darum kümmern, dass wir einen Beschluss für eine Handyortung bekommen. Vielleicht haben wir ja Glück, und es stellt sich heraus, dass sich das Handy noch immer in Eichstätt befindet. Je nachdem, wo bei euch die Sendemasten stehen, können wir eventuell sogar herausbekommen, ob es in dem Wohnheim ist.« Nachdem er das Telefonat beendet hatte, blickte Hackenholt auf.

»Ich nehme an, dass ich die Peilung beantragen soll?«, fragte Wünnenberg, der das Gespräch verfolgt hatte.

»Bitte. Es ist schon nach halb zehn, und die Barzani-Söhne müssten längst unten an der Pforte warten.« Hackenholt schaute ins Nachbarzimmer. »Saskia, hast du Zeit, dich bei mir mit in die Vernehmungen zu setzen? Es genügt, wenn du nur zuhörst und die Reaktionen der beiden Brüder genau beobachtest. Wir fangen mit dem älteren an.«

Baumann stimmte zu.

»Dilser – ich darf Sie doch so nennen, oder?« Nachdem der junge Mann genickt hatte, begann Hackenholt den Satz noch einmal von vorn. »Dilser, meine Kollegen haben Sie gestern Abend bereits zu dem Vorfall in der Gostenhofer Hauptstraße vernommen.«

»Dieses Schwein«, murmelte der junge Mann. »Mein Vater hat ihm nichts getan.«

»Ich hätte noch ein paar Fragen an Sie. Es geht um Ihre Schwester Rojin: Wo befindet sie sich im Moment?«

»Bei Verwandten in der Türkei. Das wissen Sie doch schon.«

»Die dortigen Kollegen konnten sie bislang leider unter der genannten Adresse nicht antreffen«, bluffte Hackenholt. »Wir gehen daher davon aus, dass sie unter Umständen gar nicht in die Türkei gefahren ist.«

»Das ist völlig absurd!«

»Das sehe ich anders. Ich habe gehört, dass Sie und Ihre Familie strenggläubige Jesiden sind, stimmt das?«

Barzani nickte stolz.

»Uns ist auch zu Ohren gekommen, dass Ihre Schwester sich mit einem jungen Deutschen türkischer Abstammung häufig getroffen haben soll.«

»Das ist eine Lüge. Meine Schwester war immer bei der Familie. Sie ist nie allein ausgegangen.«

»Und wie hat sie dann Bülent Alkan kennengelernt?«

»Bei der Frage kann ich Ihnen nicht weiterhelfen.«

»Ihr Vater hat im Sommer Ihren Bruder sogar mit einem Drohbrief zu Bülent Alkans Vater geschickt, in dem stand, dass ein Unglück passieren würde, wenn Bülent sich nicht von Rojin fernhält.«

»Meine Schwester ist ein sehr begehrtes Mädchen. Manche kapieren nicht, dass sie vergeben ist.«

»An wen?«

»An einen Cousin in der Türkei.«

»Wo waren Sie am 16. November?«

Der junge Mann sah Hackenholt ausdruckslos an. »Wahrscheinlich in unserem Internetcafé. So wie an jedem Tag«, sagte er schließlich.

Hackenholt gönnte Baumann und sich ein paar Minuten Pause, bevor er Servan Barzani an der Pforte abholte und zu sich ins Büro brachte. War Dilser durch seine gelangweilte Ruhe aufgefallen, so bemerkte Hackenholt an Servan sofort eine unangenehme unterschwellige Aggressivität. Daher beschloss er, ihm gleich am Anfang der Vernehmung einen Schuss vor den Bug zu verpassen.

»Servan, was haben Sie am 16. November in Gostenhof gemacht?«

»Ich war in unserem Internetcafé. Dort bin ich jeden Tag.«

»Soso. Und wo war Ihre Schwester in der Zeit?«

Der junge Mann fuhr sich nervös mit der Zunge über die Lippen. »Ich nehme an, sie hat wie immer auf die Kinder meiner Tante aufgepasst.«

»Am Tag vor ihrer Abreise in die Türkei? Da gibt es doch normalerweise Wichtigeres zu tun. Oder hat Ihre Familie vielleicht von einer Minute auf die andere entschieden, dass Ihre Schwester verschwinden musste?«

Barzani schüttelte den Kopf. »Die Reise in die Türkei war lange geplant.«

»Ihre Schwester befindet sich demnach also nicht mehr in Deutschland?«

»Schon seit Wochen nicht mehr.«

Irgendetwas in Hackenholt warnte ihn davor, Servan zu fragen, wer es dann gewesen war, der mit dem Ausweis seiner Schwester in Eichstätt ein Handy gekauft hatte. Stattdessen wechselte er das Thema. »Erzählen Sie mir von Ihrem Besuch bei der Familie Alkan im Sommer.«

»Alkan? Wer soll das sein?« Angriffslustig reckte Servan sein Kinn in die Luft.

»Die Familie von Rojins Freund.«

»Meine Schwester hat keinen Freund, sondern einen Verlobten.«

»Sie haben Herrn Alkan einen Brief von Ihrem Vater überbracht und ihn bedrängt, ihm sogar gedroht, dass er sich gewarnt fühlen soll.«

»Daran kann ich mich nicht erinnern.«

»Sie lügen.« Hackenholt ließ sich ganz bewusst auf ein Wortgefecht mit Servan ein, das er mit Sicherheit gewonnen hätte, hätte nicht plötzlich das Klingeln eines Handys die aufgebaute Spannung zerrissen. Ungeachtet des Schilds, das an der Wand hing und besagte, dass Mobiltelefone auszuschalten seien, griff der junge Mann in die Hosentasche und nahm den Anruf entgegen. Es folgte ein rascher Wortwechsel auf Türkisch, dann sprang Servan von seinem Stuhl auf. »Ich muss gehen.«

»Wir sind noch nicht fertig.«

»Das ist mir egal. Ich muss ins Krankenhaus. Mein Vater ...« Servans Stimme überschlug sich. »Er ist gestorben.«

Mit einem knappen Nicken erhob sich Hackenholt ebenfalls.

»Bleib, iech dounern gschwind noo«*, murmelte Baumann.

»Einen Moment noch, Saskia.« Hackenholt sah den jungen Mann eindringlich an. »Servan, was auch immer gerade in Ihrem Kopf vorgehen mag: Es sind schon viel zu viele Menschen zu Schaden gekommen. Ich lasse Sie jetzt nur gehen, weil ich Ihnen noch nicht nachweisen kann, was Sie zum Verschwinden Ihrer Schwester beziehungsweise zu Bülent Alkans Tod beigetragen haben. Aber das ist nur eine Frage der Zeit. Wir behalten Sie sehr genau im Auge. Racheaktionen wären das absolut Dümmste, was Sie unternehmen könnten.«

»Ich habe die Bewegungsprofile von Bülents und Rojins Handys so weit wie möglich erstellt.« Wünnenberg und Stellfeldt saßen vor einem Computer, als der Hauptkommissar in sein Büro zurückkam.

»Azad Barzani ist gestorben.«

Stellfeldt blickte auf. »Heißt das, die Situation wird nun weiter eskalieren?«

Hackenholt zuckte mit den Schultern. »Ich hoffe nicht. Aber höchstvorsorglich schlage ich vor, dass du mit Saskia nach Lauf fährst und Frau Alkan und Damla Ünlü bittest, die kommenden Tage bei Verwandten zu verbringen. Sicher ist sicher.«

Stellfeldt nickte und stand auf, um sich im Geschäftszimmer den Schlüssel für einen Dienstwagen zu holen.

»Und was ist mit der Peilung von dem neuen Handy, das auf Rojin Barzanis Namen läuft?« Hackenholt sah Wünnenberg fragend an.

»Ich habe mit dem Staatsanwalt gesprochen, er wollte alles beim Ermittlungsrichter beantragen.« Wünnenberg blickte auf die Uhr. »Sollte bis um vierzehn Uhr durch sein. Aber jetzt schau mal her, was das Bewegungsprofil ergibt. Ich habe mich vorerst nur mit dem 16. November beschäftigt, also mit dem Tag, an dem Bülent Alkan und Rojin Barzani zusammen in der Sparkasse gesehen wurden. Bülent Alkans Handy war an dem Tag ausschließlich in ein und derselben Funkzelle eingeloggt, bis der Kontakt um halb eins abbrach. Dann war entweder der Akku leer, oder jemand hat es ausgeschaltet.«

»Nachdem wir es weder am Toten noch in seiner Wohnung gefunden haben, nehme ich an, dass Letzteres der Fall war.«

Wünnenberg nickte. »Dass es den ganzen Tag nur in der Funkzelle eingeloggt war, in der seine Wohnung liegt, lässt sich damit erklären, dass die Sparkasse gleich ums Eck ist. Viel interessanter ist jedoch das Bewegungsbild, das sich für Rojin Barzanis Handy ergibt.«

Hackenholt setzte sich in den Bürostuhl neben Wünnenberg und blickte gespannt auf dessen Bildschirm.

»Los ging's schon um kurz nach fünf Uhr morgens in Altdorf«, kommentierte Wünnenberg und deutete mit einem Kugelschreiber auf einen Punkt auf einer Karte. »Von dort ist sie nach Nürnberg gefahren. Der Streckenverlauf legt nahe, dass sie die S-Bahn genommen hat, mit dem Auto würde man einen anderen Weg wählen. Von den zeitlichen Abständen her muss Rojin auf direktem Weg nach Gostenhof gefahren sein. Wahrscheinlich mit der U-Bahn, aber das lässt sich nicht definitiv sagen, jedenfalls ist sie am Hauptbahnhof und am Plärrer vorbeigekommen. In der Zeit von Viertel vor sechs bis kurz vor halb zwölf war ihr Handy dann in derselben Funkzelle eingeloggt wie das von Bülent Alkan.« Wünnenberg machte eine kleine Kunstpause. »Ab jetzt wird es allerdings richtig interessant: Sie ist nämlich auf direktem Weg wieder zum Hauptbahnhof gefahren, hat dort vier Stunden verbracht und ist danach erneut nach Gostenhof zurückgekehrt. Um fünfzehn Uhr dreiundzwanzig hat sich ihr Handy noch einmal in die Funkzelle des Bereichs von Bülents Wohnung eingeloggt, und zwölf Minuten später wurde von dort das vorläufig letzte Signal empfangen. Offenbar wurde das Telefon ausgeschaltet. Rund eine Stunde später hat es sich noch einmal eingeloggt, wieder in einen Funkmasten am Hauptbahnhof, und seither ist es verschwunden.«

Hackenholt starrte stumm auf den Bildschirm.

»Ich habe mir auch die Telefonverbindungen angesehen. Zwei Stunden nachdem sich Rojin kurz vor Mittag von Bülent Alkan getrennt hatte, hat sie zum ersten Mal sein Handy angerufen, das zu dem Zeitpunkt allerdings schon ausgeschaltet war. Sie kann also nur die Mailbox erreicht haben. Dafür spricht auch, dass der Anruf nur eine Sekunde gedauert hat. In den anschließenden zwei Stunden folgten noch fünfzehn weitere solcher Anrufe, alle in etwa so lang wie der erste. Ein einziger dauerte knappe zehn Sekunden. Möglicherweise hat sie ihm dabei eine Nachricht hinterlassen.«

»Aber warum haben wir dann keine gefunden, als wir sein Handy überprüft haben?«

»Weil durch die providerseitige Einstellung der Mailbox alle eingegangenen Anrufe nach vierzehn Tagen automatisch gelöscht werden, wenn man sie nicht abhört und anschließend speichert.«

»So ein Mist. Dann werden wir vielleicht nie erfahren, was sie ihm gesagt hat.«

Wünnenberg nickte, stand auf und schenkte sich eine Tasse Kaffee nach. »Es gibt aber noch etwas Interessantes: Während Rojins Handy zum letzten Mal eingeloggt war, hat sie telefoniert.«

»Mit wem?«

»Eine bisher unbekannte Mobilfunknummer. Ich warte noch auf die Zuordnung.«

Wie aufs Stichwort begann Hackenholts Telefon zu klingeln.

»Bevor du mich wieder nicht erkennst, sage ich wohl besser gleich, dass hier der Renners Peter spricht«, knurrte ihn eine tiefe Stimme am anderen Ende der Leitung an.

»Peter, das ist aber eine Überraschung. Erst höre ich jahrelang nichts von dir, und dann bekomme ich gleich zwei Anrufe in einer Woche«, scherzte Hackenholt. »Sag jetzt aber nicht, dass du noch immer in der Angelegenheit von damals recherchierst.«

»Natürlich geht es mir um den Mordfall Anton Schweinsberger!«

Der Kollege klang schroff.

»Da kann ich dir wirklich nicht –«

»Ich habe ein paar Tage Urlaub und will mir bei der Gelegenheit dein hübsches Frankenland mal ein bisschen genauer anschauen. Was hältst du davon, wenn wir uns morgen Abend auf ein Bier treffen?« Als Hackenholt nicht sofort antwortete, brummte Renner: »Die Vorstellung scheint bei dir ja keine Begeisterungsstürme hervorzurufen.«

»Das liegt aber nicht an dir, wir haben hier im Moment einfach alle Hände voll zu tun. Ich stecke mitten in ziemlich komplizierten Ermittlungen. Gestern Abend ist mir deshalb erst ein Nikolausessen geplatzt, das mir sehr am Herzen lag.«

»Meine Herren, du machst vielleicht Sachen: ein Nikolausessen. Wenn du seit Neuestem so auf diesen Weihnachtsquatsch stehst, dann treffen wir uns halt konspirativ auf einem Weihnachtsmarkt und nicht in einer Kneipe. Aber jetzt sag mir endlich deine Handynummer, damit ich dich am Wochenende erreichen kann.«

Seufzend gab Hackenholt nach und diktierte ihm das Gewünschte. »Melde dich, sobald du da bist, und dann sehen wir, ob wir uns irgendwo treffen können. Allerdings immer unter dem Vorbehalt, dass nichts kurzfristig dazwischenkommt.«

»Jaja, schon gut. Du wirst doch wohl ein paar Minuten für einen alten Freund übrig haben.« Grußlos legte Renner auf.

Mein Gott, hat der sich verändert!, dachte Hackenholt und musste sich gleichzeitig eingestehen, dass er überhaupt keine Lust hatte, sich mit dem Kollegen aus früheren Tagen zu treffen. Wozu eigentlich, wenn der sowieso nur über olle Kamellen schwadronieren wollte: über einen längst abgeschlossenen Fall, an den sich Hackenholt nur noch in groben Zügen erinnern konnte.

»Sag mir mal schnell die Adresse, auf die Rojin Barzanis neues Handy angemeldet wurde«, riss Wünnenberg ihn aus seinen Gedanken.

Hackenholt blätterte in den Unterlagen, dann las er vor: »Schottenau, Eichstätt.«

»Sieh mal einer an, da könnten wir einen entscheidenden Schritt weitergekommen sein: Vom Provider habe ich inzwischen den Namen der Person erhalten, die Rojin Barzani vom Bahnhof aus angerufen hat: eine Julia Weiß. Zwanzig Jahre alt und gemeldet bei ihren Eltern in Altdorf, aber sie hat einen Zweitwohnsitz angegeben. Und jetzt rate mal, wo! Studentenwohnanlage Schottenau in Eichstätt.« Wünnenberg sah Hackenholt triumphierend an.

»Was ist mit der Peilung? Wissen wir inzwischen, wo das neu angemeldete Handy eingeloggt ist?«

»Ich habe von der Einsatzzentrale noch nichts gehört.«

»Gut, dann gehe ich gleich mal rüber und frage nach, was Sache ist.«

»Manfred hat von unterwegs aus angerufen und gefragt, ob er und Saskia Pizza mitbringen sollen. Ich habe Ja gesagt«, informierte Wünnenberg Hackenholt, als Letzterer eine halbe Stunde später ins Büro zurückkam. »Sie haben Damla Ünlü und ihren Sohn bei der Mutter angetroffen und mit ihnen besprochen, dass sie eine Zeit lang bei Verwandten in Neu-Ulm untertauchen.«

Hackenholt nickte knapp und griff nach dem Telefonhörer.

»Ist die Peilung endlich da?«, fragte Wünnenberg.

»Hm-mh.«

»Und?«

»Eichstätt«, antwortete Hackenholt einsilbig, während er ungeduldig wartete, dass Yvonne Kraus am anderen Ende der Leitung abnahm. Sobald sie es endlich getan hatte, legte er ihr schnell die neu ermittelten Anhaltspunkte dar.

»Okay, wir fahren dann gleich noch einmal zu der Adresse«, versprach die Beamtin. »Im Übrigen habe ich ebenfalls Neuigkeiten: Ich war mit meinem Kollegen in dem Telefonladen und habe mit dem Verkäufer gesprochen.«

»Konnte er sich erinnern?«

»Ja, wir hatten Glück: Er hat so auffällig herumgedruckst, als wir nach einer jungen Deutschtürkin gefragt haben, dass wir ihm nahelegen mussten, entweder sein Gewissen zu erleichtern oder uns zur Dienststelle zu begleiten.« Die Ermittlerin musste kurz auflachen. »Komisch, dass immer die, die nicht lügen können, sich die abenteuerlichsten Geschichten ausdenken. Jedenfalls hat er schließlich zugegeben, dass er nicht die Adresse aufgeschrieben hat, die auf dem Ausweis der jungen Frau stand, sondern die, die ihre Freundin ihm nannte. Frau Barzani soll behauptet haben, sie wäre erst vor ein paar Tagen nach Eichstätt gezogen und hätte es noch nicht geschafft, sich umzumelden. Meine persönliche Vermutung ist: Die

Anschrift war dem Verkäufer völlig egal, Hauptsache, er erhält seine Provision.«

»Und was war das für eine Frau, die mit ihr in dem Laden gewesen sein soll?«

»Angeblich eine Kommilitonin. Rojin Barzani muss ein auffallend hübsches Mädchen sein. Der Verkäufer konnte sie sehr gut beschreiben, ihre Begleitung dagegen fast gar nicht. Aber das liegt vielleicht auch daran, dass er selbst türkische Wurzeln hat.«

Hackenholt horchte auf. »Denkst du, es gibt da eine Verbindung?«

»Keine Ahnung. Aber aus dem Bauch heraus würde ich eher auf Nein tippen.«

»Okay, fahrt als Nächstes bitte zu dem Studentenwohnheim und überprüft, ob zumindest diese Julia Weiß tatsächlich dort wohnt.«

»Und was sollen wir machen, wenn wir sie antreffen?«

Hackenholt dachte einen Augenblick nach. »Nehmt sie mit zur Dienststelle und informiert mich umgehend, dann komme ich mit einem Kollegen zu euch runter. Ich möchte gern persönlich mit ihr sprechen. Dasselbe gilt natürlich auch, falls ihr auf Rojin Barzani trefft.« Er beendete das Telefonat und wandte sich Baumann zu, die in der Zwischenzeit hereingekommen war.

»Bizzasörwis. Glei då odder dräimer in Soziålraum?«*

»Drüben«, murmelte er, »ich will ja hier nicht alles voller Fettflecken haben.«

Sie hatten sich noch nicht richtig hingesetzt, als Christine Mur ins Zimmer stürmte. »Na, da komme ich ja gerade richtig«, grinste sie, ließ sich neben Hackenholt auf einen Stuhl fallen, öffnete den Karton mit der Familienpizza und nahm sich das erste Stück heraus. »Sagt mal, was haltet ihr davon, wenn wir uns am Wochenende zum Glühweintrinken treffen? Am besten in Feucht, dann könnte ich mal so richtig zuschlagen, weil ich nicht mit dem Auto fahren muss.«

»Wenn schon, dann in Nürnberg!«, protestierte Wünnenberg sofort. »Sonst können wir anderen ja nichts trinken.«

»Der Weihnachdsmargd in Herschbrugg is vill schäiner. Außerdem gibbds nerblous bei uns echde Herschbrugger Broudwerschd un ern Herschbrugger Glühwein.«*

»Und was ist an eurem Glühwein anders als an dem vom Rest der Welt?«, fragte Wünnenberg neugierig.

»Der schmeggd einfach vill besser«, antwortete Baumann unbestimmt. »Un mir homm er Feierdsangerbooln. Däi isder fei legger.«*

»Vielleicht sollten wir auch an das nichtalkoholische Getränkesortiment denken?«, warf Stellfeldt ein.

»Für dich gibt es ganz bestimmt irgendwo einen Kinderpunsch, Manfred«, beschied Christine Mur.

»Ich meinte wegen Sophie: Falls da was Kleines unterwegs ist«, ahmte Stellfeldt Dr. Puellen nach.

Wünnenberg prustete los vor Lachen, während sich Murs Augen zu Schlitzen verengten. »Wenn das eine Anspielung auf die Bemerkung von Maurice gestern Abend gewesen sein so–«

»Ich glaube nicht, dass wir alle zusammen am Wochenende viel Zeit haben werden«, unterbrach Hackenholt hastig die Diskussion. Zwar hatte er sich über Puellens Formulierung ebenfalls amüsiert, aber solange er nicht sicher wusste, ob der Rechtsmediziner mit seiner Mutmaßung nicht vielleicht doch richtiglag, wollte er das Thema um keinen Preis vertiefen.

»Wir müssen uns aber sehen: Schließlich haben wir noch die Überraschung für euch, zu der wir gestern leider nicht mehr gekommen sind«, insistierte Mur. »Genauso wenig wie zum Zimtparfait mit Rumäpfeln«, fügte sie etwas leiser hinzu.

»Schauen wir einfach mal, okay?«, sagte Hackenholt vage, bevor er in geschäftsmäßigem Ton das Gespräch auf die aktuellen Ermittlungen lenkte.

Zwei Stunden später erhielt der Hauptkommissar einen Anruf von der Eichstätter Kollegin. In Julia Weiß' Zimmer im Studentenwohnheim hatte die Beamtin niemanden angetroffen. Bevor sie geklopft hatte, hatte sie schon von außen gesehen, dass in der Wohnung kein Licht brannte. Ihre Vermutung war zunächst gewesen, die junge Frau sei vielleicht übers Wochenende nach Hause zu ihren Eltern gefahren. Daher hatte sie bei den Zimmernachbarinnen nachgefragt, ob diese wüssten, wo man Julia Weiß erreichen könne. Dabei hatte sich herausgestellt, dass die Studentin bereits gegen Mittag fürs Wochenende zu ihrem Freund nach München gefahren war, dessen vollständigen Namen oder Adresse aber niemand kannte. Allerdings kam Julia Weiß üblicherweise immer am Sonntagnachmittag zurück.

»Habt ihr euch auch umgehört, ob jemand im Wohnheim Rojin Barzani gesehen hat?«

»Nur indirekt: Ich habe gefragt, ob Julia Weiß mit ihrer türkischen Freundin zu ihrem Freund gefahren ist, habe darauf aber nur ein Schulterzucken als Antwort bekommen. Deutlicher wollte ich nicht nachhaken. Ich dachte, es wäre besser, wenn sie denken, dass ich wegen eines kürzlich gestohlenen Fahrrads da gewesen bin.«

»Ja, natürlich. Wie machen wir weiter?«

»Ich kann dir anbieten, dass wir uns ab Sonntagnachmittag wieder in der Nähe des Studentenwohnheims postieren und versuchen, mit Julia Weiß zu sprechen, sobald wir Licht bei ihr sehen.«

Hackenholt stimmte dem Vorschlag zu, nachdem er kurz Rücksprache mit der Einsatzzentrale gehalten hatte. Diese hatte ihn wissen lassen, dass das Peilsignal des auf Rojin Barzanis Namen angemeldeten Handys noch immer aus Eichstätt kam und sich seit Beginn der Ortung nicht verändert hatte. Also lag das Telefon höchstwahrscheinlich ungenutzt in einer Wohnung.

Als Hackenholt um Viertel nach sechs nach Hause kam, war die Wohnung verwaist. Einen Augenblick lang überlegte er, ob Sophie ihm von einem Termin erzählt hatte, zu dem sie hatte gehen wollen, konnte sich aber an nichts dergleichen erinnern. Er ging in die Küche und sah sich um.

Üblicherweise legte Sophie ihm einen Zettel auf den Tisch, wenn sie länger unterwegs war, doch heute fand er keine Nachricht. Sie würde also sicher bald zurück sein. Einer spontanen Eingebung folgend, sah er im Kühlschrank nach, was vom gestrigen Essen übrig war. Während er die Inhalte diverser Schüsseln inspizierte, hörte er, wie die Wohnungstür aufgesperrt wurde. Nach einem Augenblick kam Sophie zu ihm in die Küche, umarmte ihn und gab ihm einen Kuss.

»Was macht deine Übelkeit?«

»Die ist wie weggeblasen.«

»Warst du –«, begann er, wurde von Sophie jedoch sofort unterbrochen.

»Ja, schau, ich habe mir beim Optiker meine neue Brille abgeholt.«

»Das ging aber fix.«

»Ja, gell? Ich war auch überrascht, als Frau Henze angerufen und gesagt hat, dass ich sie heute Abend noch abholen kann. Hast du Hunger?«

»Nicht viel.«

»Wollen wir den Rest der Maronisuppe essen oder lieber einen Salat?«

»Einen Salat, ich hatte vorhin schon ein Stück Pizza.«

Sophie langte in den Kühlschrank und nahm einen Joghurt für das Dressing heraus.

»Was machen wir eigentlich mit dem ganzen Zimtparfait?«, fragte Hackenholt ins Blaue hinein.

»Sag mal, habt ihr euch irgendwie abgesprochen?« Sophie drehte sich um und musterte ihn belustigt.

»Wie meinst du das?«

»Vorhin hat mich Christine angerufen und sich ganz ausdrücklich dafür entschuldigt, dass sie gestern gehen musste, bevor sie ihren Nachtisch probieren konnte. Sie hat sogar angeboten, sich zu opfern und nach Dienstschluss vorbeizukommen, um das Zimtparfait und die Rumäpfel wirksam zu vernichten. Natürlich nur, falls sie uns ein Problem bereiten sollten, mit dem wir nicht alleine fertig werden.«

»Wirklich? Du musst bei ihr irgendeinen ganz besonderen Nerv getroffen haben. Sie hat heute schon den ganzen Tag wegen dem Nachtisch rumgejammert.«

»Na, wohl nicht nur sie!«

»Wie kommst du darauf?«

»Keine fünf Minuten nachdem ich aufgelegt hatte, hat Saskia angerufen.«

»Und was wollte sie?«

»Nur schnell sagen, dass Christian sooo von der Nachspeise gestern Abend geschwärmt hat, die sie ja leider verpasst hat, und fragen, ob ich dir nicht das Rezept mitgeben könnte. Dann ist ihr aus heiterem Himmel eingefallen, dass sie eigentlich am Wochenende Zeit hätte, es sich persönlich bei uns abzuholen.«

»Und wie bist du mit den beiden Geiern verblieben? Hast du den Nachtisch für mich verteidigt, oder muss ich ihn mir mit ihnen teilen?«

»Sie kommen alle morgen Nachmittag noch mal vorbei.«

»Alle?«

»Du glaubst doch nicht im Ernst, dass ich bloß die beiden Mädels einlade, oder?«

»Mit anderen Worten …?«

»Wir holen Teil zwei des gestrigen Essens morgen nach.«

»Nur den zweiten Teil, oder gibt es auch wieder –« Hackenholt wurde vom Piepen seines Handys unterbrochen.

Es war ein Kollege aus Köln: Bei einer Verkehrskontrolle war einer Streifenbesatzung ein Mercedes aufgefallen. Sie hatten den Fahrer kontrollieren wollen, aber der hatte im letzten Moment die Flucht ergriffen. Nach einer kurzen Verfolgungsjagd hatten sie den Mann schließlich stoppen können und dabei festgestellt, dass es sich um Köksal Aguzüm handelte, der wegen Beihilfe zu einem Tötungsdelikt mit einem internationalen Haftbefehl zur Fahndung ausgeschrieben war.

Hackenholt umriss dem Kollegen in groben Zügen den Sachverhalt, gab ihm weitere Informationen, die nicht in dem Dokument standen, und verdeutlichte, wie wichtig es ihm war, den Türken möglichst bald vernehmen zu können.

»Du kennst das Prozedere doch selbst. Wir führen ihn morgen dem Ermittlungsrichter beim Amtsgericht vor, der mit Sicherheit den Haftbefehl bestätigen wird, und anschließend kommt der Mann erst einmal hier in der JVA Köln-Ossendorf in U-Haft. Nach seiner Inhaftierung wird er dann irgendwann nach Bayern überstellt. Wenn sie ihn mit einem der turnusmäßigen Gefangenentransporte verschuben, klappt das garantiert nur mit einem Zwischenaufenthalt von ein, zwei Tagen in einer anderen Anstalt, bis er in einem bayerischen Gefängnis ankommt. Zu euch nach Nürnberg wird er ja wohl nicht gebracht werden können, weil da schon dein Haupttäter einsitzt, oder?«

Hackenholt brummte zur Bestätigung.

»Also, wenn du *zeitnah* mit ihm sprechen willst, führt kein Weg daran vorbei, dass du zu uns nach Köln kommst.«

»Einverstanden, dann fahre ich morgen rauf. Auf die Weise kann ich auch gleich beim Haftprüfungstermin dabei sein.«

»Das wäre für uns natürlich das Einfachste.«

Sie besprachen kurz, wann und wo der Hauptkommissar den Kollegen treffen sollte, dann beendete er das Telefonat.

»Musst du weg?« Sophie sah ihn fragend an.

Hackenholt schüttelte den Kopf. »Der Abend gehört uns, aber morgen muss ich nach Köln fahren.«

»Allein?«

»Nein, zusammen mit Ralph.«

»Wird es etwas Größeres?«

»Der Tag ist futsch, aber irgendwann am Abend bin ich sicher zurück.«

»Na, dann wird es wohl auch nichts mit dem geplanten nachmittäglichen Kommissariats-Kaffeekränzchen.«

»Sofern ich Christines und Saskias Intention richtig interpretiere, ist es ihnen sowieso lieber, wenn das Treffen nur im kleinen Kreis stattfindet. Dann bleibt mehr Zimtparfait für jeden von den beiden übrig.«

»Das ist jetzt aber gemein!«

Hackenholt grinste und küsste Sophie auf die Augenbraue, bevor er sein Handy zückte, um Wünnenberg über ihren Ausflug ins Rheinland zu informieren.

Samstag

Hackenholt rieb sich mit der Hand über das Gesicht und gähnte. Es war definitiv keine gute Idee gewesen, mit dem Auto nach Köln zu fahren – auch wenn die Reise mit der Bahn wahrscheinlich genauso chaotisch abgelaufen wäre. Beiden Verkehrsmitteln machten der in der Nacht gefallene Neuschnee und die Kälte zu schaffen. Obwohl die zwei Beamten schon um viertel sechs in Nürnberg losgefahren waren, hatten sie es viereinhalb Stunden später noch immer nicht bis zum Polizeipräsidium in Köln geschafft.

Immerhin waren sie laut Navi nur noch fünfundzwanzig Kilometer von ihrem Ziel entfernt. Hackenholt schätzte, dass sie gegen halb elf ankommen würden. Dann wurde es allerdings auch höchste Zeit, denn Köksal Aguzüms Haftprüfungstermin war auf elf Uhr festgelegt worden – der spätmöglichste Termin, den der Kölner Kollege beim Ermittlungsrichter hatte herausschlagen können; schließlich war es Samstagvormittag, und da wollte auch der Herr Richter seinen Arbeitstag bis zum Mittagessen hinter sich gebracht haben.

Das Klingeln seines Handys riss Hackenholt aus seinen Gedanken. Er schaute aufs Display: eine unterdrückte Rufnummer. Zu seiner Überraschung war es Peter Renner.

»Warum tust du so erstaunt? Wir hatten doch gestern ausgemacht, dass ich mich melde, damit wir ein Treffen vereinbaren.«

»Ja, aber doch erst, wenn du in Nürnberg bist.«

»Ich bin gleich nach unserem Telefonat losgefahren und schon seit dem späten Abend hier. Allerdings hatte ich da noch etwas anderes zu tun.«

»Wo wohnst du denn?«

»Im Holiday Inn in Schwabach.«

»Nicht in Nürnberg?«, wunderte sich Hackenholt.

Renner antwortete nicht, sondern stellte stattdessen eine Gegenfrage: »Wie sieht es bei dir aus? Hast du in einer Stunde Zeit?«

»Heute ist es ganz schlecht. Ich bin gerade auf dem Weg nach Köln, um einen Beschuldigten zu vernehmen. Bis wir zurück sind, ist es locker achtzehn Uhr.«

»Aber ich muss dich unbedingt sehen. Es ist wichtig.«

Hackenholt seufzte. »Du hast doch gesagt, dass du Urlaub –«

»Dann um neunzehn Uhr auf dem Weihnachtsmarkt in Roth? Der soll so schön sein, hab ich gehört.«

»Das schaffe ich nicht, Peter. Allein von Nürnberg nach Roth brauche ich bei gutem Wetter und freier Straße eine halbe Stunde. Und warum überhaupt in Roth, wenn du in Schwabach wohnst?«

»Jetzt stell dich nicht so an. Wie lange haben wir uns nicht mehr gesehen?« Ohne eine Antwort abzuwarten, fuhr er fort: »Ich zähl auf dich, Frank. Du wirst es schon schaffen. Früher warst du doch auch nicht so ein spießiger Trödler.« Damit legte Renner auf, und Hackenholt brauchte einen Augenblick, um das Gespräch zu verdauen.

An der Pforte des Polizeipräsidiums Köln erfuhren die beiden Nürnberger Ermittler, dass Köksal Aguzüms Haftprüfungstermin kurzfristig vorgezogen worden war. Der Kollege vom Kriminalkommissariat 11 hatte ihnen eine Nachricht hinterlassen: Er käme anschließend so schnell wie möglich mit Aguzüm in die Dienststelle zurück. Einstweilen sollten sie sich an die Schreibkraft im Kommissariat wenden, die sie mit frischem Kaffee und einer Kopie der hiesigen Akte versorgen würde.

Kurz vor halb zwölf wurde Köksal Aguzüm in das Zimmer geführt, in dem die Nürnberger Ermittler warteten. Einer der beiden Begleiter stellte sich als derjenige Beamte vor, mit dem Hackenholt am Telefon gesprochen hatte.

Der Haftprüfungstermin war wie erwartet verlaufen: Aguzüm war ein Pflichtverteidiger zur Seite gestellt worden, der seinem Mandanten geraten hatte, vor dem Richter keine Angaben zur Sache zu machen, bis er die Aktenlage geprüft hatte. Daraufhin hatte der Ermittlungsrichter entschieden, dass der Haftbefehl aufrechtzuerhalten sei und Köksam Aguzüm in Untersuchungshaft genommen werden müsse.

Im Anschluss an den Termin vor dem Kölner Amtsgericht hatte der Rechtsanwalt zugestimmt, seinen Mandanten zu einer Befragung ins Polizeipräsidium zu begleiten, sobald er erfuhr, dass zwei Beamte aus Nürnberg angereist waren. Es dauerte eine Viertelstunde, bis sich der Verteidiger in die dünne Akte eingelesen hatte, die Hackenholt ihm übergab, dann konnte die Vernehmung beginnen.

»Herr Aguzüm, erzählen Sie uns doch bitte etwas über den Sohn

Ihres Schwagers. Wir versuchen noch immer, uns ein Bild von ihm zu machen.«

»Früher war Bülent ein braver Junge, der fleißig zum Koranunterricht kam. Aber je älter er wurde, desto eigensinniger wurde er. Seit er volljährig war, hat er nicht mehr auf das gehört, was sein Vater sich von ihm wünschte. Im Gegenteil, Bülent hat nur noch getan, wonach ihm der Kopf stand. Er hat sich von seiner Familie und seiner Religion abgewandt. Das ging sogar so weit, dass er sich mit einer Jesidin eingelassen hat, nur um seinen Vater vor den Kopf zu stoßen.«

»Sie sprechen von Rojin Barzani?«

Aguzüm nickte.

»Woher wissen Sie, dass Frau Barzani Jesidin ist?«

»Ich kenne ihre Familie.«

»Woher?«

»Die türkischen Gemeinden hier in Deutschland sind überschaubar. Über ein paar Ecken kennt da jeder jeden«, antwortete Köksal Aguzüm ausweichend.

»Uns wurde gesagt, dass Sie sehr religiös sind.«

»Ich erteile Koranunterricht und halte die Freitagspredigt in unserer Gemeinde.«

»Sie sind ein Imam?«

Aguzüm nickte.

»Dann haben Sie Theologie studiert?«

»Nein, ich stamme aus Südostanatolien. In meinem Dorf gab es nur eine Grundschule, die ich besuchen konnte. Mit sechzehn Jahren kam ich mit meinen Eltern nach Deutschland und habe mich später mehr schlecht als recht als Taxi- und Fernfahrer durchs Leben geschlagen. Aber dann habe ich durch eine Fügung des Propheten doch noch den wahren Weg gefunden.«

»Wie kam das?«

»Nachdem mein Vater völlig unerwartet gestorben war, habe ich bei einem türkischen Buchversand einen Koran bestellt und bin so mit zwei *Kaplancis*, Anhängern des Kalifatstaates, in Kontakt gekommen. Später wurde ich Imam einer unabhängigen Gemeinde im Nürnberger Land.«

»Sie und Ihr Schwager haben aber trotz allem noch immer viel Einfluss auf Bülents Leben ausgeübt«, kam Hackenholt wieder auf die

Familie Alkan zu sprechen. »Erst im Sommer haben Sie dafür gesorgt, dass Bülent seinen Arbeitgeber gewechselt hat.«

»Wenn mein Neffe seinem Vater wirklich gehorcht hätte, hätte er sich seinen Wünschen gefügt und sich nicht weiter heimlich mit dieser Jesidin getroffen.«

»Woher wissen Sie, dass sich Bülent und Rojin auch nach dem Arbeitsplatzwechsel noch gesehen haben?«

»Als Prediger erfährt man alles. Meine Augen und Ohren sind überall.«

»Darf ich das so verstehen, dass Ihnen diese Informationen von Ihren Gemeindemitgliedern zugetragen wurden?«

Köksal Aguzüm nickte. »Einige unserer Brüder und Schwestern in der Gemeinde arbeiten in Nürnberg, haben ihr Häuschen aber draußen auf dem Land, weil sie genau wissen, wohin es führt, wenn ihre Kinder in der Stadt aufwachsen.«

»Haben Sie eine Ahnung, wie Bülent und Rojin sich kennengelernt haben?«

»Er hat sie in diesem Internetladen gesehen, den ihre Familie betreibt, und dann haben sie sich ein paarmal heimlich getroffen. Kein anständiges Mädchen würde so etwas tun. Natürlich sind ihre Brüder dem Treiben auf die Schliche gekommen. Aber anstatt ihre Schwester zur Ordnung zu rufen, haben sie meinen Schwager bedroht. Özgür hat mit Bülent gesprochen, doch genutzt hat es nichts. Mir ist mein Neffe zu dem Zeitpunkt schon aus dem Weg gegangen, sonst hätte ich ihm sehr deutlich gesagt, was ihn erwartet, wenn er weitermacht.«

»Nämlich?«

»Genau das, was nun passiert ist: dass ihn die Brüder der Jesidin töten werden, wenn er sich weiterhin mit ihrer Schwester einlässt.«

»Haben Sie irgendeinen Beweis dafür, dass ein Mitglied der Familie Barzani Bülent Alkan umgebracht hat?«

»Wer sollte es denn sonst gewesen sein? Sie haben im Sommer ihren jüngsten Sohn mit einer Warnung zu meinem Schwager geschickt, das ist so gut, als wären wir bei seiner Hinrichtung dabei gewesen.«

»Bülent und Rojin wollten zusammen fliehen. Wussten Sie davon?«

»So gut hätten sie sich gar nicht verstecken können. Man hätte sie mit Sicherheit gefunden.«

Hackenholt seufzte. Nach all dem, was er bislang gehört hatte, fiel es ihm nicht schwer zu glauben, dass beide Familien alle Hebel in Bewegung gesetzt hätten, um die zwei jungen Leute aufzuspüren – wo auch immer sie hingegangen wären.

»Wenn Sie aber doch annehmen, dass Servan Barzani Bülent umgebracht hat, warum hat Ihr Schwager dann auf Azad Barzani geschossen?«

»Die Ehre der Familie ist das zentrale Rechtsgut. Ihre Verletzung kann nur mit Blut reingewaschen werden. Die Regeln der Blutrache verlangen nicht, den zu richten, der zuvor getötet hat. Es genügt, wenn ein Mitglied der Familie dafür büßt. Früher durfte laut Ehrenkodex ausschließlich an männlichen Familienmitgliedern Blutrache geübt werden – doch heute ist es erlaubt, irgendein Mitglied der Sippe auszuwählen. Lediglich innerhalb der Wände seines Hauses ist man sicher.«

»Aber das ist Selbstjustiz, und die ist hier verboten.«

»Blutrache ist keine willkürliche Vergeltungsorgie, sondern folgt strengen gewohnheitsrechtlichen Regeln, die bei vielen Völkern auf allen Kontinenten schon vor den staatlichen Rechtssystemen existiert haben. Für meinen Schwager und mich steht die Ehre der Familie über allem.«

Hackenholt erschütterte die Selbstverständlichkeit, mit welcher der selbst ernannte Prediger aus irgendeiner alten Überlieferung das Recht ableitete, einen anderen Menschen zu töten. Und alles im Namen der Familienehre. Trotzdem wollte er mehr erfahren.

»Wie kann es dann sein, dass bei einem sogenannten Ehrenmord Familienmitglieder ihre eigenen Brüder oder Schwestern beziehungsweise ihre eigenen Kinder töten?«

»Wenn ein Mann einen Verlust seiner Ehre hinnehmen muss, hat er unter bestimmten Umständen keine andere Möglichkeit, sein Ansehen in der Gesellschaft wiederherzustellen. Eine Frau kann die Familienehre verletzen, indem sie sich weigert, den für sie Ausgesuchten zu heiraten, oder wenn sie eine außereheliche Beziehung führt.«

»Können auch Männer Opfer eines Ehrenmordes werden?«

»Selbstverständlich! Das sehen sie doch bei Bülent. Er war der Liebhaber von dieser Jesidin.«

»Nein, ich meinte, ob Männer Opfer werden können, weil sie sich nicht dem Willen der eigenen Familie beugen.«

»Auch das ist schon vorgekommen.«

»Herr Aguzüm, haben Sie Bülent Alkan umgebracht?«

»Nein, natürlich nicht! Ich hätte dem Sohn meines Schwagers nie etwas angetan!«

»Obwohl er sich Ihren Weisungen und denen seines Vaters widersetzt und damit die Familienehre verletzt hat? Und obwohl für Sie die Familienehre beziehungsweise Ihre eigene Ehre über allem steht? Sie hätten doch mit Sicherheit einen gewaltigen Ehrverlust hinnehmen müssen, wenn in Ihrer Gemeinde bekannt geworden wäre, dass Bülent und Rojin gegen Ihren und Özgür Alkans Willen zusammen weggegangen wären. Wie hätten Sie da noch Ihr Gesicht wahren können?«

Aguzüm quittierte die Frage mit einer wegwerfenden Handbewegung.

»Ich denke, das sollte für heute genügen«, mischte sich der Verteidiger ein.

Hackenholt nickte und bat die Schreibkraft, das Vernehmungsprotokoll auszudrucken, damit es der Beschuldigte unterschreiben konnte, bevor er von den Kölner Kollegen in die U-Haft gebracht wurde. Auf Fragen hinsichtlich des Mordes an Barzani hatte Hackenholt bewusst verzichtet. Da der Anwalt schon beim Haftprüfungstermin dazu geraten hatte, keine Angaben zur Sache zu machen, hätten sie nun auch nichts erfahren. Sie würden ihm die Anstiftung zu dem Gewaltdelikt durch Zeugenaussagen nachweisen müssen.

Um vierzehn Uhr verließen Hackenholt und Wünnenberg das Kriminalkommissariat 11 am Walter-Pauli-Ring in Köln. Der Hauptkommissar war zufrieden mit der Vernehmung. Köksal Aguzüm hatte ihnen mehrere Anhaltspunkte geliefert, die sie nun überprüfen und auswerten mussten.

»Wollen wir es wieder so machen wie auf der Herfahrt: Du übernimmst den ersten Teil der Strecke, und bei Frankfurt wechseln wir?«, fragte Hackenholt.

»Machen wir es diesmal lieber andersherum. Aber als Erstes müssen wir hier sowieso irgendwo tanken, sonst kommen wir nicht weit. Und ich hätte auch nichts dagegen, wenn wir noch etwas essen würden, bevor wir uns auf den Weg machen. Was meinst du?«

»Lass uns lieber schauen, dass wir heimkommen. Wer weiß, was auf der Autobahn los ist. Wenn du willst, können wir etwas für unterwegs mitnehmen.«

Obwohl sie keine Zeit vergeudeten, Wünnenberg sich im Tankstellenshop mit zwei Bechern Kaffee und belegten Brötchen eindeckte und sie die A45 nahmen, wurde die Rückfahrt zu einer enormen Geduldsprobe. Zunächst ging alles gut. Die Autobahn quer durch Hessen war geräumt und nicht übermäßig befahren, doch kaum hatte sich Wünnenberg ans Steuer gesetzt, gerieten sie kurz hinter der Anschlussstelle Weibersbrunn auf der A3 in einen Stau. Da sie den Verkehrsfunk zur vollen Stunde verpasst hatten, zückte er sein Smartphone und durchstöberte mehrere Staumeldungsseiten. Erfolglos – für ihren Abschnitt wurde nicht einmal zähflüssiger Verkehr gemeldet.

Eine Viertelstunde später – sie hatten sich keinen Millimeter vom Fleck bewegt – schwante ihnen, dass wohl irgendetwas Größeres passiert sein musste, als ein Einsatzfahrzeug der Autobahnpolizei auf dem Standstreifen vorbeiraste, dem zwei Rettungswagen und mehrere Feuerwehrfahrzeuge folgten. Wieder holte Wünnenberg sein Handy heraus und überflog die Staumeldungen: Inzwischen wurde für die A3 zwischen Weibersbrunn und Rohrbrunn ein Unfall gemeldet.

Um halb vier brachten ihnen die Verkehrsmeldungen auf Radio FFH endlich Gewissheit: Aufgrund der bevorstehenden Landung eines Rettungshubschraubers war die A3 in ihrem Abschnitt vollständig gesperrt worden. Der Rückstau betrug mittlerweile über zehn Kilometer.

Hackenholt schloss die Augen und lehnte seufzend den Kopf gegen die Nackenstütze. »Mach den Motor aus, Ralph, wir werden das Benzin noch brauchen.«

»Aber dann haben wir keine Heizung mehr.«

»Lieber frieren wir jetzt, als dass wir nachher, wenn wir weiterfahren können, keinen Sprit haben.«

»Mein Gott, ist das kalt.« Wünnenberg rieb sich die Hände und zog seinen längst hochgeschlagenen Jackenkragen enger. »Warum haben wir eigentlich keine Decken in unseren Dienstfahrzeugen? Das sollten wir mal als Grundausstattung anregen. Wenn wir hier noch eine halbe Stunde in der Kälte sitzen, holen wir uns eine Lungenentzündung und fallen bis auf Weiteres vom Dienst aus.« Erneut nahm er sein Smartphone aus der Tasche. »Jetzt sind es bereits dreiundvierzig Kilometer Stau. Das darf doch nicht wahr sein! Können sich die da vorne nicht mal ein bisschen beeilen?«

»Das haben dummerweise wohl schon ein paar Leute gemacht, sonst hätte es keinen Unfall gegeben, und wir stünden nun nicht hier.« Hackenholt sah auf die Uhr. Halb fünf, und sie hatten noch knapp die Hälfte der Strecke vor sich. Er würde es unmöglich schaffen, sich um sieben mit Peter Renner in Roth zu treffen. Eigentlich war ihm das gar nicht so unrecht: Nach dem heutigen Tag hatte er ganz und gar keine Lust, noch einmal aus dem Haus zu müssen. Er wollte es sich nur noch mit Sophie im Wohnzimmer vor dem warmen Kachelofen gemütlich machen. Entschlossen griff er nach seinem Handy und wählte Renners Nummer. Der Kollege meldete sich gleich nach dem zweiten Klingelzeichen.

»Hallo, Peter, ich muss unsere Verabredung für heute Abend leider absagen.«

»Aber Frank, das kannst du nicht machen. Ich muss dich unbedingt sehen.«

»Heute geht es beim besten Willen nicht. Wir stehen seit Ewigkeiten auf der A3 in einer Vollsperrung und können froh sein, wenn wir hier nicht festfrieren«, entschuldigte sich Hackenholt.

»Dann verlegen wir unser Treffen eben ein paar Stunden nach hinten. Es ist wirklich dringend, außer dir kann mir niemand weiterhelfen.«

»Wobei?«

»Darüber sprechen wir, wenn wir uns sehen. Ruf mich an, sobald du in Nürnberg bist.«

»Nein, Peter, heute klappt es definitiv nicht mehr. Lass es uns auf morgen verschieben. Sagen wir um fünfzehn Uhr an der Krippe auf dem Nürnberger Christkindlesmarkt? Ist dir das konspirativ genug?«

Als Antwort erntete er nur ein Knurren, dann wurde die Verbindung unterbrochen.

Sophie ließ Hackenholt ein warmes Bad ein und machte ihm eine heiße Tomatensuppe, nachdem er um halb acht durchgefroren und müde nach Hause gekommen war.

»Isst du nichts?«

»Nein, ich habe keinen Hunger.«

»Ist dir wieder schlecht?«

Sie setzte bereits zu einem Kopfschütteln an, entschloss sich aber im letzten Moment doch noch zu einem Nicken, sodass die Bewegung wie ein Kopfkreisen aussah.

»Wahrscheinlich habe ich vorhin zu viel Zimtparfait gegessen«, schob sie schnell hinterher.

»Waren Christine und Saskia da?«

»Ja, und beide mit Anhang.«

»Dann brauche ich wohl nicht zu fragen, ob ihr mir etwas vom Nachtisch aufgehoben habt, oder?«

»Der wäre doch sowieso zu kalt für dich«, antwortete Sophie neckend.

»So, so, du hast also heute Nachmittag schon gewusst, dass ich heute Abend als Eiszapfen heimkomme? Vielleicht sollte ich dich mit deinen hellseherischen Fähigkeiten in Zukunft in meine Ermittlungen einspannen.«

»Ach nee, lass mal. Was mir Maurice so alles von seinem Alltag erzählt hat, genügt mir fürs Erste.«

»Maurice? Hast du unserem Leichenfledderer das Du angeboten?«

»Nein, das ging von ihm aus. Er hat gesagt, ich wäre die erste Schwangerschaft, die er diagnostiziert hat, und da könne man sich unmöglich weiterhin siezen.«

»Hat er dich untersucht?«

»So weit kommt es noch!« Sophie sah Hackenholt empört an.

»Warum ist er sich dann so sicher?«

»Offenbar ist für ihn eine Frau unwiderlegbar schwanger, wenn ihr schlecht ist.«

»Weißt du, was mich an der ganzen Sache irritiert?«

»Was?«

»Seit ich Maurice kenne, war er noch nie mit seinen Vermutungen voreilig, und er hat auch noch nie mit ihnen falschgelegen.«

»Wirklich?«

»Hm-mh.«

»Tja. Mag ja sein, dass er sich mit Toten fabelhaft auskennt, aber ich war, als ich das letzte Mal nachgeschaut habe, noch am Leben.«

Hackenholt lachte.

»Jedenfalls werde ich ihm morgen früh beweisen, dass er danebenliegt.«

»Wie das?«

»Schau mal, was deine netten und stets hilfsbereiten Kollegen nach ihrem Besuch im Esszimmer *vergessen* haben.«

Obwohl Hackenholt eine Vorahnung hatte, ging er nachsehen. Auf dem Tisch stand eine zwanzig mal zwanzig Zentimeter große Schachtel, auf deren Deckel ein Paar Babyschuhe klebte. Als er hineinsah, fand er den erwarteten Schwangerschaftstest. Allerdings nicht nur einen, sondern gleich zehn an der Zahl.

»Offenbar lautet das Motto der Kripo Nürnberg: Viel hilft viel«, murmelte Sophie hinter seinem Rücken.

»Christine war schon immer eine äußerst gewissenhafte Beamtin«, erwiderte Hackenholt, so ernst er konnte. Dann drehte er sich zu Sophie um, die vor Lachen losprustete.

»Na warte, das werde ich ihr irgendwann garantiert heimzahlen!« Dann drückte sie ihm einen Stapel Ausdrucke in die Hand.

»Was ist das?« Er warf einen flüchtigen Blick auf das oberste Blatt. »Oh, du hast mal wieder nach Häusern gesucht?«

»Nein, das war die Überraschung, die deine lieben Kollegen eigentlich für uns vorbereitet hatten: Sie wollten uns bei der Haussuche unterstützen. Jeder hat in seiner Umgebung nach leer stehenden Objekten gefahndet.«

»Und? Ist etwas Brauchbares dabei?«, fragte er vorsichtig, da er Sophies Tonfall nicht deuten konnte.

»Absolut, wenn man auf Superlative steht: Vom verfallensten Kuhstall aller Zeiten – er ist für schlappe fünfhundert Euro zu haben – bis zum modernsten Niedrigenergiehaus de luxe mit Einliegerwohnung für das Dienstpersonal – den Preis willst du gar nicht wissen – ist jede Höchststufe vertreten.«

Sonntag

Als Hackenholt am Sonntagmorgen aufstand, saß Sophie in eine Decke gehüllt auf dem Sofa im Wohnzimmer. Es war ein Wintertag wie aus dem Bilderbuch: Zum Fenster schien die Sonne herein, Schnee glitzerte auf Bäumen und Zäunen, und im Kachelofen knackte ein Holzscheit.

»Guten Morgen. Du bist schon auf?«

Sophie reagierte nicht. Auf dem Fußboden vor ihr lagen geöffnete Pappschächtelchen, aufgerissene Kunststoffverpackungen und zusammengeknüllte Gebrauchsanweisungen. Auf einem kleinen Hocker lagen aufgereiht neun Schwangerschaftstests. Den zehnten hielt sie in der Hand und starrte gebannt auf das kleine Anzeigefeld.

Hackenholt setzte sich neben sie und küsste sie auf die Augenbraue. Wortlos hielt ihm Sophie den letzten Test hin. In dem kleinen Fenster war ein schwarzes Plus zu sehen.

»Und was bedeutet das?«

Da Sophie noch immer schwieg, nahm er eine der zerknüllten Packungsbeilagen, strich sie auf seinem Knie glatt und überflog den Text neben den Bildern.

»Irgendetwas muss mit den Dingern defekt sein«, murmelte Sophie schließlich. »Sie zeigen alle dasselbe Ergebnis.«

»Heißt das, wir bekommen ein Kind?«

»Aber das muss ein Fehler sein! Das Ergebnis kann einfach nicht stimmen. Vielleicht wurden in der Anweisung versehentlich die Zeichen vertauscht, oder die Tests sind uralt und funktionieren nicht mehr richtig.«

Hackenholt bückte sich, hob eine Verpackung vom Boden auf und suchte nach dem Mindesthaltbarkeitsdatum – es lag zwei Jahre in der Zukunft.

Sophie seufzte. »Oder die Chemikalien reagieren auf die Hormone, die die Pille enthält.«

»Ich denke, das ist ziemlich unwahrscheinlich.«

»Aber –«

»Warum bist du überhaupt so überzeugt, dass das Ergebnis nicht stimmt? Willst du es nicht?« Hackenholt sah sie prüfend an, dann nahm er sie in die Arme und drückte sie an sich. »Ich finde das absolut phantastisch.«

»Aber das war doch nicht geplant.«

»Nun ja, unter Umständen ist gerade das der Grund, warum es passiert ist. Schau dir mal unsere Haussuche an: Die dauert nun schon so lange, und wir werden dabei immer verbissener. Vielleicht sollten wir einfach mal abwarten, was sich uns anbietet. Und deine Schwangerschaft ist das Zeichen dafür.«

»Wie soll das denn bitte funktionieren? Man kann doch nichts finden, wenn man nicht danach sucht.«

»Das sehe ich anders. Manchmal stolpert man über etwas, gerade weil man nicht danach sucht. Nach Svenjas Tod hatte ich mit dem Thema Partnerschaft abgeschlossen – weil es so enorm wehgetan hat, sie zu verlieren. Dann bist du eines schönen Tages in mein Leben gepurzelt. Völlig ungewollt und ungeplant. Das war das Beste, was mir passieren konnte, und wenn wir jetzt ein Kind bekommen, macht das unser Leben perfekt. Ich glaube, insgeheim wollte ich schon immer eine richtige Familie. Ein Kind ist schließlich die schönste Form einer Verbindung zwischen Mann und Frau.«

Sophie sah ihn lange stumm an. »Aber ich fühle nichts.«

»Das wird bestimmt noch kommen, wenn dir nicht mehr ständig übel ist.« Er machte eine Pause und fuhr ihr durch die Haare. »Versprich mir, dass du morgen zum Arzt gehst, ja?«

»Begleitest du mich, wenn ich einen späten Termin ausmache?«

»Natürlich, wenn du möchtest.«

»Und was steht heute auf dem Programm?«

»Es kann sein, dass ich am Abend nach Eichstätt muss.«

»Aber bis dahin hast du frei?«

Hackenholt zögerte kurz. »Gestern hat ein ehemaliger Kollege aus Münster angerufen. Er ist dieses Wochenende überraschend in Nürnberg und will sich mit mir treffen. Ich habe um fünfzehn Uhr an der Krippe auf dem Christkindlesmarkt vorgeschlagen – in der Hoffnung, dass du Zeit hast und mitkommen willst.« Er seufzte. »Eigentlich habe ich überhaupt keine Lust dazu. Peter hat am Telefon irgendetwas von einem Fall von früher gefaselt, der längst abgeschlossen ist, ihm aber offenbar noch immer durchs Hirn spukt. Ich fände es wirklich schön, wenn ich nicht allein hingehen müsste. Dann hätte ich wenigstens eine Ausrede, um das Treffen kurz zu halten.«

»Warum triffst du dich überhaupt mit ihm, wenn du eigentlich nicht magst?«

»Der alten Zeiten wegen: Früher war er ein recht netter und kompetenter Kollege, aber jetzt am Telefon wirkte er irgendwie komisch. Vielleicht hat ihn ja die Arbeit beim LKA so verändert, jedenfalls hat er nicht sonderlich glücklich geklungen.«

»Bin ich nicht fehl am Platz, wenn ihr über damals beziehungsweise einen alten Fall reden wollt?«

Hackenholt schüttelte den Kopf. »Ganz und gar nicht. Ich hoffe, dass er sich ein bisschen zusammenreißt, wenn du dabei bist.«

Um kurz nach halb drei verließen sie die Wohnung. Ursprünglich hatte Sophie vorgeschlagen, früher aufzubrechen, um zu zweit eine Runde über den Markt drehen zu können, bevor sie sich mit Renner trafen, aber dann war sie durch den Anruf einer Freundin aufgehalten worden. Da Hackenholt auf dem Umweg über die Tetzelgasse bestand, um den direkten Weg über die Burg zu vermeiden, der sie unterhalb des Ölbergs an ihrem Traumhaus vorbeigeführt hätte, erreichten sie erst fünf Minuten vor drei die Frauenkirche.

Seit Sophie an einem Adventswochenende im vergangenen Jahr die lebende Krippe im Streichelzoo des Nürnberger Tiergartens gesehen hatte, konnte sie die am Hauptmarkt nicht mehr wirklich begeistern: Ihr fehlten die Esel, die unvermutet ihr Iah anstimmten, die meckernden Ziegen und die Darsteller, die den Kindern weihnachtliche Geschichten vorlasen. Gerade jetzt wäre Sophie eine Vorlesestunde gelegen gekommen, die ihnen die Zeit verkürzt hätte, die sie auf Peter Renner warteten. So aber begann Sophie alsbald, den Münsteraner Kollegen zu verwünschen, denn von Pünktlichkeit schien der noch nichts gehört zu haben.

Um Viertel nach drei waren sie gefühlte fünfzig Mal um die Krippe geschlendert. Sophie glaubte, sich jede noch so kleine Farbabsplitterung an den Gewändern der hölzernen Figuren eingeprägt zu haben, aber von dem Polizeibeamten war nach wie vor nichts zu sehen.

»Bist du dir sicher, dass du ihn wiedererkennst?«, fragte sie zaghaft. »Könnte es nicht vielleicht der Typ mit dem hochgeschlagenen Mantelkragen und der Pfeife dort drüben sein?«

»Peter sieht doch nicht aus wie Sherlock Holmes«, grinste Hackenholt.

»Und was ist mit dem da?«

»Der mit dem Senfflecken auf der Krawatte?«

Nun war es Sophie, die lachte. »Genau der. Wenn er Senf anstelle von Ketchup auf seine Drei im Weggla gibt, wäre er mir sogar sympathisch. Dann würde ich ihm nachsehen, dass wir uns in der Kälte wegen ihm die Beine in den Bauch stehen.«

»Tja, schade, aber er ist es auch nicht. Peter ist so groß wie ich, klapperdürr, hat Sommersprossen, rötliche, schüttere Haare und eine etwas zu große Nase.«

»War es wirklich der Nürnberger Christkindlesmarkt, auf dem ihr euch treffen wolltet?«, fragte Sophie vorsichtig. »Nicht dass er da etwas verwechselt hat.«

»Der Vorschlag, uns hier zu treffen, kam von mir. Er kann nirgendwo anders warten.« Wieder sah Hackenholt auf die Uhr. Sie standen nun schon fünfundzwanzig Minuten an der Krippe.

»Ruf ihn doch mal an und frag, wo er gerade ist. Wenn wir wissen, dass er erst in einer Viertelstunde kommt, können wir uns wenigstens von der Stelle bewegen und müssen hier nicht festfrieren. Mir wird nämlich langsam kalt. Oder hast du keine Handynummer von ihm?«

»Doch.« Hackenholt zog sein Mobilfunktelefon aus der Hosentasche und wählte. »Ihr gewünschter Gesprächspartner ist derzeit nicht zu erreichen, bitte versuchen Sie es später noch einmal.«

»Hm. Und jetzt?«

»Wir warten noch bis um halb vier, und wenn er bis dahin nicht hier ist, bummeln wir allein über den Markt.«

Sophie nickte und vertiefte sich wieder in die Betrachtung der Krippenfiguren.

Als die Frauenkirche zur halben Stunde schlug, zückte Hackenholt noch einmal sein Handy. Wieder war Peter Renner nicht erreichbar.

»So ein Sturkopf«, murmelte Hackenholt, bevor er ihm eine SMS schrieb: Da er bis jetzt erfolglos am vereinbarten Treffpunkt auf ihn gewartet habe, würde er nun wieder nach Hause gehen. Er, Renner, könne ihn am Montag im Kommissariat anrufen. Nachdem Hackenholt die Nachricht gesendet hatte, griff er nach Sophies Hand und zog sie in Richtung der Buden. »Dann eben nur wir zwei.«

»Auf direktem Weg zum nächsten Bratwurststand?«

Hackenholt nickte grinsend. »Magst du auch Drei im Weggla?«

»Ja, ausnahmsweise. Ich hoffe nur, ich bereue es nicht.« Mit einem schiefen Lächeln folgte sie ihm.

Just in dem Moment, in dem Hackenholt seinen Geldbeutel verstaute und sein Brötchen nahm, um die Würstchen in einer ordentlichen Portion Senf zu ertränken, klingelte sein Handy.

»Na, dein Kollege hat ja ein göttliches Timing«, kommentierte Sophie und nahm ihm sein Brötchen ab, damit er das Telefon aus der Hosentasche kramen konnte.

Doch es war nicht Peter Renner, der ihn anrief, sondern die Eichstätter Kollegin.

»Ich habe gute Neuigkeiten: Julia Weiß ist zurück im Studentenwohnheim. Wir konnten sie zweifelsfrei zuordnen, weil wir beobachtet haben, wie sie ein Fenster in ihrem Appartement geöffnet hat. Danach ist sie noch einmal zum Auto gegangen, um einen Karton zu holen, aber das Beste: Sie ist nicht allein. Eine zweite junge Frau, die definitiv einen türkischstämmigen Hintergrund hat, begleitet sie.«

»Habt ihr schon mit ihr gesprochen?«

»Nein, ich dachte, ich sage dir erst Bescheid, damit du dich auf den Weg machen kannst. Dann müssen wir mit den beiden nicht so viel Zeit auf der Dienststelle überbrücken, schließlich wird es eine Weile dauern, bis du hier bist.«

Wieder schaute Hackenholt auf die Uhr und überschlug im Kopf grob, wie lange er brauchen würde. »Pi mal Daumen bin ich in anderthalb Stunden bei euch.« Er beendete das Gespräch und wählte sofort Wünnenbergs Nummer. »Auf geht's, Ralph. Eichstätt ruft. Ich bin gerade in der Innenstadt und komme direkt zur Dienststelle. Treffen wir uns im Hof unten bei den Fahrzeugen?«

»Vergiss nicht, irgendwo noch eine Decke aufzutreiben, falls wir zur Abwechslung mal in eine Vollsperrung geraten sollten.«

Hackenholt schnaubte unwillig und beendete das Gespräch.

Sophie seufzte. »Das war es dann also mit unserem Spaziergang über den Christkindlesmarkt.« Sie sah ihn kopfschüttelnd an. »Wir haben aber auch immer ein Glück!« Sie drückte ihm erst einen Kuss auf die Wange und dann die beiden Bratwurstbrötchen in die Hände. »Ich kann mir noch eins holen, aber du wirst so schnell sicher nicht zum Essen kommen. Ruf an, wenn du weißt, wie spät es wird, ja? Vielleicht hole ich dich dann in der Schlotfegergasse ab.«

Die PI Eichstätt lag am südöstlichen Rand der großen Kreisstadt, und wieder einmal fragte sich Hackenholt, warum so viele Polizeidienststellen in alten, zumeist nicht sonderlich funktionalen Gebäuden untergebracht waren.

Yvonne Kraus erwartete die Nürnberger Beamten im ersten Stock. Nach einer freundlichen Begrüßung erklärte sie ihnen, dass die türkischstämmige Frau tatsächlich Rojin Barzani war, auch wenn sie das zunächst nicht hatte zugeben wollen – schlussendlich hatte sie jedoch ihr Ausweis verraten.

»Habt ihr die Lichtbilder genau überprüft? Wir müssen sichergehen, dass sich niemand anderes für Frau Barzani ausgibt.«

»Kein Zweifel. Sie hat eine kleine Narbe am Kinn, die auf dem Passfoto sehr gut zu sehen ist. Sie wollte unerkannt bleiben, weil sie Angst hat. Als wir ihr versichert haben, dass wir ihrer Familie nicht sagen werden, wo sie sich aufhält, ist sie anstandslos mitgekommen.«

»Und ihre Freundin?«

»Frau Weiß hat sie begleitet. Wir haben sie allerdings in einen separaten Raum gesetzt.«

»Gut, dann lass uns anfangen. Während wir beide uns mit Frau Barzani unterhalten, könnte einer deiner Kollegen zusammen mit Ralph Frau Weiß vernehmen.«

Die Beamtin nickte und rief einen anderen Polizisten zu sich, der mit Wünnenberg in einem Zimmer am Ende des Flurs verschwand, bevor sie selbst mit Hackenholt zu der jungen Deutschtürkin ging. Nach nur einem Blick stellt der Hauptkommissar fest, dass Rojin Barzani eine ausnehmend hübsche Frau war. Dichte Wimpern, schön geschwungene Augenbrauen und lange dunkle Haare betonten ihre wachen, ausdrucksstarken Augen. Dominiert wurde das lange, schmale Gesicht jedoch von einem sinnlichen Mund.

»Frau Barzani, ich denke, Sie wissen, warum wir mit Ihnen reden müssen«, eröffnete Hackenholt das Gespräch, nachdem er sich vorgestellt hatte.

»Weil mein Vater eine Vermisstenanzeige aufgegeben hat?« Ihre Stimme war leise, aber nicht unsicher – und sie sprach akzentfreies Deutsch.

»Ich wünschte, es wäre so einfach. Nein, Frau Barzani, weder Ihr Vater noch einer Ihrer Brüder haben Sie vermisst gemeldet. Ganz im Gegenteil: Als wir bei Ihrer Familie nachgefragt haben, wo wir Sie finden können, wurde uns mitgeteilt, dass Sie sich in der Türkei aufhalten, da Sie dort einen Cousin heiraten würden.« Hackenholt machte eine Pause. »Es geht um Bülent Alkan, Ihren Freund. Aber ich glaube, das ahnen Sie bereits.«

Als hätte er ein Codewort ausgesprochen, traten der jungen Frau Tränen in die Augen, liefen ihr über die Wangen und tropften ungehindert auf ihren Pulli. Die Eichstätter Beamtin stand auf, nahm ein paar Papierhandtücher aus dem Spender neben dem Waschbecken und reichte sie ihr.

»Es ist wohl am besten, wenn Sie uns die ganze Geschichte aus Ihrer Sicht erzählen«, sagte Hackenholt nach einer Weile. »Was ist in Bülent Alkans Wohnung passiert?«

»Ich weiß es nicht. Ich weiß es einfach nicht!« Rojins Schluchzen wurde lauter. »Jemand hat Bülent umgebracht. Wahrscheinlich war es mein Vater.«

Wieder wartete Hackenholt, bis sie sich etwas beruhigt hatte. »Lassen Sie uns anders anfangen: Wie haben Sie und Bülent Alkan sich kennengelernt?«

»Er kam im Sommer in unser Internetcafé. Normalerweise arbeite ich dort nicht, aber mein Vater und auch mein Bruder Dilser waren krank. Ich hatte gerade mein Abitur gemacht und war mit der Schule fertig. Eigentlich sollte ich mich um die Kinder meiner Tante kümmern, aber dann durfte ich Servan begleiten, weil er ansonsten den ganzen Tag allein gewesen wäre. Er hätte sich ja nicht einmal etwas zu essen holen oder auf die Toilette gehen können. Bülent war an dem Tag der erste Kunde. Als er ging, hat er seinen Schlüssel vergessen. Servan hat es gemerkt und ihm hinterhergerufen, aber Bülent hatte seinen MP3-Player eingeschaltet und konnte ihn nicht hören. Also hat Servan mir gesagt, ich solle ihm schnell hinterherlaufen. Kundenservice. Am nächsten Tag kam Bülent wieder und hat mir Pralinen mitgebracht – als Dankeschön.« Rojin lächelte, als sie sich daran erinnerte.

»Servan hat das nicht gefallen, aber er konnte nichts machen, weil Bülent ein Kunde war und sich nur höflich bei mir bedanken wollte. Trotzdem musste ich mich, solange Bülent im Laden war, in einem Nebenzimmer aufhalten. Am Nachmittag habe ich für Servan im Imbiss etwas zu essen geholt. Dabei habe ich gesehen, dass Bülent schräg gegenüber in der Spielhalle saß und immer wieder zu uns rüberschaute. Dann kam auch er zu dem Imbiss, und wir haben uns unterhalten. Er hat mich nach meiner Handynummer gefragt und mir seine gegeben.

Am Abend hat er mir dann eine SMS geschickt und gefragt, ob wir nicht am Wochenende zusammen Eis essen wollen. Aber das hätte mein Vater nie erlaubt. Er wäre fuchsteufelswild geworden, wenn er davon erfahren hätte. Also haben wir uns, solange mein Vater und Dilser krank waren, ein paar Tage lang flüchtig im Internetcafé gesehen. Servan fielen die Treffen natürlich trotzdem auf, und dann verbot mir mein Vater, den Laden noch einmal zu betreten. Stattdessen hat er einen meiner Cousins dort arbeiten lassen, bis er selbst wieder auf den Beinen war.

Kurze Zeit später hat mir Bülent eine SMS geschrieben und ist nach Altdorf gekommen. Ich habe meiner Mutter angeboten, für sie einkaufen zu gehen, und mich dabei heimlich mit ihm getroffen. Wir haben uns über unsere Familien unterhalten. Ihm ging es kaum besser als mir: Zwar war sein Vater nicht so streng wie meiner, aber dafür mischte sich sein Onkel immer wieder in sein Leben ein und sagte ihm, was er zu tun und zu lassen hätte. Er ist Imam und hat viel Einfluss auf die Familie.

Bülent und ich haben uns dann nach und nach ineinander verliebt. Natürlich mussten wir das geheim halten, nur Bülents Schwester hat davon gewusst. Wir haben uns weiterhin heimlich getroffen, aber leider ist uns Servan trotzdem auf die Schliche gekommen. Und das nur wegen eines dummen Zufalls: Ich hatte ein neues Handy bekommen, weil mein altes kaputtgegangen war. Mein Bruder hat mir geholfen, die Daten zu synchronisieren, und dabei Bülents Telefonnummer gesehen. Servan hat mich zur Rede gestellt, und ich habe ihm gesagt, dass ich mich mit Bülent treffe, weil ich ihn liebe und ich mein Leben so leben will, wie es mir passt. Mit der altmodischen Lebensweise unserer Familie habe ich nichts am Hut.« Sie starrte einen Moment lang schweigend auf den Tisch.

»Das war ein großer Fehler. Servan erzählte alles meinem Vater, der mich daraufhin schlug und in meinem Zimmer einsperrte. Anschließend schickte er meinen Bruder mit einer Drohung zu Bülents Vater: Er würde Bülent umbringen, sollte der sich noch einmal mit mir treffen. Herr Alkan hat daraufhin dafür gesorgt, dass Bülent in einer anderen Firma arbeitete, wo er immer viel unterwegs war. Wir haben uns nur noch ganz selten gesehen, aber fast jeden Tag heimlich miteinander telefoniert und SMS geschrieben. Dabei haben wir ständig darüber gesprochen, zusammen wegzugehen. In eine andere Stadt, in der uns niemand kennt. Vielleicht nach Österreich, nach Wien. In Deutschland, meinte Bülent, würde uns sein Onkel sicher früher oder später finden.

Anfang November hat Bülent bei mir angerufen. Er wollte mich unbedingt sehen, also habe ich meiner Mutter erzählt, dass mich eine ehemalige Klassenkameradin eingeladen hat, und bin stattdessen heimlich zu ihm gefahren. Sein Chef hatte ihn in der Spedition rausgeschmissen, und Bülent fand, es wäre ein guter Zeitpunkt, um abzuhauen. Einen Plan, wie er an das nötige Geld kommen würde, hatte er auch schon. Ich sollte alles vorbereiten, damit wir Knall auf Fall untertauchen könnten.

Am Mittwochnachmittag vor dreieinhalb Wochen haben wir uns dann noch einmal gesehen, und er hat mir gesagt, dass es Donnerstag oder Freitag so weit wäre. Am Donnerstagabend hat er mir eine SMS geschrieben: Er hätte das Geld, und ich sollte am Freitagmorgen zu ihm kommen.«

»War das der 16. November?«

Rojin nickte. »Ich habe am Morgen die erste S-Bahn nach Nürnberg genommen, weil ich sichergehen wollte, dass meine Familie noch schläft und nicht merkt, wenn ich das Haus verlasse. Als ich bei Bülent ankam, sagte er, dass wir noch warten müssten. Er würde eine E-Mail bekommen, und erst danach könnten wir das Geld bei der Sparkasse abholen. Gegen zehn Uhr erhielt er dann endlich die Nachricht, und wir gingen zur Bank. Dort wollte Bülent das Konto kündigen. Die Sachbearbeiterin lehnte das erst ab, hat aber schlussendlich doch nachgegeben, weil Bülent ihr erzählt hat, wir würden am nächsten Tag in die Türkei ziehen und dort heiraten. Allerdings hat alles viel länger gedauert, als Bülent gedacht hat. Er war sehr nervös und hat andauernd auf die Uhr geschaut. Als endlich alles erledigt war, hat er mich in ein Taxi gesetzt und mit dem Geld zum Hauptbahnhof geschickt. Ich sollte dort im ersten Stock im Burger King auf ihn warten, er selbst ging noch einmal in seine Wohnung zurück, um unsere Sachen zu holen. Die hatten wir natürlich nicht mit in die Sparkasse genommen.«

»Sie wollten mit dem Zug fahren? Herr Alkan besaß doch ein Auto.«

»Bülent hatte immer große Angst, dass unsere Familien uns aufspüren würden. Der Wagen wäre ein Anhaltspunkt gewesen, deshalb hatten wir ausgemacht, die Bahn zu nehmen.«

»Haben Sie ihn gefragt, warum er nicht wollte, dass Sie ihn in die Wohnung begleiteten?«

Rojin verneinte. »Ich dachte, Bülent wäre so nervös, weil das Internetcafé meines Vaters inzwischen geöffnet hatte und er fürchtete, wir könnten jemandem aus meiner Familie begegnen.«

»Also sind Sie zum Hauptbahnhof gefahren und haben dort gewartet, aber Ihr Freund ist nicht gekommen. Wie ging es dann weiter?«

»Als ich Bülent über Stunden hinweg auf dem Handy nicht erreichen konnte, habe ich das Geld in ein Schließfach gesperrt und bin nach Gostenhof zurückgefahren. Ich hatte ein wahnsinnig schlechtes Gefühl und war mir sicher, dass etwas passiert sein musste. Dass er meinen Vater getroffen hatte oder so. Und als ich in seine Wohnung gegangen bin, lag er da.« Sie schlug die Hände vors Gesicht. Minutenlang wurde der Raum von ihrem Schluchzen erfüllt.

»Wie sind Sie eigentlich hineingekommen?«, fragte Hackenholt endlich.

»Einer von seinen Schlüsseln war immer im Briefkasten deponiert, damit seine Schwester oder ich in die Wohnung konnten, wenn er mit dem Lkw unterwegs war. Das Türchen vom Briefkasten war so verbogen, dass man es nicht mehr zuschließen musste, damit es nicht von allein aufging. Und die Haustür ist auch nie richtig verschlossen. Man muss nur dagegendrücken.«

»War die Wohnungstür abgesperrt, als Sie sie geöffnet haben?«

»Nein, natürlich nicht. Ich habe den Schlüssel ins Schloss gesteckt und die Tür aufgestoßen. Dann habe ich schon gesehen, dass etwas nicht stimmte.«

»Haben Sie in den Räumen irgendetwas verändert?«

Sie schüttelte den Kopf.

»Was haben Sie als Nächstes gemacht?«

»Ich bin zur U-Bahn gerannt und wieder zum Bahnhof gefahren.«

»Haben Sie abgesperrt, als Sie gingen?«

»Ich weiß es nicht.« Sie hielt einen Augenblick inne. »Ich kann mich nicht erinnern, aber ich glaube nicht.«

»Was ist mit dem Schlüssel passiert?«

»Den habe ich in den Briefkasten zurückgelegt.«

»Und dann?«

»Vom Bahnhof aus habe ich Julia angerufen. Sie war in der Schule meine Banknachbarin und hat mir früher schon manchmal ein Alibi gegeben, wenn ich etwas unternehmen wollte, wovon meine Familie nichts wissen durfte. Außerdem ist sie die Einzige, die ich kenne, die nicht mehr in Altdorf oder Nürnberg lebt.«

»Was ist aus dem Geld geworden?«

»Ich habe es aus dem Schließfach geholt und eingesteckt. Es ist jetzt in meiner Tasche in Julias Zimmer im Studentenwohnheim.«

»Wissen Sie, wie Ihr Freund daran gekommen ist?«

Rojin senkte den Blick. Es dauerte einen Moment, bis sie nickte. »Er hat für Leute gearbeitet, die im Internet illegal Überweisungen auf andere Konten umleiten. Eigentlich hätte er den Betrag abheben und gegen eine Provision an seinen Auftraggeber weitergeben müssen, aber das hat er nicht getan. Bülent hat immer beteuert, dass den Leuten, denen die Konten gehören, kein Schaden entsteht, weil die Versicherungen der Banken dafür aufkommen. Und wir haben das Geld doch so dringend gebraucht, um abzuhauen.«

»Das dürfte seinen Auftraggeber aber nicht sonderlich erfreut haben. Wissen Sie, wer dahintersteckt?«

»Nein, woher denn?« Auch Bülent hatte keine Ahnung. Alles lief über das Internet.«

»Warum glauben Sie, dass Ihr Vater Bülent umgebracht hat?«

»Es kann nur er oder einer meiner Brüder gewesen sein. Sie müssen herausbekommen haben, dass wir zusammen weggehen wollten. Aber das verstehen Sie nicht – in den Köpfen meiner Familie tickt es anders. In ihren Augen haben Bülent und ich die Familienehre verletzt. Sie wollten uns beide umbringen. Nicht nur Bülent, sondern auch mich, da bin ich mir absolut sicher. Deswegen bin ich untergetaucht. Ich habe mich nicht einmal mehr getraut, mein Handy zu benutzen, damit sie mich nicht finden. Verstehen Sie? Das alles ist kein Spaß. Wenn mein Vater mich entdeckt, wird er mich töten.«

Hackenholt seufzte. »Frau Barzani, in Nürnberg sind in der Zwischenzeit schreckliche Dinge passiert. Dass das alles blutiger Ernst ist, dessen bin ich mir sehr wohl bewusst. Letzten Donnerstag hat Özgür Alkan Ihrem Vater abends vor dem Internetcafé aufgelauert und auf ihn geschossen.« Hackenholt schwieg einen Augenblick, damit sie die Nachricht aufnehmen konnte und auf das vorbereitet war, was er nun sagen musste. »Ihr Vater ist vorgestern in der Klinik verstorben.«

Die junge Frau sah ihn mit vor Schreck geweiteten Augen an. »Bülents Vater hat Blutrache genommen«, flüsterte sie schließlich.

Hackenholt wartete einen Moment, dann sagte er: »Eine abschließende Frage gibt es noch. Haben Sie das Handy Ihres Freundes aus der Wohnung mitgenommen?«

Sie schüttelte den Kopf. »Bülent hatte so große Angst, dass uns unsere Familien finden würden. Uns beiden war klar, was dann passieren würde.« Wieder schluchzte sie auf. »Deswegen hat er mir eingeschärft, dass wir unbedingt unsere Handys entsorgen müssten, sobald wir im Zug wären. Ich habe meines sofort in der Wohnung ausgeschaltet, bevor ich zum Bahnhof zurückgefahren bin. Dort habe ich noch einmal telefoniert, dann habe ich es während der Fahrt aus dem Zug geworfen. Erst die SIM-Karte und ein paar Minuten später das Telefon.«

»Und? Was hat sie gesagt?«, wollte Wünnenberg wissen, als sie sich gegen zwanzig Uhr endlich auf der Rückfahrt nach Nürnberg befanden.

»Sie vermutet, dass ihre Familie hinter der Tat steckt. Ihrer Meinung nach ist ihr Vater der Drahtzieher, wenn er Bülent nicht sogar selbst umgebracht hat. Stichhaltige Beweise hat sie natürlich nicht.«

»Wie kommt sie zu der Annahme?«

»Er hat sie jahrelang unterdrückt und wie sein persönliches Eigentum behandelt. Sie hatte Todesangst, als sie aus Nürnberg geflohen ist, weil sie dachte, er würde sie ebenfalls umbringen wollen.«

»Julia Weiß hat etwas ganz Ähnliches ausgesagt. Rojin hätte sie vom Nürnberger Bahnhof aus panisch angerufen und gefragt, ob sie zu ihr kommen könnte, sie bräuchte unbedingt einen Unterschlupf, wo ihre Familie sie nicht findet. Bislang haben wir allerdings keinen Anhaltspunkt, dass ein Mitglied der Familie Barzani in Bülent Alkans Wohnung war und in seine Ermordung verwickelt ist.«

»Ich fürchte, da wird einiges an Arbeit auf uns zukommen, aber wir werden es garantiert herausfinden. Es ist noch nie jemandem gelungen, an einem Tatort keine Spuren zu hinterlassen.«

»Könnte es nicht auch Bülents Onkel gewesen sein? Wie du gestern bereits gesagt hast: Vielleicht hat er irgendwie von den Fluchtplänen der beiden erfahren? Hätte das in seiner Gemeinde die Runde gemacht, hätte er mit Sicherheit den Respekt der anderen Mitglieder eingebüßt, und einen solchen Gesichtsverlust konnte er sich nicht leisten.«

»Und wie soll es ins Bild passen, dass er Özgür Alkan gegen Azad Barzani aufgestachelt hat?«

»Er hat einen Sündenbock gesucht, dem er die Sache in die Schuhe schieben kann: Wer läge da näher als die Familie Barzani? Schon allein wegen seiner ideologischen Vorstellungen kam für ihn kein anderer Täter in Frage.« Die Beamten schwiegen eine Weile, dann ergriff Wünnenberg erneut das Wort. »Weißt du, was in meinen Augen mal eine originelle Idee ist?«

Hackenholt sah ihn fragend an.

»Die Vorgehensweise, wie sich Bülent Alkan das Startkapital beschafft hat, das er brauchte, um mit seiner Freundin woanders leben zu können. Auf so eine Idee muss man erst einmal kommen: einen Onlinebanking-Hacker zu betrügen.«

»Ich finde das eher risikoreich. Die Leute sind ja nicht gerade Unschuldslämmer. Die hätten ihr *hart erarbeitetes Geld*«, er malte Anführungszeichen in die Luft, »auch zurückhaben wollen und mit Sicherheit einiges darangesetzt, die beiden aufzuspüren. Und was hätte Bülent gemacht, wenn er bloß kleine Beträge überwiesen bekommen hätte? Angenommen, insgesamt nur tausend Euro? Damit wäre er nicht weit gekommen.«

»Soweit ich weiß, räumen die Täter bei solchen Angriffen die Konten immer so weit wie möglich ab. Bülent konnte also davon ausgehen, durchaus ein paar Euro mehr frei Haus geliefert zu bekommen.«

»Nun ja, zumindest das Geld haben wir sichergestellt.«

»Eigentlich erstaunlich, dass Rojin Barzani in diesem Punkt nicht gelogen hat. Sie hätte es mit Sicherheit selbst gut gebrauchen und einfach behaupten können, sie wüsste nicht, was daraus geworden ist, weil ihr Freund es mit in seine Wohnung genommen hat. Und als sie dann danach gesucht hat, war es nicht mehr da.«

»In dem Fall wäre es aber nicht logisch gewesen, wenn er sie allein zum Bahnhof vorgeschickt hätte. Hm, aber das ist sowieso eine Schwachstelle in der Geschichte.«

»Inwiefern?«

»Wenn Bülent Alkan wirklich Angst davor gehabt hat, zufällig Rojins Vater oder ihren Brüdern zu begegnen, dann hätte er Rojin wohl kaum schutzlos zum Bahnhof fahren lassen.«

»Aber er hat sie doch in ein Taxi gesetzt. Was hätte ihr da passieren sollen? Ich finde seine Handlung durchaus nachvollziehbar, wenn er geglaubt hat, den Barzanis müsse zwischenzeitlich aufgefallen sein, dass Rojin verschwunden war. Er ging davon aus, dass sie sie suchen würden, und wo würden sie das zuerst tun? Natürlich bei ihm. Wenn er sie also in ein Taxi gesetzt hat, dann deshalb, weil er hoffte, ihr würde dort nichts passieren. Dafür hätte der Fahrer schon gesorgt. In Bülents Wohnung hätte ihnen hingegen jemand unbemerkt auflauern können – wie es dann ja wohl auch der Fall gewesen ist.«

»Im Bahnhof war Rojin stundenlang auf sich allein gestellt.«

»Dort sind aber ständig so viele Menschen, dass sie nur hätte schreien müssen, und im Nu wären die Kollegen von der Bundespolizei bei ihr gewesen. Außerdem wollte Bülent sie wohl nicht lange warten lassen.«

»Da ist noch etwas anderes: Lass uns auf dem Weg zur Dienststelle schnell in der Denisstraße vorbeifahren. Rojin hat angegeben, mit einem Schlüssel in die Wohnung gelangt zu sein, den Bülent Alkan immer in seinem Briefkasten aufbewahrt haben soll.«

Wünnenberg pfiff durch die Zähne. »Das wäre ja ein Ding, wenn unsere Chefspurensucherin den übersehen hätte.«

Geraume Zeit später hielten sie vor Bülent Alkans Haus. Wie Rojin es Hackenholt erzählt hatte, war die Haustür auch um diese Zeit nicht verschlossen, man musste lediglich dagegendrücken, dann befand man sich im Flur. Schnell schlüpfte der Hauptkommissar in ein paar Einweghandschuhe, bevor er in den Briefkastenschlitz griff und an dem Blech zog, um das Türchen zu öffnen. Nachdem er einige Male daran gerüttelt hatte, sprang es mit einem leisen »Klack« auf. Doch zu seiner großen Enttäuschung war der Briefkasten leer.

Im Kommissariat trennten sich die Wege der Ermittler. Wünnenberg ging zu seinem Auto, während Hackenholt die Akten und den Schlüssel des Dienstwagens ins Kommissariat hinaufbrachte. Als er sein Büro betrat, erinnerte er sich, dass er Sophie hatte anrufen wollen, sobald absehbar war, wann er zurück sein würde. Schnell griff er zum Telefonhörer.

»Soll ich dich abholen, oder möchtest du lieber laufen, weil du nachdenken musst?«

»Ausnahmsweise wäre es mir nicht unrecht, wenn ich nicht laufen müsste.«

»Man könnte auch einfach sagen: ›Ich würde mich freuen, wenn du mich abholst.‹ Das klingt nicht gar so beamtisch!« Im Geiste sah er Sophie vor sich, wie sie den Kopf über seine Formulierung schüttelte. »Aber gut, ich bin in zehn Minuten da.«

»Prima, ich warte unten an der Pforte Schlotfegergasse auf dich.« Hackenholt legte auf und wollte sich schon erheben, überlegte es sich dann aber anders und wählte Peter Renners Handynummer. Da es sowieso noch etwas dauern würde, konnte er die Zeit genauso gut nutzen, um seinen früheren Kollegen zu fragen, warum er am Nachmittag nicht auf dem Christkindlesmarkt erschienen war. Doch auch jetzt war Renners Handy ausgeschaltet.

»Sturer Bock«, murmelte Hackenholt und fragte sich gleichzeitig, ob der Beamte überhaupt noch in Franken war. Einem Impuls folgend, nahm er das Telefonbuch aus der untersten Schublade seines Schreibtischs und suchte die Nummer des Holiday Inn in Schwabach heraus. Als sich die Rezeptionistin meldete, bat er, mit Peter Renner verbunden zu werden.

Dem Klacken in der Leitung folgte ein Tuten. Nach dem zehnten Klingelzeichen vernahm er wieder die Stimme der Empfangsdame. »Hören Sie? Herr Renner nimmt leider nicht ab. Vielleicht ist er gerade im Badezimmer oder unten im Fitnessraum. Seinen Schlüssel hat er zumindest nicht bei mir abgegeben. Möchten Sie eine Nachricht für ihn hinterlassen?«

»Sagen Sie ihm bitte, dass ich ihn sprechen wollte. Er soll mich zurückrufen. Mein Name ist Frank Hackenholt. Die Nummer hat er.«

»Ich werde ihm schnellstmöglich Bescheid geben. Ihnen noch einen schönen Abend.«

Er beendete das Gespräch, stand auf, ging zur Tür und verließ das Kommissariat. Gerade als er dem Pförtner in der Loge im Vorbeigehen einen Gute-Nacht-Gruß zunickte, bog Sophie in die Einfahrt.

Montag

In der Morgenrunde legte Hackenholt die Fakten dar, die Wünnenberg und er am Wochenende zusammengetragen hatten.

»Am wichtigsten ist, dass wir mit Rojin Barzani eine Zeugin haben, die unsere bisherige Vermutung bestätigen konnte: Bülent Alkan wurde am 16. November getötet. Und zwar in der Zeit zwischen viertel zwölf und halb vier.«

»Meiner Meinung nach können wir das Zeitfenster sogar noch weiter eingrenzen, da um halb eins irgendetwas mit seinem Handy passiert ist«, erklärte Wünnenberg.

»Also, wergli nai is des edzerdla ned gråd«, murmelte Baumann. »Des hammer ledzd Wochn aa scho alles vermuded.«*

»Ja, aber jetzt haben wir Gewissheit«, erwiderte Hackenholt. »Als Rojin Barzani in die Wohnung zurückkam, war Bülent Alkan tot.«

»Dann sollten wir am besten gleich Dilser und Servan Barzani vorladen und detailliert mit ihnen durchgehen, wann sie an dem Tag wo waren und was ihr Vater gemacht hat.« Stellfeldt strich sich über die Glatze. »Bisher haben wir nur ihre Aussagen, dass sie am 16. November in ihrem Geschäft waren. Damit geben sie sich gegenseitig ein prima Alibi. Wir brauchen also Zeugen, die sie dort auch tatsächlich gesehen haben.«

Hackenholt nickte. »Ich stelle es mir folgendermaßen vor: Einer der drei hat sich um das Internetcafé gekümmert. Den Inhabern der angrenzenden Läden wäre es aufgefallen, wenn sie an dem Tag später als sonst geöffnet hätten. Die anderen beiden sind zu Bülents Wohnung gefahren. Entweder haben sie dort aufs Geratewohl auf ihn gewartet, oder sie sind erst eingetroffen, als er schon zu Hause war, und er hat sie hereingelassen.«

»Wir sollten mit den Fotos von den drei Barzani-Männern die Nachbarschaft abklappern. Vielleicht erinnert sich ja jemand daran, sie während des fraglichen Zeitraums in der Denisstraße gesehen zu haben. Von der Gostenhofer Hauptstraße aus braucht man zu Fuß keine Viertelstunde und mit dem Auto nur wenige Minuten«, erklärte Stellfeldt.

»Gibt es neue Anhaltspunkte von deiner Seite?« Hackenholt sah zu Christine Mur hinüber, die bisher geschwiegen hatte.

»Ich glaube, ihr liegt völlig falsch. Wie ihr wisst, haben wir viele Fingerabdrücke und DNA-Spuren gesichert. Darunter müssen sich auch die vom Täter befinden – aber Indizien, die für die Anwesenheit der Barzanis sprechen, haben wir nicht gefunden, stattdessen für die von Özgür Alkan und Köksal Aguzüm. Und wenn die Proben, die du gestern von Rojin Barzani mitgebracht hast, analysiert sind, können wir sie ebenfalls zuordnen, aber das war es dann auch schon. Meiner Meinung nach sind entweder Vater und Onkel die Täter oder jemand, den wir noch gar nicht auf dem Radar haben.«

»Ein anderes Mitglied des Barzani-Clans?«

Mur zuckte mit den Schultern. »Irgend so jemand.«

Hackenholts Handy piepte. Auf dem Display wurde eine Schwabacher Nummer angezeigt. In der Annahme, es wäre Peter Renner, entschuldigte sich der Hauptkommissar und ging hinaus, bevor er das Gespräch annahm.

»Belzl, Kripo Schwabach«, schallte es ihm aus dem Hörer entgegen.

»Hallo, Lisbet, was kann ich für dich tun?« Sofort hatte Hackenholt die kleine, drahtige Kollegin mit dem eisernen Händedruck und der unendlichen Liebe zu ihren zwei Katzen Skylla und Charybdis vor Augen.

»Sag mal, kennst du einen Peter Renner?«

»Ja, warum fragst du?«

»Ich glaube, es ist besser, wenn du zu uns nach Schwabach ins Holiday Inn kommst.«

»Gibt es ein Problem?«

»Ja.« Sie hielt einen Moment inne, bevor sie hinzufügte: »Er ist tot.«

»Mein Gott! Wir wollten uns gestern auf dem Christkindlesmarkt treffen, aber er ist nicht aufgekreuzt. Peter ist ein Ermittler vom LKA Nordrhein-Westfalen, wir haben früher in Münster zusammengearbeitet.«

»Auch das noch. Na dann, prost Mahlzeit! War er dienstlich hier?«

»Ich … Nein, er hat gesagt, dass er Urlaub macht.«

»Kannst du bitte gleich herkommen? Im Augenblick bist du der Einzige, der mir etwas über ihn erzählen kann.«

»Ich mache mich sofort auf den Weg.« Als Hackenholt das Handy hektisch wieder in die Hosentasche steckte, fiel ihm ein, dass er gar nicht nach der Todesursache gefragt hatte. Ein Herzinfarkt? Oder ein Schlaganfall? Eilig ging er zurück in den Besprechungsraum und verteilte die noch ausstehenden Aufgaben, bevor er sich einen Dienstwagen schnappte und nach Schwabach fuhr.

Das Holiday Inn war ein großes, wuchtiges Gebäude. Während Hackenholt davor parkte und ausstieg, schaute er an der Fassade hinauf und fragte sich, warum Renner in einem solchen Klotz abgestiegen war und nicht in einer der vielen kleinen Pensionen oder in einem Landhotel. Ob Renner den modernen Komfort einer familiären Atmosphäre vorzog? Oder war es ihm um Anonymität gegangen? Merkwürdigerweise war Polizeibeamten auffallend häufig Letzteres wichtig – auch wenn es keinen konkreten Grund dafür gab. Vielleicht eine Berufskrankheit.

Schweren Herzens betrat Hackenholt das Hotel. Die Schwabacher Hauptkommissarin erwartete ihn schon im menschenleeren Foyer.

»Was ist passiert, Lisbet?«, fragte Hackenholt nach einer raschen Begrüßung.

»Auf den ersten Blick sieht es aus wie ein Suizid.«

»Was?« Hackenholt glaubte sich verhört zu haben. »Aber das ist unmöglich. Peter hätte nie im Leben Selbstmord begangen.« Plötzlich hielt er inne. »Habt ihr einen Abschiedsbrief gefunden?«

Belzl schüttelte den Kopf.

»Und was ist mit dem zweiten Blick?«

»Demnach könnte es auch ein Unfall gewesen sein.«

»Fakten, Lisbet!«

»Eine bekleidete Männerleiche in einer gefüllten Badewanne mit eingeschaltetem Rasierapparat legt den Verdacht eines Suizids doch erst mal nahe, findest du nicht?«

Hackenholt nickte. »Wer hat ihn gefunden?«

»Das Zimmermädchen. Die Chefin vom Dienst hat die Kollegen von der Streife gerufen, und die haben uns verständigt. Im Moment ist die Spurensicherung im Zimmer. Weißt du, ob Renner Familie hatte?«

»Damals war er seit einigen Jahren geschieden. Ob er jetzt noch Kontakt zu seiner Exfrau hatte, weiß ich nicht. Aber er hat zwei Söhne, die längst erwachsen sind.«

»Kennst du seinen Vorgesetzten?«

Hackenholt schüttelte den Kopf. »Peter und ich haben in Münster zusammengearbeitet. Er ist einige Zeit bevor ich nach Nürnberg kam, zum LKA gewechselt. Aber wie ich ihn kenne, hat er sämtliche Daten in seinem Handy gespeichert. Schon früher hat er alle Nummern gesammelt, von denen er annahm, dass er sie vielleicht irgendwann einmal brauchen könnte.«

Gemeinsam stiegen sie die Treppe ins zweite Obergeschoss hinauf. Weiter als bis zur Türschwelle des Zimmers kamen sie zwar nicht, doch auch von dort konnte Hackenholt mehr sehen, als ihm eigentlich lieb war. Renner lag nackt in einem geöffneten Leichensack auf dem Fußboden. Der Körper war durch die Leichenstarre grotesk verbogen, die aufgerissenen, lichtstarren Augen schienen ihn geradewegs anzusehen.

»Du sagst, er war bekleidet, als er gefunden wurde?«

Belzl nickte. »Jeans, Hemd, Unterwäsche und eine altmodische Armbanduhr, die um zehn Uhr dreiundvierzig stehen geblieben ist – wobei es auch zweiundzwanzig Uhr dreiundvierzig gewesen sein könnte.«

»Letzteres ist keine Zeit, zu der man sich rasiert.«

»Mein Exmann hat sich nie in Jeans und Hemd rasiert, und zum Baden hat er sich auch meistens ausgezogen. Außer wenn er sturzbesoffen war, da hat er so manches getan, was man normalerweise nicht macht.«

Hackenholt seufzte. »Gibt es Anhaltspunkte dafür, dass Peter betrunken war?«

»Bislang nicht.«

»Also doch ein Suizid?«

»Wir werden sehen, was die Obduktion ergibt.«

»Ruf mich an, sobald das Ergebnis feststeht, ja?«

Belzl nickte. Während ihrer Unterhaltung hatte sich ihr Kollege Josef Lehmeier zu ihnen gesellt.

»Was gibt's, Sepp?«, wandte sich die Hauptkommissarin an ihn.

»Laut Rezeptionistin ist der Tote am Freitagabend hier angekommen. Das Zimmer hatte er ein paar Stunden zuvor telefonisch reserviert. Gesehen hat sie ihn nach dem Einchecken nur noch einmal am Samstag im Vorbeigehen, als er das Hotel verlassen hat. Den Schlüssel hat er nicht abgegeben. Danach ist er niemandem mehr begegnet, und auch beim Frühstück war er weder am Samstag noch am Sonntag.«

»Was ist mit dem Zimmermädchen?«

»Am Samstag hat sie bei ihm geputzt, am Sonntag hing das ›Bitte nicht stören‹-Schild an der Tür.«

»Sie ist also nicht hineingegangen?«

Lehmeier blätterte in seinen Notizen. »Es kommt wohl hin und wieder mal vor, dass ein Gast mehr Wert auf Ruhe als auf Sauberkeit legt. Das Zimmermädchen hat sich nichts weiter dabei gedacht, aber als das Schild heute Vormittag dort noch immer hing, hat sie geklopft. Da sich nichts rührte, hat sie aufgesperrt.«

»Wann hast du das letzte Mal mit Renner gesprochen?« Belzl sah Hackenholt fragend an.

»Am Samstagnachmittag. Er hatte mich am Vormittag auf dem Handy angerufen und für den Abend ein Treffen auf dem Rother Weihnachtsmarkt vorgeschlagen. Den Termin habe ich jedoch am Nachmittag abgesagt, weil wir auf der Autobahn in eine Vollsperrung geraten sind. Ralph und ich waren in Köln, um einen Beschuldigten zu vernehmen. Ich habe Peter vorgeschlagen, die Verabredung auf Sonntagnachmittag zu verschieben, aber er hat nur mürrisch geschnaubt und ohne eine Antwort aufgelegt. Als er dann am Sonntag nicht am vereinbarten Treffpunkt erschienen ist, dachte ich, er wäre immer noch sauer. Am späteren Nachmittag mussten wir dann dienstlich nach Eichstätt, und als ich zurück war, habe ich hier im Hotel angerufen. Mich hat interessiert, ob er nach wie vor in Franken oder schon wieder nach Hause gefahren war.«

»Warum wollte er überhaupt mit dir reden? Bisher hört sich deine Erzählung nicht so an, als ob ihr sonderlich eng befreundet wart.«

»Das waren wir auch nicht.« Hackenholt berichtete von den zum Teil recht schroffen, aber eben auch dringlichen Anrufen des Kollegen. »Ich glaube, es ging ihm einfach um alte Zeiten. Wenn ich das, was er mir erzählt hat, richtig interpretiert habe, ließ ihm ein Fall, an dem wir beide vor vielen Jahren in Münster gearbeitet haben, keine Ruhe. Ich hatte den Eindruck, dass er wegen seiner Pensionierung, die bald angestanden wäre, noch einmal die Akten von damals durchgeschaut hat.«

»Das kenne ich.« Belzl machte ein vielsagendes Gesicht. »Von seinen aktuellen Fällen hat er dir aber nichts erzählt, oder?«

Hackenholt schüttelte den Kopf.

»Möchtest du bei seiner Dienststelle anrufen, oder soll ich das übernehmen?«

»Es ist dein Fall, ich bin da völlig außen vor. Tut mir leid, dass ich dir nicht mehr sagen kann.« Hackenholt schaute auf die Uhr. »Wenn es für dich in Ordnung ist, fahre ich jetzt nach Nürnberg zurück. Wir ersticken derzeit in Arbeit.«

»Ich habe es im Lagebericht gelesen, bei euch scheint es gerade ziemlich zuzugehen. Danke, dass du trotzdem so schnell hergekommen bist. Immerhin können wir uns nun sicher sein, dass der Tote wirklich Peter Renner ist. Und wegen der Obduktion halte ich dich auf dem Laufenden.«

Als Hackenholt ins Kommissariat zurückkam, war Wünnenberg gerade dabei, frischen Kaffee aufzusetzen.

»Brasilien Yellow Bourbon oder Guatemala El Bosque?«

»Ralph, das ist mir auch heute so was von egal. Wie oft soll ich dir das eigentlich noch sagen?«

»Was hast du denn in Schwabach gemacht, dass du derart genervt bist?«, fragte Wünnenberg in möglichst gleichmütigem Tonfall.

»Einen Toten identifiziert, der früher mit mir zusammen bei der Mordkommission in Münster gearbeitet hat.«

»Oh. Was ist passiert?«

Hackenholt gab ihm eine knappe Zusammenfassung der Geschehnisse, bevor er sich seinerseits erkundigte, was sich in seiner Abwesenheit ereignet hatte. Doch noch während Wünnenberg erzählte, merkte Hackenholt, dass er ihm überhaupt nicht zuhörte. Immer wieder wanderten seine Gedanken zurück zu Peter Renner und ihrer gemeinsamen Zeit in Nordrhein-Westfalen. Erst als er einem inneren Impuls folgend zum Telefonhörer griff und die Nummer der Münsteraner Dienststelle wählte, merkte er, dass Wünnenberg längst zu reden aufgehört hatte und ihn anstarrte.

»Sorry, mir ist gerade nur etwas eingefallen«, murmelte er entschuldigend. Es war ihm unangenehm, den Kollegen durch seine offensichtliche Unaufmerksamkeit so brüskiert zu haben.

Wünnenberg drehte sich um, schenkte sich eine Tasse frischen Kaffee ein und verließ demonstrativ schweigend das Büro.

Am anderen Ende der Leitung meldete sich nach einiger Zeit ein

Mann, den Hackenholt nicht kannte. Nun ja, auch in seiner alten Heimat war nach seinem Fortgang die Zeit nicht stehen geblieben. Er fragte nach Dirk Glauner, seinem damaligen Partner, dessen Durchwahl er eigentlich gewählt hatte, und wurde verbunden.

»Was haben sie denn mit deiner Nummer gemacht? Ich dachte schon, du bist im Urlaub«, brummte Hackenholt zur Begrüßung.

»Schön wär's! Ich hatte leider erst, und bis zum nächsten dauert es wieder ein paar Monate. Aber hier wird gerade umstrukturiert: Alle haben, weiß Gott warum, die Zimmer getauscht – und damit auch die Durchwahl. Eigentlich bin ich derzeit nur damit beschäftigt, eingehende Anrufe weiterzuverbinden. Früher hat Martin meine jetzige Nummer gehabt. Du kennst ihn ja und weißt, was er für eine Quasselstrippe ist.«

Hackenholt musste unwillkürlich lachen.

»Und du? Was gibt's bei dir Neues?«

»Der Renners Peter ist tot.«

»Ach du lieber Himmel! Das sind ja Neuigkeiten. So kurz vor der Pensionierung ist das hart. Herzinfarkt oder Leber?«

»Ich wusste gar nicht, dass er so viel getrunken hat.«

»Doch, doch. Seit er hier weg ist, noch massiver als vorher. Deswegen ist seine Frau doch abgehauen.«

»Woher weißt du das alles?«

»Nach seiner Scheidung hat er mich immer mal wieder privat angerufen. Er wollte natürlich, dass es niemand erfährt. Und später, glaube ich, hat er unsere Dienststelle ziemlich vermisst und es ganz schön bereut, dass er zum LKA gegangen ist. Deswegen hat er auch ständig an irgendeiner alten Sache rumgemacht. Na ja, jedenfalls hat er ein paarmal gewaltig einen in der Krone gehabt, wenn er anrief.«

»Hat er sich in den letzten Wochen mal bei dir gemeldet?«

»Nein, aber ich war ja im Urlaub. Warum fragst du?«

»Er hat mich vor ein paar Tagen angerufen und wollte über einen alten Fall reden.«

»Das sieht ihm ähnlich. Welche ollen Kamellen hat er denn für dich ausgegraben?«

»Anton Schweinsberger. Den erschlagenen Bauern in der Nähe von Münster, dessen Leiche wir nie gefunden haben. Erinnerst du dich?«

»Mein Gott, wie lang ist das denn her? Hoffen wir mal, dass wir nicht so werden, wenn wir kurz vor der Pensionierung stehen. Aber was rede ich da? Falls es so weitergeht, arbeiten wir sowieso alle, bis wir vom Schreibtisch ins Grab fallen.«

Während Dirk Glauner am anderen Ende der Leitung redete, schlüpfte Christine Mur zu Hackenholt ins Zimmer. Der Hauptkommissar blickte kurz auf, konzentrierte sich dann aber wieder auf seinen Gesprächspartner.

»Kannst du dich an den Fall Schweinsberger noch erinnern?«

»Geht so.«

»Peter hat behauptet, er hätte etwas herausgefunden, was wir damals übersehen haben sollen.«

»Lass stecken! Der hat doch ständig irgendwelche alten Geschichten aufgewärmt.«

Hackenholt seufzte. »Kannst du dich mal bei den anderen Kollegen erkundigen, was die so in letzter Zeit von ihm gehört haben?«

»Mach ich. Ich melde mich bei dir.«

Hackenholt legte auf und sah Mur fragend an. Sie hatte sich an Wünnenbergs Schreibtisch gesetzt und begonnen, dessen Kugelschreiber zu zerlegen.

»Ich dachte eigentlich, wir hätten dieses Problem in den Griff bekommen, seit wir dir zum Geburtstag deine eigenen Kulis geschenkt haben, Christine?«

»Du weißt doch: Das Gras auf der anderen Seite des Zauns ist immer grüner und verlockender.« Sie grinste ihn an. »Wie geht es Sophie?«

»Gut.«

»Gut?«

»Unverändert. Mal ist sie wackelig auf den Beinen, dann wieder mopsfidel.«

»Und hat sie schon …?«

»Hat sie schon was?« Er sah Mur ausdruckslos an – was ihn einige Mühe kostete.

»Jetzt tu halt nicht so! Du weißt genau, was ich meine. Maurice und ich haben ihr vorgestern ein kleines Präsent dagelassen – neben den Immobilienangeboten. Mich interessiert doch bloß, ob sie es gestern gleich getestet hat.«

»Christine, es gibt Dinge, die fallen in die Rubrik Privatsphäre!«

»Siehst du: Genau das habe ich auch gedacht, bis ich an meinem Geburtstag plötzlich von Maurice zum Essen eingeladen wurde. So ganz nebenbei habe ich ihn an dem Abend ein paar Dinge gefragt, die er nur wissen konnte, wenn er hier im Kommissariat über einen Maulwurf verfügt.«

»Der bin aber ganz sicher nicht ich.«

»Das stimmt sogar, denn der eine Maulwurf trinkt Kaffee bis zum Umfallen, und der andere hat seinen eigenen Kopf schon so oft getätschelt, dass seine Haare sich weigern, dort noch zu wachsen.«

»Ich fand es ja auch nicht gut, dass die beiden –«

»Im Gegenteil, Frank. Es war sogar sehr gut. Denn anders wäre nie das passiert, was passiert ist. Verstehst du?« Sie sah ihn eindringlich an. »Und bei dir und Sophie ist es genau das Gleiche: Wir meinen es doch nur gut mit euch! Also, kann ich anfangen, einen Strampler zu stricken?«

»Als ob du das könntest«, schnaubte Hackenholt. Die Vorstellung, dass Mur abends vor dem Fernseher saß und Babykleidung in Handarbeit herstellte, brachte ihn zum Lachen.

»Natürlich kann ich das! Oder glaubst du, meine Fähigkeiten erstrecken sich nur auf den dienstlichen Bereich?« Mur klang fast ein bisschen beleidigt.

»Gib uns noch ein paar Tage«, murmelte Hackenholt schließlich. »Sophie … ihr ist einfach hundeelend zumute. Ich hoffe, dass sie sich dazu durchringt, einen Termin beim Arzt auszumachen. Ich hätte gern Gewissheit.«

»Wenn du mal jemanden zum Zuhören brauchst … Ich kann meinen Mund halten.« Mur erhob sich.

»Danke, Christine. Du wirst die Erste sein, die es erfährt. Versprochen.«

In der Tür drehte sie sich noch einmal lächelnd um. »Ich drücke euch die Daumen!«

Als Hackenholts Blick zum Schreibtisch zurückglitt, stellte er zu seinem Erstaunen fest, dass Mur Wünnenbergs Kugelschreiber fein säuberlich wieder zusammengeschraubt hatte – ohne sie bautechnisch zu verändern. Es geschahen noch Zeichen und Wunder.

Eine halbe Stunde später kam Detlef Schuster in Hackenholts Büro.

»Gibt es etwas Neues von den Kollegen vom LKA in München?«

Schuster schüttelte den Kopf. »Sie arbeiten noch an der Festplatte. Aber ich habe dir doch letzte Woche erzählt, dass wir in Ansbach eines der Opfer ermittelt haben, von dessen Konto Geld an Bülent Alkan überwiesen wurde.«

Hackenholt nickte. Er konnte sich vage daran erinnern – seit Freitagvormittag war so viel passiert, und die Sache mit dem Onlinebanking-Hacker war nun wirklich nicht sein vordringlichstes Problem.

»Der Geschädigte hat wie angekündigt seinen Laptop vorbeigebracht, von dem aus er seine Bankgeschäfte abgewickelt hat, und ich bin fündig geworden: Auf dem Rechner befindet sich ein Echtzeit-Trojaner, der als ›Man in the Middle‹ fungiert hat.«

»Was ist denn das?«

»Pass auf, ich erklär's dir.« Schuster holte einen Stift aus seiner Hemdtasche und zeichnete ein Diagramm auf Hackenholts Schreibtischunterlage. »Auf welchem Weg der Computer infiziert wurde, haben wir noch nicht herausgefunden. Üblicherweise erfolgt die Infektion der PCs entweder über eine manipulierte Datei, die der Nutzer als E-Mail-Anhang bekommt, oder über sogenannte ›Drive-by-Infections‹. Dabei wird der Rechner über die Schwachstellen des Internetbrowsers angegriffen, wenn der User beim Surfen eine manipulierte Webseite aufruft.«

»Selbst schuld, wenn man sich auf Sexseiten herumtreibt.«

»Ach, Frank, die Zeiten sind längst vorbei. Heutzutage kannst du dir auch eine Infektion auf deinen Computer holen, wenn du dich ausschließlich auf seriösen Portalen bewegst. Mir ist ein Fall bekannt, da haben Täter bei einem Online-Politmagazin eine schadhafte Anzeige gehostet.«

»Das heißt?«

»Jeder, der das manipulierte Werbebanner angeklickt hat, hat seinen Computer verseucht. Ein einziger Klick und schwups, schon ist die Malware auf dem Rechner installiert.«

»Haben die Leute denn keine Antiviren-Software?«

»Doch, natürlich. Aber weil die Täter die Schadsoftware ständig aktualisieren und verändern, wird sie selbst von Antiviren-Programmen häufig nicht erkannt, die auf dem neuesten Stand sind.«

»Na bravo. Wozu hat man dann so etwas?« Hackenholt zog die Stirn in Falten. »Egal. Und wie geht's weiter?«

»Der Trojaner nistet sich auf dem Computer als sogenannter ›Man in the Browser‹ ein, und sobald der Nutzer seine Onlinebanking-Sitzung startet, wird der Virus in Echtzeit aktiv. Nachdem der Kunde eine Überweisung geschrieben hat und zur Eingabe einer iTAN aufgefordert wird, verändert die Schadsoftware Betrag, Saldo, Verwendungszweck sowie die Empfängerdaten.« Schuster sah Hackenholt fragend an.

Der Hauptkommissar nickte. So weit konnte er dem Kollegen gerade noch folgen.

»Wichtig dabei ist: Für den Kontoinhaber geht das alles nicht erkennbar vor sich. Erst nachdem der Trojaner die Daten geändert hat, wird die missbräuchliche Überweisung mit der angeforderten iTAN an die Bank übermittelt. Die Geschädigten merken nicht einmal, dass etwas nicht stimmt, wenn sie ihre Kontoübersichtsseite aufrufen, denn auch die wird vom Virus manipuliert. Die Kunden erkennen den Betrug erst auf dem Papierkontoauszug oder wenn sie von einem anderen Computer, der nicht infiziert ist, die Seite aufrufen. Dann wird ihnen dort der richtige Betrag angezeigt.«

»Moment mal, das verstehe ich jetzt nicht.«

»Bei einer Man-in-the-Browser-Attacke wird die Kommunikation bereits im Rechner, entweder in der Kommunikations-Software oder eben im Web-Browser, abgefangen und verändert. Du musst dir das wie einen Venezianischen Spiegel vorstellen, bei dem man von der einen Seite durchgucken kann, von der anderen aber nicht.« Schuster zeichnete zwei Rechtecke auf die Schreibtischunterlage und in der Mitte dazwischen einen Strich. »Das links ist der private Computer, der mit einem Echtzeit-Trojaner infiziert ist. Der Kunde will nun mit dem Rechenzentrum seiner Bank kommunizieren. Das ist der hier rechts. Wird nun am linken PC etwas eingegeben, wird das genau so angezeigt, wie es eingetippt wurde. Der Virus fungiert in dem Fall quasi als Einwegspiegel: Du siehst das, was du schreibst, und glaubst, dass es so an die Bank weitergegeben wird. Doch auf der anderen Seite des Spiegels checkt die Malware ab, während du deine Überweisung tippst, wie viel Geld du auf deinem Konto hast, wie groß dein Disporahmen ist und wie viel du maximal überweisen kannst. Danach richtet er sich dann: Der Trojaner füllt quasi ebenfalls einen Zahlschein aus, aber eben mit dem maximalen Betrag und einem ganz anderen Empfänger. Und weil der Einwegspiegel dir nach wie vor falsche Tatsachen vorgaukelt, bekommst du von alldem nichts mit. Aus diesem Grund greifen bei solchen Attacken auch die herkömmlichen Schutzmethoden wie Verschlüsselung mit SSL nicht, denn die Veränderungen werden bereits in deinem Computer durchgeführt, bevor die Verschlüsselungssoftware überhaupt aktiv wird.«

»Soso. Und wie hilft mir das nun in meinem Fall weiter?« Hackenholt sah seinen Kollegen fragend an.

Schuster zuckte mit den Schultern. »Keine Ahnung. Ich dachte nur, dass dich interessiert, wie dein Toter an das Geld gekommen ist. Es könnte eine wichtige Spur sein, immerhin geht es um gut achtzehntausend Euro. Vielleicht wollte Alkan den Hintermännern die Summe nicht aushändigen.«

»Du bist nicht so ganz auf dem aktuellen Stand der Dinge, Detlef: Es war exakt so, wie du es vermutet hast. Bülent Alkan hat das Geld abgehoben, es seiner Freundin in die Hand gedrückt und sie damit zum Bahnhof geschickt. Die beiden wollten zusammen abhauen, und die achtzehntausend sollten ihr Startkapital sein. Allerdings ist er noch einmal in seine Wohnung zurück, um ihr gemeinsames Gepäck zu holen. Und dort hat ihm dann jemand aufgelauert.«

»Na, da hast du es doch!«

»Detlef, jetzt überleg mal! Du hast letzte Woche selbst gesagt, dass die Finanzagenten den Betrag üblicherweise abheben und dann per Western Union oder ähnliche Firmen an die Drahtzieher beziehungsweise andere Mittelsmänner weiterleiten. Deine Hacker konnten gar nicht so schnell wissen, dass Bülent Alkan sie um ihre Pfründe prellen wollte. Mal ganz davon abgesehen: Wir gehen derzeit davon aus, dass wir es mit einem Ehrenmord zu tun haben. Wir haben nur noch nicht herausbekommen, wer von den beiden Sippen was gemacht hat. Die Gelder von deinen Geschädigten haben wir gestern Abend übrigens bei Bülent Alkans Freundin sichergestellt. Ralph sollte dir eigentlich schon längst den Bericht gemailt haben.«

»Tatsächlich? Oh … hm, die E-Mail muss dann wohl irgendwie untergegangen sein.«

Nachdem Detlef Schuster gegangen war, schaute Hackenholt auf die Uhr. Es war kurz vor vier. Wenn er jetzt aufbrach, würde er um halb fünf zu Hause sein. Er hoffte, Sophie hatte Wort gehalten und einen späten Termin beim Arzt vereinbart. Einen Augenblick erwog er, sie anzurufen und zu fragen, damit er sich nicht umsonst so früh aus der

Dienststelle stahl, aber dann verwarf er den Gedanken. Es wäre komisch gewesen, wenn er nur wegen des Arztbesuchs früher gegangen wäre. Schließlich würde es ihnen beiden guttun, mal wieder ein paar Stunden zusammen zu verbringen, nachdem am Wochenende kaum Zeit dafür gewesen war. Vielleicht hatte Sophie ja Lust, schwimmen zu gehen, falls es mit dem Termin nicht geklappt haben sollte.

Er schlüpfte gerade in seine Jacke, als sein Telefon klingelte, und wie schon so oft schaffte er es auch diesmal nicht, so zu tun, als wäre er bereits zur Tür hinaus und hätte es nicht mehr gehört. Rasch nahm er den Hörer ab. Es war die Schwabacher Hauptkommissarin Lisbet Belzl, die ihm mitteilte, dass Peter Renners Obduktion um siebzehn Uhr stattfinden sollte, und fragte, ob er anwesend sein wollte.

Auf der Stelle bekam Hackenholt Gewissensbisse: Er hätte der Autopsie gern beigewohnt, um möglichst schnell zu erfahren, was mit Peter Renner wirklich passiert war, aber wenn er jetzt zum Westfriedhof fuhr, würde er nicht vor zwanzig Uhr zu Hause sein. Mit einem Seufzen lehnte er ab, bat seine Kollegin jedoch, ihn am Abend noch einmal anzurufen und vom Ergebnis zu unterrichten.

Sophie war offenbar gerade dabei, Wohnungsputz zu veranstalten. Zumindest hatte sie sämtliches Geschirr, Gläser und Besteck aus dem Schrank im Esszimmer geräumt. Die silbernen Messer, Gabeln und Löffel bearbeitete sie mit schier überbordender Hingabe mit Zahnpasta, bis sie glänzten, die Gläser wurden mit einem Baumwolltuch poliert, und das Geschirr wurde nach einem neuen System sorgfältig in den frisch ausgewischten Schrank gestapelt. Erst nach ein paar Sekunden dämmerte es Hackenholt, dass ihre fanatische Reinemachaktion das Resultat blanker Nervosität war: Sie musste etwas tun, um sich abzulenken.

»Wie geht es dir?«, fragte er daher bedächtig, während er kopfschüttelnd ihr Werk betrachtete.

»So lala.«

»Hast du –«

»Ja«, fiel sie ihm ins Wort, ohne ihn dabei anzuschauen.

»Und?«

Sie warf einen raschen Blick auf die Wanduhr. »In zwei Stunden.«

»Bist du mit der Übersetzung für den Bildband schon fertig?«

»Natürlich nicht!«

»Aber warum –«

»Kann mich nicht konzentrieren.«

»Immerhin ein Satz mit vier Worten! Klingt rekordverdächtig.« Da sie keine Anstalten machte, auf seine Ironie einzugehen, drehte er sich um und holte ihre Winterjacke. Als er damit zurückkam, schaute sie ihn verständnislos an.

»Lass uns spazieren gehen. Wenn du noch zwei Stunden lang das Besteck putzt, ist von der Silberauflage nichts mehr übrig.«

Sie schüttelte den Kopf. »Ich will vorher noch duschen.«

Hackenholt seufzte und legte die Jacke auf den Esszimmertisch. »Okay, aber dann mach das gleich, damit wir auf jeden Fall genügend Zeit haben, zum Arzt zu laufen, und nicht mit dem Auto fahren müssen.«

Obwohl er Sophie immer wieder ermahnte, schaffte sie es, die Zeit so zu vertrödeln, dass sie schlussendlich gerade noch pünktlich in der Praxis eintrafen. Wie sich allerdings herausstellte, wäre auch eine Verspätung egal gewesen, denn das Wartezimmer war gut gefüllt. Es würde mit Sicherheit eine ganze Weile dauern, bis sie an der Reihe waren.

Hackenholt begann die an der Wand aufgehängten Babyfotos zu studieren. Es mussten über einhundert Stück sein. Als er damit fertig war, hatte sich die Anzahl der Wartenden gerade mal um zwei Patientinnen verringert. Nach über einer Stunde wurde Sophie von einer Arzthelferin zum Blutdruckmessen gebeten und sollte außerdem eine Urinprobe abgeben. Hackenholt blieb zurück und vertiefte sich erneut in die Betrachtung der Babygesichter, da er keine Lust auf die herumliegenden Frauenzeitschriften hatte.

Ein paar Minuten später kam Sophie zurück und setzte sich wieder zu ihm. Gesprächiger geworden war sie noch immer nicht. Jeden Versuch, eine Unterhaltung in Gang zu bringen, schmetterte sie mit einsilbigen Antworten ab. Schließlich wurde Hackenholt vom Klingeln seines Handys aus seiner Not gerettet. Es war die Hauptkommissarin aus Schwabach.

»Lisbet, es ist gerade ganz ungünstig. Kann ich dich später zurückrufen?«, fragte er dennoch pflichtschuldig.

»Natürlich. Ich wollte dir nur kurz sagen, dass es kein Selbstmord, sondern ein Tötungsdelikt war.«

»Was?«

»Peter Renner hat sich nicht umgebracht. Er wurde ermordet. Der Rechtsmediziner hat Anzeichen dafür gefunden, dass er erst niedergeschlagen und dann unter Wasser gedrückt wurde.«

»Bleibst du bitte mal einen Moment dran?« Hackenholt warf Sophie einen Blick zu, die die Augen verdrehte, aber nickte. Er stand auf und ging raschen Schritts vor die Tür der Arztpraxis. »So, jetzt noch mal. Was genau spricht für ein Gewaltverbrechen? Was ist, wenn er nur baden wollte? Könnt ihr ausschließen, dass er in betrunkenem Zustand gestürzt und mit dem Kopf so unglücklich aufgeschlagen ist, dass er bewusstlos in die Wanne fiel?«

»Mitsamt dem eingeschalteten Rasierapparat? Obwohl er sich noch kein Härchen rasiert hatte? Noch dazu angezogen?«

»Ich weiß, dass es unwahrscheinlich klingt – aber könnt ihr das ausschließen?«

»Ja. Er hat Hämatome am Hinterkopf und vorne an den Schultern, auf Höhe der Schlüsselbeine. Er wurde unter Wasser gedrückt.«

»Gibt es schon einen Verdacht, wer es gewesen sein könnte?«

»Nicht den geringsten. Wie denn auch? Morgen lasse ich erst einmal sein Zimmer von der Spurensicherung durchkämmen, die haben sich bislang nur das Bad vorgenommen. Bloß gut, dass wir den Raum vorläufig versiegelt haben. Ich hatte bereits heute Mittag ein komisches Bauchgefühl. Wäre es nach dem Geschäftsführer vom Hotel gegangen, wäre das Zimmer längst wieder mit neuen Gästen belegt, zum Glück habe ich dagegengehalten.« Sie machte eine Pause, Papier raschelte im Hintergrund. »Da ist noch etwas: Wir haben kein Handy bei ihm gefunden.«

»Das kann nicht sein! Er hat mich doch vorgestern damit angerufen.«

»Möglich, aber heute war nirgendwo eins zu finden.« Belzl ließ sich nichts einreden.

»Woher wusstest du dann, dass ich ihn kenne?«

»Die Dame am Empfang hat mir deine Nachricht von gestern Abend ausgehändigt, und ›Frank Hackenholt‹ ist hier bei uns in Franken ja nicht gerade ein gängiger Name.« Belzl hielt erneut kurz inne, dann fügte sie hinzu: »In seiner Brieftasche war übrigens kein einziger Geldschein. Und auch kein Dienstausweis.«

Der Hauptkommissar schürzte die Lippen.

»Verstehst du nun, was mich heute Mittag schon so stutzig gemacht hat?«

»Verfluchter Mist! Ich hätte mich am Samstagabend doch noch mit ihm treffen sollen. Dann wüsste ich jetzt, was er so Dringendes von mir gewollt hat. Ob er geahnt hat, dass er in Gefahr war?«

»Das ist völliger Blödsinn. Keiner von uns würde argwöhnen, dass uns jemand etwas Böses will. Wir sind Kripobeamte und keine Spielfilmhelden! Im echten Leben passiert so etwas nicht«, bremste Belzl Hackenholt sofort. »Und wer weiß, ob es da nicht bereits zu spät gewesen wäre. Dr. Puellen denkt, dass er irgendwann zwischen Samstagspätnachmittag und Sonntagmorgen gestorben ist.«

Plötzlich erinnerte sich Hackenholt, wo er war. »Lisbet, ich muss Schluss machen. Ich melde mich morgen früh wieder, ja?« Hastig legte er auf und ging zurück in die Arztpraxis.

Sophie saß nicht mehr im Wartezimmer. Die Sprechstundenhilfe bedachte ihn mit einem genervten Blick, als sie ihm mitteilte, dass Handys in der Praxis auszuschalten seien, dann führte sie ihn ins Behandlungszimmer, wo Sophie mit entblößtem Bauch auf einer Liege lag.

»Das nenne ich Timing«, brummte der Arzt, während er kurz aufblickte und Hackenholt musterte. »Ich dachte schon, Sie wollen nicht dabei sein, wenn wir uns Ihr Kind zum ersten Mal anschauen.«

Er wandte sich wieder Sophie zu und verteilte großzügig Ultraschallgel auf ihrem Bauch. Hackenholt trat zu ihr und setzte sich auf einen Stuhl am Kopfteil neben der Liege. Kurze Zeit später wagte er seinen Augen nicht zu trauen, als er auf dem Monitor ein wurmähnliches Etwas erblickte, dessen kleines Herz rasend schnell schlug.

»Von der Größe und Entwicklung Ihres Kindes her wie auch den von Ihnen geschilderten Umständen würde ich sagen, dass Sie sich in der siebten bis achten Schwangerschaftswoche befinden. Für den Embryo ist das ein bedeutender Entwicklungsabschnitt, denn bis zur zehnten Woche werden alle wichtigen Organsysteme angelegt, die danach nur noch ausreifen müssen. Wie Sie sehen, ist die eigentliche Körperform bereits gut erkennbar.« Der Arzt tippte mit der linken Hand auf ein Touchpad. »Vom Scheitel bis zum Steiß misst Ihr Kind elf Millimeter.« Er sah Sophie an. »Glauben Sie es nun, dass der Hormontest gestimmt hat?«

Sie nickte.

»Aber wie konnte es trotz Pille zu einer Schwangerschaft kommen?«, fragte Hackenholt.

»Darüber haben wir vorhin schon gesprochen: Ihre Frau hat mir erzählt, dass sie gelegentlich Paracetamol gegen ihre Kopfschmerzen nimmt. Das wird es wohl gewesen sein. Auch einfache Schmerzmittel können die Wirkung der Hormone aufheben. Sie müssen sich im Übrigen keine Sorgen machen, weil Sie trotz bestehender Schwangerschaft die Pille eingenommen haben«, beruhigte er Sophie. »Es gibt keinerlei medizinische Erkenntnisse, dass dies irgendwelche Auswirkungen auf das Kind hat. Von nun an sollten Sie allerdings auf sich achtgeben: keine Schadstoffe wie Alkohol mehr, dafür eine bewusste, hochwertige Ernährung mit ausreichend Vitaminen und Mineralstoffen.«

Sophie seufzte. »Mir würde genügen, wenn ich überhaupt mal wieder etwas hinunterbrächte.«

Am Abend, nachdem Sophie ihr Buch zur Seite gelegt, das Licht ausgeschaltet und sich zum Einschlafen an Hackenholt gekuschelt hatte, wagte er endlich, das Thema Baby noch einmal behutsam anzuschneiden.

»Freust du dich jetzt genauso wie ich?«

»Ich weiß es nicht. Freuen ist nicht das richtige Wort. Es ist sehr … überraschend. Es wird sich so viel ändern.«

»Ja, aber das werden wir sicher hinbekommen. Wir haben inzwischen doch schon einiges zusammen erlebt, und natürlich werden irgendwann noch schwerere Zeiten kommen, aber auch die werden wir meistern. Daran glaube ich ganz fest.«

»Das klingt ja fast wie ein Heiratsantrag.«

»Das wäre immerhin eine Option, über die wir ernsthaft nachdenken sollten. Solange es nur um uns beide ging, war es eine Sache – aber jetzt, wo ein Kind im Spiel ist …«

»Ist das dein Ernst?« Sophie klang ein klein wenig atemlos.

»Wieso nicht?«, antwortete Hackenholt zögerlich. Er erwartete, nun gleich zu hören zu bekommen, dass man heutzutage nicht mehr eines Kindes wegen heiraten musste, sondern es, wenn schon, ausschließlich aus Liebe tun sollte.

Stattdessen sagte Sophie hörbar verwundert: »Aber du wolltest doch bisher nicht heiraten. Zumindest hatte ich immer den Eindruck, dass es für dich völlig außer Frage stand.«

»Das war aber bloß, weil ich Angst hatte, dass wieder etwas passiert«, sagte er nach einem Augenblick leise. »Du weißt doch, dass Svenja und ich mitten in den Hochzeitsvorbereitungen gesteckt haben, als sie die Diagnose Knochenkrebs bekam. Meine Welt ist damals von einem Tag auf den anderen aus den Fugen geraten. Ich wollte mit allen Mitteln verhindern, dass mir das noch einmal passiert. Ich dachte, wenn wir nicht heiraten, kann dir nichts geschehen. Das war ganz schön dumm von mir, nicht wahr? Ich habe nur an mich gedacht und nicht gemerkt, dass du vielleicht hättest heiraten wollen. Es tut mir leid. Aber das holen wir jetzt nach, ja?«

»Mitten im Winter?«

»Warum nicht, Frau Hackenholt? Und am Wochenende gehen wir einen Verlobungsring kaufen.«

Sophie schlang ihre Arme um seinen Hals und küsste ihn stürmisch. Mit einem Mal wurde Hackenholt klar, dass Sophies ablehnende Haltung ihrer innerlichen Angst entsprungen war, mit dem Kind möglicherweise allein dazustehen, weil er sie nicht hatte heiraten wollen. Er hielt sie an sich gepresst und versuchte, seinen begangenen Fehler mit der Umarmung vergessen zu machen.

»Wir müssen auch überlegen, wann wir es meinen Kollegen sagen«, fuhr er nach einer Weile fort. »Christine hat heute schon gefragt, ob du ihr Präsent bereits getestet hast.«

»Und? Was hast du gesagt?«

»Dass sie die Erste sein wird, die es erfährt, wenn es etwas zu erfahren gibt.« Wieder hielt er inne. »Außerdem brauchen wir einen schönen Namen.«

»Dafür ist es doch noch viel zu früh!«

»Es kann überhaupt nicht früh genug sein. Einen schönen Namen zu finden ist keine einfache Aufgabe.«

»Schlag aber bitte nicht Kevin oder Mandy vor – und auch keinen dieser aktuellen Modenamen.«

»Lieber etwas Klassisches?«

»Hm-mh.«

»So etwas wie: Christian, Steffen, Gregor, Manfred, Ralph, Matthias, Max, Jörg, Dirk, Uwe, Markus, Carsten, Jan, Jens, Bernd, Daniel, Björn, Marco.«

»Und Mädchennamen?«

»Kirsten, Beate, Britta, Ruth, Elke, Sabine, Susanne, Simone, Sonja, Saskia, Viola, Inga, Isabell, Judith, Christine.«

»He!« Sophie zwickte ihn in die Seite. »Das nennt man Schummeln! Du hast heimlich irgendwo nachgeschaut.«

»Nein, ich habe dir lediglich die Vornamen meiner Kollegen aufgezählt.«

»Ich finde, Ronja würde zu einem Kriminalhauptkommissar ganz gut passen!«

»Frei nach Astrid Lindgrens Räubertochter?«

»Ja. Wobei das eigentlich Witzige daran ja ist, dass sich Ronja gegen den Berufswunsch ihres Vaters entscheidet und keine Räuberin wird.«

»Na, immerhin etwas«, seufzte Hackenholt, bevor er Sophie wieder fester in den Arm nahm. »Freust du dich nun zumindest ein klitzekleines bisschen auf ein Leben zu dritt?«

»Ja, ich glaube schon.«

Dienstag

Hackenholt wachte davon auf, dass Sophie ins Schlafzimmer kam. Er hob den Kopf und sah auf den Wecker. Kurz nach fünf. Für Sophie keine Uhrzeit, um wach zu sein.

»Vielleicht freue ich mich doch nicht so sehr auf ein Leben zu dritt«, murmelte sie, sobald sie merkte, dass er ebenfalls nicht mehr schlief.

»Ist dir wieder schlecht?«

»Und wie.« Sophie ließ sich erschöpft in die Federn zurückfallen.

»Kopf hoch, Liebes. Das gibt sich nach ein paar Wochen.«

»Kann ich das bitte schriftlich haben?«

»Von mir aus.« Hackenholt zog sie an sich und küsste sie. »Es ist ein ganz ungewohntes Gefühl, dich so früh am Morgen schon wach in die Arme zu nehmen.«

»Auch auf die Gefahr hin, dass du das jetzt falsch verstehst: Ich könnte gut darauf verzichten. Im Moment ist mir einfach nur schlecht, und es fühlt sich überhaupt nichts gut an. Und selbst wenn mir nicht so speiübel wäre, wären mir deine Zärtlichkeiten um neun Uhr wesentlich willkommener, als sie es morgens um fünf jemals sein könnten. Du weißt, dass ich deiner präsenilen Bettflucht nichts abzugewinnen vermag. Ich hoffe wirklich, dass das Kind in dem Punkt nicht nach dir kommt.«

»Alles eine Sache der Erziehung.«

»Untersteh dich!«

In der Morgenbesprechung musste sich Hackenholt gewaltig zusammenreißen, um seinen Kollegen gegenüber nicht die eine oder andere verräterische Bemerkung zu machen oder wie ein Honigkuchenpferd zu grinsen. Insbesondere, da er bemerkte, dass Christine Mur ihn nicht aus den Augen ließ. Also fragte er sie als Erste, ob es von ihrer Seite etwas Neues gab.

»Wir haben zwischenzeitlich die Auswertung von sämtlichen gesicherten DNA-Spuren vom LKA erhalten. Die meisten können wir – wie üblich – nicht zuordnen. Abgesehen von Rojin Barzani haben wir in der Wohnung jedoch keinerlei Hinweise darauf gefunden, dass sich ein anderes Mitglied ihrer Familie dort aufgehalten hat.«

»Ihr habt also auch einen Abgleich mit den DNA-Proben ihres Vaters und ihrer beiden Brüder vorgenommen?«

Mur nickte. »Fehlanzeige. Nach normalem menschlichem Ermessen kann keiner von ihnen in der Wohnung gewesen sein, sofern er nicht gerade einen Schutzanzug getragen hat.«

»Wenn wir nur die Tatwaffe hätten«, murmelte Stellfeldt. »An dem Messer würden wir mit Sicherheit fündig werden und hätten im Nu einen Nachweis, wer auf Bülent Alkan eingestochen hat.«

»Tja, das wird wohl der Grund sein, warum der Täter es mitgenommen hat«, warf Hackenholt ein.

»Ja, es wäre in der Tat hilfreich gewesen«, bestätigte Mur. »Die DNA, die wir im Fingernagelschmutz gefunden haben, ist so dürftig, dass ich nicht annehme, dass sie beim Versuch, einen Angriff abzuwehren, dorthin gekommen ist. Außerdem: Wer würde sich auch mit bloßen Händen einer Messerattacke entgegenstellen?«

»Zumindest passt das alles mit dem zusammen, was Saskia und ich gestern ermitteln konnten. Wir haben nämlich endlich die Handydaten der Barzani-Männer erhalten und Bewegungsprofile erstellt. Das war nicht gerade einfach, da jeder von ihnen mehr als ein Mobiltelefon besitzt – natürlich von unterschiedlichen Providern.« Stellfeldt öffnete den vor ihm liegenden Aktenordner. »Im Einzelnen: Auf Dilser Barzani sind zwei Geräte registriert – eines lag in Altdorf, das andere war am 16. November den ganzen Tag über in verschiedenen Funkzellen eingeloggt. Servan Barzani besitzt drei Handys – zwei lagen in Gostenhof, wahrscheinlich im Internetcafé, eines war wie das seines Bruders unterwegs. Der Vater hat sogar vier. Eines lag an dem Tag in Altdorf, vermutlich in der Wohnung, eines in Gostenhof, vermutlich im Internetcafé, und die anderen beiden waren unterwegs – allerdings getrennt voneinander, wobei die Bewegung des einen mit den Daten von Dilsers und die des anderen mit denen von Servans Funktelefon übereinstimmen.«

»Im Klartext: Die Söhne haben uns bei ihren Vernehmungen nach Strich und Faden angelogen. Dazu kommt, dass wir anhand der Handys nicht nachweisen können, welche Person damit unterwegs war. Wir wissen also lediglich, wann sich welches Telefon wo befand?«, hakte Hackenholt nach.

Stellfeldt nickte. »Exakt.«

»Und wo genau war das?«

»Die Geräte von Dilser und seinem Vater waren im gesamten Nürnberger Land unterwegs. Unter anderem haben sie sich in Hersbruck, Lauf und Röthenbach eingeloggt. Die Handys von Servan und Azad befanden sich hingegen ausschließlich in Nürnberg – auch in Gostenhof, aber sie waren ständig in Bewegung. Allenfalls gab es mal fünf Minuten Stillstand. Zu dem von uns eingegrenzten Tatzeitpunkt waren sie vor allem in der Südstadt eingeloggt.«

»Das würde denjenigen, der mit den Handys unterwegs war, eher entlasten. Wenn wir nur wüssten, wer es war. Nicht dass die Barzanis am Ende noch jemand ganz anderen, einen Cousin oder Neffen, mit den Telefonen durch die Gegend geschickt haben, um unterdessen in Ruhe Bülent Alkan aufzulauern.«

»Dafür gibt es in der Wohnung keine Anhaltspunkte, Frank.« Mur klang genervt.

»Edz bassermål obachd, mir homm neemli nu wos vill Interessanders als wäi di Barzanis zer biedn«, ging Baumann dazwischen. »Mir homm uns aa däi Händibeweechunger vom Özgür Alkån un Köggsål Aguzüm oogschaud.«*

»Der Vater war den ganzen Tag über in Lauf, schätzungsweise in seiner Schneiderei. Aber Köksal Aguzüm war viel unterwegs: Er ist an dem Tag drei Mal nach Gostenhof gefahren«, ließ Stellfeldt die Katze aus dem Sack.

»Wann?«

»Ummerer elfer, väddl dreier un drei väddl fümbfer.«*

Wünnenberg pfiff leise durch die Zähne. »Das wäre ja genau der fragliche Zeitpunkt.«

»Elf Uhr ist zu früh, aber viertel drei könnte möglicherweise passen«, sagte Stellfeldt. »Seither fragen wir uns allerdings, warum er danach noch einmal zurückgekommen ist.«

»Nein, meiner Meinung nach ist vierzehn Uhr fünfzehn zu spät«, widersprach Wünnenberg. »Was sollte dann um halb eins mit Bülent Alkans Handy passiert sein?«

»Vielleicht war da einfach nur der Akku leer. Oder Bülent hat es selbst ausgeschaltet. Der Täter muss nicht notwendigerweise etwas damit zu tun gehabt haben«, meinte Hackenholt. »Von den Uhrzeiten her würde es durchaus ins bisherige Bild passen: Der zweite Besuch hätte vor Rojins Rückkehr nach Gostenhof stattgefunden, der dritte danach.«

»Aber warum sollte Bülent so lange in seiner Wohnung geblieben sein, wenn er doch wusste, dass Rojin am Bahnhof auf ihn wartete? Außerdem wollte er angeblich nur schnell das Gepäck holen.«

»Vielleicht stand noch ein Treffen aus, von dem Rojin nichts wusste.«

»Und was ist mit dem ersten Besuch von Köksal Aguzüm um elf Uhr?«

»Er hat festgestellt, dass niemand zu Hause war, und ist wieder gegangen, um woanders nach Bülent zu suchen. Wir wissen, dass er um diese Uhrzeit noch in der Sparkasse war – der Täter vermutlich nicht«, warf Stellfeldt ein.

Hackenholt seufzte. »Da ist noch was«, murmelte er nach einer Weile. »Wer war letzte Woche eigentlich bei der Durchsuchung von Aguzüms Wohnung dabei?«

»Keiner von uns – das haben die Kollegen vom Unterstützungskommando übernommen«, antwortete Wünnenberg. »Warum?«

»Erinnerst du dich noch, dass wir nach der Vernehmung von Rojin Barzani in der Denisstraße den Briefkasten überprüft haben, weil Bülent Alkan darin angeblich einen Wohnungstürschlüssel aufbewahrt hat?«

Wünnenberg nickte.

»Frau Barzani sagte, sie habe ihn wieder in den Briefkasten gelegt, nachdem sie ihren getöteten Freund entdeckt hatte. Sie wollte, dass alles in dem Zustand war, in dem sie es vorgefunden hatte. Als Christine in der Wohnung Spuren gesichert hat, hat sie sich routinemäßig auch den Postkasten vorgenommen.«

Mur nickte. »Aber darin war nichts außer Werbung.«

»Ganz genau. Ich habe mich seither gefragt, wer von dem Schlüssel gewusst haben kann – und vor allem, wer ihn mitgenommen hat.« Hackenholt trank einen Schluck Kaffee. »Frau Barzani wird ihren Brüdern wohl eher nicht davon erzählt haben. Damit hätte sie ja zugegeben, dass sie sich weiterhin mit Bülent trifft, und hätte mit einer Bestrafung durch ihre Familie rechnen müssen. Mit ihrer Aussage ist aber eins klar geworden: Bülent Alkans Schwester Damla Ünlü wusste ebenfalls von dem Versteck. Kann es dann nicht sein, dass es die ganze Familie kannte – auch der Onkel? Da er sich an Bülents Todestag drei Mal zumindest in unmittelbarer Nähe von dessen Wohnung aufgehalten hat, wäre es interessant zu wissen, ob möglicherweise er den Schlüssel an sich genommen hat.«

»Die Kollegen vom Unterstützungskommando haben leider nicht danach gesucht. Schließlich ging es zu dem Zeitpunkt lediglich um den Mord an Azad Barzani«, sagte Stellfeldt.

»Aber wenn ihm die Existenz des Schlüssels im Briefkasten bekannt war, beziehungsweise wenn er ihn eingesteckt hat, warum haben er und Özgür Alkan dann nachts die Tür aufgebrochen?«, warf Mur ein.

»Na, er konnte ja schlecht Bülents Schlüssel aus der Hosentasche kramen und aufsperren, oder?« Wünnenberg verdrehte die Augen. »Dann hätte der Vater doch sofort gewusst, dass sein guter Schwager irgendwie falschspielt.«

Stellfeldt strich sich hektisch über die Glatze – ein klares Zeichen, wie sehr ihn ein Gedanke beschäftigte. »Es wäre wieder ein Teil mehr in unserem Puzzle«, sagte er mit Bedacht. »Ich habe mich die ganze Zeit über gefragt, woher sich Özgür Alkan innerhalb von so kurzer Zeit eine Waffe beschafft haben könnte. Zu diesem Punkt haben sich die beiden Männer bisher ausgeschwiegen. Wenn Köksal Aguzüm nun aber schon viel früher wusste, dass Bülent Alkan tot war, hätte er über zwei Wochen Zeit gehabt, die Schusswaffe zu besorgen. Das wiederum würde ins Bild passen.«

»Und du glaubst, er hat seelenruhig abgewartet, bis jemand seinen toten Neffen entdeckt, und danach hat er Özgür Alkan angestachelt?«

Stellfeldt nickte: »Er hat ihn dazu überredet, gemeinsam in die Wohnung des Toten zu gehen, wobei er versucht hat, möglichst viel anzufassen: Er wollte sicherstellen, dass wir nicht irgendwo Spuren von ihm finden, die er hinterlassen hat, als er Bülent ermordete.«

»Aber warum hat er so lange gewartet? Wäre es für ihn nicht viel praktischer gewesen, wenn er ein, zwei Tage nach der Tat unter irgendeinem Vorwand mit seinem Schwager zu Bülents Wohnung gefahren wäre und sie dann zusammen den Toten gefunden hätten? Bei deiner Variante musste er befürchten, dass wir schon relativ viele Spuren gesichert haben«, widersprach Mur.

»In dem Chaos, das in den Räumen geherrscht hat?«, fragte Stellfeldt. »Nein, da war jedem klar, dass wir mehrere Tage lang beschäftigt sein werden. Unter Umständen hat er es überhaupt nur deshalb angerichtet. Und mit zunehmender Zeit wird es für uns schwieriger, die Spur des Täters zu verfolgen; das weiß mittlerweile auch jeder.«

Hackenholt schüttelte den Kopf. »Das sind zu viele offene Fragen. Wir sollten noch einmal nach Köln fahren und Köksal Aguzüm vernehmen«, entschied er.

»Aber nur mit zwei Kannen Kaffee und einer Decke im Gepäck«, murmelte Wünnenberg, »wer weiß, wo wir dieses Mal stranden.«

»Eigentlich wäre es mir lieber, wenn Saskia und Manfred das übernehmen würden. Ich muss mich hier um ein paar andere Dinge kümmern.« Hackenholt sah die beiden Kollegen an, die zustimmend nickten. »Ruft aber unbedingt vorher in der JVA an, damit ihr nicht umsonst fahrt.«

Nach der Morgenbesprechung ging Hackenholt in sein Büro und wählte sofort die Nummer seiner Schwabacher Kollegin.

»Hallo, Lisbet, entschuldige, dass ich gestern so abrupt Schluss machen musste.«

»Schon in Ordnung. Im Augenblick kann ich allerdings mit keinen weiteren Neuigkeiten aufwarten. Die Spurensicherung ist derzeit vor Ort und untersucht das Hotelzimmer. Gestern haben sie sich nur um das Nötigste im Bad gekümmert, da wir ja noch davon ausgegangen sind, dass es sich um einen Unfall oder Selbstmord handelt. Wenn ich mehr weiß, melde ich mich wieder.«

»Warte noch einen kleinen Moment, Lisbet. Hast du schon mit Renners Dienststelle Kontakt aufgenommen?«

»Ja, aber der Leiter war gestern Nachmittag außer Haus, und jemand anderes sah sich nicht befugt, mit mir zu sprechen.«

»Du musst da unbedingt dranbleiben.«

»Das werde ich, keine Sorge. Ich habe um einen dringenden Rückruf gebeten, aber ich werde es später auch selbst noch einmal versuchen.«

»Wenn ich nur wüsste, was Peter mir anvertrauen wollte. Es muss etwas mit seinen Fällen zu tun gehabt haben. Er hat etwas geahnt, sonst hätte er es sicher nicht so dringend gemacht.«

»Frank, ich habe dir gestern bereits gesagt, dass deine Theorie völlig an den Haaren herbeigezogen ist. Viel naheliegender ist doch, dass dein ehemaliger Kollege sich jemanden gegen Honorar mit aufs Zimmer genommen hat, mit dem dann etwas schiefgelaufen ist.«

»Wie meinst du das?«

»Lass es einen Stricher gewesen sein, den er irgendwo aufgegabelt hat. Renner war allein hier, wollte ein bisschen Spaß haben, und dann sind sie aneinandergeraten. Vielleicht haben sie sich nachträglich über das Honorar gestritten, oder Renner ist aufgefallen, dass der Typ Drogen bei sich hatte, und hat plötzlich einen auf Ich-bin-Bulle gemacht. Daraufhin hat der Kerl Panik geschoben, ihm eins übergebraten, ihn in der Badewanne versenkt und noch den Rasierapparat danebengelegt, weil er dachte, so würde es vielleicht als Suizid durchgehen. Du kennst doch selbst die ganze Palette der Möglichkeiten.«

»Warum sollte er sich einen Mann mit aufs Zimmer nehmen?«

»Na, eine Frau wird es wohl kaum gewesen sein.«

»Warum nicht?«

»Sein Analkanal war deutlich erweitert, wie es bei Homosexuellen der Fall ist.«

»Aber Peter war verheiratet und hinterlässt zwei Kinder.«

»Schön und gut, trotzdem bleibt die Tatsache, dass er in letzter Zeit regelmäßig gleichgeschlechtliche sexuelle Kontakte gehabt haben muss, anders lässt sich der Befund nicht deuten.«

»Gibt es Anzeichen dafür, dass er in der Nacht jemanden bei sich hatte?«

»Das versucht die Spurensicherung gerade festzustellen. Körperliche Anhaltspunkte gibt es zumindest keine, falls du darauf hinauswillst.«

»Wenn es keine frischen Spuren gibt, wird sich deine Stricher-Theorie nicht halten lassen. Ich würde dir raten, dich eher auf die Sache mit seinen Fällen zu konzentrieren.«

»Obwohl du gestern Vormittag selbst gesagt hast, dass du dich mit ihm nur der alten Zeiten halber treffen wolltest? Dass er dir am Telefon überspannt vorkam? Ein Kollege, der kurz vor der Pensionierung stand und mit aller Gewalt die alten, ungelösten Fälle noch einmal aus dem Keller hervorgekramt hat? Der andauernd wegen seiner Marotten aufgefallen ist? Und jetzt plötzlich soll etwas dran sein?«

»Unter Umständen war meine Einschätzung ja verfrüht, und ich habe falschgelegen. Er ist immerhin ermordet worden.«

»Wir werden sehen. Ich melde mich später wieder bei dir, Frank – versprochen!«

Stellfeldt steckte den Kopf zur Tür herein. »Köksal Aguzüm will nur im Beisein seines Anwalts mit uns reden, und der hat erst morgen Nachmittag Zeit.«

Hackenholt blickte auf und nickte. »Gut, dann tragt die Dienstfahrt in den Plan ein, damit ein Wagen verfügbar ist.«

»Schon erledigt.«

»Was macht ihr heute?«

»Wir werden noch einmal mit Dilser und Servan Barzani reden. Bei ihrer ersten Vernehmung haben sie ja ganz offensichtlich gelogen. Auch wenn sie wohl eher nicht die Täter waren, würde ich gerne abklären, warum sie uns Märchen erzählt haben.«

»Okay.«

Stellfeldt wandte sich um und wäre fast mit dem Beamten vom Kommissariat für Computerbetrug zusammengestoßen. »Hallo, Detlef, was führt dich denn schon wieder zu uns?«

Der Ermittler wies auf drei dicke Aktenordner, die er unter seinem Arm trug. »Den Kollegen vom LKA ist es gelungen, Bülent Alkans Computer zum Laufen zu bringen und die auf der Festplatte enthaltenen Dateien zum größten Teil zu reparieren.«

»Endlich!« Hackenholt erhob sich, um Schuster zu begrüßen und auf seinem Schreibtisch Platz zu machen, damit der die Ordner ablegen konnte.

»Das hier sind sämtliche Ausdrucke, die wir aus München bekommen haben.«

»Und? Ist etwas Interessantes dabei?«

»Definitiv! Ich denke, die E-Mail, die dich am meisten interessieren dürfte, ist die letzte, die der Hacker an Bülent Alkan geschickt hat. Darin steht, wann und wie er das Geld weitergeben sollte.« Schuster nahm einen Ausdruck aus einem der drei Ordner und legte ihn vor Hackenholt.

Während der Hauptkommissar das Blatt überflog, erinnerte er sich, dass Rojin ausgesagt hatte, sie hätten an dem Morgen, bevor sie zur Sparkasse gegangen wären, noch auf eine Nachricht gewartet. Plötzlich sah er den Kollegen überrascht an. »Aber –«

Schuster nickte. »Genau. Entgegen meiner Erwartungen sollte das eingegangene Geld nach Abzug der Provision nicht per elektronischem Transfer ins Ausland weitergeleitet werden, sondern von einem weiteren Finanzagenten persönlich bei ihm in der Wohnung abgeholt werden. Und zwar am 16. November um vierzehn Uhr.«

»Gibt es eine Möglichkeit, herauszubekommen, wer dieser andere Finanzagent ist? Er oder sie könnte für uns ein wichtiger Zeuge sein, denn unser Opfer ist vermutlich um die Mittagszeit gestorben. Zumindest wurde sein Handy um halb eins ausgeschaltet. Der Finanzagent könnte unserem Täter eventuell sogar begegnet sein.«

»Das wird schwierig. Normalerweise können wir die Helfershelfer bloß deshalb ermitteln, weil das Geld auf ihren Konten eingeht. Dadurch sind die Kollegen ja auch auf Bülent Alkan gestoßen. Der zweite Finanzagent, der die Scheine von Alkan übernehmen und an die Hintermänner weiterleiten sollte, hat allerdings zu keiner Zeit direkten Kontakt zu ihm gehabt. Die Kommunikation lief immer über den Hacker, der vermutlich auch für die unberechtigten Überweisungen zuständig war. Wir müssen jetzt versuchen, irgendwie an ihn ranzukommen – sofern wir das schaffen, besteht eventuell die Möglichkeit, herauszufinden, wer die Person war, die das Geld bei Alkan abgeholt hat.«

»Du hast mir doch gesagt, dass die Finanzagenten per E-Mail angeworben werden. Kann man nicht über die Website der Firma, in deren Namen sie verschickt werden, an die Hacker kommen? Ich meine, die muss doch auf irgendjemanden angemeldet sein.«

Schuster lachte. »Papier ist bekanntlich geduldig – und noch geduldiger, wenn der, dem die Firma angeblich gehört, irgendwo in Panama sitzt.«

»Und was ist mit den in den E-Mails enthaltenen IP-Adressen der Computer, von denen sie verschickt wurden? Die kann man doch zurückverfolgen.«

»Nicht wenn man einen Proxyserver verwendet. Mit deren Hilfe kann man den eigenen Internetprovider umgehen und über die IP des Proxys anonym surfen.«

»Mit anderen Worten: Es ist so gut wie aussichtslos, dass ihr die Hintermänner ermittelt?«

»Das wäre es, wenn der Täter wirklich irgendwo im Ausland sitzen würde und er nicht einen entscheidenden Fehler gemacht hätte.«

»Nämlich?«

»Er hat ein Mal eine Mail direkt geschickt – ohne Proxy.«

»Und?«

»Es ist trotzdem noch ein langer Weg, bis wir etwas Genaues wissen. Wir müssen die IP zurückverfolgen und dann die Person überprüfen, von deren Rechner aus die Mail geschickt wurde. Das dauert. Der Täter könnte beispielsweise von einem Internetcafé aus gearbeitet haben. Immerhin steht jetzt schon fest, dass die IP aus Nürnberg stammt.«

»Woher wisst ihr das denn nun wieder, wenn es doch so kompliziert ist?«

»Es gibt im Internet sogar für jedermann frei zugängliche Programme, mit deren Hilfe man eine IP grob zurückverfolgen kann. Dadurch erfährt man immerhin schon mal die Region und die Domain, von der aus die E-Mail verschickt wurde.« Schuster sah Hackenholt erwartungsvoll an. »Mensch, Frank, ist dir klar, was das unter Umständen bedeutet?«, rief er, als der Hauptkommissar nicht reagierte.

»Ich bin mir nicht sicher, ob ich verstehe, worauf du hinauswillst.«

»Eventuell sitzen die Hintermänner hier in Mittelfranken! Wenn wir Glück haben, hat vielleicht einer von ihnen einen seiner Kumpel zu deinem Alkan geschickt, um das Geld abzuholen. Damit würdest du problemlos an deinen Zeugen rankommen – und wir hätten mit einem Schlag einen riesengroßen Fisch an Land gezogen.« Der Gedanke schien Schuster zu beflügeln: Er schnellte wie ein Gummiball von seinem Stuhl hoch und war mit wenigen Schritten an der Tür. »Die Unterlagen kannst du behalten, das sind Kopien für dich. Mit denen wirst du eine Weile beschäftigt sein. Viel Spaß beim Lesen. Ich sag dir Bescheid, wenn ich Neuigkeiten habe. Im Moment kannst du nur abwarten und Tee … äh«, er sah zu Wünnenbergs verwaistem Platz hinüber, »Kaffee trinken und uns die Daumen drücken. Es wird allerdings locker ein, zwei Tage dauern, bis ich …« Damit war er schon zur Tür hinaus.

Hackenholt saß einen Augenblick lang regungslos an seinem Schreibtisch, dann stand er auf und goss sich tatsächlich eine Tasse Kaffee ein, bevor er in den Aktenberg abtauchte und Seite für Seite jede einzelne E-Mail und jedes andere Dokument durchzulesen begann, das auf Bülent Alkans Festplatte gefunden worden war.

Am frühen Nachmittag steckte Saskia Baumann den Kopf zur Tür herein und bat ihn, in Stellfeldts Büro zu kommen. Es gäbe ein Problem.

»Habt ihr noch einmal mit Dilser und Servan Barzani gesprochen?«, fragte Hackenholt.

Der Kollege nickte. »Keiner der beiden wollte Angaben zur Sache machen. Wenn du glaubst, dass der Tod des Vaters ihnen irgendwie vor Augen geführt hätte, wie sinnlos ihr Gehabe ist, liegst du meilenweit daneben. Anstatt drüber nachzudenken, ob sie selbst nicht ebenfalls zur Eskalation der Situation beigetragen haben, geben sie allein ihrer Schwester die Schuld an allem, was passiert ist. Dabei sind sie auch noch unverfroren genug, uns gegenüber Drohungen gegen sie auszusprechen. Aber das Schlimmste daran ist: So stur und aggressiv, wie die beiden hier aufgetreten sind, glaube ich ihnen jedes Wort.«

»Haben sie mit etwas Konkretem gedroht?«, fragte Hackenholt alarmiert.

»Ja.« Stellfeldt nahm mehrere Seiten vom Schreibtisch und blätterte kurz darin, bevor er vorlas: »›Wenn sich die Hure noch mal bei uns blicken lässt, ist sie fällig. Sie hat unseren Vater umgebracht, dafür werde ich sie bestrafen.‹ Das war O-Ton Dilser Barzani.« Er legte ein Blatt zur Seite und las weiter. »›Wir werden die Nutte schon finden, die Schande über unsere Familie gebracht hat. Sie kann sich nicht ihr Leben lang verstecken, und wir vergessen nie.‹ Wenn man solche Brüder hat, wozu braucht man dann eine Familie? Schlussendlich sind das Morddrohungen. Den Wahnsinn musst du dir mal vorstellen.«

»Das dürfen wir nicht auf sich beruhen lassen. Was können wir für Rojin Barzani tun?«

»Sie muss auf alle Fälle umgehend darüber informiert werden, in welcher Gefahr sie sich noch immer befindet. Am besten durch dich oder die Kollegin in Eichstätt – euch beide kennt sie bereits und hat ein Mindestmaß an Vertrauen aufgebaut. Das Ganze sollte persönlich passieren, nicht am Telefon. Am Ende wird sie noch panisch, wenn sie erfährt, dass ihre Brüder sie suchen, und haut unüberlegt irgendwohin ab.« Stellfeldt massierte sich die Glatze. »Vielleicht solltest du Petra von der Zeughauswache anrufen. Die kennt sich bei so etwas aus, schließlich ist sie Opferschutzbeauftragte. Ich weiß lediglich, dass es auch Schutzprogramme für junge Erwachsene gibt, die von einer Zwangsverheiratung oder Ehrenmordgefahr bedroht sind. Aber wie die konkret aussehen, davon habe ich keine Ahnung.«

Hackenholt nickte und ging in sein Büro zurück, von wo aus er die Beamtin in der Polizeiberatung anrief. Er schilderte ihr nicht nur die eigentliche Situation, in der sich Rojin Barzani befand, sondern auch sämtliche Gegebenheiten rund um den komplizierten Fall, bevor er sie um Rat fragte.

»Der getötete Freund von der jungen Frau scheint bemerkenswert mitgedacht zu haben. In der Tat war es wichtig, absolut niemandem zu sagen, wohin man gehen wird, das Bankkonto aufzulösen, keine Handys mitzunehmen und so weiter. Wenn sie sich an uns gewandt hätten, hätten wir ihnen helfen können.«

»Nun ja, Was-wäre-wenn-Szenarien nutzen jetzt auch nichts mehr. Die Frage ist: Was können wir im Augenblick ganz konkret für Frau Barzani tun?«

»Zunächst muss die junge Frau vor ihrer eigenen Familie geschützt werden. Sie darf unter keinen Umständen weiter bei ihrer Freundin im Studentenwohnheim bleiben. Früher oder später werden ihre Brüder sie dort finden«, erklärte die Kollegin Hackenholt. »Niemand im Umkreis der Frau darf erfahren, wohin sie flieht, denn wenn es auch nur eine einzige Person weiß, ist nicht auszuschließen, dass diese wiederum bedroht wird, damit sie den Aufenthaltsort preisgibt.

In einem zweiten Schritt müssen die Möglichkeiten von langfristigen Hilfsangeboten geprüft werden. Für Fälle wie diesen gibt es in ganz Deutschland mehrere anonyme Einrichtungen, die Mädchen und junge Frauen mit Migrationshintergrund im Alter von zwölf bis maximal einundzwanzig Jahren aufnehmen. Sie sind unter anderem auf den Umgang mit Zwangsheirat und Gewalt im Namen der Ehre spezialisiert. Diese Einrichtungen werden vom Jugendamt finanziert.

Frau Barzani müsste um eine Inobhutnahme bitten. Wichtig ist, dass sie zuvor beim Altdorfer Jugendamt die Bedrohungssituation so eindrücklich darstellt, dass die eine Kostenübernahme nicht ablehnen können. Wenn du willst, kümmere ich mich um den Teil. Wir haben einen ganz guten Draht zu den Jugendämtern in der Region. Ich kann eine offizielle Stellungnahme schreiben, dann müsste es in einem so schwerwiegenden Fall wie diesem eigentlich problemlos klappen.

Die Mädchen leben in den Einrichtungen in anonymen Wohngruppen zusammen, die zum Teil rund um die Uhr betreut werden – je nach Art der Bedrohung beziehungsweise Grad der Selbstständigkeit. Nach einiger Zeit können sie dann meistens in eine sogenannte offene Wohngruppe umziehen.

Alternativ könnte Frau Barzani um Aufnahme in ein Frauenhaus bitten. Auch dabei wäre es wichtig, dass sie in ein anderes Bundesland geht, in dem sie niemanden kennt, damit sie nicht zufällig über ein bekanntes Gesicht stolpert. Regelmäßig werden nämlich Verwandte und Bekannte in ganz Deutschland eingeschaltet, um die Betroffene ausfindig zu machen.

Außerdem wendet sich die Familie sehr oft an verschiedene Behörden und Institutionen, um von denen den neuen Aufenthaltsort zu erfahren. Wenn wir Frau Barzani dauerhaft schützen wollen, sind daher darüber hinaus einige weitere Sicherheitsvorkehrungen dringend notwendig. Sie sollte sich unbedingt mit der Opferschutzbeauftragten der nächstgelegenen Polizeidienststelle in Verbindung setzen, damit die sie bei der Anonymisierung und beim Einrichten von Sperrvermerken unterstützt. Wir können mit wenig Aufwand herausfinden, wo ihr Name auftaucht und somit Auskunftssperren eingerichtet werden müssen.«

»Kannst du das nicht machen?«

»Ich würde es für geschickter halten, wenn das die Kollegin von der PI Eichstätt übernimmt, die Frau Barzani schon kennt. Deswegen würde ich auch vorschlagen, dass du jetzt erst einmal Yvonne Kraus anrufst und ihr den Sachverhalt schilderst. Anschließend gibst du ihr meine Telefonnummer, dann können wir untereinander absprechen, wer was übernimmt. Denn eins ist klar: Frau Barzani muss schnellstmöglich untertauchen.«

Nach einer weiteren Dreiviertelstunde glühten Hackenholt die Ohren vom Telefonieren, aber er hatte alles unternommen, was er für Rojin Barzani tun konnte. Draußen vor dem Fenster begann es wegen des trüben Wetters allmählich zu dämmern – obwohl es erst kurz nach drei Uhr war. Hackenholt stand auf und warf einen kurzen Blick auf den Jakobsplatz, auf dem die Weihnachtsbeleuchtung eingeschaltet war. Gerade als seine Gedanken zu Sophie wanderten und er zum ersten Mal seit Stunden daran dachte, dass er in wenigen Monaten Vater werden würde, begann in seinem Rücken das Telefon zu schellen.

»Nicht schon wieder, bitte!«, stöhnte er, doch der Apparat tat ihm nicht den Gefallen zu verstummen.

»Hallo, Frank, Dirk hier.«

Hackenholt brauchte einen Augenblick, bis sich seine Gedanken von Sophie lösten und zu seinem Kollegen nach Münster wanderten.

»Du wirst es nicht für möglich halten, aber Martin hat mir vorhin erzählt, dass er vor zwei Wochen für den Renners Peter ins Archiv gegangen ist und ihm eine Kopie von den Schweinsberger Akten gemacht hat. Ich habe das nicht mitbekommen, weil ich im Urlaub war. Martin meinte, Peter hätte recht geheimnisvoll getan.«

»Hat er gesagt, warum Peter ausgerechnet ihn darum gebeten hat? Das ist ja nun nicht gerade der vorgeschriebene Dienstweg. Und hat er dabei erwähnt, wozu er sie haben wollte?«

»Peter hatte bei Martin wohl noch etwas gut. Also hat er ihm den Gefallen getan und ist an einem Nachmittag, als nicht so viel zu tun war, runter in den Keller und hat dort in der Ablage gewühlt. Anderthalb Stunden hat er gebraucht, bis er die Unterlagen gefunden hat. Zumindest hat er das behauptet. Und noch einmal so lang, bis alles kopiert war. Eine offizielle Anfrage hätte wahrscheinlich Wochen gedauert, und Peter schien es sehr eilig zu haben. Er hat Martin deshalb mehrfach angerufen, und du weißt selbst, wie penetrant er sein konnte, wenn er sich etwas in den Kopf gesetzt hatte.«

Hackenholt schnaubte. Ja, das hatte er bei den letzten Telefonaten am eigenen Leib erfahren dürfen. »Weißt du, in welcher Abteilung Peter beim LKA gearbeitet hat?«

»Er hat nach wie vor etwas mit Zahlungskartenbetrug gemacht. Passt ja auch zu einem Computerfreak, wie er einer war.«

Stimmt, dachte Hackenholt, das habe ich völlig verdrängt. »Mal etwas ganz anderes: Kannst du dir vorstellen, dass Peter an Männern interessiert war?«, wechselte er plötzlich das Thema.

Am anderen Ende der Leitung blieb es einen Moment lang still. »Ja«, sagte Glauner schließlich, »aber er wollte nicht, dass das die Runde macht. Warum fragst du? Du hast mir gestern übrigens noch nicht einmal gesagt, woran er eigentlich gestorben ist.«

»Daran, dass ihn jemand in einer Badewanne unter Wasser gedrückt hat.«

»Guter Gott!« Glauner sog scharf die Luft ein. »Er wurde getötet?«

»Die Ermittlungen hat die Kripo Schwabach übernommen. Wundere dich also nicht, wenn früher oder später eine Lisbet Belzl bei dir anruft und sich ebenfalls für die Akten Schweinsberger interessiert.

Jetzt gib mir aber bitte mal Martin, ich möchte kurz persönlich mit ihm reden.«

»Halte mich auf dem Laufenden, ja?« Der Münsteraner Beamte verabschiedete sich und stellte Hackenholt zu seinem Kollegen durch, der ihm allerdings nicht weiterhelfen konnte: Peter Renner hatte ihm keinen Grund genannt, weshalb er die alten Unterlagen unbedingt haben musste.

Nach dem Telefonat saß Hackenholt eine Weile an seinem Schreibtisch und starrte blind auf seinen PC-Bildschirm. Er versuchte, sich ins Gedächtnis zu rufen, was Renner ihm bei seinen Anrufen gesagt hatte.

Die letzten kurzen Gespräche hatten sich ausschließlich um ihr Treffen gedreht: Renner wollte ihm dringend etwas anvertrauen, weil er Hilfe brauchte. Hilfe, die angeblich nur er, Hackenholt, leisten konnte. Aber warum?

Und der erste Anruf? Er war der längste und aufschlussreichste gewesen: Renner hatte die Fingerabdrücke erwähnt, die sie damals am Wandtelefon im Stall gefunden hatten. Es war in der Tat verwunderlich, dass nach dem Verschwinden des Vaters zwei Monate lang niemand den Hörer in der Hand gehabt haben sollte. Daraus abzuleiten, der Familienvater sei nicht zum angegebenen Zeitpunkt getötet worden, war allerdings reichlich weit hergeholt. Was Hackenholt jedoch am meisten verwundert hatte, war Renners Frage gewesen, ob er die Schweinsbergers seither noch einmal gesehen hatte, ob er bei der Familie vorbeigefahren war.

Einem Impuls folgend, zog er seine Tastatur zu sich heran und tippte den Namen Anton Schweinsberger in das polizeiliche Auskunftssystem. Kein Treffer.

»Wie denn auch«, murmelte Hackenholt, »schließlich ist der schon seit Jahren tot.«

Wie hatten nur gleich die anderen Familienmitglieder geheißen? Er schloss die Augen und versuchte, sich zu erinnern, aber die Vornamen wollten ihm partout nicht einfallen.

»Dann eben so.« Er griff zum Telefon und wählte. »Martin, ich bin's noch mal. Wenn du für Peter die Schweinsberger-Akte kopiert hast, kannst du mir doch sicher mit den Vornamen der Mutter und der Kinder aushelfen, oder?«

»Zuzana, Arnold und Linda«, kam ohne Zögern die Antwort.
»Stimmt. Jetzt erinnere ich mich wieder. Danke!«
»Brauchst du auch die Geburtsdaten?«
»Weißt du die etwa auswendig?«
»Nein, aber nachdem alle naselang jemand wegen denen etwas von mir wissen will, habe ich unser Auskunftssystem bemüht.«
»Zwei Dumme – ein Gedanke. Das wollte ich ebenfalls gerade machen«, grinste Hackenholt.
»Na, dann will ich dich nicht davon abhalten, deine eigenen Recherchen anzustellen.« Bevor Hackenholt etwas antworten konnte, hatte der Kollege schon aufgelegt.
»Dann halt nicht.« Mit einem Schulterzucken wandte sich Hackenholt seiner Tastatur zu und gab den Namen der Mutter ein. Im Nu hatte er die Daten der Gesuchten auf dem Bildschirm. Der Name Zuzana Schweinsberger war in der Bundesrepublik nicht gerade alltäglich. Umso mehr verwunderte es ihn, dass eine Frau mit diesem Namen im Landkreis Roth leben sollte. Schnell überprüfte er auch noch den Sohn und die Tochter. Alle drei waren unter derselben Adresse gemeldet: Appelhof, Allersberg.
Hackenholt sah auf einer Karte im Internet nach, wo genau sich das Anwesen befand. Dem Klang nach tippte er auf einen einsam gelegenen Weiler. Tatsächlich lag der Appelhof westlich von Allersberg an der Staatsstraße 2225 zwischen der A9 und den nördlichen Ausläufern des Rothsees. Laut Routenplaner würde er vom Präsidium aus mit dem Auto nicht mehr als eine halbe Stunde brauchen. Hackenholt schaute auf die Uhr: erst halb vier. Kurz entschlossen stand er auf, ging ins Geschäftszimmer und holte sich einen Fahrzeugschlüssel, bevor er in den Hof hinunterlief – ohne jemandem Bescheid zu sagen, was er vorhatte.

Bis zur Ausfahrt Allersberg kam er zügig voran, erst ab dem Kreisverkehr wurden die Straßen wieder winterlich und schwer befahrbar, doch von dort aus waren es nur noch fünfhundert Meter, dann führte linker Hand eine unscheinbare Abzweigung mitten in den Wald hinein. Hackenholt entdeckte sie bloß, weil er sich die Karte eingeprägt hatte und der Weg geräumt war – zwar nur für eine Autobreite, aber mit einem regen Verkehrsaufkommen war hier wohl eher nicht zu rechnen.

Im letzten Moment entschied sich Hackenholt jedoch dagegen, in die einsame Straße einzubiegen, stattdessen hielt er sich rechts, wo es einen geteerten Wendeplatz gab, von dem wiederum zwei schmale Straßen abgingen. Hier erblickte er zwei geparkte Fahrzeuge. Vielleicht Spaziergänger, die ihre Hunde im Wald Gassi führten? Er stellte seinen Wagen ab und ging zu Fuß zur Staatsstraße zurück, die er rasch überquerte.

Den Schutz der Bäume brauchte er nicht zu suchen, es war bereits völlig dunkel, und das Sträßchen, das zum Appelhof führte, war unbeleuchtet. Zum Glück war die gesamte Umgebung tief verschneit, sonst hätte Hackenholt hier im Wald vermutlich keinen Meter weit gesehen.

Der Weg war zwar notdürftig von den Schneemassen befreit worden, sodass der Ermittler nicht bei jedem Schritt bis über die Knie darin versank, gestreut hatte jedoch niemand. An manchen Stellen war die Straße saumäßig glatt. Je weiter er ihr folgte, desto häufiger fluchte er in sich hinein, da nach einigen Schritten auf festgefahrenem Schnee immer wieder vereiste Flächen folgten, auf denen es ihm schier die Füße wegzog. Ein paarmal konnte er sich nur noch im letzten Moment fangen.

Einen Augenblick lang erwog er, die Taschenlampe einzuschalten, die er vorsichtshalber mitgenommen hatte. Aber hätte er das getan, hätte er auch gleich mit dem Auto direkt bis vor die Haustür fahren können. Das wäre definitiv unauffälliger gewesen als eine einsame Person mit Taschenlampe.

Nach rund zweihundert Metern machte der Weg eine scharfe Biegung, dann ging es wieder knappe hundert Meter zurück, bevor die Straße um eine sanfte Kurve führte.

An ihrem Ende glaubte Hackenholt die Silhouette eines imposanten Hauses zu erkennen. Der Schnee unter seinen Füßen knirschte. Ein Geräusch, das sich in seinen Ohren in der völligen Stille übermäßig laut anhörte. Dennoch: besser als die vermaledeiten Eisplatten. Vorsichtig lief er weiter.

Je näher er dem Anwesen kam, desto deutlicher erkannte er, dass es von einem hohen Zaun umgeben war. Linker Hand schienen sich einige Nebengebäude zu befinden, doch vor sich glaubte er so etwas wie ein fränkisches Schlösschen zu erblicken. Konnte das sein? Wie um alles in der Welt sollten es sich die Schweinsbergers leisten können, derart feudal zu residieren? Hackenholt machte ein paar weitere Schritte in die Richtung.

Plötzlich ertönte lautes Hundegebell, und zwei schwarze Ungetüme sprangen am Holztor hoch. Instinktiv wich Hackenholt zurück – nun doch in den Schutz der Bäume, obwohl er dadurch im hohen Schnee versank. Gerade noch rechtzeitig, denn Sekundenbruchteile nachdem er hinter einem Baumstamm in Deckung gegangen war, flammten Scheinwerfer auf, die das gesamte Anwesen einige Meter weit über den Zaun hinaus in grelles Licht tauchten.

Der Hauptkommissar verharrte regungslos hinter dem Baum. Was tat er hier eigentlich? Es gab keinerlei Beweise dafür, dass der damalige Fall irgendetwas mit Renners Tod zu tun hatte. Und wenn doch, dann hatte er erst recht nichts in der Nähe dieser Leute zu suchen – schon gar nicht allein. Warum zum Teufel hatte er nur das Bedürfnis gehabt, hierherzukommen? Noch dazu in der Dunkelheit? Und weshalb verhielt er sich wie ein Einbrecher und versteckte sich im Unterholz, um nicht entdeckt zu werden? War es wirklich bloß Neugier, die ihn getrieben hatte? Der Wunsch zu sehen, was aus den damaligen Beschuldigten geworden war? Wie sie heute lebten? Was auch immer seine Beweggründe sein mochten, er hatte nicht den geringsten Grund, sich hinter einem Baumstamm zu verstecken! Er hatte jedes Recht, als Privatperson hier zu sein. Denn nichts anderes war er in dem Moment: Ein normaler Mensch, der durch den winterlichen Wald streifte. Sobald das Licht wieder erloschen war, würde er …

Eine tiefe, rollende Frauenstimme rief nach den Hunden, die noch immer hinter dem Tor auf und ab sprangen. Hackenholt erkannte sie sofort. Sie gehörte Zuzana Schweinsberger. Auf einmal hatte er die groß gewachsene, schmale Russin wieder vor Augen. Nie zuvor hatte er eine Frau gesehen, die in eine schäbige Kittelschürze gekleidet war, aber wie zum Ausgehen geschminkt und in Stöckelschuhen zwischen Zobelkäfigen hin und her marschierte. Ihr Deutsch war sehr gut gewesen, lediglich ein leichter Akzent hatte ihre ursprüngliche Heimat verraten.

Hackenholt hatte anfänglich nicht glauben können, dass sie etwas mit dem Tod ihres Mannes zu tun haben sollte, so fragil und hilflos war sie ihm erschienen – bis er sie eines Tages beobachtet hatte, wie sie einem Zobel das Genick brach und ihn häutete. Von da an hatte er sie mit anderen Augen betrachtet.

Als das Flutlicht erlosch, merkte Hackenholt, dass das Bellen der Hunde ebenfalls verstummt war. Langsam befreite er sich aus dem Unterholz. Zumindest hatte er nun die Gewissheit, dass die Familie wirklich in dem herrschaftlichen Anwesen lebte – auch wenn nach wie vor die Frage offen blieb, wie sie das finanzierte.

Erst als er wieder auf dem Sträßchen stand, fühlte er, dass nicht nur seine Jeans klamm an seinen Beinen klebte, sondern seine Socken und Turnschuhe ebenfalls vom Schnee durchnässt waren. Er hatte eiskalte Füße. So schnell wie möglich lief er zum Wagen zurück. Bei jedem Schritt machten seine Schuhe leise quietschende Geräusche, einmal rutschte er aus. Sobald er um die Kurve gebogen war, holte er seine Taschenlampe hervor und leuchtete den Weg aus; er wollte nur noch nach Hause.

Im Auto schaltete er die Zündung ein und stellte die Heizung sofort auf die höchste Stufe. Plötzlich wurde das Wageninnere hell erleuchtet: Ein großer BMW kam im gegenüberliegenden Sträßchen, das er gerade eben noch entlanggelaufen war, auf ihn zu. Für die winterlichen Verhältnisse hatte der Fahrer ein halsbrecherisches Tempo drauf. Hackenholts Herzschlag beschleunigte sich bei dem Gedanken, dass er dem Fahrzeug unweigerlich begegnet wäre, hätte er auch nur wenige Momente länger im Unterholz verharrt.

Er war froh, das Abblendlicht noch nicht eingeschaltet zu haben. So war zumindest für den flüchtigen Blick nicht erkennbar, dass jemand im Auto saß. Andererseits würde es wohl kaum auffallen, wenn er dem BMW auf der Staatsstraße ein Stück weit folgte. Schließlich schienen hier auch Spaziergänger zu parken. Er löste die Handbremse und rollte langsam los. Als er einen halben Meter weit in der Fahrbahn stand, schoss der BMW ohne abzubremsen über die Vorfahrtsstraße direkt auf ihn zu. Zu spät erkannte der Fahrer das Hindernis in seiner Spur. Zwar riss er das Steuer noch herum und zog die Schnauze links an Hackenholts nach wie vor unbeleuchtetem Auto vorbei, doch das Heck des BMW brach bei dem abrupten Lenkmanöver aus und touchierte den Dienstwagen. Es gab einen dumpfen Schlag, als Blech auf Blech knallte, danach ertönte ein Knirschen und ein splitterndes Geräusch.

Hackenholt schaltete den Motor aus, griff nach der Taschenlampe und stieg aus. Im Vorbeigehen leuchtete er flüchtig über die Schäden am BMW. Das Bremslicht war zu Bruch gegangen. Dann ließ er den Strahl ins Fahrzeuginnere gleiten. Der Fahrer, der noch mit dem Sicherheitsgurt kämpfte, hielt kurz inne. Obwohl das Licht von der Fensterscheibe auf Hackenholt zurückgeworfen wurde, erkannte er zweifellos Arnold Schweinsberger. Neben ihm saß ein älterer Mann, der den Kopf abgewandt hielt, der Rücksitz war leer.

Schweinsberger sah ihn verblüfft an. Plötzlich weiteten sich seine Augen, das Erkennen stand ihm ins Gesicht geschrieben. Ohne Vorwarnung trat er aufs Gaspedal, der BMW machte einen Satz, Hackenholt sprang zurück, und der Wagen schoss davon. Für Sekundenbruchteile stand der verblüffte Hauptkommissar regungslos da, dann löste er sich aus seiner Starre, drehte sich um und rannte die wenigen Schritte zu seinem Fahrzeug zurück. Während er die Verfolgung aufnahm, forderte er über Funk Unterstützung durch regionale Streifenbesatzungen an.

Laut Beschilderung führte die kleine Straße, in die der BMW eingebogen war, nach Polsdorf. Es ging durch den Wald. Hackenholt fuhr so schnell, wie er es sich auf dem unbekannten Gelände in Anbetracht der winterlichen Verhältnisse zutraute. Die Straße machte einen leichten Bogen, doch auch an dessen Ende konnte er den BMW nicht sehen. Zweihundert Meter weiter erreichte er eine Kreuzung, ähnlich der, an der er zuvor geparkt hatte.

Rechter Hand führte die Straße weiter nach Polsdorf. Wandte er sich nach links, käme er zurück zur Staatsstraße, wo ihm wiederum drei Möglichkeiten offenstehen würden: Rechts ging es am Rothsee entlang nach Heuberg, geradeaus führte eine kleine Straße in den Wald, von der Hackenholt keine Ahnung hatte, wohin sie ihn bringen würde, nach links ging es zurück in die Richtung, aus der sie gekommen waren, und damit nicht nur zum Appelhof, sondern auch zur Autobahnauffahrt. Hackenholt war in seiner Entscheidungsfindung ganz auf sich gestellt, nirgendwo sah er Scheinwerfer oder Rücklichter – vor allem Letztere hätten den BMW verraten, da er nur noch eines besaß.

Obwohl Hackenholts Gehirn auf Hochtouren arbeitete, wusste er doch, dass ihn seine Gedanken erneut Zeit kosteten. Zeit, die er nicht hatte. Taktische Überlegungen ließen ihn sich schließlich für die letzte Möglichkeit entscheiden. Nicht nur weil er wusste, dass er aufgrund seiner fehlenden Ortskenntnis auf den kleinen Straßen keine Chance hatte, sondern vor allem aus der Erkenntnis heraus, dass jemand, der flüchtete, eigentlich immer versuchte, möglichst schnell eine möglichst große Distanz zwischen sich und den Ort des Geschehens zu bringen. Und das gelang auf der Staatsstraße eindeutig am besten. Außerdem hatte der Flüchtende, wenn er den nächsten Kreisverkehr erreichte, erneut mehrere Möglichkeiten – unter anderem die Autobahn.

Als Hackenholt wieder an der kleinen Straße vorüberkam, die zum Appelhof führte, bremste er kurz ab, fuhr aber weiter, da der Weg verlassen dalag. Wäre er nur ein paar Minuten später an der Stelle vorübergekommen, hätte er einen Geländewagen mit montierter Schneeschaufel gesehen, der in gemäßigtem Tempo den schmalen Weg entlangfuhr, um dann die Staatsstraße in südliche Richtung zu nehmen. So erreichte Hackenholt den Kreisverkehr, ohne dass er unterwegs auf ein Fahrzeug stieß, an dem lediglich ein Rücklicht brannte. Auch die mittlerweile in dem Gebiet zusammengezogenen Streifenfahrzeuge waren dem BMW bislang nicht begegnet.

Am Kreisverkehr entschied sich Hackenholt für die A 9 in Richtung Greding. Mit ein wenig Glück war Arnold Schweinsberger hier entlanggefahren, sodass er ihn unterwegs vielleicht doch noch einholte. Wenn nicht, kam er zumindest zügig nach Hilpoltstein und zur für den Landstrich zuständigen Polizeiinspektion.

Hackenholt fädelte sich in den leichten Autobahnverkehr ein, wechselte auf die linke Spur und beschleunigte. Zwar überholte er auf den wenigen Kilometern bis zur Ausfahrt Hilpoltstein mehrere Fahrzeuge, ein dunkler BMW war allerdings nicht darunter. Er brach die Suche ab und fuhr in die Stadt hinein.

Es war weit nach halb neun, als er an diesem Abend bei Sophie zu Hause eintraf. Er war länger in der PI Hilpoltstein geblieben, da die Kollegen die Fahndung nach dem Flüchtigen so schnell nicht hatten aufgeben wollen. Hackenholt war sich trotz der vergangenen Jahre sicher, dass Arnold Schweinsberger den Wagen gelenkt hatte, den Beifahrer hatte er hingegen nicht erkannt. Entsprechendes hatte er auch den Beamten gesagt, woraufhin eine Streife zum Appelhof gefahren war. Dort hatte jedoch niemand auf das Klingeln reagiert. Kein Hundegebell, keine Flutlichtanlage, das Anwesen hatte still und verlassen im Dunkeln gelegen. Schlussendlich war den Schutzpolizisten nur geblieben, Hackenholt zu versprechen, ihn zu informieren, sobald sie etwas herausfanden.

Zurück in Nürnberg hatte der Hauptkommissar sodann seinen eigenen Unfallbericht verfassen und diversen anderen Papierkram erledigen müssen, damit sich die Mechaniker von der Werkstatt in der Kornburger Straße um das Fahrzeug kümmerten. Im Anschluss hatte er noch die neuen Berichte auf seinem Schreibtisch überflogen und den Stapel mit den Telefonnotizen durchgesehen. Lisbet Belzl war die einzige Anruferin, die ihn interessierte, aber nach einem Blick auf die Uhr verschob er den Rückruf auf den nächsten Tag.

»Und ich dachte schon, du übernachtest mal wieder in der Arbeit«, begrüßte ihn Sophie. Sie stand in der Küche und holte ein Blech Lebkuchen aus dem Ofen.

»Willst du dem Christkindlesmarkt Konkurrenz machen? Fehlt nur noch der Duft nach Glühwein, dann rennen uns die Leute von der Straße die Bude ein, weil sie denken, in unserem Hinterhof wäre ein Weihnachtsmarkt versteckt.«

»Nicht wirklich. Aber für meine Lebkuchen haben sich schon immer Abnehmer gefunden – nicht zuletzt in deinem Kommissariat. Bislang ist noch keiner alt und hart geworden.«

»Sind wir Polizisten tatsächlich so verfressen wie der Ruf, der uns vorauseilt?«

»Natürlich nicht.« Sophie grinste ihn an, stellte sich auf die Zehenspitzen und gab ihm einen Kuss.

Während Hackenholt sie in den Arm nahm, wurde ihm bewusst, dass er den ganzen Tag nur ein einziges Mal daran gedacht hatte, dass er bald Vater werden würde. Dabei hatte er es Christine Mur doch in einem ruhigen Augenblick sagen wollen. Aber die Geschehnisse des Tages hatten alle privaten Gedanken verdrängt.

»Und wenn ich es nicht gerne täte, würde ich auch keine Lebkuchen für die ganze Bagage backen«, riss Sophie ihn aus seinen Gedanken.

»Schlägt dir der Geruch nicht auf den Magen?«

Sie strich sich eine Haarsträhne aus dem Gesicht. »Kardamom und Zimt sind besser zu ertragen als etwas Deftiges.«

»Mit anderen Worten: In nächster Zeit gibt es vermehrt Süßspeisen?«

»Keine Sorge, ich habe dir ein Putengeschnetzeltes gemacht. Das muss ich nur aufwärmen und ein paar Nudeln dazu kochen. Ich hatte nämlich eigentlich ein bisschen früher mit dir gerechnet.«

»Ich hatte ursprünglich auch vorgehabt, pünktlich Schluss zu machen, aber dann wollte ich noch schnell nach Allersberg, und dort sind mir ein paar Dinge dazwischengekommen.« Er drückte sich absichtlich so vage aus, da er Sophie nicht sagen wollte, dass er einen Autounfall gehabt hatte. Stattdessen kam er auf das Anwesen zu sprechen, in dem die Schweinsbergers wohnten. »Sag mal, hast du schon einmal etwas vom Appelhof in der Nähe von Allersberg gehört?«

Sophie dachte einen Moment nach, dann schüttelte sie den Kopf. »Was soll das sein?«

»Auf den ersten Blick ein kleines Schlösschen. Es liegt ziemlich versteckt im Wald. Nordöstlich vom Rothsee.«

Sophie wischte sich die Hände an einem Handtuch ab, ging ins Arbeitszimmer und holte ihr Netbook. »Was haben wir eigentlich früher gemacht, als es keine Suchmaschinen gab? Appelhof, sagst du?«

Hackenholt nickte.

»Hmm. Das ist offenbar kein seltener Name bei so vielen Treffern, die da angezeigt werden. Allerdings scheint es sich bei den meisten um irgendwelche Pferdehöfe in Norddeutschland zu handeln.«

»Versuch es mal mit ›Schloss Appelhof‹«, schlug Hackenholt vor.

»Und schon haben wir es«, murmelte Sophie und klickte den ersten Link an. »Na ja, viel ist das ja nicht gerade, was die Homepage vom Landratsamt Roth dazu preisgibt: Als ›Fressgütlein‹ bezeichneten die Gilardis das Schloss Appelhof bei Allersberg, das sie um 1720 als Jagd- und Lustschloss erworben hatten. Gabriel de Gabrieli soll es damals neu gestaltet und um eine Orangerie erweitert haben. Das Schlösschen ist ein reizvoller Rokokobau und befindet sich heute in Privatbesitz.« Sie blickte auf. »Bist du drin gewesen?«

»Nein, ich habe es nur von außen gesehen. Was denkst du, wie viel so etwas kostet?«

»Wie meinst du das?«

»Was glaubst du, wie teuer es ist, in so einem Schloss zu wohnen?«

Sophie sah ihn mit gerunzelter Stirn an. »Du willst mir jetzt aber nicht sagen, dass es zum Verkauf steht und du mit dem Gedanken spielst, mitten in die Pampa in ein Schloss zu ziehen?«

Für einen Moment entgleisten Hackenholts Gesichtszüge, dann brach er in schallendes Lachen aus. »Nein, das war ganz und gar nicht meine Absicht!«, prustete er. »Ich bin doch kein Millionär. Aber du würdest dich sicher gut machen als Prinzessin.« Er gab ihr einen Kuss. »Ich frage mich wirklich nur, was es wohl kostet, wenn man sich in ein Schloss einmietet. Ich glaube nicht, dass sich das jemand ohne exorbitante Einkünfte leisten kann.«

»Was man für ein Schloss an Miete bezahlt, kann ich dir nicht sagen. Ich habe ja keins, das ich vermiete. Aber neulich habe ich in einem Politmagazin von einer Selbsthilfegruppe für Schlossbesitzer in Ostdeutschland gelesen, denen die Bruchbuden über dem Kopf einzustürzen drohen. Da stand drin, dass einige ihre Anwesen für einen Appel und ein Ei erworben haben.«

»Aber wir sind hier im wilden Süden und nicht irgendwo in Mecklenburg-Vorpommern.«

»Warum interessierst du dich so dafür?«

»Weil in diesem Schloss Personen wohnen, von denen ich nicht glaube, dass sie steinreich sind. Um es deutlicher zu sagen: Als ich die Leute zum letzten Mal gesehen habe, haben sie auf einem Bauernhof in der Nähe von Münster gelebt.«

»Unterschätz mal nicht, wie reich manche Landwirte sind. Nur weil sie sieben Tage die Woche auf dem Acker oder im Stall schuften und immer in dreckigen Klamotten rumlaufen, heißt das noch lange nicht, dass sie arm sind – obwohl sie manchmal nicht besonders viel zum Leben haben. Wenn deine Bekannten ihren gesamten Grund und Boden in Nordrhein-Westfalen verkauft haben, ist mit Sicherheit ein ordentliches Sümmchen zusammengekommen.«

»Das glaube ich nicht.« Hackenholt wollte Sophie jedoch nicht erzählen, dass die Leute eigentlich keine Bauern gewesen waren, sondern Zobel gezüchtet hatten. Denn auch wenn sich das exklusiv anhörte, hatte eine Prüfung der Geschäftsbücher damals das genaue Gegenteil zutage gefördert.

»Vielleicht wohnen sie gar nicht im Haupthaus. In einem Schloss gibt es meistens Nebengebäude für das Personal.«

»Das würde schon eher passen«, murmelte er, wenngleich er das genauso wenig annahm.

Sophie klappte das Netbook zu und ging an den Herd zurück. »Los jetzt, du hast dich noch gar nicht deiner üblichen Feierabendwaschung unterzogen. Wenn du fertig bist, steht dein Essen auf dem Tisch.«

Sie schaltete die Herdplatte ein, auf der die Pfanne mit dem Geschnetzelten stand, und setzte anschließend einen Topf Wasser für die Nudeln auf.

Wahrscheinlich wäre Hackenholt rechtzeitig mit dem Duschen fertig gewesen, hätte ihn nicht ein Anruf aufgehalten. Er hatte sich noch nicht ganz ausgezogen, als ihn der diensthabende Schichtleiter der PI Hilpoltstein anrief und ihm mitteilte, dass sie den BMW samt Fahrer gefunden hatten.

»Wo?«

»Auf der Staatsstraße zwischen Roth und Eckersmühlen. Eine Streife hat Herrn Schweinsberger angehalten und zur Sachbehandlung mit auf die Dienststelle genommen.«

»Und? Was für eine Geschichte hat er sich in der Zwischenzeit ausgedacht? Warum ist er nach dem Unfall so plötzlich wieder losgefahren, obwohl er doch schon stehen geblieben war?«

»Er sagt, er hätte einen Blackout oder besser so etwas wie einen Flashback gehabt: In dem Moment, in dem du auf ihn zugekommen bist, hat er in dir plötzlich den Polizisten erkannt, der ihn vor acht Jahren in Nordrhein-Westfalen festgenommen und beschuldigt hat, seinen Vater umgebracht zu haben. Da er unschuldig war, soll das Erlebnis ein Trauma bei ihm hinterlassen haben.«

»Soso.«

»Ich verstehe nur nicht, warum wir im Computer nichts über ihn finden. Er muss doch damals erkennungsdienstlich behandelt worden sein.«

»Das Gericht hat seinerzeit entschieden, dass die Daten zu löschen wären, da nicht einwandfrei nachgewiesen werden konnte, dass der Vater tatsächlich getötet worden war. Seine Leiche wurde nie entdeckt, und im Prozess hat ein Gutachter angezweifelt, dass die gefundene Blutmenge als Beweis ausreichen würde.«

»Und dann stimmt das Gericht einem Antrag auf Löschung der Daten zu?«

»Tja, das ist halt Nordrhein-Westfalen. In Bayern wäre das nicht passiert.« Hackenholt wechselte das Thema. »Wie hat Schweinsberger auf euch gewirkt?«

»Nervös. Aufgeregt. Deswegen haben wir ihn auch pusten lassen und einen Drogenwischtest gemacht. Verlief aber beides negativ.«

»Was ist mit seinem Beifahrer?«

»Er war allein unterwegs, als die Kollegen ihn angetroffen haben.«

»Hat er zu Protokoll gegeben, wer der andere Mann war, als er mir begegnet ist?«

»In diesem Punkt wird es etwas merkwürdig: Er hat behauptet, dass niemand bei ihm war und du dich geirrt haben musst. Wir haben das schlussendlich auf sich beruhen lassen, weil es ja trotz allem nur um einen Blech- und keinen Personenschaden geht.«

»Das ist absolut okay, du hast völlig recht. Mich hat nur die Flucht so irritiert. Jeder normale Mensch wäre einfach ausgestiegen und hätte nachgeschaut, was passiert ist. Insbesondere, da ich schuld war. Aber danke für eure schnelle Hilfe. Das war wirklich gute Arbeit.«

»Ich lasse dir eine Abschrift vom Vernehmungsprotokoll zukommen.«

»Gibt es in Allersberg eigentlich auch einen Weihnachtsmarkt?«, fragte Hackenholt Sophie zehn Minuten später. Er stand in seinen Bademantel gehüllt in der Küchentür und trocknete sich seine kurzen Haare mit einem Handtuch.

»Hm-mh«, antwortete sie, während sie ein neues Backblech mit Lebkuchen in den Ofen schob. »Soweit ich weiß, findet der jedoch immer am zweiten Adventswochenende statt. Da sind wir zu spät dran, falls du ihn hättest besuchen wollen. Wobei der wirklich sehenswert ist: Allersberg hat einen wunderschönen barocken Marktplatz.«

»Und was ist mit Hilpoltstein?«

»Hat einen genauso sehenswerten Marktplatz. Wenn ich mich richtig erinnere, gibt es da viele Fachwerkhäuser. Der Weihnachtsmarkt ist allerdings auch schon vorbei. Die beiden liegen terminlich vor Allersberg.«

Erst in dem Augenblick realisierte Hackenholt, dass aus seiner Weihnachtsmarktrecherche im kommenden Jahr vermutlich nichts werden würde. Wer würde sich schon mit einem Säugling und Kinderwagen stundenlang in der Kälte durch die drangvolle Enge der Märkte quetschen wollen?

»Was machen eigentlich die Leute auf dem Land, wenn sie Lust auf Glühwein und frische Lebkuchen haben und die Weihnachtsmärkte nur ein Wochenende lang dauern?« Hackenholt war an den ausgezogenen Küchentisch getreten und berührte mit dem Zeigefinger einen frischen Lebkuchen, um zu testen, ob er noch zu heiß zum Probieren war.

»Außerhalb der Nürnberger Stadtgrenze müssen alle Frauen Glühwein und Lebkuchen selbst machen«, grinste Sophie. »Aber wenn du willst, können wir am Wochenende zum Gut Wolfgangshof fahren. Das liegt in Anwanden bei Zirndorf. Ich denke, der Markt dort wird ähnlich wie der im Schloss Stein sein, nachdem das Gut ebenfalls dem Grafen von Faber-Castell gehört. Ich habe neulich darüber in der Zeitung gelesen. Es soll ein hübsches Jugendstilambiente haben. Oder wir fahren nach Weiden in der Oberpfalz zum ›Wintermärchen‹ ins Schloss Wildenreuth. Das würde allerdings voraussetzen, dass du freihast. Und … wollten wir am Samstag nicht in Nürnberg in die Stadt gehen und etwas anderes machen?« Sie legte den Kopf schief.

»Keine Sorge. Komme, was wolle, nächstes Wochenende werde ich nicht arbeiten, stattdessen kaufen wir einen Verlobungsring. Versprochen ist versprochen. Du musst nur zusehen, dass dir nicht so schlecht ist, dass du nicht aus dem Haus kannst.«

Sophie schnitt eine Grimasse.

Mittwoch

In der Morgenbesprechung musste sich Hackenholt als Erstes dahingehend outen, dass er mit einem ihrer Dienstwagen einen Unfall gebaut hatte.

»Noucherdla wissmer ja, wer in näggsdn Kasdn Bier zåld«*, lästerte Baumann.

»Ich glaube, das wandeln wir lieber in eine Einladung zum Glühweintrinken auf dem Christkindlesmarkt um«, widersprach Stellfeldt. »Bis zum Betriebsausflug im Sommer haben wir Franks Schulden längst wieder vergessen.«

»Was hast du eigentlich in Allersberg gemacht?«, fragte Wünnenberg.

»Ich wollte nur mal schnell etwas nachschauen.«

»Ner freili, des *blous ermål schnell* kenni. Des gäid massdens schief. In der Ruhe lichd die Grafd.«*

»Ich weiß, wer den Ärger hat, braucht für den Spott nicht zu sorgen. Sophie schickt euch daher schon mal eine kleine Vorabentschädigung.« Damit stellte er eine bis zum Rand gefüllte Lebkuchendose auf den Tisch.

»Berfeggd, no hommer ja glei aa ern Reisebrofiand fier däi Fadd nåch Köln!«*

»Nimm lieber eine Decke und heißen Kaffee mit«, riet ihr Wünnenberg. »Die A3 und ihre Staus sind ein Buch mit sieben Siegeln.«

»Der Termin mit Köksal Aguzüm in der JVA –«, begann Hackenholt, wurde aber vom Klingeln seines Handys unterbrochen. Es war die Hauptkommissarin aus Schwabach.

»Hallo, Lisbet, wir sind mitten in unserer Dienstbesprechung. Ich ruf dich zurück, so schnell es geht. Ich habe erst gestern Abend gesehen, dass du es schon versucht hast, aber da war es so spät, dass ich dich nicht mehr stören wollte.«

»Lass mal, ich wollte dir eigentlich nur kurz Bescheid geben, dass ich auf dem Weg zu euch in die Dienststelle bin. Kannst du es dir einrichten, in einer halben Stunde ein bisschen Zeit für mich zu haben?«

»Das dürfte klappen. Bis gleich.« Hackenholt legte auf.

»Der Termin um halb eins in Köln steht. Der Verteidiger hat ihn uns gestern Nachmittag ausdrücklich bestätigt«, kam Stellfeldt auf Hackenholts Frage zurück, bei der sie unterbrochen worden waren.

»Wir müssen unbedingt herausfinden, was Aguzüm an Bülent Alkans Todestag gemacht hat. Warum war er gleich drei Mal in Gostenhof? Wo und bei wem will er gewesen sein? Nehmt die ermittelten Daten mit, damit ihr sie mit seinen Angaben vergleichen und gegebenenfalls widerlegen könnt. Geht außerdem noch einmal mit ihm durch, wo er sich bei seinem nächtlichen Eindringen in die Wohnung aufgehalten und was er berührt hat. Vielleicht können wir einen Widerspruch zu einer früheren Aussage aufdecken oder zu dem, was uns Özgür Alkan erzählt hat. Ferner bleibt die Frage nach dem Schlüssel: Hat Aguzüm gewusst, dass Bülent Alkan einen in seinem Briefkasten versteckt hat?«

Stellfeldt nickte und tippte auf eine Seite in seinem Schreibblock. »Keine Sorge, ich habe mich gestern Nachmittag gründlich auf die Vernehmung vorbereitet. Neben seinen bisherigen Aussagen habe ich mir auch alles durchgelesen, was Özgür Alkan über seinen Schwager gesagt hat, und mir Notizen zu sämtlichen Ungereimtheiten gemacht, die wir hinterfragen müssen.«

»Prima, dann jetzt ab mit euch, damit ihr nicht zu spät kommt. Wie Ralph bereits gesagt hat: Bei der Strecke weiß man nie, wo es sich staut.«

»Gäids der Soffi eichndlich widder besser? Iech maan, wenns ersu fleissich baggn doud?«*, fragte Baumann, während sie nach der Lebkuchendose griff.

»Hey, aber ein paar lasst ihr uns schon noch da!«, protestierte Wünnenberg sofort, sodass Hackenholts gemurmelte Antwort in dem aufbrandenden Wortgefecht darüber unterging, wer wie viele Lebkuchen mitnehmen dürfe.

Um halb acht klingelte Hackenholts Telefon. Es war die Kollegin aus Eichstätt, die ihn auf den neuesten Stand in Sachen Rojin Barzani bringen wollte. Yvonne Kraus hatte seit Hackenholts gestrigem Anruf einen Telefonmarathon hinter sich, wobei ihr die Opferschutzbeauftragte von der Zeughauswache eine immense Hilfe gewesen war. Während sie selbst mit Rojin gesprochen hatte, hatte sich die Nürnberger Beamtin um die Kontakte zu den Behörden gekümmert und dort Dampf gemacht.

»Rojin weiß jetzt, was auf sie zukommt, wenn sie von hier fortgeht: Sie wird alles hinter sich lassen. Nur eben allein und nicht wie geplant zusammen mit ihrem Freund. Trotzdem ist sie dazu bereit. Ab heute wird sie nicht mehr unter der neuen Handynummer zu erreichen sein. Das Telefon melden wir wieder ab. Deine Kollegin und ich haben gestern noch kreuz und quer durch die Republik telefoniert und eine Jugendeinrichtung in Hannover gefunden, die Rojin aufnehmen wird. Gerade eben ist per Fax die Bestätigung der Kostenübernahme durch das Jugendamt gekommen.«

»Das ist großartig.«

»Ja, alles läuft wie am Schnürchen. Die Sachbearbeiterin vom Jugendamt war sehr verständnisvoll, eine bessere Ansprechpartnerin hätten wir uns nicht wünschen können.«

»Wie kommt Rojin nach Hannover?«

»Ein Kollege und ich fahren sie gleich rauf. Sie hat zu viel Angst, als dass wir sie ohne Begleitung mit dem Zug fahren lassen könnten. So kann sie heute noch ihr neues Domizil beziehen und hoffentlich zur Ruhe kommen.«

»Sehr schön. Wie sollen wir das mit ihrer neuen Adresse handhaben? Ich brauche die Angaben für die Akten. Eigentlich müsste es sogar eine ladungsfähige Anschrift sein, weil sie im Prozess gegen den Täter aussagen müssen wird.«

»Wenn ich dir ihre Kontaktdaten gebe und du sie in den Unterlagen vermerken würdest, dann könnte der Nebenkläger sie sehen, wenn er Akteneinsicht verlangt. Im Mordfall Azad Barzani wären das Rojins Mutter oder ihre Brüder. Das Risiko dürfen wir nicht eingehen.«

»Was sollen wir dann machen?«

»Am besten schreibst du einen Aktenvermerk, dass dir als Sachbearbeiter die Adresse bekannt ist und jeder Kontakt zu Rojin über dich zu laufen hat. Dem Staatsanwalt und dem Ermittlungsrichter gegenüber kannst du sie herausgeben, sobald sie um den Ernst der Situation wissen. Die Adresse darf nur nie in den Ermittlungsakten landen und muss immer mit einem Sperrvermerk versehen werden.«

»Okay, das habe ich so weit begriffen.«

»Und keinesfalls darfst du dir die Anschrift zusammen mit Rojins Namen notieren. Wenn du mal nicht da bist und jemand anruft, könnte es sonst passieren, dass sie einer deiner Kollegen versehentlich herausgibt.«

»Aber doch nicht, wenn ich einen Sperrvermerk dazuschreibe«, protestierte Hackenholt.

»Sei trotzdem vorsichtig. Ich habe mich mit deiner Kollegin geeinigt, alles, was mit Rojin zu tun hat, mit ›Sonnenaufgang‹ zu kodieren. Das ist die Bedeutung ihres Namens.«

Hackenholt seufzte. »Also gut. Dann gib mir eben die Adresse, unter der man den ›Sonnenaufgang‹ in Zukunft erreichen kann. Und bitte auch die dazugehörige Telefonnummer.«

»Aber alles nur für den Dienstgebrauch.«

»Wofür sollte ich die Daten denn sonst verwenden? Also wirklich!« Allmählich fragte sich Hackenholt, ob Yvonne Kraus es mit ihren Belehrungen nicht ein bisschen übertrieb. Es kam ihm fast so vor, als hätte er eine Dame vom Verfassungsschutz in der Leitung.

Plötzlich klopfte es am Türrahmen. Er schaute auf und entdeckte Lisbet Belzl mit ihrem Wahrzeichen: einem überdimensionierten, abgewetzten alten Aktenkoffer.

»Komm rein und setz dich hin.« Er winkte zum Besucherstuhl, wandte sich dann aber wieder seinem Gespräch zu und notierte die Kontaktdaten, die ihm endlich anvertraut wurden.

»Magst du einen Kaffee? Ich weiß allerdings nicht, ob heute Brasilien Yellow Bourbon oder Guatemala El Bosque im Angebot ist.«

Belzl warf Hackenholt einen argwöhnischen Blick zu. »Für mich tut's auch einer aus dem Automaten.«

»Tut mir leid, Frau Belzl, mit etwas derart Profanem würde sich der Kollege Wünnenberg nie zufriedengeben. Sei froh, dass er gerade unterwegs ist, sonst würde er dir einen einstündigen Vortrag über die hohe Kunst des Kaffeekochens halten.«

»Na, mit genügend Milch und Zucker wird aus jedem Gebräu etwas Trinkbares.«

Beherzt griff sie zur Milchtüte und füllte die Tasse randvoll auf, sodass man beim besten Willen nicht mehr umrühren konnte. Fasziniert beobachtete Hackenholt, wie sie den Becher mit ruhiger Hand zum Mund führte und einen großen Schluck trank, ohne dabei einen Tropfen zu verschütten. Anschließend versenkte sie zwei Stück Würfelzucker in ihrem Getränk und stellte es auf Hackenholts Schreibtisch.

»Was ich dir zu sagen habe, haut dich wahrscheinlich um. Ich denke, es ist besser, wenn du dich in weiser Voraussicht hinsetzt.«

Gespannt schenkte Hackenholt sich selbst ebenfalls eine Tasse Kaffee ein, bevor er Platz nahm und seine Kollegin auffordernd anschaute.

»Zwischen deinem Toten in der Denisstraße und meinem in Schwabach besteht ein Zusammenhang.«

»Wie kommst du denn darauf?«, fragte er entgeistert.

»Es gibt übereinstimmende Fingerabdrücke an beiden Tatorten. Deswegen bin ich hergekommen: Ich muss wissen, wo genau ihr sie gefunden habt. Waren sie an einem tatrelevanten Gegenstand oder an etwas Zweitrangigem? Haben wir es mit ein und demselben Täter zu tun, oder gibt es lediglich eine Person, die beide Opfer kannte und sie besucht hat?«

»Letzteres halte ich für ausgeschlossen. Peter Renner war bloß für ein paar Tage in Schwabach. Ich glaube nicht, dass er schon jemals zuvor in Mittelfranken war. Er kannte hier niemanden, und von Köksal Aguzüm hatte er mit Sicherheit noch nie etwas gehört.«

»Von wem?«

»Aguzüm ist unser Tatverdächtiger Nummer eins: der Onkel des Ermordeten. Er ist Prediger in einer türkischen Gemeinde. Wir gehen davon aus, dass er Bülent Alkan umgebracht hat, weil sich sein Neffe seinen und den Weisungen seines Vaters widersetzt hat und mit seiner Freundin abhauen wollte.«

»Welche Abdrücke habt ihr ihm zugeordnet?«

»Diese hier.« Hackenholt legte ihr ein Formblatt vor.

»Das sind nicht die, die übereinstimmen.« Die Hauptkommissarin entnahm ihrem Ordner ein anderes Formular. »Ich rede von denen hier. Wo habt ihr diese Fingerabdrücke gefunden?«

Hackenholt zog sich die Akten heran, schlug die Lichtbildmappe auf und zeigte seiner Kollegin die Fotografien von Bülent Alkans Wohnung. »Nur damit du eine Vorstellung davon bekommst, wie der Tatort ausgesehen hat.«

»Puh! Da hat jemand ganze Arbeit geleistet!« Belzl blähte die Wangen auf. »Aber wo waren jetzt die Abdrücke?«

»In der Küche, im Bad, im Wohnraum.«

»Das kann alles und gar nichts bedeuten, nicht wahr?«, seufzte die Beamtin.

Hackenholt nickte. »Bislang sind wir davon ausgegangen, dass sie von einem Freund stammen. Jemand, der öfter bei Bülent Alkan vorbeigeschaut hat. Seine Freundin hat uns erzählt, dass er Besuch mochte und häufig welchen bekam.«

»Dein Opfer hat aber nicht zufällig im Strichermilieu verkehrt oder etwas mit Drogen zu tun?«

»Warum fragst du nach Drogen?« Hackenholt wurde hellhörig.

»Viele Stricher gehen nur anschaffen, um sich den nächsten Schuss zu finanzieren. Vielleicht hat unser Unbekannter seinen Stoff ja von deinem Toten bezogen? Oder sie haben immer mal wieder gemeinsam konsumiert?«

»Bülent Alkan hat nur hin und wieder etwas geraucht. Das hat ein Zeuge behauptet, und das konnten wir in einer Haarprobe auch nachweisen. Dafür, dass er irgendetwas vercheckt hat, gibt es keinerlei Anhaltspunkte. Zwar haben wir es anfänglich für möglich gehalten, weil er öfter die Balkanroute in die Türkei gefahren ist, aber der Verdacht hat sich schlussendlich nicht erhärtet.«

»Woher willst du eigentlich so genau wissen, dass Peter Renner hier niemanden außer dir gekannt hat?«

»Weil es bei seinen Anrufen so klang, als ob er völlig auf sich gestellt wäre und meine Hilfe bräuchte. Hätte er in Mittelfranken noch andere Bekannte gehabt, hätte er sich doch auch an sie wenden können.«

»Aber von dir wollte er etwas Dienstliches wissen, das ist etwas anderes.«

»Beschwören kann ich meine Vermutung, dass er mich wegen dem Fall von damals sprechen wollte, natürlich nicht.« Hackenholt schnitt eine Grimasse.

»Welch Glanz in unserer bescheidenen Hütte!«, tönte es plötzlich von der Tür her. Mur stand auf dem Flur und sah neugierig in Hackenholts Zimmer. »Was machst du denn hier, Lisbet? Wilderst du auf fremdem Terrain, weil dir in deinem die Arbeit ausgeht?«

»Komm mal rein, Christine.« Hackenholt winkte die Kollegin zu sich. »Lisbet hat Fingerabdrücke gefunden.«

Mur legte den Kopf schief. »Das soll in unserem Beruf gelegentlich vorkommen. Aber sicher hat nicht Lisbet sie entdeckt, sondern ihre fleißigen Bienchen vom K3, die ihr genauso unermüdlich zuarbeiten wie ich dir.«

»Natürlich.«

»Wo sind eigentlich die Lebkuchen abgeblieben?« Mur sah sich suchend in seinem Büro um.

»Welche Lebkuchen?«, fragte Belzl irritiert.

»Die Franks Freundin für uns gebacken hat, die er allerdings offenbar alleine vertilgen will.«

»Die befinden sich gerade auf dem Weg nach Köln. In Begleitung von Manfred und Saskia. Aber jetzt mal ernsthaft: Lisbet hat in Schwabach Fingerabdrücke entdeckt, die du an unserem Tatort in der Denisstraße ebenfalls gesichert hast.«

»Welche?«

»Diese.« Hackenholt reichte ihr eine Seite aus seiner Akte.

»Und wo genau hast *du* sie gefunden, Lisbet?«, fragte Mur nach einem Augenblick.

»Den einen haben *meine Kollegen* an der Unterseite der Türklinke gesichert und den anderen am Kaltwasserhahn der Badewanne.«

»Konnten sie dort auch Renners Fingerabdrücke feststellen?«

Belzl schüttelte den Kopf. »Ich habe deswegen mit dem Zimmermädchen gesprochen. Sie hat mir versichert, dass sie am Samstagmorgen Zimmer und Bad so gründlich wie immer geputzt hat. Dazu gehört auch, dass die Armaturen an Waschbecken und Wanne abgewischt werden.«

»Dann sind das bei dir also tatrelevante Abdrücke. Gut zu wissen«, murmelte Mur. »Was ist mit DNA-Spuren?«

»Liegen beim LKA, die Ergebnisse bekommen wir nicht vor morgen.«

Als Murs Handy piepte, schaute sie kurz auf die Nummer, bevor sie zur Tür ging. »Entschuldigt mich, ich muss weiter, aber haltet mich auf dem Laufenden.«

»Wisst ihr schon, was Renner die ganze Zeit über in Schwabach gemacht hat?«, fragte Hackenholt an Belzl gewandt.

»Wir haben seine Handydaten angefordert und gestern ein Bewegungsprofil erstellt. Meine Kollegen sind gerade dabei, verschiedene Gegenden mit einem Foto des Toten abzuklappern.« Sie zog mehrere zusammengefaltete DIN-A3-Kopien aus dem Ordner und legte sie aufgeschlagen vor Hackenholt. Auf den Straßenkarten waren viele kleine rote Punkte eingezeichnet, die verbunden eine Linie ergaben. »Laut Handydaten ist er am Freitag gegen neunzehn Uhr in Schwabach angekommen. Die Zeit stimmt mit dem Eintrag im Hotelcomputer überein. Dann hat er sich ungefähr anderthalb Stunden dort aufgehalten. Das Personal hat uns gesagt, dass er im Restaurant essen war. Anschließend ist er noch einmal losgefahren, und zwar in Richtung Rothsee, wo er offenbar einen längeren Spaziergang gemacht hat. Zwei Stunden später ist er auf demselben Weg ins Hotel zurückgekehrt.«

Der Hauptkommissar starrte auf die Straßenkarte und wusste sofort, was Renner an dem winterlichen Abend wirklich getan hatte: Er war zum Appelhof gefahren, um persönlich in Augenschein zu nehmen, wie die Schweinsbergers lebten. Hackenholt holte gerade Luft, als Belzl fortfuhr.

»Am Samstag ist er dann gegen sechs Uhr morgens wieder zum Rothsee gefahren, wobei er diesmal bis um halb vier am Nachmittag blieb. Wenn es die Zeit dafür wäre, würde ich sagen, dass er beim Angeln war, jetzt im Advent kann ich mir allerdings keinen rechten Reim darauf machen, was er dort derart lang getrieben hat. Genauso wie am Abend davor. Danach ist er jedenfalls zurück ins Hotel gefahren und hat es auch nicht mehr verlassen.«

»Ich kann dir sagen, was er gemacht hat.«

Belzl sah ihn überrascht an.

»Er hat jemanden ausspioniert. Ich habe dir doch vorgestern erzählt, dass Peter ein alter Fall keine Ruhe gelassen und er offenbar auf eigene Faust Ermittlungen angestellt hat.«

Belzl nickte.

»Die Familie, um die es dabei geht, ist von Münster nach Allersberg gezogen. Um genau zu sein: Sie wohnt jetzt im Appelhof. Der liegt –«

»Ich kenne das Schlösschen«, unterbrach ihn Belzl. »Aber woher weißt du das?«

»Was?«

»Dass die Familie dort wohnt.«

»Mich hat es genauso wie dich interessiert, was Peter in Franken gesucht haben könnte. Der einzige Anhaltspunkt, den ich hatte, war diese Familie von dem damaligen Fall, die Peter immer wieder erwähnt hat. Also habe ich nachgesehen, wo sie heute lebt.«

Belzl winkte ab. »Vergiss es. Die haben hundertprozentig nichts damit zu tun.«

»Warum bist du dir da so sicher?«

»Weil es bloß eine fixe Idee von Renner war.« Belzl stand auf und tigerte wie eine Wildkatze in ihrem Käfig hin und her. »Ich habe gestern Mittag seinen Chef an der Strippe gehabt. Er hat mir ans Herz gelegt, noch einmal zu überprüfen, ob es nicht doch ein Selbstmord gewesen sein könnte; den hätte er ihm nämlich zugetraut. Renner muss in seinem Denken völlig verbohrt gewesen sein.«

»Wie kommt er darauf?«

»Seine Abteilung arbeitet derzeit an einer großen Sache. Diese Betrugsfälle, wo einer deine Bankdaten ausspäht und dann dein Konto abräumt. Sie haben noch keine Vorstellung, wer dahintersteckt, gehen aber von einer Bande im östlichen Ausland aus. Polen, Rumänien, Russland. Irgendwas in dieser Richtung. Aus heiterem Himmel soll Renner dann letzte Woche zu seinem Chef gegangen sein und behauptet haben, er wüsste, wer der Drahtzieher ist. Und jetzt halte dich fest: Seiner Meinung nach soll es der Familienvater gewesen sein, der damals umgebracht wurde. Ich meine, das sagt doch schon alles. Der Mann war völlig überarbeitet, Frank. Der hat A nicht mehr von B unterscheiden können. Es ging sogar so weit, dass sie ihn zwangsbeurlauben wollten, wenn er nicht von sich aus freigenommen hätte.«

»Wann war das?«

»Letzten Freitag. Deswegen glaubt sein Chef ja auch an einen Selbstmord.«

»Aber sein Verhalten würde doch ganz genau ins Bild seiner Theorie passen. Er kam her, um sich vor Ort umzusehen und mit mir über seine Vermutung zu sprechen.«

»Und dann? Das mag er ja vielleicht vorgehabt haben, aber das liefert uns noch lange keinen Grund dafür, warum er jetzt tot ist.« Belzl schüttelte vehement den Kopf. »Er muss sich mit jemandem verabredet oder jemanden getroffen haben.«

»Hat er in der Zeit telefoniert, während er hier war?«, hakte Hackenholt nach.

»Nur mit dir. Aber er könnte das Stelldichein schon von Nordrhein-Westfalen aus vereinbart haben.«

»Hätte er das getan, hätte er keine Zeit für mich gehabt. Er wollte sich am Samstagnachmittag mit mir treffen. Als ich ihm gesagt habe, dass ich nach Köln unterwegs bin, hat er sofort den Abend vorgeschlagen. Er schien in seiner Zeiteinteilung absolut frei zu sein. Er hatte keine anderen Termine.«

»Dann muss er seinem Mörder irgendwo unterwegs begegnet sein. Vielleicht auf einem Parkplatz.«

»Nicht mitten im Winter am Rothsee! Entschuldige, Lisbet, aber deine Theorie mit dem Stricher greift einfach nicht. Außerdem gibt es für diese Vermutung überhaupt keinen Anhaltspunkt. Laut Obduktionsbericht konnte nicht festgestellt werden, dass Renner vor seinem Tod Geschlechtsverkehr hatte. Und als er ins Hotel zurückkam, hat ihn auch niemand in Begleitung einer anderen Person gesehen, oder etwa doch?«

»Da hat ihn überhaupt niemand gesehen. Aber wer soll ihm die Brieftasche ausgeräumt haben, wenn nicht irgendein Stricher?«

»Jeder, der Zutritt zu dem Zimmer hatte. Welcher Mensch im Vollbesitz seiner geistigen Fähigkeiten würde denn einen Selbstmord inszenieren, sich dann jedoch dadurch verraten, dass er das Opfer ausraubt?«

»Na ja, wir werden sehen. Wie wollen wir es jetzt mit den weiteren Ermittlungen handhaben? Sollen wir sie getrennt voneinander führen oder zusammenlegen?«, fragte sie nach einer Weile.

»Ich denke, im Augenblick dürfte es das Beste sein, wenn jeder für sich weitermacht. Im Fall von Bülent Alkan haben wir den Onkel als Täter im Auge, der bei dir so gar nicht ins Bild passt.«

Belzl nickte.

»Allerdings würde ich mir, dein Einverständnis vorausgesetzt, gern die damaligen Akten kommen lassen«, schob Hackenholt schnell hinterher.

»Tu, was du nicht lassen kannst. Meiner Meinung nach verrennst du dich da allerdings in etwas. Genauso wie Renner. Es mag ja sein, dass er wissen wollte, wie diese Leute heute leben, aber nur weil er bei denen ums Haus geschlichen ist, wurde er mit Sicherheit nicht umgebracht. Die würden ihn wahrscheinlich nicht einmal mehr wiedererkennen. Überleg doch mal, das ist jetzt acht Jahre her.« Belzl stand auf und begann ihre Sachen zusammenzupacken.

Aus irgendeinem Grund verriet Hackenholt ihr nicht, dass ihn Arnold Schweinsberger am gestrigen Abend sehr wohl erkannt hatte – noch dazu bei nicht gerade guten Lichtverhältnissen.

Kurz nach zwölf kam Mur erneut in sein Büro. »Hast du Lust, mit mir Mittagspause zu machen?«

»Das ist ja ganz was Neues, du machst doch sonst keine.« Hackenholt sah sie überrascht an. »Wenn ich mit dir in die Kantine gehe, fällt die halbe Belegschaft vor Überraschung von den Stühlen.«

»Ich dachte auch mehr an ein Bratwurstbrötchen in der Stadt. Los komm, lass dich nicht gar so arg bitten.«

Jetzt erst bemerkte Hackenholt, dass Mur ihren Wintermantel in der Hand hielt. Er erhob sich, schlüpfte in seine Jacke und steckte dann den Kopf in Stellfeldts Büro, um Wünnenberg Bescheid zu sagen, dass er kurz außer Haus sei. Schweigend gingen sie die Treppe hinunter, durch die Glastür an der Pförtnerloge vorbei und hinaus in den Winter.

»Also, was gibt's?«, fragte Hackenholt, sobald sie den Eingang einige Meter hinter sich gelassen hatten.

»Wie meinst du das?«

»Du hast mich doch nicht grundlos aus dem Präsidium gelockt. Wo drückt der Schuh? Hat dich jemand geärgert? Oder geht es um Maurice?«, fügte er, einer plötzlichen Eingebung folgend, hinzu.

»Wieso denn um den?«

»Keine Ahnung. Vielleicht brauchst du ja einen männlichen Rat?« Er grinste sie schief an. »Du weißt schon: die Sache mit der Venus und dem Mars.«

»Quatsch, damit hat es nichts zu tun«, murmelte Mur und schaute hastig zu Boden.

»Womit dann? Komm, spuck's endlich aus.«

Schließlich hob sie den Blick und sah ihn an. »Ich bin einfach nur neugierig.«

»Worauf denn?«, fragte er listig.

»Jetzt tu halt nicht so! Ich will wissen, ob …«

Hackenholt lachte. »Warum rufst du Sophie nicht an und fragst sie selbst, wann unser Kind geboren wird?«

»Wirklich? Maurice hatte also recht? Sophie ist schwanger?« Mur blieb stehen und strahlte ihn an. »Oh, wie mich das für euch freut!« Sie klatschte in die Hände, bevor sie einen Schritt auf Hackenholt zumachte und ihn überschwänglich umarmte. »Das ist so toll! Ich spiele auch den Babysitter, wenn ihr einen braucht. Und falls euch keine Patentante einfällt …«

»Was ist denn mit dir los?« Er betrachtete sie mit einem amüsierten Kopfschütteln.

»Ach, lass mich doch, ich freu mich halt. Du und Sophie, ihr passt so gut zusammen.« Eine Spur leiser fragte sie: »Wirst du sie jetzt auch endlich heiraten?«

»Ja.«

»Wirklich? Das ist phantastisch, dann haben wir in absehbarer Zeit gleich zwei Feste zu feiern.«

»Du glaubst doch wohl nicht im Ernst, dass ich es mir antun werde, euch Bescheid zu sagen, wann es so weit ist, damit ihr alle vor dem Standesamt wartet und uns den Tag vermiest?«

»Ach, rede du nur«, feixte Mur.

»Manfred hat angerufen«, begrüßte Wünnenberg ihn, als er ins Büro zurückkam.

»Und?«

»Sieht ziemlich mau aus.«

»Was heißt das konkret?«

»Von dem Schlüssel im Briefkasten will Köksal Aguzüm nichts gewusst haben, und in Gostenhof war er an dem Tag, weil er Gemeindemitgliedern beim Umzug geholfen hat.«

»Hast du das schon überprüft?«

»Zum Teil. Die Familie ist laut Meldedaten tatsächlich von der Adam-Klein-Straße in Nürnberg in die Schwaiger Straße nach Röthenbach an der Pegnitz gezogen. Den Rest wollte ich jetzt vor Ort ermitteln.«

Hackenholt nickte. »Tu das, es hängt viel davon ab.«

»Ich kann die Hospitantin mitnehmen, die im Moment Helga über die Schulter schaut, während du hier die Stellung hältst. Dein Telefon wird ja eh in zwei Sekunden wieder klingeln.« Wünnenberg grinste ihn verschmitzt an.

»Du meinst die gut aussehende Dunkelhaarige, die mit dem Kollegen vom MEK verlobt ist?«, fragte er beiläufig, während er scheinbar konzentriert in den Akten blätterte.

»Wirklich?« Wünnenberg klang enttäuscht. »Das wusste ich nicht.«

»Such dir lieber eine männliche Begleitung, dann geht es mit der Überprüfung sicher schneller.«

Nachdem Wünnenberg abgerauscht war, setzte sich Hackenholt an seinen Schreibtisch und machte da weiter, wo sein Kollege aufgehört hatte: Seite für Seite las er die Ausdrucke aus Bülent Alkans Computer, zu denen Wünnenberg noch nicht gekommen war. Erst anderthalb Stunden später riss ihn das Läuten des Telefons aus seinen Gedanken. Ohne auf die angezeigte Handynummer zu achten, nahm er ab. Es war Yvonne Kraus.

»Gibt es ein Problem?«, fragte er sofort alarmiert, da die Beamtin um diese Uhrzeit unmöglich schon zurück in Eichstätt sein konnte.

»Indirekt.« Sie stieß einen Seufzer aus. »Wir sind mittlerweile in Hannover. Bei der Aufnahme in die Einrichtung musste Rojin ihre Tasche auspacken. Komplett. Reine Vorsichtsmaßnahme, damit die Mädchen nicht doch Handys reinschmuggeln. Jedenfalls hat eine Sozialarbeiterin in einer dreckigen Jeans von Rojin einen Schlüssel gefunden.« Die Kollegin machte eine bedeutungsschwangere Pause.

»Und?«, fragte Hackenholt ungeduldig. »Das kann doch kein Problem sein.«

»Rojin hat einen hysterischen Anfall bekommen, als sie ihn gesehen hat. Wir haben ewig gebraucht, um sie zu beruhigen und etwas Verständliches aus ihr herauszubekommen. Fakt ist: Der gefundene Schlüssel ist der, den ihr Freund immer in seinem Briefkasten versteckt hat. Sie ist sich absolut sicher. Sie hat nie einen eigenen zu seiner Wohnung besessen – das wäre viel zu gefährlich gewesen, denn ihr Vater oder einer ihrer Brüder hat von Zeit zu Zeit ihre Taschen kontrolliert. Außerdem ist an dem Schlüssel ein geflochtenes Bändchen aus dunkelbraunem Leder – so wie bei dem, der im Briefkasten versteckt war.«

»Mit anderen Worten, sie hat uns angelogen: Sie hat ihn gar nicht zurückgelegt, sondern eingesteckt. Warum?«

»Ich denke nicht, dass sie absichtlich gelogen hat. Sie sagt, sie kann sich nicht mehr erinnern, was passiert ist, nachdem sie ihren Freund tot in der Wohnung hat liegen sehen. Sie weiß nur noch, dass sie Panik gekriegt hat und möglichst schnell möglichst weit weg wollte. Erst am Bahnhof hat sie wieder etwas klarer denken können und sich überlegt, zu wem sie flüchten könnte.«

»Einerseits will sie panisch weggerannt sein, andererseits hat sie ihr Handy ausgeschaltet, die Wohnung abgesperrt und den Schlüssel eingesteckt? Das passt in meinen Augen nicht zusammen.«

»Ich kann mir vorstellen, dass das Reflexe waren und sie unbewusst gehandelt hat. Bülent hatte ihr stets eingeschärft, man könne sie anhand ihres Handys finden, also hat sie es ausgeschaltet.«

»Und die abgesperrte Tür? Jeder normale Mensch wäre einfach ins Treppenhaus gerannt und hätte um Hilfe geschrien.«

»Sie hatte Todesangst, vergiss das nicht. Für sie steht fest, dass ihre eigene Familie ihren Freund umgebracht hat und sie an diesem Tag ebenfalls hätte sterben sollen. Sie wusste nicht, dass die deutsche Polizei ihr glauben und helfen würde. Du hast doch selbst gesehen, wie verängstigt sie war, als wir sie zur Dienststelle mitgenommen haben. Und zu Hause wurde ihr immer eingetrichtert, die Tür ordentlich abzusperren, bevor man das Haus verlässt. Solche Handlungen führt man meistens unbewusst aus. Dir ist es doch sicher auch schon passiert: Du stehst im Supermarkt und überlegst, ob du das Auto abgesperrt hast.«

»Aber warum hat sie den Schlüssel dann erst jetzt gefunden?«

»Sie hat sich noch im Hauptbahnhof umgezogen und das T-Shirt und die Hose, die sie anhatte, zusammengeknüllt, ganz unten in ihre Reisetasche gesteckt und seither nicht mehr angerührt.«

»Da, schon wieder! Sie hat ihre Kleidung gewechselt – das ist ein eindeutiger Beweis dafür, dass sie nicht so panisch war, wie sie uns weismachen will.«

»Ich glaube, da liegst du falsch. Ihr ganzes Denken war darauf gerichtet, unerkannt zu flüchten. Auch ihr Ticket hat sie sich unbewusst gekauft. Erinnerst du dich? Als du sie gefragt hast, woher sie ihre Fahrkarte hatte, wusste sie es nicht mehr. ›Wahrscheinlich habe ich sie am Automaten geholt, so wie immer‹, hat sie gesagt.«

Hackenholt seufzte. »Trotzdem: Stell bitte ihre Kleidung sicher und schick sie uns zu. Die Kriminaltechnik muss sich die Sachen anschauen. Außerdem brauche ich ein ausführliches Protokoll über alles, was du mir gerade erzählt hast. Und sag Rojin, dass einer von uns in den nächsten Tagen noch einmal mit ihr sprechen muss.«

»Du glaubst ihr nicht, oder?«

»Ich weiß im Moment beim besten Willen nicht, was ich von der Geschichte halten soll.«

»Aber sie hätte doch keinen Vorteil davon, wenn sie uns angelogen hätte. Es muss einfach stimmen.«

Hackenholt vergrub das Gesicht in den Händen. Ein weiteres Puzzleteil war aufgetaucht. Wenn nun auch noch Köksal Aguzüms Alibi stimmte, würden sie wieder ganz am Anfang stehen. Verdammt! Mit einem Ruck griff er zum Telefonhörer und wählte Wünnenbergs Handynummer.

»Wie weit seid ihr mit der Überprüfung? Kannst du schon etwas sagen?«

»Die Nachbarn in der Adam-Klein-Straße haben angegeben, dass die Familie an besagtem Tag ausgezogen ist. Von den Uhrzeiten her dürfte Aguzüms Alibi stimmen. Danach sind wir nach Röthenbach gefahren und haben mit der Familie selbst geredet. Sie haben das Alibi ebenfalls bestätigt – allerdings sind sie Mitglieder seiner Gemeinde. Er soll sich bereit erklärt haben, sie bei ihrem Umzug als Fahrer zu unterstützen. Ein Teil der Leute scheint den Transporter vollgeladen zu haben, mit dem Aguzüm dann nach Röthenbach gefahren ist, wo er von anderen Helfern ausgeräumt wurde. Insgesamt sind sie mit fünf Autos gependelt.«

»Hatte Aguzüm während der Fahrten eine Begleitung?«

»Wie es aussieht, nicht immer, aber das versuchen wir gerade abzuklären. Allerdings müssen wir dazu mit rund zwanzig Personen sprechen. Wir werden also noch eine Weile beschäftigt sein.«

Nach dem Telefonat wandte sich Hackenholt seinem Computer zu und schrieb eine Aktennotiz über Rojins ominösen Schlüsselfund, die er anschließend ausdruckte und abheftete. Danach rief er Dirk Glauner in Münster an.

»Im Moment scheinst du uns ziemlich zu vermissen. Wenn du so großes Heimweh hast, kann ich mal schauen, ob wir hier nicht irgendwo eine freie Stelle haben. Vielleicht draußen auf dem Land bei der Verkehrspolizei?«, begrüßte ihn der Kollege fröhlich.

»Da bist du zu spät dran, Dirk. Mit Frau und Kind zieht man nicht mehr so schnell um.«

»Wobei du keins von beidem dein Eigen nennen kannst, soweit ich mich erinnere.« Als Hackenholt darauf nichts erwiderte, fragte Glauner ungläubig in die Stille hinein: »War das gerade ein Geständnis, dass du mir jahrelang etwas vorgemacht hast?«

»Na ja, nicht jahrelang, aber ich werde demnächst heiraten – und Vater.«

»Wow! Und das auf deine alten Tage. Herzlichen Glückwunsch. Irgendwie haben es deine Anrufe im Moment wirklich in sich«, lachte Glauner.

»Das war allerdings nicht der Grund, warum ich mich bei dir melde: Du musst mir bitte einen Gefallen tun. Ich brauche die Ermittlungsakten Schweinsberger. Sei so gut und kümmere dich auf dem kleinen Dienstweg darum, ja? Am besten heute noch. Ich schicke auch sofort ein Fax mit einem offiziellen Ersuchen, aber wenn du dich vor Ort dahinterklemmst, geht es mit Sicherheit schneller.«

»Ich dachte, den Fall bearbeitet eine Kollegin in Schwabach?«

»Sie war heute Morgen bei mir und hat gewisse Parallelen dargelegt, die unsere beiden Fälle zueinander aufweisen. Ich möchte mir das mal genauer anschauen.«

»Okay, für dich mache ich doch fast alles. Aber, Frank, tu du mir bitte auch einen Gefallen und tritt bloß nicht in Peters Fußstapfen!«

Nachdem er aufgelegt hatte, griff sich Hackenholt den Ordner mit der Ermittlungsakte zu Bülent Alkans Tod, blätterte zum Anfang und begann, sie konzentriert zu lesen. Irgendwo musste etwas versteckt sein, was ihnen weiterhalf und dem sie bislang keine Beachtung geschenkt hatten. Welche Rolle spielte Rojin? Und welche Peter Renner?

Um kurz nach fünf schreckte Hackenholt hoch, weil jemand schnellen Schritts in sein Büro gestürmt kam. Entgegen seinen Erwartungen war es jedoch nicht Wünnenberg.

»Wir haben sie geknackt!«

»Wen?« Hackenholt sah Detlef Schuster überrascht an.

»Die IP-Adresse, von der aus die E-Mail an Bülent Alkan geschickt wurde.«

»Großartig! Wer verbirgt sich dahinter?«

»Ein Russlanddeutscher namens Toscha Sobolew. Er wohnt in Gostenhof in der Kernstraße.«

»Ein Russe in Gostenhof? Den hätte ich aber ganz woandershin verortet.« Unwillkürlich musste Hackenholt an seine Ermittlungen im vergangenen Sommer denken, als ihn der Fund von in Blumenkübeln einbetonierten Leichenteilen nach Langwasser geführt hatte.

»Ach was, Gostenhof ist multikulturell. Vergiss nicht, dass sogar das russische Generalkonsulat am Plärrer residiert.«

»Hast du den Mann schon überprüft?«, kam Hackenholt auf das eigentliche Thema zurück.

»Ein absolut unbeschriebenes Blatt. Lebt seit fast acht Jahren in der Bundesrepublik. Spätaussiedler. Mehr gibt es über ihn nicht zu sagen.«

»Und wie wollen wir jetzt weiter vorgehen?«, fragte Hackenholt.

»Wieso *wir*? Ich denke, du bist nicht an dem Typ interessiert, weil deine Spur in eine ganz andere Richtung führt?«

»Die scheint sich derzeit in Wohlgefallen aufzulösen.«

»Mist!« Schuster warf Hackenholt einen mitfühlenden Blick zu. »Aber vielleicht kann dir ja dann unser Herr Sobolew weiterhelfen. Ich habe mich mit den Kollegen in Nordrhein-Westfalen abgesprochen. Die Staatsanwaltschaft Münster hat Haftbefehl gegen ihn erlassen, und unser SEK habe ich auch schon verständigt, damit die Jungs die Festnahme übernehmen. Ich wollte dich eigentlich nur informieren, dass wir eventuell doch eine Chance haben, herauszubekommen, wem Bülent Alkan das Geld übergeben sollte.«

»Willst du die Wohnung nicht erst observieren lassen?«

»Wozu denn?«

»Um zu erfahren, mit wem Sobolew verkehrt.« Hackenholt sah seinen Kollegen entgeistert an.

Schuster schüttelte den Kopf. »Unsere Tätergruppen treffen sich nicht mit Komplizen. Das läuft alles übers Internet – persönliche Kontakte wären zu gefährlich. Die Kollegen vom MEK sind bereits vor Ort und haben die Aufklärung übernommen. Sobolew scheint sich in der Wohnung aufzuhalten. Für meine Ermittlungen wäre es viel zu riskant, einfach abzuwarten. Der Mann kann jede Sekunde Beweise vernichten und Spuren verwischen. Was ich brauche, habe ich: einen begründeten Anfangsverdacht. Alles andere wird sich auf seinem Computer finden. Und den müssen wir so schnell wie möglich sichern. Mensch, Frank: Es kann sein, dass dieser Sobolew der Strippenzieher von der ganzen Sache ist. Das wäre echt ein Ding!« Der Kollege schaute auf die Uhr. »Ich muss los. Was ist? Willst du mit?«

»Warum hast du eigentlich das SEK für die Festnahme angefordert? Gibt es Hinweise, dass dieser Sobolew bewaffnet ist?«, fragte Hackenholt, als er die Kollegen in der Eberhardshofstraße sah. Schuster und er waren gemeinsam in einem Fahrzeug zum Treffpunkt mit den Einsatzkräften gefahren.

»Nein, das hat einen anderen Grund: Falls Toscha Sobolew wirklich ein dicker Fisch ist, befindet sich auf seinem Rechner extrem brisantes Material. Dann hat er sich mit Sicherheit einige Gedanken darum gemacht, wie er das schützen kann. Wir müssen davon ausgehen, dass die Daten auf die eine oder andere Weise verschlüsselt sind. Das allein ist schon eine Herausforderung für uns beziehungsweise den Spezialisten vom LKA. Aber die meisten Hacker haben zusätzlich noch einen Panik-Button programmiert: Mit einem einzigen Tastendruck setzen sie im äußersten Notfall so etwas wie einen Virus auf ihrem Computer frei, damit die vorhandenen Informationen neutralisiert werden. Wenn Sobolew das schafft, sehen wir alt aus, weil wir in solchen Fällen meistens nichts mehr auf dem Rechner rekonstruieren können. Wir dürfen ihm bei der Festnahme keine Zeit lassen, die Daten zu vernichten. Deswegen das SEK. Die Kollegen sind auf schnelle, harte Zugriffe trainiert. Bis unser Täter weiß, was überhaupt Sache ist, liegt er auf dem Boden und hat noch nicht einmal daran gedacht, den Virus zu aktivieren.«

Während Schuster redete, beobachtete Hackenholt, wie sich die Beamten in ihren zivilen Fahrzeugen für den Einsatz bereit machten: Sturmhauben wurden übergezogen und Helme aufgesetzt. Dann drangen sie überfallartig in das Mehrfamilienhaus in der Kernstraße ein, dessen Haustür bereits von einem als Handwerker getarnten Aufklärer geöffnet worden war. Im Nu hatten sie die Wohnung gestürmt und gaben Schuster Sekunden später über Funk Bescheid, dass sie den Gesuchten nicht angetroffen hatten.

»Mist«, brummte der Beamte. »Dabei haben die Aufklärer doch behauptet, Geräusche in den Räumen gehört zu haben. Zumindest konnte Sobolew den Computer nicht sabotieren.«

Hackenholt folgte Schuster in den ersten Stock des Hauses. Die Tür war mit der Ramme geöffnet worden.

»Da werden wir uns schwertun, sie wieder so zu verschließen, als wäre nichts gewesen. Na ja, es muss sowieso jemand dableiben, falls Sobolew nur kurz unterwegs ist und bald zurückkehrt.« Schuster ging in die Wohnung. »Irgendwelche Auffälligkeiten?«, fragte er den Gruppenführer vom SEK.

»Das Radio läuft, und auch der Rechner ist nicht ausgeschaltet. Insgesamt wirkt es, als ob die Zielperson nur kurz weggegangen ist.« Er deutete auf eine Kaffeetasse neben dem Bildschirm und auf ein angebissenes Hörnchen auf einem Teller. »Andererseits ist der Kaffee kalt. Die Kollegen vom MEK sind wegen der Geräusche, die aus der Wohnung kamen, davon ausgegangen, dass jemand zu Hause ist, aber wahrscheinlich haben sie nur das Radio gehört.«

»Das ist jetzt auch nicht mehr zu ändern. Übernehmt bitte die Absicherung, bis die angeforderte Unterstützung eintrifft. Vielleicht haben wir Glück, und Toscha Sobolew kommt in den nächsten Stunden zurück.« Anschließend sah Schuster Hackenholt an: »Denkst du, es bringt etwas, wenn wir die Spurensicherung rufen?«

»Du meinst, falls Sobolew etwas mit den Morden zu tun hat?«

Schuster nickte.

»Schaden kann es mit Sicherheit nicht.« Hackenholt zog sein Handy aus der Tasche und wählte Christine Murs Nummer.

»Was gibt es denn nun schon wieder? Etwa noch einen Toten in Gostenhof?«, fragte sie wenig begeistert.

»Nein, diesmal geht es nur um eine Wohnung, von der wir wissen möchten, ob ihr Bewohner vielleicht etwas mit den Morden zu tun hat.«

»Morde im Plural?«

»Bülent Alkan und Peter Renner.«

»Du siehst Lisbets Schlussfolgerung, dass die beiden Fälle miteinander verknüpft sein müssen, mittlerweile also nicht mehr als völligen Humbug an?«

»Wir sollten in alle Richtungen ermitteln«, antwortete er unbestimmt.

»Okay, dann mach ich mich mal auf den Weg. Aber dafür habe ich etwas gut bei dir. Eigentlich habe ich nämlich seit anderthalb Stunden Feierabend. Es war purer Zufall, dass du mich noch erwischt hast, und wenn ich es realistisch betrachte, komme ich vor neun wohl nicht aus der Wohnung und werde anschließend noch eine ganze Weile im Präsidium zu tun haben.«

»Ach, Christine, du bist eben ein wahrer Schatz«, murmelte Hackenholt, ohne ein Fünkchen Ironie in der Stimme unterdrücken zu können. »Ruf mich auf dem Handy an, sobald du etwas herausgefunden hast, ja? Detlef Schuster wird hier auf dich warten, ich muss wieder ins Büro. Ich habe noch etwas mit Ralph zu besprechen, und Saskia und Manfred sollten auch bald zurück sein.«

Als Hackenholt schließlich in der Dienststelle eintraf, waren seine Kollegen bereits nach Hause gegangen. Der Einsatz in der Kernstraße hatte länger gedauert als gedacht. Auf seinem Schreibtisch lagen das Vernehmungsprotokoll aus Köln und eine Aktennotiz von Wünnenberg. Der hatte unterm Strich herausgefunden, dass Köksal Aguzüm tatsächlich bei allen drei Hin- und Rückfahrten eine Begleitperson dabeigehabt hatte. Offenbar war es etwas Besonderes, mit dem Imam allein sein zu dürfen und sich ungestört mit ihm unterhalten zu können. Die jungen Männer, die beim Umzug geholfen hatten, hatten das jedenfalls unisono so ausgesagt.

Stellfeldts Vernehmungsprotokoll entnahm Hackenholt, dass der Beschuldigte auch weiterhin vehement bestritt, etwas mit dem Tod seines Neffen zu tun zu haben. Er sei an dem Tag ständig in Gesellschaft gewesen, von einem Schlüssel im Briefkasten habe er zu keinem Zeitpunkt etwas gewusst, und an sich genommen hätte er ihn schon gar nicht. Letzteres war durch Rojin Barzanis Fund zu einer unumstößlichen Gewissheit geworden, Ersteres durch Wünnenbergs Recherchen.

Hackenholt seufzte. Wer kam sonst als Täter in Frage? Azad Barzani und seine beiden Söhne Dilser und Servan schieden aus. Özgür Alkan ebenfalls. Damla Ünlü? Hackenholt verwarf den Gedanken mit einem Kopfschütteln. Die junge Frau versuchte selbst, dem konservativen Lebensstil ihrer Familie zu entkommen. Ging es vielleicht doch um Drogen? Hatte Bülent möglicherweise auf seinen Rückfahrten aus der Türkei Ware geladen gehabt, die nicht in den Frachtpapieren aufgeführt worden war? Aber wie passte da Peter Renners Tod ins Bild? Wen konnte er getroffen haben, den auch Bülent Alkan gekannt hatte? Eigentlich blieb nur die Möglichkeit, dass Bülent Alkans Tod mit seinen Machenschaften als Finanzagent zusammenhing.

Hatte der Unbekannte, der mit seinem Know-how die Überweisungen auf die fremden Konten getätigt hatte, Wind davon bekommen, dass sich der junge Deutschtürke mit seinem Geld absetzen wollte? War dieser Unbekannte eventuell Toscha Sobolew? Hatten sich Bülent Alkan und der Russe am Ende gar gekannt und bereits öfter zusammengearbeitet? Schließlich hatten beide in Gostenhof gewohnt. Und Renner?

Hackenholt griff zum Telefonhörer.

»Ich habe dir doch gesagt, dass ich mich melde, wenn ich etwas weiß! Kann man nicht mal fünf Minuten lang in Ruhe seine Arbeit machen? Was willst du denn nun schon wieder?«, grollte Mur.

»Entschuldigung, aber ich wollte nur noch einmal sagen, wie wichtig es ist, dass du nach Anzeichen dafür Ausschau hältst, ob Bülent Alkan in der Wohnung war oder ob irgendeine Verbindung zwischen den beiden Männern bestanden hat.«

»Mensch, Frank! Ich leide nicht unter Alzheimer und kann mich durchaus erinnern, warum ich hier bin. Mach Feierabend und geh heim zu Sophie, bevor ich ernsthaft sauer werde und deinen Anruf dahingehend interpretiere, dass ich meine Arbeit nicht selbstständig organisieren kann.«

»So war das doch gar nicht gemei–«, begann Hackenholt, Mur hatte jedoch bereits aufgelegt.

»Na? Du bist heute mal wieder ganz schön spät dran«, begrüßte Sophie ihn, als er endlich nach Hause kam. »Habt ihr sooo viel zu tun?«

»Hm-mh«, brummte Hackenholt. »Aber wie ich sehe, hast du es dir auch noch nicht auf dem Sofa bequem gemacht.« Er kam zu ihr ins Arbeitszimmer und gab ihr einen Kuss.

»Arbeiten kann man das wohl kaum nennen.« Sie deutete auf den Monitor, auf dem eine Babywiege zu sehen war. »Kommt ihr wenigstens gut voran, oder wird sich das alles bis über die Weihnachtstage ziehen?«

»Der Fall wird immer verzwickter. Vor allem, seit sie Renner in Schwabach –« Abrupt hielt er inne. Davon hatte er Sophie doch nicht erzählen wollen. Wenn sie mitbekam, dass ein Polizeibeamter ermordet worden war und er an dem Fall arbeitete, würde sie sich nur Sorgen um ihn machen. »Die Wiege da«, er deutete auf den Bildschirm, »ist aber ein bisschen sehr rustikal, findest du nicht?«

»Allerdings!« Sophie lachte. »Ich habe auch gerade erst mit dem Suchen angefangen. Ist dieser Renner nicht dein früherer Kollege aus Münster, auf den wir am Sonntag erfolglos auf dem Christkindlesmarkt gewartet haben?«

»Ja.«

»Und was war mit ihm? Warum ist er nicht aufgekreuzt?«

»Er … ach, das ist doch jetzt egal, oder? Lass uns lieber zusammen Babywiegen angucken. Schließlich soll unser Kind ein genauso schönes Himmelbett bekommen, wie wir eines haben.« Er zog sich einen Stuhl heran und setzte sich neben sie an den Computer.

Einen Moment lang sah sie ihn stirnrunzelnd an, dann beschloss sie, das Thema nicht weiter zu vertiefen. Irgendwann würde er ihr sicher verraten, was sich der Kollege geleistet hatte, dass er so gar nicht über ihn reden wollte. »Wie hast du dir das eigentlich mit unserer Hochzeit vorgestellt?«, fragte sie stattdessen.

»Was meinst du?«

»Na ja: im kleinen Kreis oder im großen? Nur auf dem Standesamt oder auch kirchlich? In Jeans oder Brautkleid? Im Frühjahr oder im Sommer? Und wer sollen unsere Trauzeugen sein, oder heiraten wir heimlich, ohne jemandem Bescheid zu geben?«

»Nur wir beide, keine Trauzeugen, in Jeans, im Standesamt«, sagte Hackenholt. Während er so tat, als würde er die Übersicht der Kinderwiegen genauestens studieren, musterte er Sophie aus den Augenwinkeln. Er wollte ihre Reaktion sehen, denn obwohl er sie gut kannte, in puncto Hochzeit waren Frauen ja bekanntlich sehr eigen. Was wünschte sie sich? Das volle Programm? Eine Hochzeit in Weiß mit Polterabend, Standesamt und kirchlicher Trauung? Aber sie tat ihm nicht den Gefallen, auf seine Provokation einzugehen.

»Wie habt ihr das denn damals geplant? Du und Svenja?«, fragte sie.

Nun wandte er sich ihr doch zu. »Es ist völlig egal, was Svenja und ich wollten. Das hier ist unsere Hochzeit, und du sollst den schönsten Tag deines Lebens so verbringen, wie du ihn dir vorstellst.«

»Aber –«

»Kein Aber. Es ist lieb von dir, dass du versuchen möchtest, die Hochzeit nicht genau so zu gestalten, wie wir sie damals vorhatten. Aber das ist nicht notwendig. Ich komme damit klar.« Er legte den Arm um sie und zog sie mitsamt ihrem Bürostuhl zu sich heran. »Wir machen es einfach so, dass es ein wunderbarer Tag für uns beide wird.«

»In Jeans, ganz allein und mit Drei im Weggla als Mittagessen?« Sophie klang ironisch.

»Wenn das dein Herzenswunsch ist, dann gern. Vor allem Letzteres käme mir sehr zupass.« Er grinste sie an. »Aber im Ernst: Was möchtest du?«

»Eigentlich weiß ich es nicht«, antwortete Sophie nachdenklich. »Es hat durchaus etwas Verlockendes an sich, ganz heimlich, still und leise zu heiraten und vorab niemandem davon zu erzählen. Ich habe nämlich keine Lust auf eine Brautentführung oder sonstigen Blödsinn, den sich zwei gewisse Polizeibeamte einfallen lassen könnten. Ein Brautkleid brauche ich für das Standesamt nicht, wir könnten also in Jeans gehen. Andererseits würde das nur zu einer spontanen Variante passen. Und schlussendlich werden wir uns um eine Feier wohl nicht drücken können. Irgendwie ist das ganz schön schwierig.«

»Wir müssen uns ja nicht auf der Stelle entscheiden. Überlege es dir in Ruhe. Ich würde es allerdings nicht bis zum Sommer hinauszögern, denn wer weiß, wie beweglich du noch bist, wenn du einen Kugelbauch hast.« Er beugte sich zu ihr und küsste sie lange und zärtlich. »Es ist ein verdammt schönes Gefühl, zu wissen, dass wir bald zu dritt sein werden. Eine richtige kleine Familie. Und irgendwann können wir dann auch über ein Geschwisterchen nachdenken, denn ein Einzelkind soll das Kleine nicht bleiben, oder?«

»Also, ob ich mir diese ständige Übelkeit freiwillig ein zweites Mal antun werde, weiß ich noch nicht.« Sophie schnitt eine Grimasse.

»Wir könnten Maurice fragen, ob er nicht ein altes Hausmittelchen dagegen weiß. Merkwürdigerweise würde ich es dem alten Leichenfledderer durchaus zutrauen, dass er sich auch mit den Lebenden bestens auskennt.« Hackenholt hielt kurz inne. »Ich habe Christine heute übrigens gestehen müssen, dass wir Nachwuchs erwarten. Sie wollte mich sogar zum Mittagessen einladen, nur um einen Grund zu haben, mich außerhalb des Kommissariats in die Mangel zu nehmen.«

»Und du bist bei diesem Verhör natürlich sofort eingeknickt und hast alles gestanden?« Sophies Augen lachten ihn an. »Dabei dachte ich immer, Folter ist euch aufgrund der Genfer Menschenrechtskonvention untersagt.«

»Das sag mal Christine. Aber …« Er hielt inne.

»Ja?«

»Sie war ganz begeistert. Hat gleich angeboten, Babysitter zu spielen, und sich auch als Patin vorgeschlagen. Ich werde im Moment nicht recht schlau aus ihr. Eigentlich habe ich immer gedacht, dass sie kein Familienmensch ist, sondern absolut zufrieden mit ihrer Katze in ihrem Häuschen in der Pampa lebt, aber in den letzten Wochen ist sie irgendwie anhänglicher geworden. Außerdem reagiert sie viel seltener so schroff wie früher. Meinst du, das hat irgendetwas mit ihrem Alter zu tun?«

»Es dürfte wohl eher an dem beruhigenden und ausgleichenden Einfluss liegen, den Maurice auf sie hat.« Sophie gähnte. »Alt werde ich heute jedenfalls nicht mehr, fürchte ich. Wollen wir zusammen noch einen Film ansehen, nachdem du geduscht hast? Meine Schwester hat mir ein paar DVDs ausgeliehen.«

Hackenholt nickte. »Gib mir zehn Minuten. Und vielleicht kannst du mir in der Zwischenzeit eine Kleinigkeit zum Abendessen machen? Ich habe heute Mittag dummerweise mein Geständnis abgelegt, noch bevor wir etwas gegessen hatten, und danach nichts mehr bekommen.«

»Das war strategisch äußerst ungeschickt«, tadelte sie ihn mit einem Kopfschütteln, »aber ich will mal nicht so sein.«

Eine knappe Dreiviertelstunde später hatte Hackenholt geduscht, gegessen und es sich mit Sophie auf dem Sofa gemütlich gemacht. Gemeinsam schauten sie eine Komödie. Doch obwohl er des Öfteren laut lachte, schlief Sophie, ihren Kopf auf seinem Schoß gebettet, nach einer halben Stunde ein und wachte erst wieder auf, als gegen halb zehn sein Handy zu piepen begann. Stöhnend richtete sie sich auf, damit er es aus der Hosentasche holen und den Anruf entgegennehmen konnte.

»Christine? Was hast du herausgefunden?«, meldete er sich in der Annahme, die unterdrückte Rufnummer könne nur Mur gehören. Der Anrufer entpuppte sich jedoch als ein Beamter der Einsatzzentrale – wenngleich Hackenholt der Name im ersten Moment nichts sagte.

»Es gibt einen Toten in der Uffenheimer Straße, in der Nähe der Unterführung zur Dieselstraße. Die Kollegen haben Unterstützung angefordert.«

»Was ist passiert?«

»Kann ich nicht sagen. Ich weiß bloß, dass jemand umgebracht worden ist. Sie sollen sofort kommen.«

Hackenholt überging es, dass der Polizist ihn siezte. Wahrscheinlich war er ein junger Anwärter oder ein Praktikant von einer auswärtigen Dienststelle. »Wurde die Spurensicherung schon verständigt?«

»Es wissen alle Bescheid.«

»Okay, ich mache mich gleich auf den Weg. Hast du meinen Kollegen Ralph Wünnenberg auch informiert, oder soll ich das selbst erledigen?«

»Nein, nein, das ist nicht nötig. Ich habe bereits alle angerufen. Sie sind unterwegs.«

Hackenholt musste über den Diensteifer des jungen Beamten grinsen. »Wunderbar, ich bin in zehn Minuten da.«

»Ach, Mensch, jetzt nervt es aber langsam, dass es im Moment bei euch so zugeht«, kommentierte Sophie das Telefonat mit einem Seufzen, nachdem er aufgelegt hatte. »Manchmal habe ich den Eindruck, ich muss nur eine Stunde allein mit dir verbringen, und prompt will jemand etwas von dir. Man könnte glatt meinen, du wärst der einzige Kripobeamte weit und breit.«

»Na, heute Abend ist es ja nicht ganz so schlimm, so müde, wie du bist«, sagte er sanft. »Geh schlafen. Ich habe keine Ahnung, was mich erwartet, aber es wird wohl länger dauern.«

Sophie unterdrückte ein Gähnen. »Ich will erst noch den Film fertig sehen«, antwortete sie trotzig.

»Wenn du meinst. Du hast allerdings schon mindestens die letzte Viertelstunde verpasst.« Er drückte sie liebevoll an sich. »Wir schauen ihn uns morgen noch einmal zusammen an, okay?« Damit stand er auf, ging zur Garderobe, schlüpfte in Jacke und Schuhe und verließ die Wohnung.

Hackenholt fuhr den Altstadtring entlang zum Plärrer, dann weiter über die Rothenburger Straße, bis er schließlich links in die Wallensteinstraße abbog. Dort ging es vorbei an der PI West, dem Bayerischen Rundfunk und dem Gasthaus Rottner. Rund hundert Meter vor der Zufahrt zur Südwesttangente kreuzte die Uffenheimer Straße. Hackenholt bog erneut links ab und holperte den schlecht beleuchteten und noch schlechter geräumten Weg langsam entlang.

Vor sich konnte er anhand der Signalleuchten den Fernsehturm ausmachen, rechter Hand erstreckte sich eine Brachfläche: ein Feld oder eine Wiese, Kinder hatten darauf einen Schneemann gebaut.

Links führte die Bahnlinie ins Industriegebiet. Nach einigen hundert Metern kam eine Biegung, und Hackenholt entdeckte das Schild des Polizei- und Schutzhundevereins Nürnberg West. Er musste fast da sein.

Ein wenig wunderte es ihn, dass es um ihn herum so still und dunkel war. Kein Laut war zu hören, keine Menschenseele unterwegs. Eigentlich hätte er erwartet, ein eingeschaltetes Blaulicht oder Scheinwerfer zu sehen, die die nächtliche Szenerie erhellten.

Langsam fuhr er weiter. Wieder machte die Straße einen Knick, dann tauchte die Unterführung auf, an deren Ende ihm endlich ein oranges Licht entgegenblinkte. Auf der Fahrbahn konnte er schemenhaft eine Person ausmachen, und dahinter leuchteten Scheinwerfer. Er hatte den Tatort gefunden.

Hackenholt ließ das Auto ausrollen und parkte neben der Zivilstreife. Während er die Zündung aus- und die Warnblinker einschaltete, sah er aus den Augenwinkeln den Kollegen auf sich zukommen. Er war dick gegen die nächtliche Kälte eingemummelt, hatte den Mantelkragen hochgeschlagen und seine Mütze tief ins Gesicht gezogen. Hackenholt schnallte sich gerade ab, als seine Tür aufgerissen und ihm mit einer starken Taschenlampe ins Gesicht geleuchtet wurde. Im selben Moment öffnete jemand die Beifahrertür.

Hackenholt fuhr herum.

»Das darf doch wohl nicht wahr sein«, murmelte Mur immer wieder leise vor sich hin. Sie saß in ihrem Büro und starrte auf ihren Computer. »Entweder haben die Kollegen schlampig gearbeitet oder …«

Erneut schüttelte sie den Kopf. Ihr Blick schweifte zur Uhr: Kurz nach halb elf. Nachdenklich nagte sie an der Unterlippe, dann griff sie zum Telefonhörer. Schließlich hatte sie Hackenholt versprochen, Bescheid zu geben, wenn sie mit der Untersuchung der Wohnung fertig war und etwas Entscheidendes gefunden hatte.

Es klingelte und klingelte. Vielleicht war er gerade im Badezimmer und hörte sein Handy nicht? Mur legte auf und wartete mit dem zweiten Versuch fünf Minuten. Aber auch jetzt ging der Hauptkommissar nicht ran. Leicht genervt wählte sie seine Privatnummer. Diesmal hatte sie mehr Erfolg: Nach dem achten Läuten hörte sie Sophies verschlafen klingende Stimme.

»Tut mir leid, wenn ich dich geweckt habe«, begrüßte Mur sie.

»Kein Problem. Ich habe eine DVD angesehen und muss dabei eingenickt sein.«

»Ich habe es schon zwei Mal vergeblich unter Franks Handynummer versucht. Kannst du ihn mir bitte mal schnell geben? Ich habe etwas gefunden, das meines Erachtens nicht bis morgen warten kann.«

»Frank ist nicht zu Hause, Christine. Die Einsatzzentrale hat ihn vorhin angerufen und zu irgendeinem Toten beordert. Als es gerade geklingelt hat, habe ich eigentlich gedacht, er wäre es, um Bescheid zu sagen, dass er länger wegbleibt.«

»Wo ist er hin?« Mur klang überrascht.

»Keine Ahnung. Das habe ich nicht mitbekommen.«

»Und wann ist er los?«

»Vor einer guten Stunde.«

»Das ist komisch. Von einer neuen Leiche habe ich überhaupt nichts mitbekommen«, murmelte Mur mit einem Mal gereizt. »So geht das einfach nicht! Wozu schlage ich mir hier eigentlich den Abend um die Ohren, wenn ich dann im Ernstfall nicht angerufen werde? Die in der Einsatzzentrale wissen ganz genau, dass wir vor den Sachbearbeitern aus den Kommissariaten alarmiert werden müssen. Ich glaube, ich sollte da oben mal wieder ein Donnerwetter loslassen.«

»Vielleicht gibt es gar keinen Toten, sondern bloß eine Vernehmung, sodass sie dich nicht brauchen«, versuchte Sophie die Wogen zu glätten. »Frank hat nicht genau gesagt, worum es geht – das habe ich mir eher so zusammengereimt.«

»Das werden wir gleich wissen.« Grußlos legte Mur auf. Sie schäumte vor Wut. Zwei Stufen auf einmal nehmend, lief sie die Treppe in den dritten Stock hinauf.

»Wer von euch hat Frank Hackenholt zu einem Toten beordert, ohne mir vorher Bescheid zu geben?«, fragte sie, unmittelbar nachdem sie in den Raum gestürmt war. Als Reaktion erntete sie nur ratlose Blicke und hochgezogene Augenbrauen. »Hackenholt. K11. Wer hat ihn vor einer guten Stunde alarmiert und zu einem Einsatz geschickt?« Mur schaute von einem Kollegen zum nächsten.

»Ich nicht«, war die einhellige Antwort.

»Das kann nicht sein! Ich habe gerade bei ihm zu Hause angerufen, und da hieß es, er wäre zu einem Einsatz gerufen worden.«

»Aber nicht von uns«, beschied ihr der Dienstgruppenleiter.

»Habt ihr jemand anderen vom K11 benachrichtigt?«, fragte Mur ungeduldig. Vielleicht hatte ja Wünnenberg Bereitschaft, sodass er verständigt worden war und anschließend seinerseits Hackenholt informiert hatte.

»Nein, niemanden.«

»Wer bearbeitet denn dann den Todesfall?« Mur war inzwischen sichtlich genervt.

»Es gibt keinen heute Abend. Zumindest bis jetzt nicht.«

»Und ihr habt Frank auch nicht zu einer Vernehmung oder sonst was geschickt?«

»Genauso ist es, liebe Christine!«

Mur machte auf den Hacken kehrt und stürmte ins Erdgeschoss zum Kriminaldauerdienst. Vielleicht hatte einer der dortigen Beamten Hackenholt verständigt. Doch auch sie schüttelten alle nur verneinend den Kopf. Nachdenklich ging Mur zurück in ihr Büro und rief erneut bei Sophie an.

»Ich bin's noch mal. Von den hiesigen Kollegen hat niemand Frank angerufen. Die wissen weder etwas von einem Einsatz noch von einer Leiche. Also: Wo ist er hingefahren?«

»Das habe ich dir doch schon gesagt: Ich weiß es nicht. Wir haben einen Film angeschaut, sein Handy hat gepiept, er hat mit jemandem gesprochen, und anschließend ist er gegangen. Versuch es bei Ralph. Vielleicht ist er zu erreichen. Frank hat den Anrufer nämlich gefragt, ob er ihn ebenfalls verständigt hat.«

»Okay.« Mur hielt inne, dann fragte sie: »Sophie?«

»Ja?«

»Es geht mich nichts an, aber: Hattet ihr Streit?«

»Wer?«

»Du und Frank. Ich meine, ist er eventuell nur mal schnell Zigaretten holen gefahren? Oder genauer: Wollte er Ralph besuchen, um auf seinem Sofa zu übernachten? Muss er gerade Dampf ablassen und geht deswegen nicht an sein Handy?«

»Nein. Wie kommst du denn darauf?«

»Hätte ja sein können … Es ist einfach so verdammt wichtig, dass ich ihn erreiche. Wo könnte er bloß sein?«

»Christine, ich habe keinen blassen Schimmer. Er ist zusammen mit Ralph wegen etwas Dienstlichem unterwegs. Und wenn in Nürnberg niemand darüber Bescheid weiß, dann kam der Anruf halt aus irgendeinem Kuhkaff.«

Mur horchte auf. »Von Lisbet Belzl?«

»Kenne ich nicht. Wer ist das?«

»Die Hauptkommissarin, die im Fall des ermordeten Kollegen ermittelt.«

»Welcher ermordete Kollege?«

»Hat Frank dir gar nichts davon erzählt? Ein Beamter vom LKA in Nordrhein-Westfalen ist in Schwabach umgebracht worden. Frank hat früher mit ihm zusammengearbeitet.«

»Dieser Renner?«

»Ja, genau.«

Sophie schwieg einen Moment. »Nur damit ich es jetzt richtig verstanden habe: Renner ist tot?«

»Ja, er wurde Samstagabend ermordet.«

In Sophies Kopf begann es zu rattern: Samstagabend. Deshalb hatte der Mann am Sonntagnachmittag also nicht zum vereinbarten Treffen kommen können. Aber wieso hatte Frank ihr das verschwiegen? Warum hatte er ihr vorhin erst gesagt, dass …? Na ja, eigentlich hatte er die Frage einfach unbeantwortet gelassen und das Thema gewechselt. Nun kannte sie zumindest den Grund dafür. Sie seufzte. Wann würde er endlich merken, dass sie sich bloß noch mehr Sorgen machte, wenn er die Wahrheit häppchenweise preisgab?

»Tu mir den Gefallen und ruf bei Ralph an, Christine. Er wird dir bestimmt weiterhelfen können. Mir hat der Herr Geheimniskrämer nämlich nicht verraten, wohin er wollte. Ich habe den Gesprächsfetzen lediglich entnehmen können, dass es etwas Dienstliches ist.«

Bedächtig legte Christine Mur den Telefonhörer auf. Einen Augenblick lang schaute sie auf den menschenleeren Platz vor ihrem Fenster. In ihrem Bauch rumorte es: Irgendetwas in ihrem tiefsten Inneren sagte ihr, dass da etwas nicht stimmte. Es rief sie zur Wachsamkeit und befahl ihr zu handeln. Eilig ging sie in Hackenholts Büro und schaltete das Deckenlicht ein.

Sein Arbeitsplatz war wie stets ordentlich aufgeräumt: Die Akten lagen fein säuberlich auf eine Seite gestapelt, davor stand ein abgegriffener Strafrechtskommentar, links daneben klebten ein paar Haftnotizen.

Nachdem Mur sie überflogen hatte, griff sie zum Telefonhörer und wählte erst Wünnenbergs, dann Baumanns, Stellfeldts und schließlich auch Lisbet Belzls Handynummer. Alle vier hatten keine Ahnung, wo Hackenholt steckte.

Kurz überlegte sie, noch einmal bei Sophie anzurufen, aber dann verwarf sie den Gedanken. Sophie hatte keinen Grund, sie anzulügen. Auch schätzte sie die beiden nicht so ein, dass sie sich derart streiten würden, dass Hackenholt stundenlang fortging und sein Diensthandy ausschaltete. Nicht jetzt, wo Sophie schwanger war und er sich endlich durchgerungen hatte, sie zu heiraten. Nein, in Mur keimte immer stärker der Verdacht, dass das, weshalb sie Hackenholt so dringend hatte sprechen wollen, mit seiner Unauffindbarkeit in Zusammenhang stand. In einem möglicherweise lebensgefährlichen Zusammenhang. Ihr wurde eiskalt und speiübel.

Ohne lange darüber nachzudenken, dass sie mit dem, was sie nun tun würde, nicht nur ihre eigene Karriere riskierte, wenn es herauskommen sollte, rief sie einen Freund an, der vor ein paar Jahren vom SEK zum Verfassungsschutz gewechselt war.

»Ja?«

»Hallo, Gregor, ich bin's, Christine. Ich brauche deine Hilfe. Du musst für mich eine Person orten, ohne dass es jemand mitbekommt.«

»Schätzchen, du hast so einiges bei mir gut, aber –«

»Es geht vielleicht um Leben und Tod von einem Kollegen. Du darfst mich jetzt nicht hängen lassen, bitte.«

»Warum besorgst du dir keinen richterlichen Beschluss, wenn es so ernst ist?«

»Weißt du, wie lange so was nachts um halb zwölf dauert? Bis ich dem Jourstaatsanwalt alles erklärt habe, der dann wiederum einen Richter auftreibt, und anschließend brauchen wir das garantiert alles schriftlich in dreifacher Ausfertigung. Bis dahin kann es zu spät sein. Außerdem: Fällt das nicht unter die Rubrik ›Gefahr im Verzug‹?« Mur holte tief Luft. »Ich bin mir einfach nicht hundertprozentig sicher, ob ich nicht gerade aus einer Mücke einen Elefanten mache. Aber du könntest das doch schnell und ohne viel Aufhebens erledigen. Wozu bist du denn Cheftechniker? Wenn an der Sache nichts dran ist, wird niemand davon erfahren – wenn jedoch etwas passiert ist, würde ich mir nie verzeihen, dass ich nicht sofort alle Register gezogen habe. Verstehst du? Franks Handy ist eingeschaltet. Du kannst ihm eine ›stille SMS‹ schicken und damit das Netz zur genauen Ortung seines Mobiltelefons zwingen, ohne dass jemand in seiner Nähe den Verbindungsaufbau mitbekommt. Bitte, Gregor, Frank ist mein bester Kollege«, beschwor sie ihn eindringlich. »Ein Beamter aus Düsseldorf ist wegen der Sache bereits umgebracht worden. Lass uns jetzt um Himmels willen keine weitere Zeit verschwenden!«

Vom anderen Ende der Leitung ertönte ein langes Seufzen. »Also gut, gib mir die Nummer. Aber sei dir bitte darüber im Klaren, dass wir damit beide unsere Pensionen aufs Spiel setzen.«

Um die Minuten bis zum Rückruf des Kollegen nicht sinnlos zu vergeuden, lief Mur zu ihrem Waffenfach und tat etwas, was sie seit sehr langer Zeit nicht mehr getan hatte: Sie holte ihr Holster samt Dienstwaffe aus der Ablage und befestigte es an ihrem Gürtel. Dann eilte sie ins Geschäftszimmer und nahm sich einen Fahrzeugschlüssel, bevor sie hinunter auf den Parkplatz rannte, wo sie im Wagen auf Gregors Nachricht wartete.

Der Minutenzeiger im Armaturenbrett des VW-Busses gab jedes Mal ein leises »Klack« von sich, wenn er eine Einheit weitersprang. Murs Nerven lagen blank, als endlich ihr Handy klingelte.

»Hast du was zum Schreiben?«

»Natürlich. Wo ist sein Handy?«

»In der Dieselstraße an der Ecke von der Fußgängerunterführung zur Zedernstraße. Ich habe mir die Lage gerade auf einer Straßenkarte angeschaut. Da draußen gibt es nichts außer ein paar Schrebergärten. Dass sich dein Kollege um diese Uhrzeit im Winter dort aufhalten soll, erscheint mir wenig plausibel. Du könntest also mit der Vermutung, dass etwas nicht stimmt, richtigliegen. Sei vorsichtig und nimm jemanden zur Unterstützung mit. Es nutzt nichts, wenn wir in einer halben Stunde auch noch nach dir suchen müssen.«

»Ich pass schon auf. Danke, Gregor. Jetzt hast *du* wieder etwas bei mir gut!« Rasch beendete Mur das Gespräch und ließ den Motor an.

Donnerstag

Hinter dem Bosch-Gebäude an der Gustav-Adolf-Straße bog Mur in die Dieselstraße. Einen Moment lang hatte sie gezögert, als sie am Polizeigelände in der Wallensteinstraße vorbeigefahren war. Vielleicht hätte sie doch zumindest eine Streife mitnehmen sollen? Aber dann war sie wieder unsicher geworden. Was, wenn sie sich täuschte? Was, wenn Hackenholt … aber was zum Teufel sollte er um diese Uhrzeit hier machen?

Mur trat auf die Bremse und rollte im Schritttempo über die vereiste Fahrbahn. Die Straße lag verlassen vor ihr, links und rechts flankiert von Industriebetrieben. Vereinzelt standen Auflieger von Sattelschleppern am Straßenrand, hier und da war eine Pförtnerloge in schwaches Licht getaucht. Je weiter sie fuhr, desto niedriger wurden die Gebäude und unbekannter die Firmennamen.

Schließlich machte die Straße einen Knick und führte nach ein paar Metern über eine Eisenbahnbrücke, bevor die Schrebergärten begannen. Mur wurde noch langsamer. Es ging bergab, dann folgte eine lang gezogene Kurve, an deren Ende die Beamtin die Unterführung sah, von der Gregor gesprochen hatte. Als sie fast davorstand, bemerkte sie linker Hand einen Fußgängertunnel. An dessen Beginn, halb hinter einem Schneeberg verborgen, parkte ein Wagen. Ein schwarzer Octavia. Hackenholts Auto.

Murs Herz begann zu rasen. Ohne nachzudenken, hielt sie mitten auf der Straße, schaltete die Warnblinkanlage ein, holte die Taschenlampe aus dem Handschuhfach und stieg aus. Sie leuchtete den Boden aus, doch auf dem festgefrorenen Eis war nichts zu erkennen. Rasch wandte sie sich dem Fahrzeug zu. Die Wagentür war nur angelehnt. Nachdem sie in Einweghandschuhe geschlüpft war, die sie immer bei sich trug, öffnete sie die Tür behutsam mit einem Finger.

Der Schlüssel steckte noch im Zündschloss, auf dem Beifahrersitz entdeckte sie das Handy. Ihr Blick glitt weiter über das Armaturenbrett, das Lenkrad und den Sitz. Plötzlich stockte ihr der Atem. Bevor sie sich zurückhalten konnte, schoss ihr Zeigefinger vor und berührte einen dunklen, feuchten Fleck, der sofort auf den Handschuh abfärbte. Blut. Murs Knie begannen zu zittern, in ihrem Kopf überschlugen sich die Gedanken. Während sie zu ihrem Auto zurücklief, zückte sie ihr Handy und rief die Einsatzzentrale an.

»Ich brauche auf der Stelle zwei Streifenwagen in die Dieselstraße. Kurz vor der Uffenheimer. Und einen Hundeführer mit Suchhund. Einen Mantrailer. Und einen Abschleppwagen, der ein Fahrzeug in unsere Halle bringt, damit ich mir das Innere von dem Auto in Ruhe und bei Licht anschauen kann. Und sag den Leuten vom Dauerdienst Bescheid.« Keuchend sog sie die Luft ein. »Ein Kollege von der Mordkommission ist vermutlich entführt worden«, stieß sie dann gepresst hervor. Nachdem sie aufgelegt hatte, nahm sie das Absperrband aus dem VW-Bus und riegelte mechanisch den Tatort ab.

Die erste Streife, die keine zwei Minuten später bei ihr eintraf, wies sie an, in einigem Abstand die Dieselstraße zu blockieren und im Auto sitzen zu bleiben, bis der Hundeführer angekommen war. Die zweite Streifenwagenbesatzung sollte dasselbe in der Uffenheimer Straße tun. Mur wollte für den Suchhund ideale Bedingungen beibehalten, indem sie so wenige Personen wie möglich in das Kerngebiet des Geschehens vorließ. Während sie wartete, griff sie erneut zu ihrem Mobiltelefon und wählte Stellfeldts Nummer.

»Was gibt es denn, Christine?«, meldete sich der ältere Beamte. »Bist du noch immer auf der Suche nach Frank?«

»Manfred, du musst herkommen. Es ist etwas passiert«, flüsterte Mur. Ihre Stimme bebte, und Tränen stiegen ihr in die Augen. All die Anspannung, die sich in ihr während der vergangenen anderthalb Stunden aufgebaut hatte, brach sich nun Bahn.

»Was ist los?« Stellfeldt war seine Beunruhigung sofort anzuhören.

»Sie haben Frank entführt. Ich … ich habe sein Auto gefunden … und«, sie schluckte, »und Blutspuren.«

»Wo bist du jetzt?«

»In der Dieselstraße. Wir warten gerade auf den Suchhund. Franks Auto war nicht abgesperrt, der Schlüssel steckt, und auf dem Beifahrersitz liegt sein Handy. Oh Gott, Manfred!«

»Bleib, wo du bist, in zwanzig Minuten bin ich da. Wissen Ralph und Saskia Bescheid?«

»Nein. Du bist der Erste vom Team, den ich angerufen habe.«

»Okay, ich kümmere mich darum.« Er hielt einen Moment lang inne. »Was ist mit Sophie? Hast du mit ihr gesprochen?«

»Nein. Das heißt, ich habe vorhin mit ihr telefoniert. Sie glaubt, dass Frank zu einem Einsatz gerufen wurde.«

»Wir müssen sie befragen.«

»Aber nicht am Telefon. Manfred, Sophie ist schwanger! Frank hat es mir erst heute Mittag gesagt. Wenn sie erfährt, dass … Oh, mein Gott! Das darf doch alles einfach nicht wahr sein!«

»Behalte die Nerven, Christine. Ich bin so gut wie unterwegs.«

Hinter Mur leuchteten Scheinwerfer auf, Autotüren knallten und Stimmen ertönten. Die Chefin der Spurensicherung drehte sich um. Die Kollegen vom Dauerdienst waren eingetroffen. Als einer von ihnen Anstalten machte, über das Trassierband zu steigen, rannte Mur wie eine Furie auf ihn zu und brüllte ihn an, was er sich einbilde, ob er keine Augen im Kopf habe und nicht so weit mitdenken könne, was eine Absperrung zu bedeuten habe. Der junge Hauptmeister machte erschrocken einen Satz zurück und stammelte eine Entschuldigung. Zwar war Christine Mur für ihre mürrische Art im Präsidium bekannt, aber so hatte er sie noch nie erlebt.

»Ihr wartet, bis der Spürhund da war und wir wissen, welche Spuren relevant sind und welche nicht, bevor ihr sie mit eurem Rumgetrampel zerstört.«

Der Beamte nickte stumm.

»Wie sehen eigentlich die Fakten aus, Christine?«, fragte seine Kollegin, eine Frau in Murs Alter. »Unser Dienstgruppenleiter hat nur gesagt, dass es um eine fragliche Entführung geht.«

Doch Mur blieb ihr die Antwort schuldig, weil in dem Augenblick der Diensthundeführer eintraf. Sofort nahm sie ihn zur Seite und erklärte ihm, wonach sein Hund suchen sollte.

Eine gefühlte Ewigkeit später verbellte das Tier eine Stelle in der Kurve der Zugunterführung. Als sein Herrchen und Mur den Boden mit ihren Taschenlampen ableuchteten, entdeckten sie im Schnee weitere Blutstropfen. Sie führten von einem Punkt zu einem zweiten, der keine fünf Meter entfernt lag.

»Drüben im Octavia das Blut – und jetzt hier. Wie passt das zusammen?«, murmelte Mur vor sich hin.

»Ich würde vermuten, dass der Kollege in seinem Fahrzeug hier gestoppt wurde«, sagte der Hundeführer, der dachte, von ihm werde eine Antwort erwartet. »Dann haben ihn die Täter niedergeschlagen und in ihren Wagen umgeladen, bevor sie sein Auto bei der Fußgängerunterführung abgestellt haben.«

Mur biss sich auf die Unterlippe. Plötzlich hörte sie Schritte hinter sich. Wütend fuhr sie herum. Sie hatte dem Hauptmeister vom Dauerdienst doch explizit verboten … Aber es war Manfred Stellfeldt, der zu ihr trat.

»Deine Jungs von der Spurensicherung sind da und lassen fragen, ob sie sich dem Octavia nähern dürfen.«

Mur nickte.

»Dann komm. Ralph und Saskia sind inzwischen auch eingetroffen. Wir müssen schnellstmöglich die richtigen Schritte in die Wege leiten, um keine Zeit zu verlieren. Jede Minute ist kostbar.« Er hakte sie unter und zog sie zu seinem Passat, neben dem Wünnenberg und Baumann warteten.

»Also: Was ist passiert?«, drängte er, nachdem er sie auf den Beifahrersitz bugsiert hatte.

Da die Kollegen noch nichts von Toscha Sobolews Wohnungsdurchsuchung wussten, musste Mur weit ausholen. Sie erklärte ihnen, dass er derjenige war, der Bülent Alkan die E-Mail mit den Übergabemodalitäten für das Geld geschrieben hatte, und dass Detlef Schuster die Vermutung hegte, er könne der Kopf der Onlinebanking-Hacker sein.

»Das ist ja alles schön und gut, Christine, aber was hat das mit Franks Verschwinden zu tun?«, unterbrach Wünnenberg sie genervt. »Wir haben gerade keine Zeit, uns langatmige Geschichten anzuhören!«

»Ich habe Toscha Sobolews Fingerabdrücke in unserer Datenbank gefunden. Allerdings werden sie dort einem Mann zugeschrieben, der angeblich vor acht Jahren in der Nähe von Münster ermordet worden sein soll.«

»Was?«, entfuhr es Stellfeldt. »Wie heißt der Mann?«

»Anton Schweinsberger.«

»Nie gehört«, murmelte Wünnenberg.

»Edz loss hald die Chrisdine weiderderzilln«*, drängte Baumann.

Mur nahm den Faden wieder auf und schilderte, wie sie versucht hatte, Hackenholt anzurufen, um ihm von ihrem Fund zu berichten. Wie sie sich darüber echauffiert hatte, dass er zu einem Einsatz gerufen worden war, wodurch sie wiederum herausgefunden hatte, dass niemand von einem Toten wusste. Sie erzählte auch von ihrem Bauchgefühl, ihrer plötzlichen Angst um den Kollegen und dass sie sein Handy hatte orten lassen, um festzustellen, ob sie Gespenster sah oder tatsächlich etwas passiert war.

»Hast du dem Staatsanwalt schon zugeleitet, was du ermittelt hast? Wer hat heute Nacht überhaupt Dienst? Warum ist er nicht hier?«, fragte Stellfeldt.

»Bei Gefahr im Verzug braucht man keine richterliche Anordnung«, murmelte Mur und konzentrierte sich darauf, an einem abstehenden Nagelhäutchen an ihrem linken Daumen zu zupfen.

»Okay, aber dann erledigst du das gleich als Nächstes«, sagte Stellfeldt entschieden. »Wir müssen Franks Handy auswerten lassen. Dadurch erfahren wir, von wem der Anruf kam, den er erhalten hat.«

Mur schnitt eine Grimasse, holte jedoch ohne Widerworte ihr Telefon heraus und wählte die Nummer des Jourstaatsanwalts. Nach wenigen Klingelzeichen meldete sich Dr. Holm. Mur fiel ein Stein vom Herzen. Nicht nur war der Oberstaatsanwalt ein ruhiger und umsichtiger Mann, der sich nicht, wie so manch anderer Kollege, gern in den Medien profilierte, vielmehr hatte er auch ein sehr gutes Verhältnis zur Kripo und arbeitete regelmäßig eng mit Hackenholt zusammen. Wie zu erwarten, war er über das, was Mur ihm berichtete, tief betroffen. Er versprach, sich umgehend um die richterlichen Beschlüsse zu kümmern und danach ins Polizeipräsidium zu kommen, um sich ein Bild von der Lage zu machen.

»Was für ein Glück, dass Dr. Holm heute Dienst hat«, seufzte Stellfeldt ebenfalls erleichtert, bevor er sich Wünnenberg zuwandte. »Bleibst du hier und übernimmst die Koordination der Tatortarbeit? Dann fahren wir ins Präsidium.«

Wünnenberg nickte, Mur hingegen wollte protestieren, aber Stellfeldt legte ihr die Hand auf die Schulter.

»Überlass die Sicherung der Spuren deinen Kollegen, für dich gibt es jetzt Wichtigeres zu tun. Du kennst die Zusammenhänge am besten, die sich heute zwischen Bülent Alkans und Peter Renners Ermordung ergeben haben.«

»Lisbet«, murmelte Mur plötzlich. »Wir müssen Lisbet Belzl anrufen. Vielleicht kann sie uns weiterhelfen. Und Detlef Schuster muss ebenfalls informiert werden.«

Stellfeldt nickte. »Saskia, fährst du bitte zu Sophie und bringst sie zu uns ins Kommissariat? Sie hat ein Recht zu erfahren, was Sache ist, außerdem müssen wir sie vernehmen.«

»Wos soll iech ihrer denn derzilln?«*, fragte die junge Kollegin unsicher.

Mur zuckte mit den Schultern, dann griff sie entschlossen zum Handy und wählte Dr. Puellens Nummer. »Maurice, ich brauche deine Hilfe«, sagte sie ohne weitere Einleitung, sobald sich der Rechtsmediziner trotz nächtlicher Stunde voller Elan gemeldet hatte.

»Stets zu deinen Diensten, liebste Christine«, flötete er gut gelaunt.

»Im Moment ist keine Zeit für Fröhlichkeit«, herrschte sie ihn an. »Frank wurde entführt. Jemand muss Sophie die Nachricht schonend beibringen, sich um sie kümmern und zu uns ins Kommissariat begleiten. Kannst du das übernehmen?«

»Was? Das ist jetzt aber nicht –«

»Doch, das ist mein voller Ernst! Bitte. Ich möchte, dass ein Arzt bei ihr ist. Wegen dem Baby«, fügte sie leise hinzu.

»Aber ich weiß doch gar nicht, was passiert ist.«

»Das kann dir Saskia sagen. Sie wird vor Sophies Wohnung auf dich warten.« Schnell warf Mur der Kollegin auf dem Rücksitz einen fragenden Blick zu. Baumann nickte.

»Okay, wenn du meinst –«

»Danke. Wir sehen uns nachher im Kommissariat. Fahr bitte sofort los.«

In der Dienststelle erwartete sie schon Dr. Holm mit den richterlichen Beschlüssen, die für die Überprüfung und Rückverfolgung der an diesem Abend auf Hackenholts Handy eingegangenen Anrufe erforderlich waren. Während Stellfeldt alles an den Provider faxte, tigerte Mur ruhelos in seinem Büro auf und ab.

»Ich hätte in der Dieselstraße bleiben sollen. Da hätte ich wenigstens etwas zu tun gehabt«, murmelte sie.

»Nein, Christine. Wenn einer von uns die Zusammenhänge aufdecken kann, dann du.«

Im Flur ertönten schnelle Schritte, und im nächsten Augenblick stand Lisbet Belzl in der Tür; Detlef Schuster folgte ihr hart auf den Fersen.

»Was willst du andauernd mit deinen Zusammenhängen? Wir

müssen rausfinden, wohin Frank gebracht wurde, und das können wir bloß, indem wir feststellen, wer ihn angerufen hat. Mit etwas Glück können wir dadurch die Spur des Anrufers von der Uffenheimer Straße aus weiterverfolgen.«

»Falls sich der Anrufer dort persönlich mit Frank getroffen hat, ja. Aber was ist, wenn er ihn nur angerufen hat, um ihn in eine Falle durch irgendwelche Komplizen zu locken? Oder er zwar selbst dort war, jedoch sein Handy ausgeschaltet hatte. Dann haben wir keinen blassen Schimmer, wohin er gefahren ist.«

»In dem Fall haben wir immer noch den Namen und die Adresse des Anrufers.«

»Und wenn er nicht nach Hause wollte? Wenn er Frank in irgendein Versteck gebracht hat?«

Mur schwieg.

»Wir haben das große Glück, durch dein intuitives Handeln innerhalb kürzester Zeit herausgefunden zu haben, dass Frank entführt wurde«, sagte Stellfeldt. »Darüber hinaus wissen wir, dass es am Tatort keine Kampfspuren gab. Du hast selbst gesehen: weder Patronenhülsen noch Spuren von einem Messer. Auch deutet die im Fahrzeug gefundene relativ geringe Menge an Blut darauf hin, dass Frank nicht schwer verletzt wurde. Der Täter braucht ihn also offenbar lebendig. Wäre es ihm primär darum gegangen, Frank aus dem Weg zu räumen, hätte er das schnell und sauber vor Ort erledigen können, ohne dass es jemand merkt oder er viele Spuren hinterlässt. Aber anscheinend treibt ihn eine andere Motivation. Daraus ergeben sich folgende Fragen: War die Entführung schon längerfristig geplant, oder hat der Täter spontan gehandelt? Vielleicht sogar deshalb, weil wir ihm heute Abend mit der Durchsuchung von Toscha Sobolews Wohnung zu nahe gekommen sind? Da würde sich allerdings wiederum die Frage stellen, woher er Franks Handynummer hatte.«

»Letzteres kann ich euch sagen«, mischte sich Belzl in die Unterhaltung ein. »Von Peter Renner. Seit der umgebracht wurde, ist sein Handy verschwunden.« Sie schaute von Stellfeldt zu Mur. »Wenn Frank von denselben Tätern gekidnappt wurde, denen auch Renner in die Hände gefallen ist – und alles andere würde ich für einen kaum anzunehmenden Zufall halten –, dann schwebt er in akuter Lebensgefahr. Wir sollten uns beeilen, ihn zu finden.«

»Welche Anhaltspunkte haben wir?«, hakte Dr. Holm nach, der bislang still, aber konzentriert zugehört hatte.

»Das alles muss mit einem alten Fall in Münster zusammenhängen.«

Eine halbe Stunde lang brachten sie sich gegenseitig auf den aktuellen Wissensstand und diskutierten, wie Bülent Alkan, Peter Renner, Toscha Sobolew und Anton Schweinsberger miteinander in Verbindung stehen könnten. Doch immer wieder kamen sie an einen Punkt, an dem ihnen entscheidende Informationen fehlten, um den Zusammenhang zu erkennen. Dann traf endlich das lang ersehnte Fax ein, in dem stand, wem der Anschluss gehörte, von dem aus Hackenholt angerufen und zu dem angeblichen Einsatz gelockt worden war: Es war tatsächlich das Diensthandy von Peter Renner.

»Oh mein Gott«, murmelte Lisbet Belzl mit erstickter Stimme.

»Gibt es Ortungsdaten? Wo war der Täter, als er Frank angerufen hat?«, wollte Mur ungeduldig wissen.

Stellfeldt blickte von dem Schreiben auf. »Er hat sich in dem Gebiet befunden, wo du Franks Auto entdeckt hast. Aber«, fuhr Stellfeldt fort, »es gibt noch etwas anderes, was uns weiterhelfen *könnte.*« Er sah Belzl an. »Wann genau ist Renners Handy verschwunden?«

»Vergangenen Samstagabend. Das war der 8. Dezember«, sagte die Beamtin. »Zuletzt konnten wir es in Schwabach in seinem Hotelzimmer orten, danach wurde es höchstwahrscheinlich ausgeschaltet – oder der Akku war leer.«

»Wie ich es mir gedacht habe. Seither wurde es nämlich zweimal wieder eingeschaltet. Einmal gestern Nacht um null Uhr dreißig – und ein weiteres Mal am Abend, etwa zwei Stunden vor dem Lockanruf. Dabei befand es sich immer am selben Ort: in oder um Allersberg.«

»Aber das ist doch …«, begann Mur.

Stellfeldt nickte. »Genau. Dort, wo Frank den Unfall mit dem Dienstwagen hatte.«

»Der Appelhof!«, stieß Belzl mit weit aufgerissenen Augen hervor. »Frank hat behauptet, Renner hätte in dem Anwesen jemanden ausspioniert. Die Familie, um die es damals bei den Ermittlungen in Münster ging, soll nach Allersberg gezogen sein.«

Mur sprang auf und lief in Hackenholts Büro. Sie war sich sicher, den Unfallbericht fein säuberlich abgeheftet in einer Akte auf dem Schreibtisch zu finden.

Beim Überfliegen des Berichts blieb ihr Auge an einem Namen hängen: Arnold Schweinsberger. Rasch blätterte sie weiter und fand das Vernehmungsprotokoll der PI Hilpoltstein. Lesend ging sie zu den anderen in Stellfeldts Büro zurück. »Lisbet hat recht. Arnold Schweinsberger lebt auf dem Appelhof.«

Murs Handy klingelte. Nach einem schnellen Blick auf das Display meldete sie sich. »Was gibt's, Maurice?«

»Ich halte es für keine gute Idee, Sophie zu euch in die Dienststelle zu bringen. Sie kann sich kaum auf den Beinen halten und muss sich ständig übergeben. Ihr Blutdruck ist –«

»Wie es im Augenblick aussieht, kommen wir hier auch zurecht, ohne sie zu befragen.«

»Das würde ich in ihrem Zustand für die deutlich bessere Variante halten.«

»Kannst du bei ihr bleiben?«

»Natürlich, ich lasse sie doch jetzt nicht allein!«

»Beruhige sie und sag ihr, dass wir alle unser Möglichstes tun.«

»Mach ich. Alles wird gut.«

»Ich hoffe, du behältst recht.« Sie beendete das Gespräch.

Stellfeldt blickte auf. »Wir brauchen eine Telekommunikationsüberwachung für alle drei im Appelhof gemeldeten Schweinsbergers und für diesen Toscha Sobolew. Nachdem seine Fingerabdrücke mit denen des damals angeblich getöteten Familienoberhauptes übereinstimmen, muss es sich bei ihm um ein und dieselbe Person handeln. Wenn wir die Gespräche abhören, besteht die Chance, etwas über Franks Aufenthaltsort zu erfahren. Und anhand eines Bewegungsprofils können wir herausfinden, wo die Familie sich den Abend über aufgehalten hat – vielleicht bekommen wir sogar Hinweise auf etwaige Komplizen.«

Dr. Holm nickte seine Zustimmung. »Nehmen Sie Kontakt mit der entsprechenden Providerstelle auf. Ich informiere den Ermittlungsrichter. Veranlassen Sie auch eine Überwachung des Privatanschlusses des entführten Kollegen. Möglicherweise melden sich die Täter ja bei seiner Frau.«

»Ich denke, wir sollten außerdem die Jungs vom SEK vor Ort schicken«, mischte sich Mur ein. »Um diese Uhrzeit brauchen sie einen gewissen Vorlauf, bis sie einsatzbereit sind. Fordern wir sie erst an, wenn wir wissen, dass etwas passiert ist, sind wir im Hintertreffen.

Außerdem muss der Appelhof überwacht werden. So, wie der Name klingt, ist das ein einsam gelegener Bauernhof: Er könnte also durchaus als Versteck für eine Geisel dienen.«

»Der Appelhof ist ein kleines Schloss, kein Bauernhof«, berichtigte Belzl. »Und ich glaube auch nicht, dass die Täter so dumm sind, ein Entführungsopfer in ihrem Wohnzimmer zu verstecken. Trotzdem hast du natürlich recht: Jemand muss das Anwesen überwachen. Schon allein das Kommen und Gehen könnte aufschlussreich sein. Allerdings ist extreme Vorsicht geboten, damit niemand Verdacht schöpft. Wenn ihr wollt, kümmere ich mich um die Kollegen und das Geschehen in Allersberg. Ich kenne mich dort draußen im Wald aus wie in meiner Westentasche.«

»Dann übernehme ich die technische Umsetzung der Telekommunikationsüberwachung und höre die Gespräche ab«, schlug Schuster vor.

»Gut, und wir beide erstellen die Bewegungsprofile, sobald wir die Daten haben«, nickte Stellfeldt Christine Mur zu.

Eine Stunde später hatten sie das benötigte Material vom Provider erhalten. Während Stellfeldt die Liste der Telefonate durchging, die Arnold Schweinsberger geführt hatte, und eine Namenszuordnung veranlasste, stürzte sich Mur sofort auf die Ortungsdaten. Es dauerte nicht lange, bis die Rekonstruktion von Arnold Schweinsbergers Bewegung an diesem Tag stand: Am Vormittag war er von Allersberg nach Gostenhof gefahren. Dort war er rund eine Stunde geblieben, dann war er nach Hause zurückgekehrt, nur um am frühen Abend denselben Weg wieder nach Nürnberg zu nehmen. Doch dieses Mal hatte er sich lediglich zehn Minuten in Gostenhof aufgehalten, bevor er sich auf den Rückweg nach Allersberg gemacht hatte. Rund zwei Stunden später war er erneut nach Nürnberg aufgebrochen. Allerdings nicht nach Gostenhof, vielmehr hatte sich sein Handy in dieselbe Funkzelle eingeloggt, in der auch Peter Renners Handy geortet worden war – unmittelbar vor Hackenholts Verschwinden. Kurz nach zweiundzwanzig Uhr hatte Schweinsberger die Funkzelle wieder verlassen.

»Wann hat sich Franks Handy in die Zelle eingeloggt?«, fragte Mur Stellfeldt.

»Um einundzwanzig Uhr zweiundfünfzig.«

Damit waren zwei Dinge klar: Erstens war Arnold Schweinsberger zu dem Zeitpunkt in der Uffenheimer Straße gewesen, als von Renners Handy aus bei Hackenholt angerufen worden war. Und zweitens hatte Schweinsberger den Bereich der Funkzelle exakt elf Minuten, nachdem sich Hackenholts Handy dort eingeloggt hatte, wieder verlassen.

»Na, wer sagt's denn«, murmelte Mur befriedigt, »das ist doch mal eindeutig, oder?«

Stellfeldt nickte. »Jetzt müssen wir nur noch abgleichen, welche anderen Handynummern zum selben Zeitpunkt in den gleichen Funkzellen waren.«

»Machst du das? Dann schaue ich mir an, wo Schweinsberger von Großreuth bei Schweinau aus hingefahren ist.«

»Wir brauchen unbedingt mehr Leute. Wir müssen ja nicht bloß diverse Abgleiche vornehmen, sondern auch die Familienmitglieder überprüfen. Ich rufe unten beim Dauerdienst an, die sollen uns unterstützen.«

»Hm-mh«, brummte Mur, bereits wieder in die Arbeit vertieft.

Arnold Schweinsberger war von der Uffenheimer Straße auf die Südwesttangente gefahren und hatte anschließend die B2 in Richtung Schwabach genommen. Hier bemerkte Mur die erste Auffälligkeit: Das Handy war eine knappe Viertelstunde lang in ein und derselben Funkzelle geblieben. Als Schweinsberger sich wieder bewegt hatte, war er weiter der B2 gefolgt, durch Penzendorf, Rednitzhembach und Pruppach nach Roth. Dann hatte er die Staatsstraße 2220 nach Hilpoltstein genommen, wo ein weiterer Halt stattgefunden hatte. Diesmal für gute zwanzig Minuten. Von dort aus war Schweinsberger auf direktem Weg über die A9 nach Greding gefahren und nach einem erneuten kurzen Aufenthalt schließlich über die A9 zum Appelhof zurückgekehrt, wo sich zumindest das Handy noch immer befand.

Plötzlich steckte Detlef Schuster den Kopf zur Tür herein. »Bei mir hat sich etwas getan. Kommt rüber und hört euch das mal an!«

Stellfeldt und Mur sprangen auf und liefen in einen Raum am Ende des Flurs. Als Schuster einen Knopf drückte, erfüllten zwei körperlose Stimmen den Raum.

»Und? Was sagt er?«, fragte ein Mann. Seine Stimme klang so rau, als wäre er ein starker Raucher.

»Wir müssen sofort abhauen. Sobald sie sein Verschwinden bemerken, wird es hier von Bullen nur so wimmeln.« In der jüngeren Männerstimme schwang ein Anflug von Panik mit.

»Sie haben also herausgefunden, wer ich bin?«

»Ja. Und ich bin mir sicher, dass sie das mit den Überweisungen ebenfalls wissen.«

»Aber warum haben sie dann lediglich meine Wohnung durchsucht und nicht auch gleich den Appelhof hochgenommen?«

»Keine Ahnung.«

»Wieso hast du ihn das nicht gefragt?«

»Er hat nicht viel gesagt. Wir mussten ihm sowieso erst mal klarmachen, dass es gesünder für ihn ist, wenn er das Maul aufmacht.«

»Gesünder? Dass ich nicht lache.« Ein schmirgelndes Geräusch ertönte: Jemand riss ein Zündholz an.

»Und das alles bloß wegen dem beschissenen Unfall gestern Abend.«

»Das glaubst du doch selbst nicht. Der Polizist war ganz sicher nicht zufällig bei euch da draußen. Denk an die Hunde, die kurz vorher angeschlagen haben.«

»Jedenfalls kennen die Bullen die Zusammenhänge. Wir müssen schleunigst verschwinden. Die können jede Minute hier auftauchen.«

»Nun lass mal die Kirche im Dorf. Keiner weiß, dass wir ihn überwältigt haben. Wenn sie etwas geplant hätten, hätten sie das schon längst durchgezogen. Wir haben mindestens noch bis zum Vormittag Zeit, und dann spielen wir unseren Trumpf aus.«

»Der da wäre?«

»Wir rufen bei seiner Tusse an und fordern Lösegeld.«

»Bist du verrückt?«, protestierte der Jüngere. »So schnell können wir gar nicht schauen, wie –«

»Dummkopf! Verstehst du nicht? Wir rufen die Tusse an und sagen ihr, dass wir ihren Macker haben. Wenn sie ihn lebendig wiedersehen will, soll sie uns eine Million in kleinen Scheinen besorgen. Übergabe ist mittags um zwölf an einer Autobahnraststätte. Irgendwo Richtung Norden. Außerdem schärfen wir ihr ein, dass sie keinesfalls die Polizei einschalten darf.«

»Daran wird sie sich wohl kaum halten!«

»Korrekt, und das ist der Clou an der Sache. Wir beschäftigen die Bullen damit, das Lösegeld zu besorgen, die Übergabe zu organisieren und so weiter. Wir lenken sie ab.«

»Aber die werden doch trotzdem nicht mit der Suche nach ihm aufhören.«

»Genau das sollen sie ja auch: Dann haben alle etwas zu tun und keine Kapazitäten mehr frei, um hinter uns herzuhecheln.«

»Wenn sie die Zusammenhänge kennen, werden die mit Sicherheit als Erstes hierherkommen.«

»Und? Bis die an der Haustür klingeln, sind wir dreimal in Österreich.«

»Wie jetzt? Ich dachte, es geht dir um das Lösegeld?«

»Arnold, manchmal frage ich mich ernsthaft, ob du nicht doch ein Kuckuckskind bist. Du fährst nachher mit Sandra nach Nürnberg zum Flughafen. Dort soll sie ein Auto mieten. Auf ihren Namen, den kennen die Bullen mit Sicherheit nicht. Anschließend treffen wir uns am Parkplatz vor dem Südausgang vom Hauptbahnhof. Gib auch Zuzanna und Linda Bescheid. Ich gehe dann in den Bahnhof und rufe von einem öffentlichen Telefon aus bei der Tusse an. Wenn sie danach die Bullen informiert, sind wir schon längst über alle Berge – und die Ratten haben erst mal alle Hände voll zu tun. Hast du jetzt alles kapiert?«

»Ja.« Die andere Stimme klang gepresst.

»Gut, wir treffen uns um Punkt sechs.«

»Und was machen wir mit –?«

»Der bleibt, wo er ist. Da findet ihn eh keiner.«

Es knackte in der Leitung; das Gespräch war zu Ende.

Schreckensbleich starrte Mur Schuster an.

»Dass das Toscha Sobolew war, ist klar, oder?«, fragte der Beamte.

Sie nickte. »Eindeutig ein Gespräch zwischen Vater und Sohn. Hast du den Anruf zurückverfolgt?«

»Der Anschluss gehört zu einem Hotel in Ansbach.«

»Wir brauchen dringend eine zweite Großgruppe vom SEK.« Stellfeldt wandte sich ab und hastete in sein Büro, Mur lief hinterher.

»Was hast du vor?«

»Wir müssen den Zugriff planen.«

»Aber was ist mit Frank? Wir können sie nicht festneh–«

»Du hast doch gehört, was die beiden besprochen haben. Sie scheinen ihn irgendwo versteckt zu haben, wo sie ihn sich selbst überlassen wollen.«

»Aber –«

»Wenn wir die Familie erst festgenommen haben, werden sie uns ganz sicher zu ihm führen. Wir müssen gleich auf dem Parkplatz zugreifen, unmittelbar nachdem Sobolew bei Sophie angerufen hat.«

In der folgenden Stunde hatten die Ermittler alle Hände voll zu tun. Eine Menge Polizeibeamte musste unterrichtet werden.

Belzl wurde informiert, dass die Bewohner des Appelhofs das Anwesen bald verlassen würden. Mit dem Gruppenführer vom SEK besprach sie, dass ein Teil der Kollegen Arnold Schweinsberger und seine Freundin auf dem Weg nach Nürnberg beschatten sollte, während der andere Teil Mutter und Tochter zum Südausgang des Hauptbahnhofs folgte. Alle hielten sich bereit, notfalls sofort einzugreifen, falls jemand Verdacht schöpfte.

Baumann und Dr. Puellen wurden ebenfalls über die Lage in Kenntnis gesetzt und gebeten, Sophie auf den Anruf vorzubereiten. Wünnenberg, der mittlerweile zur Dienststelle zurückgekehrt war, nachdem er mit dem Hundeführer jeden Millimeter in der Uffenheimer und der Dieselstraße abgesucht hatte, übernahm die Koordination der Beamten vom Dauerdienst, die mit der Auswertung der zwischenzeitlich eingetroffenen Handydaten der restlichen Familienmitglieder beschäftigt waren.

Die Frage, woran die Ermittler Toscha Sobolew erkennen sollten, falls er als Erster auf dem Parkplatz eintraf und in den Bahnhof ging, ohne auf seine Familie zu warten, bereitete ihnen großes Kopfzerbrechen. Stellfeldts Recherche hatte ergeben, dass auf den Vater kein Auto zugelassen war, und die kurze Zeit, die er von Ansbach aus nach Nürnberg benötigte, genügte nicht, um ihn und sein Fahrzeug durch zivile Beamte eindeutig zu identifizieren – wenngleich Stellfeldt alles daransetzte.

»Habt ihr ein halbes Ohr für mich?«, fragte Wünnenberg nach einer Weile.

Stellfeldt und Mur schauten auf.

»Die Kollegen vom Dauerdienst haben etwas herausgefunden. Ihr erinnert euch, dass Arnold Schweinsberger am Vormittag nach Nürnberg gefahren und rund eine Stunde lang dortgeblieben ist?«

Mur nickte.

»Ab dem Moment, als er sich auf den Weg nach Allersberg gemacht hat, hat ihn eine weitere Handynummer begleitet – die von Toscha Sobolew. Er ist den ganzen Nachmittag bei den Schweinsbergers geblieben, bis Arnold gegen Abend zum ersten Mal wieder nach Nürnberg gefahren ist. Auch dabei hat Sobolew ihn begleitet, anschließend ist er ebenfalls mit zum Appelhof zurückgekehrt. Erst als sie eine Stunde später ein letztes Mal nach Nürnberg fuhren, haben sie zwar denselben Weg genommen, sich aber um ein paar Minuten zeitversetzt bewegt.«

»Sobolew war also auch in der Uffenheimer Straße?«

Wünnenberg nickte.

»Und die anderen Familienmitglieder?«

»Die Handys der Frauen lagen die ganze Zeit über zu Hause. Ob sonst noch jemand dabei war, können wir im Moment noch nicht mit letzter Sicherheit sagen. Die bisherige Zeit war zu knapp, um alle anderen Handynummern auszuwerten, die sich zum selben Zeitpunkt in denselben Funkzellen eingeloggt haben.«

Zwanzig Minuten nach fünf meldete sich Lisbet Belzl. »Als Letzte haben sich nun auch Mutter und Tochter auf den Weg gemacht. Sie sind soeben an uns vorbeigefahren. Allerdings nicht allein.«

»Sondern?«, fragte Mur atemlos. Mit jeder Faser ihres Körpers hoffte sie, Belzl würde sagen, sie hätten Hackenholt bei sich gehabt.

»Der Wagen wurde von einem jungen Mann gesteuert. Die Beamten, die sie beim Einsteigen beobachtet haben, beschreiben ihn als ungefähr Mitte dreißig, einen Meter neunzig groß und sehr schlank mit kurz geschorenen Haaren. Wir haben keinen blassen Schimmer, wer das sein könnte beziehungsweise in welchem Verhältnis er zur Familie steht. Könnt ihr ihn zuordnen?«

»Nein.« Mur nagte an ihrer Unterlippe. »In dem Gespräch, das wir abgehört haben, wurde er nicht erwähnt. Bislang sind wir von einer Gruppe mit fünf Personen ausgegangen, aber ich werde die Beobachtung gleich weitergeben, damit die Kollegen das bei der Planung ihres Zugriffs berücksichtigen können.«

»Okay. Wir bleiben an ihnen dran. Bis nachher.«

»Kannst du mir bitte schnell mal sagen, wo sich der Sohn und seine Freundin im Moment befinden?«, wandte sich Mur an Stellfeldt, nachdem sie das Telefonat beendet hatte.

»Sie haben ihren Wagen im Parkhaus abgestellt und gehen gerade zur Autovermietung im Flughafen.«

»Sollten wir uns dann nicht endlich auch auf den Weg zum Bahnhof machen? Wir müssen doch vor ihnen dort sein.«

Sie hatten besprochen, dass sie den Einsatz mobil von einem Fahrzeug aus in der Nähe des Parkplatzes leiten wollten, um bei den Festnahmen anwesend zu sein.

»Die erste Gruppe der SEK-Beamten hat ihre Position am Südausgang schon längst bezogen.«

»Wir müssen ihnen sagen, dass noch ein weiterer Mann dabei sein wird.« Mur berichtete Stellfeldt, was sie soeben von Belzl erfahren hatte.

»Verdammt! Davon haben wir bisher nicht einmal etwas geahnt. Hoffentlich gibt es nicht noch mehr Personen, die in die Sache verwickelt sind und die wir nicht kennen.«

Mur wusste genau, worauf die Bemerkung abzielte: Hoffentlich gab es niemanden, der in einem Anflug von Panik Hackenholt etwas antat, wenn er von den Festnahmen erfuhr.

»Sollen wir die Aktion abblasen?«, fragte sie Stellfeldt leise.

Der ältere Kollege schüttelte den Kopf. »Wir haben keine andere Wahl.«

»Dann lass uns jetzt fahren. Es wird höchste Zeit.«

Mur parkte ihren VW-Bus in der Comeniusstraße, von der aus man den Nelson-Mandela-Platz bis zum Südausgang des Bahnhofs überschauen konnte. Stellfeldt war mit Handys, Funkgeräten und mehreren Klemmbrettern ausgerüstet. Mur assistierte ihm, indem sie den Kontakt zu Wünnenberg im Kommissariat und Baumann in Sophies Wohnung hielt.

Auf dem Parkplatz verteilt standen bereits einige Pkws mit Zugriffsbeamten. Auch zwei Hundeführer waren dabei, die sich um die beiden Tiere der Schweinsbergers kümmern sollten, welche das Observationsteam auf dem Grundstück hatte herumlaufen sehen. Im Bahnhofsgebäude warteten ebenfalls Einsatzkräfte in Zivil auf das Eintreffen ihrer Zielperson.

»Toscha Sobolew hat die A73 verlassen und fährt jetzt die Münchener Straße stadteinwärts«, informierte Wünnenberg seine beiden Kollegen. Ihm war die Aufgabe übertragen worden, die Ortungsdaten von Sobolews Handy im Auge zu behalten und den Beamten seine Route mitzuteilen, damit sie darauf vorbereitet waren, wann er am Zielpunkt eintraf.

»Wir umrunden gerade den Bahnhofsvorplatz«, erklärte der Gruppenführer, der die Observation von Arnold Schweinsberger und dessen Freundin leitete.

»Und ihr, Lisbet?«, fragte Stellfeldt.

»Wir sind noch auf der A9, kurz vor Feucht.«

»Wenn Mutter, Tochter und der Unbekannte weiter so trödeln, schaffen sie es nie und nimmer bis um sechs Uhr zum Treffpunkt«, brummte Stellfeldt.

Mur runzelte die Stirn. »Was machen wir, wenn Sobolew nicht auf die drei wartet, sondern schon mal allein in den Bahnhof vorgeht?«

»Er ist jetzt in der Frankenstraße, Höhe Pillenreuther Straße. In drei, vier Minuten dürfte er bei euch eintreffen«, meldete Wünnenberg, bevor Stellfeldt antworten konnte.

In dem Augenblick bog ein Minivan, den Mur den Kollegen vom SEK zuordnen konnte, aus der Celtisunterführung kommend, auf den Nelson-Mandela-Platz. Nur fünf Fahrzeuge später folgte der silberfarbene VW Sharan, den sie anhand des Kennzeichens als den von Arnold Schweinsberger gemieteten Wagen identifizierte.

»Der Tanz beginnt«, murmelte Stellfeldt und hoffte, dass alles zumindest weitgehend nach Plan laufen würde.

Der junge Mann fuhr allem Anschein nach unbekümmert auf den großen Parkplatz und hielt in dessen Mitte. Kaum hatte er den Motor ausgeschaltet, stiegen er und seine Freundin aus und schauten sich suchend um. Durch ihr Fernglas beobachtete Mur, dass Arnold Schweinsberger sein Handy zückte, offenbar, um zu erfahren, wo der Rest der Familie blieb. Aber noch während er wählte, bog ein Geländewagen mit Rother Nummernschild von der Pillenreuther in die Straße Hinterm Bahnhof ein und hielt unmittelbar neben dem Sharan.

Ein gedrungener, glatzköpfiger Mann stieg aus und ging auf die beiden Wartenden zu. Die Art, wie er Arnold Schweinsberger begrüßte, ließ keinen Zweifel daran, dass er tatsächlich dessen Vater war. Nach einer kurzen Unterhaltung sah der Sohn wieder auf die Uhr und griff erneut nach seinem Handy.

»Schweinsberger hat soeben seine Mutter angerufen und wollte wissen, wo sie und ihre Mitfahrer bleiben. Sie hat geantwortet, dass sie gerade die Autobahn verlassen haben und in die Regensburger Straße eingebogen sind«, gab Wünnenberg den abgehörten Gesprächsinhalt weiter. »Anschließend hat er kurz Rücksprache mit jemandem gehalten, wovon ich wegen dem abgedeckten Mikrofon allerdings nichts verstehen konnte, und dann hat er der Mutter gesagt, dass sie sich beeilen sollen.«

Noch während Wünnenberg sprach, kam Bewegung in die Dreiergruppe. Die junge Frau ging über den Parkplatz, überquerte die Straße und verschwand durch eine Schwingtür im hell erleuchteten Hintereingang des Bahnhofs.

»Unauffällig folgen, aber kein Zugriff!«, wies Stellfeldt die Kollegen an. »Vielleicht muss sie ja nur auf Toilette oder geht zum Bäcker.«

Kurz darauf zeigte sich, dass er mit seiner Vermutung recht gehabt hatte: Schweinsbergers Freundin kam mit mehreren Kaffeebechern zurück. Nachdem sie sie verteilt hatte, zündeten sich die beiden Männer Zigaretten an. Sekunde um Sekunde verstrich, während die Polizisten die drei beobachteten.

»Wir biegen jetzt in den Hummelsteiner Weg ein. Ankunft ist in weniger als einer Minute«, gab Belzl endlich durch.

Gebannt richteten sich Murs Augen auf die Einfahrt zum Parkplatz: Nach kurzer Zeit tauchten die Lichtkegel eines dunklen BMW auf. Das Auto hielt neben dem Geländewagen, eine Fondtür öffnete sich, und heraus schossen mit freudigem Gebell zwei Hunde, die geradewegs auf Toscha Sobolew zurannten und an ihm hochsprangen. Ihnen folgten die angekündigten drei Personen. Zwischen den Familienmitgliedern entspann sich eine kurze Unterhaltung, an deren Ende der Vater sich umdrehte und über den Platz in Richtung Bahnhof davoneilte.

»Wir gehen vor wie besprochen«, gab Stellfeldt an die Einsatzbeamten durch. »Sobald wir Sobolews Anruf auf Band haben, erfolgt der Zugriff im Bahnhofsgebäude. Anschließend setzen wir den Rest der Familie fest.«

Mur informierte Baumann, um sie zu warnen, dass es nun jeden Moment so weit war.

»Es gibbd er glanne Änderung im Konzebbd«, sagte Baumann. »Däi Soffi is völlich ferdich. Däi bringd kann zammhängerdn Sadz raus. Wemmers ans Delefon lassn, mergd der Soboleff serford, dass då wos ned schdimmd un dass scho längsd Bescheid wass. Drum neem iech den Ånruf fier sie ån un dou ersu, als wäi wenni sie wär. Der Soboleff kennds ja ned. Drum wasser aa ned, dasser mid mir blauderd un ned mid ihrer.«*

Mur gab die Neuigkeit schnell an Stellfeldt weiter, der aufstöhnte, dann jedoch sein Okay nickte. Was hätte er sonst auch tun sollen?

»Versuch aber um Himmels willen halbwegs verständlich zu sprechen«, wies Mur Baumann an. »Es hilft nichts, wenn nachher niemand nachvollziehen kann, was eigentlich gesagt wurde. Und lass das Handy eingeschaltet, damit ich mithören kann.«

Während Mur auf das Klingelzeichen wartete, informierte sie noch schnell Wünnenberg über den abgewandelten Plan.

»Zielperson bei den öffentlichen Fernsprechapparaten angekommen«, gab ein SEK-Beamter über Funk durch.

Murs Finger krampften sich um ihr Handy. Eine halbe Minute später hörte sie am anderen Ende der Leitung das Klingeln eines Telefons, dann Baumanns anfänglich gedämpfte Stimme. Sie klang, als hätte sie der Anrufer gerade geweckt, binnen Sekunden steigerte sich die Stimme allerdings zu einem schrillen Stakkato, das schließlich in ein Schluchzen überging. Mur war beeindruckt. So viel schauspielerisches Talent hätte sie der Kollegin gar nicht zugetraut. Obwohl sie akustisch nicht jedes Wort von dem verstand, was gesagt wurde, hörte sich die Darbietung von der Stimmungslage her äußerst überzeugend an. Plötzlich war Baumann wieder ganz nah an Murs Ohr: »Der … der hodd aafgleechd.«*

Im selben Moment erschallte über Funk die gleiche Information: »Anruf beendet.«

»Zugriff freigegeben«, antwortete Stellfeldt souverän. Sein Gesicht war vor Anspannung ganz starr.

»Ralph?«, flüsterte Mur in ihr anderes Handy.

»Alles im Kasten. Saskia war … spitze.«

Zweieinhalb Minuten später erreichte sie die Mitteilung: »Zielperson festgenommen.«

Kaum war die Meldung abgesetzt, kam Leben in die Szene vor Murs und Stellfeldts Augen. Von drei Seiten fuhren gleichzeitig mehrere Fahrzeuge auf den bislang ruhigen Parkplatz. Noch bevor die Räder stillstanden, wurden die Türen aufgerissen, und Männer mit vermummten Gesichtern sprangen heraus, ihre Maschinenpistolen im Anschlag. Hätte nicht der Schriftzug »Polizei« auf ihren Rücken reflektiert, hätte man sie genauso gut für ein Rollkommando der Mafia halten können. Ein Schäferhund bellte, ein Hundeführer rief einen Befehl, Arnold Schweinsbergers Freundin stieß einen lauten Schrei aus und ließ ihren Kaffee fallen. Sekundenbruchteile später lagen alle fünf Personen auf dem schneebedeckten Kopfsteinpflaster. Mur hielt nichts mehr in ihrem VW. Sie rannte zu den Kollegen, während mehrere Streifenwagen vorfuhren, in welche die Festgenommenen gesetzt wurden.

»Wir brauchen zwei Abschleppwagen, die den Geländewagen und den BMW zur kriminaltechnischen Untersuchung in die Dienststelle bringen!«, instruierte sie im Vorbeihasten einen Beamten, dann hatte sie die Gruppe erreicht. Lisbet Belzl war gerade im Begriff, sich neben Arnold Schweinsberger auf den Rücksitz eines Einsatzfahrzeugs zu quetschen. »Hast du ihn schon gefragt, wo …?«

Belzl hob abwehrend die Hand. »Nicht hier. Die paar Minuten bis zum Jakobsplatz müssen wir uns gedulden.«

Mur schnitt eine Grimasse, nickte aber. Plötzlich klingelte ihr Handy. Es war Baumann, die wissen wollte, ob alles nach Plan gelaufen war.

»Wir haben die gesamte Familie festgenommen.«

»Un wos is midm Frangg?«* Baumann klang nach wie vor so, wie sie sich während des Telefonats gegeben hatte. Waren ihre Reaktionen womöglich weniger geschauspielert gewesen, als Mur angenommen hatte? Vielleicht war Baumann tatsächlich erst bei dem Anruf die volle Tragweite des Einsatzes klar geworden. Dass sie es diesmal eben nicht mit einer Leiche zu tun hatten, sondern versuchten, ein Menschenleben zu retten. Und zwar das von ihrem engsten Kollegen.

»Saskia, ich stehe mitten auf dem Nelson-Mandela-Platz, umringt von SEK-Beamten und Streifenwagen. Gib uns eine Stunde, dann wissen wir mit Sicherheit mehr. Und beruhige Sophie. Wir haben alle erwischt. Frank kann also nichts mehr passieren. Bald ist er in Sicherheit.« Wir müssen ihn nur noch finden!, fügte sie in Gedanken hinzu.

Als sie aufgelegt hatte, stand Stellfeldt neben ihr. »Ich begleite die Kollegen, die mit Toscha Sobolew zum Präsidium fahren – falls er unterwegs etwas Unüberlegtes sagt. Komm du nach, sobald –«

»Aber wirklich nicht!«, fiel Mur ihm aufbrausend ins Wort. »Ich will bei der Vernehmung dabei sein. Ohne mich stünde jetzt schließlich keiner von uns hier!«

Stellfeldt hob beschwichtigend beide Hände. »Schon gut, schon gut. Niemand will dich außen vor lassen. Ich dachte nur, du magst dich vielleicht um die Fahrzeuge kümmern.«

»Die laufen uns nicht davon!«

»Dann schnapp dir dein Auto, und wir treffen uns gleich in meinem Büro.«

»Wie wollen wir vorgehen?«, fragte Lisbet Belzl wenig später Manfred Stellfeldt. »Schweinsberger hat auf der Fahrt keinen Mucks von sich gegeben.«

»Sobolew auch nicht«, entgegnete Stellfeldt. »Oberste Priorität hat jetzt der Aufenthaltsort von Frank. Alles andere kann warten, bis wir ihn in Sicherheit wissen.« Mit einem Auge schielte er verstohlen zu Dr. Holm hinüber, der jedoch nachdrücklich nickte.

»Die Rettung eines Menschenlebens geht vor Beweiserhebungen.«

»Gut, dann würde ich sagen, du knöpfst dir mit Christine den Sohn vor, und Ralph und ich reden mit dem Vater. Sollten wir nicht weiterkommen, wäre es sicher sinnvoll, wenn Sie sich in die Vernehmungen einschalten, Dr. Holm.«

Der Staatsanwalt nickte erneut, woraufhin Mur von ihrem Platz aufsprang und zur Tür lief. »Welcher Raum ist frei?«

»Das Vernehmungszimmer am Ende vom Flur. Es ist zwar ein bisschen eng, aber es wird schon gehen. Zumindest steht ein Computer drin.«

»Habt ihr eine Schreibkraft für uns, oder müssen wir alles selbst tippen?«, fragte Belzl naserümpfend.

»Schau mal ins Geschäftszimmer. Ich denke, Sonja ist da.«

Während sich Belzl auf die Suche nach der Schreibkraft machte, holte Mur Arnold Schweinsberger beim Erkennungsdienst ab. Dort hatte man ihn in der Zwischenzeit fotografiert und seine Fingerabdrücke eingescannt.

»Wo ist Frank?«, platzte Mur heraus, sobald Belzl die Tür hinter sich geschlossen hatte.

»Wer?«

»Frank Hackenholt.«

»Kenne ich nicht.« Arnold Schweinsberger schaute Mur mit einem spöttischen Gesichtsausdruck an.

»Mach hier nicht auf blöd«, zischte Mur. »Ich will wissen, wo ihr unseren Kollegen versteckt.«

»Warum sollte ich ausgerechnet dir das sagen, selbst wenn ich es wüsste? Stehst du etwa auf ihn?«

»Ihr habt schon zwei Menschenleben auf dem Gewissen. Denkst du nicht, dass das reicht?«

»Wenn dem tatsächlich so wäre, käme es auf ein drittes wohl auch nicht mehr an, oder?« Schweinsbergers Blick bohrte sich in Murs, dann verzog sich sein Mund zu einem Grinsen.

»Du sitzt schon tief genug im Schlamassel. Das Einzige, was dich vielleicht retten kann, ist ein vollumfangliches Geständnis, das uns sofort zu ihm führt.«

»Ich werde darüber nachdenken, Frau Kommissar. Aber bis dahin hätte ich gerne erst einmal einen Kaffee und was zu essen. Ich habe heute nämlich noch nicht gefrühstückt.«

»Da kannst du lange drauf warten«, presste Mur zwischen zusammengebissenen Zähnen hervor. »Bis du uns zu unserem Kollegen geführt hast, kannst du dir dein Frühstück abschminken.«

»Na, na, Frau Kommissar. Ich an deiner Stelle würde meinen Standpunkt schleunigst überdenken. Es macht sich nicht wirklich gut, wenn der Richter erfährt, dass ich während der Vernehmung von dir menschenunwürdig behandelt wurde. Fällt die Vorenthaltung von Essen und Trinken nicht sogar unter das Folterverbot?«

Wortlos stand die Schreibkraft auf, ging zu einem Aktenschrank, dem sie einen Pappbecher entnahm, füllte ihn am Waschbecken mit Leitungswasser und stellte ihn vor den Beschuldigten. Mur nickte ihr ein kurzes Dankeschön zu, bevor sie sich wieder an Schweinsberger wandte.

»Wo ist unser Kollege Frank Hackenholt? Was habt ihr mit ihm gemacht?«

Der junge Mann griff nach dem Wasserbecher, roch daran und stellte ihn mit pikiertem Gesichtsausdruck wieder zurück. »Bei der Behandlung, die mir hier zuteilwird, sage ich kein Wort.«

»Du bist definitiv nicht in der Position, Forderungen zu stellen.«

»Das sehe ich anders.« Schweinsberger senkte seine Stimme zu einem leisen Raunen. »Im Augenblick fühlst du dich mächtig stark, nicht wahr, Frau Kommissar? Aber das wird sich von nun an von Stunde zu Stunde ändern. Heute Abend wirst du vor mir auf den Knien rutschen und mich anflehen, dir zu sagen, wo dieser – wie heißt er gleich? – ist. Wer weiß, wie lange er noch lebt, falls er das überhaupt noch tut. Vielleicht wird ihm ja die Luft knapp, während wir hier so gemütlich im Warmen sitzen und plaudern? Oder ihm wird ein bisschen kalt da draußen?«

»Wo ist er, verdammt?«, schrie Mur ihn an.

Schweinsberger lehnte sich zurück und verschränkte die Arme. »Kein Kommentar. Und sollte ich es mir anders überlegen, dann werde ich einen Deal mit dem Richter machen, aber ganz sicher nicht mit dir, du kleine Polizistin.«

»Nein, nein, nein, so geht das nicht.« Belzl klatschte in die Hände, als wäre sie im Kindergarten. Mur sah sie überrascht an. Die Beamtin wirkte sehr fürsorglich und mütterlich, wie sie da neben der Tür an der Wand lehnte.

»Jetzt erzählen Sie mir mal, was Sie mit Ihrer Familie auf dem Parkplatz gemacht haben, bevor die Polizisten Sie aufgegriffen haben.« Belzl trat weiter ins Zimmer und setzte sich auf die Schreibtischkante, sodass der Blickkontakt zwischen Schweinsberger und Mur unterbrochen wurde. Offenbar übernahm sie die Rolle des *good cop*, nachdem Mur die Vorlage des *bad cop* geliefert hatte.

»Wir haben uns dort getroffen, weil wir zusammen in den Urlaub fahren wollten.« Arnold Schweinsberger lächelte Belzl an, als wäre er froh, endlich mit einer vernünftigen Person sprechen zu können.

»Alle zusammen?«

Der junge Mann nickte.

»Wo sollte es denn hingehen?«

»Nach Österreich.«

»Wohin genau?«

»Das müssen Sie meine Mutter fragen. Sie kümmert sich immer um die Unterkunft.«

»Sie wissen also nicht, wo Sie Ihre freien Tage verbringen wollten?«

»Das ist mir egal. Hauptsache, Urlaub.« Schweinsberger grinste sie breit an.

»Was hat Ihr Vater vorhin im Bahnhof gemacht?«

»Woher soll ich das wissen? Ich war doch nicht dabei.«

»Er hat bestimmt etwas gesagt, bevor er ging. Schließlich war die ganze Familie fertig zur Abfahrt.«

Schweinsberger runzelte die Stirn. »Jetzt, wo Sie es erwähnen: Ich glaube, er hat etwas von einem Telefonat gebrummt.«

»Hat er denn kein Handy?«

»Vielleicht hatte er es zu Hause vergessen?«

»Hätte er sich dann nicht Ihres geliehen?«

Schweinsberger zuckte mit den Schultern.

»Das hier ist doch Ihr Telefon, oder?« Belzl deutete auf einen durchsichtigen Asservatenbeutel. Mur staunte über die geschickte Überleitung, noch mehr staunte sie allerdings über Schweinsbergers Antwort.

»Nein.«

»Sind Sie sicher? Die Streifenbeamten haben es in Ihrer Hosentasche gefunden.«

»Das kann nicht sein. Es gehört mir nicht. Ich habe es nie zuvor gesehen.«

Murs geballte Faust schlug auf den Schreibtisch. »Was soll der Quatsch?«, herrschte sie den jungen Mann an. »Natürlich ist das deins! Hast du schon mal was von einer IMEI gehört? Das ist eine Nummer, die jedem Handy zugeordnet ist. Dein Provider hat uns alle Daten gegeben. Außerdem steckt deine SIM-Karte da drin.«

»Mit der«, Schweinsberger wies mit dem Kinn auf Mur, »rede ich nicht.« Er sah Belzl an. »Wahrscheinlich hat sie mir das Telefon untergeschoben.«

Ohne darauf einzugehen, nahm die Schwabacher Hauptkommissarin den Faden wieder auf und machte stur da weiter, wo sie unterbrochen worden war. Nach einer Stunde hielt es Mur nicht mehr länger aus. Von Minute zu Minute wurde der Raum ihrem Empfinden nach kleiner – bis er klaustrophobisch eng war. Am liebsten wäre sie aufgesprungen und hätte Arnold Schweinsberger angeschrien wegen all des Schwachsinns, den er von sich gab. Wie schaffte es Belzl nur, so teilnahmsvoll zu wirken? Mit Müh und Not gelang es Mur, ruhig zu bleiben.

»Ich geh mir mal einen Kaffee holen«, sagte sie schließlich und rettete sich zur Tür, deren Klinke ihr dann allerdings ganz versehentlich aus der Hand rutschte, sodass sie doch einen lautstarken Abgang hinlegte.

Niemand blickte auf, als Mur in Stellfeldts Büro trat. Im Zimmer war es mucksmäuschenstill, alle lauschten einer Tonbandaufnahme. Sekundenbruchteile genügten der Beamtin, um zu erkennen, dass es sich um den Mitschnitt des Telefonats handelte, das Sobolew vom Bahnhof aus mit Baumann geführt hatte.

»Mit einer Stimmanalyse ist es ein Leichtes, Ihnen nachzuweisen, dass Sie der Anrufer sind. Außerdem können mehrere Beamte bezeugen, dass Sie zum fraglichen Zeitpunkt von einer bestimmten Telefonzelle im Bahnhof aus gesprochen haben«, erklärte Dr. Holm mit nicht zu verleugnender Autorität. »Ferner können wir anhand der Rufnummernüberwachung nachweisen, welchen Anschluss Sie angewählt haben. Damit steht zweifelsfrei fest, dass Sie den soeben gehörten Telefonanruf getätigt haben. Haben Sie das so weit verstanden?«

Sobolew reagierte nicht.

»Sie haben im Lauf des Telefonats damit gedroht, einen als Geisel genommenen Polizeibeamten zu töten, wenn Sie nicht bis heute Mittag eine Lösegeldzahlung erhalten. Wir müssen also davon ausgehen, dass sich der Mann tatsächlich in Ihrer Gewalt befindet. Höchstwahrscheinlich in einer hilflosen Lage, aus der er sich nicht selbst befreien kann. Stimmen Sie mir so weit zu?«

Sobolew antwortete wieder nicht.

»Wo halten Sie Ihre Geisel fest?«

Nach wie vor keine Reaktion.

»Wissen Sie, Herr Sobolew, am Anfang einer jeden Ermittlung gibt es ein Stadium, in dem wir noch nicht alle Informationen zusammengetragen haben. Das bedeutet für Sie als Beschuldigten, dass Sie die Möglichkeit haben, aktiv mitzuwirken. Später im Gerichtsverfahren kann Ihnen das strafmildernd angerechnet werden. Das geht natürlich nur so lange, bis wir die Fakten selbst herausgefunden haben. Und das lassen Sie sich gesagt sein: In Ihrem Fall werden wir mit Sicherheit alles herausbekommen.« Der Staatsanwalt machte eine Pause, aber Sobolew starrte auf einen Punkt an der Wand und hielt die Arme vor dem Körper verschränkt. »Andererseits verhält es sich aber auch so, dass das Gericht es ins Strafmaß einfließen lassen kann, wenn ein Beschuldigter sich weigert zu kooperieren. Dafür gibt es strafverschärfende Maßnahmen. Beispielsweise kann der Richter eine vorzeitige Haftentlassung von vornherein ausdrücklich ausschließen, indem er die besondere Schwere der Schuld feststellt. Glauben Sie mir, fünfundzwanzig Jahre sind eine verdammt lange Zeit, wenn man sie komplett hinter Gittern verbringen muss. Von daher sollte es in Ihrem ureigensten Interesse liegen, dass wir die Geisel schnell und wohlbehalten auffinden. Also: Wohin haben Sie Herrn Hackenholt verschleppt?«

Alles, was Dr. Holm als Antwort erntete, war ein Schulterzucken.

Gegen zehn Uhr versammelten sich die Ermittler in Stellfeldts Büro zu einer improvisierten Besprechung.

»Gibt es vom Appelhof etwas Neues? Haben die Kollegen vom SEK das Gebäude durchsucht?«, wollte Belzl wissen.

»Ja, allerdings haben sie keinen Anhaltspunkt dafür gefunden, dass Frank sich jemals dort aufgehalten hat«, antwortete Stellfeldt mit einem Seufzen.

»Hatten sie einen Suchhund dabei?«

»Natürlich. Aber auch der hat keine Spur entdeckt.«

»Was haben die anderen Beschuldigten ausgesagt?«

»Nichts«, murmelte Stellfeldt. »Die drei Frauen behaupten, sie würden von Franks Versteck nichts wissen. Und Sobolew sowie Brian O'Connor, so heißt der Freund der Tochter, machen bislang leider von ihrem Aussageverweigerungsrecht Gebrauch.«

»Lasst mich einfach mal fünf Minuten mit dem Vater allein, danach wird er uns bestimmt sagen, wo sie Frank verstecken«, stieß Wünnenberg wütend hervor.

Dr. Holm warf ihm einen warnenden Blick zu. »Das will ich jetzt nicht gehört haben.«

»Ich muss ihm ja nicht wirklich etwas tun. Es würde sicher schon genügen, wenn man ihm nur Angst macht, um ihn zum Sprechen zu bringen.«

»Wir leben in einem Rechtsstaat. Ein solcher Weg ist uns verwehrt.«

»Also sollen wir Ihrer Meinung nach zuschauen, wie die bequem hier herumsitzen und Kaffee schlürfen, während wir keine Ahnung haben, was mit Frank passiert?«

»Ich kann Ihre Emotionen absolut nachvollziehen, mir geht es innerlich nicht anders, aber –«

»Das Leben unseres Kollegen steht auf dem Spiel! Ist Ihnen das eigentlich klar?« Wünnenberg war aufgesprungen.

»Dr. Holm hat recht. Beruhige dich, Ralph.« Stellfeldt stand ebenfalls auf und legte ihm die Hand auf die Schulter. »Wir müssen sachlich bleiben und dürfen unseren Gefühlen nicht nachgeben. Wenn wir die Beschuldigten nicht korrekt behandeln, verspielen wir nicht nur die Möglichkeit, sie für lange Jahre in den Knast zu schicken, vielmehr machen wir uns selbst zu Tätern und sind am Ende sogar noch schadensersatzpflichtig. Damit würden wir uns auf ihr Niveau hinunterbegeben, und das ist und darf keine Alternative sein.«

Schweigend schüttelte Wünnenberg Stellfeldts Hand ab und verließ den Raum. Die Stimmung hatte den Nullpunkt erreicht, die Nerven waren zum Zerreißen gespannt, und die schlaflose Nacht, die alle hinter sich hatten, machte die Sache nicht besser.

»Wir dürfen jedenfalls keine weitere Zeit mehr hier in der Dienststelle verplempern«, unterbrach Mur die eingetretene Stille.

»Sondern müssen was tun?« Dr. Holm sah sie mit hochgezogenen Augenbrauen an.

»Aktiv nach Frank suchen.«

»Und wie willst du das anstellen?«, fragte Belzl.

»Wir wissen immerhin, welchen Weg Arnold Schweinsberger heute Nacht von der Uffenheimer Straße aus genommen hat. Irgendwo entlang dieser Strecke muss Franks Versteck liegen.«

Belzl nickte. »Klingt logisch, nachdem es im Appelhof keine Spur von ihm gibt.«

»Sie haben unterwegs drei Mal eine längere Pause eingelegt. An diesen Orten sollten wir bevorzugt suchen. Dank der Handyauswertung haben wir einen relativ kleinen Radius, der in Frage kommt.«

»Sie dürfen allerdings eines nicht vergessen, meine Damen«, sagte Dr. Holm mit einem schweren Seufzen. »Glauben Sie mir, ich sage das nicht gern, aber aufgrund der Telefonüberwachung wissen wir, dass die Täter niemals vorhatten, das Lösegeld zu kassieren. Sie wollten dadurch nur so viel Zeit wie möglich herausschlagen, um unbemerkt flüchten zu können.«

Auf Murs Stirn bildete sich eine steile Falte. »Und was genau soll das Ihrer Meinung nach heißen?«, fragte sie gefährlich leise.

»Wir müssen in Betracht ziehen, dass das Opfer nicht mehr am Leben ist.«

Mur schüttelte entschieden den Kopf. »Sie wollten doch Informationen von Frank. Das hat Sobolew in dem Telefonat ganz deutlich gesagt.«

»Richtig, das war der Stand heute Nacht unmittelbar nach der Entführung: Sie wollten Informationen – und die hat ihnen Frank Hackenholt gegeben. So viel wissen wir ebenfalls aus dem Telefonat; der Sohn hat ihn zum Sprechen gebracht. Wie, will ich mir gar nicht vorstellen. Was danach passiert ist, darüber können wir bloß spekulieren.«

»Ich werde erst glauben, dass sie ihm etwas angetan haben, wenn ich es mit eigenen Augen gesehen habe«, sagte Belzl mit ruhiger Stimme. »Bis dahin bin ich fest davon überzeugt, dass wir ihn gesund wiederfinden. Wir brauchen jetzt die Kollegen von der Bepo zur Unterstützung. Und Suchhunde. Jede Menge Suchhunde.«

»Gibt es beim Roten Kreuz nicht ebenfalls Hundeführer?«, fragte Mur.

Belzl nickte. »Richtig. Die alarmieren wir auch. Plus die Polizeihubschrauber mit den Wärmebildkameras.«

»Aber vorher müssen wir die zu durchsuchenden Gebiete genau definieren. Außerdem benötigen wir getragene Kleidung von Frank für die Hunde, damit sie seine Fährte aufnehmen können.« Mur sah Stellfeldt an. »Ihr kümmert euch weiterhin um die Vernehmungen. Vielleicht schafft ihr es ja, Sobolew und die anderen irgendwann mürbe zu machen. Lisbet und ich übernehmen in der Zwischenzeit die Koordination der Suche. Das sieht mir Erfolg versprechender aus.«

Mit der größten Selbstverständlichkeit ließ sich Mur auf Hackenholts Drehstuhl nieder, zog seinen Schreibblock heran und sah Belzl auffordernd an.

»Also, wie gehen wir vor?«

»Es sind drei Bereiche, die wir uns genauer anschauen müssen, gell?«

Mur nickte. »Je einer in Schwabach, Hilpoltstein und Greding.« Sie griff nach einem Blatt, auf dem sie sich den Streckenverlauf notiert hatte.

»Was ist mit Ansbach? Die Kollegen vom Dauerdienst haben doch anhand der Handyauswertung herausgefunden, dass Sobolew von der Uffenheimer Straße aus direkt dorthin gefahren ist.« Wünnenberg stand hinter den beiden Beamtinnen in der Tür.

»Der Vater kann Frank nicht versteckt haben. Hätte er es getan, hätte er in dem ersten Telefonat, das wir abgehört haben, Arnold nicht gefragt, was Frank gesagt hat«, erwiderte Mur. »Offensichtlich war er nur in der Uffenheimer Straße dabei, weil sein Sohn Frank nicht alleine überwältigen konnte.«

»Stimmt«, sagte Wünnenberg, »der Freund von der Tochter, dieser Brian O'Connor, ist übrigens ebenfalls dort gewesen. Das haben die Kollegen vom Dauerdienst anhand der Handyauswertung mittlerweile herausgefunden.«

»Das heißt was genau?«, hakte Mur nach.

»O'Connor hat den ganzen Tag bei der Familie in Allersberg verbracht. Erst am Abend, als Schweinsberger junior und sein Vater zum letzten Mal nach Nürnberg gefahren sind, hat er sie begleitet. Während Sobolew, oder besser Schweinsberger senior, sich jedoch in der Uffenheimer Straße verabschiedet hat, ist O'Connor bei Arnold Schweinsberger geblieben und mit ihm über diverse Umwege nach Allersberg zurückgefahren.«

»Gib Manfred Bescheid, damit die Kollegen Lindas Freund mit einer höheren Priorität überprüfen. Bisher wissen wir von ihm nur, dass er offiziell in Leipzig gemeldet ist«, sagte Belzl. »Jetzt aber zurück zu den Orten, die als mögliche Verstecke in Frage kommen: Wir können nicht alle drei gleichzeitig überprüfen, so viele Kräfte haben wir nicht.«

»Andererseits sind die Gebiete verhältnismäßig klein. Es müssen keine Hunderte von Hektar Wald durchkämmt werden«, widersprach Mur.

»Was mir fast lieber wäre«, seufzte Belzl. »Ist dir eigentlich klar, Christine, dass Frank überall sein kann? In jedem Haus, in jedem Keller, in jeder Garage? Solange wir nicht mehr Anhaltspunkte haben, kann ein Radius von wenigen hundert Metern in einer Stadt verdammt groß sein. Den berühmten Vergleich mit der Suche nach der Stecknadel im Heuhaufen will ich gar nicht erst bemühen.«

Mur biss sich auf die Unterlippe.

»Komm, lass uns zuerst mal die Bereiche durchgehen, in denen die Funkmasten stehen. Danach klären wir, was für eine Fläche sie abdecken, und anschließend sehen wir weiter.«

Knappe zwei Stunden später erreichte Mur den kleinen Parkplatz hinter der auf einem Hügel gelegenen Basilika St. Martin in Greding, wo sie sich mit den Einsatzkräften traf, die in diesem Gebiet die Suche übernehmen sollten. Nach eingehender Betrachtung der Landkarten waren die Nürnberger Ermittler übereingekommen, dass Wünnenberg die Fahndung in Schwabach leiten, Mur Greding übernehmen und Belzl sich um Hilpoltstein kümmern sollte, da sie sich dort am besten auskannte.

»Hoffentlich ist es kein schlechtes Omen, dass wir uns ausgerechnet an diesem Ort sammeln«, begrüßte der Leiter der lokalen Freiwilligen Feuerwehr die Chefin der Spurensicherung.

»Warum?« Mur musterte den schnauzbärtigen Mann mit unverhohlener Abneigung. Er war ihr vom ersten Augenblick an unsympathisch. Sie nahm sich vor, penibel darauf zu achten, dass er bei der Unterweisung seiner Leute nicht schluderte.

»Wegen dem Karner«, kam die wenig aufschlussreiche Antwort.

»Hören Sie bloß nicht auf den Sepp«, winkte der höchstrangigе der anwesenden Polizisten ab, der sich zu ihnen gesellt hatte. »Der sieht manchmal Gespenster, wenn er am Sonntag zu lange in der Kirche war.«

»Könnte mir vielleicht jemand verraten, wer oder was ein Karner ist?«, fragte Mur ein wenig ungehalten.

»Ein Karner ist ein Beinhaus«, erklärte ihr eine Frau vom THW. Als sie sah, dass Mur auch damit nichts anfangen konnte, fragte sie: »Sagt Ihnen der Begriff *Ossuarium* etwas?«

Mur verneinte.

»Links neben der Basilika ist die ehemalige Michaelskapelle. In ihrem Untergeschoss werden die Gebeine von circa zweitausendfünfhundert Menschen aufbewahrt. Das Beinhaus wurde wahrscheinlich im vierzehnten Jahrhundert aus Platzmangel innerhalb des ummauerten Friedhofs eingerichtet. Wenn Sie runtergehen, können Sie noch die sterblichen Überreste sehen.«

Mur lief ein kalter Schauder über den Rücken. Nein, den Anblick von einem Stapel Totenschädel konnte sie jetzt ganz und gar nicht gebrauchen. Mit einem entschiedenen Kopfschütteln lehnte sie ab, räusperte sich dann und fragte in ihrem üblichen schnoddrigen Tonfall, ob man nun endlich mit der Einteilung der Suchmannschaften beginnen könne, damit die wenigen verbleibenden Stunden bis zum Sonnenuntergang bestmöglich genutzt wurden.

Sobald die Gruppen instruiert und ausgeschwärmt waren, begann für Mur das, was den Nachmittag unerträglich machen sollte: stundenlanges Nichtstun. Am liebsten hätte sie sich einem Trupp angeschlossen – egal, welchem. Sie hätte den Wald und seine darin versteckten Höhlen durchstöbert, die Stadttürme oder auch die Rohbauten in der nahe gelegenen Neubausiedlung. Hauptsache, sie hätte nicht untätig hier im Fahrzeug des örtlichen Einsatzleiters sitzen und sich die Zeit damit vertreiben müssen, in einer großmaßstäbigen Karte akribisch die Gebäude und Orte zu markieren, die von den Suchmannschaften bereits ohne einen Hinweis auf Hackenholt abgearbeitet worden waren.

Nach anderthalb Stunden hielt es Mur nicht mehr aus und rief Lisbet Belzl an. »Gibt es bei dir schon etwas Neues?«

»Nein. Von Frank bisher keine Spur. Wir arbeiten uns jetzt Stück für Stück von der Burg hinunter in die Stadt vor. Den Keller am Burganger haben wir bereits durchsucht, der ist für jedermann zugänglich. Eine andere Gruppe ist gerade dabei, die Burgruine zu durchstöbern, für die wir erst jemanden mit einem Schlüssel auftreiben mussten. Aber das hat sich als unser Glück erwiesen, denn man hat uns ein hiesiges Faktotum geschickt: den örtlichen Nachtwächter.«

Mur glaubte sich verhört zu haben. Erst erzählte ihr der Feuerwehrler von einem Beinhaus, nun die Kollegin vom Nachtwächter.

»Ein Heimatforscher, der die Stadt samt ihrer historischen Vergangenheit wie seine Westentasche kennt«, fuhr Belzl fort. »Geschichten erzählt der, da könnte man Bücher draus machen.«

»Im Moment haben wir bloß leider keine Zeit für eine Märchenstunde.«

»Doch, Christine, die paar Minuten müssen wir uns nehmen. Er hat mir von Orten und Verstecken berichtet, die wir ansonsten übersehen hätten. Wenn Frank hier ist, werden wir ihn durch die Hilfe des Nachtwächters mit Sicherheit finden.«

Mur seufzte und wünschte sich insgeheim ebenso viel Zuversicht, wie Belzl sie versprühte. Rasch beendete sie das Gespräch und wählte Wünnenbergs Nummer.

»Wie schaut es bei dir aus?«, fragte sie den Kollegen in bemüht munterem Tonfall, ähnlich dem, den Belzl angeschlagen hatte.

»Das willst du gar nicht wissen«, brummte Wünnenberg. »Ich bin gerade bei einer privaten Recyclingfirma, sieht hier aus wie auf einer Mülldeponie. Sonst noch Fragen?«

Mur verscheuchte eilig den Gedanken, dass an einem solchen Ort allenfalls Tote, jedoch ganz sicher keine lebenden Vermissten gefunden wurden. »Was ist mit dem restlichen Gebiet?«

»Industriegelände, eine öffentliche Tankstelle, ein Stück Wald. Bisher Fehlanzeige. Sobald der Hubschrauber bei uns fertig ist, wird er sich deinen Bezirk vornehmen.«

Nach dem Telefonat widmete sich Mur wieder ihrer Arbeit und notierte die bereits erfolglos abgesuchten Rohbauten, Keller, Häuser, Türmchen, Höhlen und Waldstücke.

Als allmählich die Dämmerung einsetzte, klingelte Murs Handy.

»Wir haben herausgefunden, dass Arnold Schweinsberger gestern einen Transporter gemietet hat.« Stellfeldt war in der Leitung.

»Ihr macht also Fortschritte bei den Vernehmungen?«, fragte Mur hoffnungsvoll.

»Nein, leider nicht. Das haben wir uns selbst erarbeitet. Bei den Befragungen kommen wir keinen Millimeter voran. Es ist zum Verzweifeln. Ich weiß schon gar nicht mehr, wie ich Sophie noch beruhigen soll.«

»Wie geht es ihr?«

»Schlecht. Maurice hat ihr inzwischen irgendeinen pflanzlichen Hokuspokus eingeflößt, damit sie schläft.«

Mur seufzte.

»Aber zurück zu dem Fahrzeug: Es handelt sich um einen großen weißen Mercedes Sprinter. Schweinsberger hat ihn gestern Abend erst angemietet, kurz bevor er in die Uffenheimer Straße gefahren ist. Seither ist der Wagen verschwunden. Zurückgegeben hat er ihn nicht. Wir sind derzeit noch am Abklären, ob die Mietwagenfirma eine Möglichkeit hat, ihn zu orten.«

»Wie seid ihr überhaupt darauf gekommen?«

»Eine Hospitantin hat wegen dem Sharan, den Schweinsbergers Freundin Sandra heute Morgen anmieten sollte, bei dem Kundenservice angerufen. Das Auto steht nach wie vor auf dem Parkplatz hinter dem Bahnhof. Die Kollegin wollte organisieren, dass ihn jemand von der Leihwagenfirma da abholt. Wir brauchen ihn ja nicht. Jedenfalls hat sich herausgestellt, dass Schweinsberger nicht auf seinen Vater gehört und das Auto unter seinem richtigen Namen angemietet hat. Nur deswegen ist es zu einer Verwechslung gekommen: Die Angestellte der Firma hat ständig von einem Transporter geredet und nicht verstanden, was wir ihr von einem Sharan erzählen.«

»Gut. Wir werden die Augen danach offen halten. Sag mir mal das Kennzeichen.« Mur machte sich eine Notiz, beendete das Gespräch und gab die Informationen über Funk an die Suchmannschaften mit dem Hinweis weiter, dass der vermisste Beamte möglicherweise in dem Fahrzeug gefangen gehalten wurde.

Wie sich herausstellen sollte, brachte jedoch auch diese Angabe die Suche nach Hackenholt nicht voran. Noch zwei Mal rief Mur in den nächsten Stunden abwechselnd Wünnenberg und Belzl an, um sich über die Fortschritte in ihren Suchgebieten zu informieren, wobei die Ermittler stets versuchten, sich gegenseitig Mut zu machen. Und obwohl es schon seit Langem dunkel war, kreiste weiterhin einer der beiden Hubschrauber aus Roth über ihren Köpfen und versuchte, mit der Wärmebildkamera den Entführten zu finden.

In Greding hatte es sich inzwischen unter der Zivilbevölkerung herumgesprochen, dass die Polizei fieberhaft nach einer vermissten Person suchte. Wie es in einer Kleinstadt üblich war, kannte jeder jemanden, der zumindest jemanden kannte, der sich aktiv an der Suche beteiligte, sei es, weil er Mitglied bei der Freiwilligen Feuerwehr, beim THW, beim Roten Kreuz oder in einem sonstigen Verein war. Einige Einwohner unterstützten die Fahndung sogar, indem sie den Einsatzkräften Thermoskannen mit heißem Kaffee, Tee oder Suppe brachten.

Trotz aller Bemühungen verkündeten gegen zwanzig Uhr dreißig die verschiedenen Gruppenführer das Ende der Aktion. Alle nicht permanent bewohnten Gebäude, Jagdhütten, Heuschober und Gartenlauben waren gefilzt worden, der Wald durchkämmt, die Straßen nach dem Sprinter abgesucht, und an jeder Haustür war geklingelt und bei den Eigentümern nachgefragt worden, ob ihnen in der vergangenen Nacht etwas aufgefallen war oder sie etwas Verdächtiges wahrgenommen hatten.

Mur war abgespannt, durchgefroren und hundemüde, als sie die Suche schließlich einstellten. Tränen der Wut und der Enttäuschung stiegen ihr in die Augen, sobald sie allein in ihrem Auto saß. Sie wurde das Gefühl nicht los, auf ganzer Linie versagt zu haben.

War es die falsche Entscheidung gewesen, die Koordination der Aktion nicht an die örtlichen Dienststellen zu delegieren? Was hatte sie hier denn schon großartig bewirkt? Vielleicht hätte sie stattdessen besser nach Nürnberg zurückkehren sollen, um die Beschuldigten persönlich in die Mangel zu nehmen. Und zwar auf eine Art, zu der Wünnenberg, aber nie und nimmer Stellfeldt in der Lage war. Irgendeiner der drei Männer hätte garantiert etwas gesagt, wenn sie sie bloß hart genug angegangen wäre.

Andererseits wäre sie im Polizeipräsidium ganz bestimmt verrückt geworden. Sie musste einfach vor Ort sein und im Geschehen mitmischen. Nur so konnte sie das Gefühl des Versagens ertragen, das sie sonst mit Sicherheit auf andere abgewälzt hätte. Schon den ganzen Nachmittag lang hatte sie sich ja immer wieder gefragt, ob Belzl und Wünnenberg ihre Suchaktionen genauso sorgfältig leiteten wie sie.

Seufzend griff sie nach ihrer Thermoskanne, erinnerte sich aber, sobald sie sie angehoben hatte, dass sie bereits seit Stunden leer war. Dann eben Plan B. Auf dem Rastplatz an der A9 in Richtung Süden gab es ein Fast-Food-Restaurant. Da musste man doch von hier aus irgendwie hinkommen.

Sie würde jetzt einen oder zwei heiße Kaffee trinken, vielleicht eine Tüte Pommes oder einen Burger essen und anschließend in die Dienststelle zurückkehren, um die drei Männer selbst noch einmal gründlich zu bearbeiten. Sie würde sich jedenfalls nicht unterkriegen lassen, würde nicht vor ihrer Erschöpfung und Müdigkeit kapitulieren. Dafür war später noch genügend Zeit. Später, wenn sie Hackenholt gefunden hatten.

Mur hatte Glück. Sie fand eine parallel zum Autobahnrastplatz verlaufende Straße, die hinter dem Fast-Food-Restaurant vorbeiführte.

Während sie im Innern an einem Tisch saß und den heißen Kaffeebecher mit ihren Fingern umklammerte, ließ sie ihren Blick aus dem Fenster in die Dunkelheit schweifen.

Unbewusst beobachtete sie die Fahrzeuge, die von der Autobahn abfuhren. Manche hielten weiter vorn an der Tankstelle, andere auf dem Parkplatz. Allen gemein war jedoch, dass ihre Lichter erloschen, die Fahrer ausstiegen und sich erst einmal streckten, bevor sie tankten, zum Zahlen in den Shop gingen, die Toilette aufsuchten oder ebenfalls ins Restaurant kamen.

Mur griff nach der Verpackung des Burgers und klappte den Deckel zurück. Als sie gerade in das labbrige Brötchen beißen wollte, ließ sie ein Gedanke innehalten: Was, wenn die Entführer Hackenholt mitsamt dem angemieteten Transporter einfach irgendwo abgestellt und sich aus dem Staub gemacht hatten? Konnte sich Hackenholt dann selbst befreien oder zumindest irgendwie bemerkbar machen? Nicht wenn er gefesselt und geknebelt war – an etwas Schlimmeres wagte Mur nach wie vor nicht zu denken. Eilig zog sie ihr Handy aus der Hosentasche. Der Akku war fast leer, sie hatte zu viel damit telefoniert. Mist. Hoffentlich reichte es noch für ein kurzes Gespräch.

»Manfred? Hat jemand in der Zwischenzeit sämtliche Feld- und Waldwege entlang der Strecke überprüft, die Schweinsberger und O'Connor gestern nach Franks Entführung gefahren sind?«

»Wie denn, Christine? Wir können uns nicht vierteilen. Das steht für morgen auf dem Programm, sobald es hell geworden ist.«

»Aber da ist es wahrscheinlich zu spät. Eine Nacht in einem eiskalten Auto würde Frank bei den Minusgraden, die wir derzeit haben, nicht überleben.«

Plötzlich kam Mur Arnold Schweinsbergers hässliches Grinsen in den Sinn, als er ihr prophezeit hatte, dass sie am Abend vor ihm auf den Knien rutschen und ihn anflehen würde, ihr zu sagen, wo sich Hackenholt befand. Was waren seine exakten Worte gewesen? Mur konzentrierte sich. »Vielleicht wird ihm ja die Luft knapp, während wir hier so gemütlich im Warmen sitzen und plaudern? Oder ihm wird ein bisschen kalt da draußen?« Mur rang hörbar nach Luft.

»Wir dürfen nicht bis morgen warten, Manfred«, beschwor sie ihren Kollegen. »Wir müssen weitermachen, und zwar sofort. Ich übernehme die Parkplätze entlang der A 9 zwischen Greding und Allersberg, und du sieh zu, dass zumindest die Streifenwagenbesatzungen, die heute Nachtschicht haben, die Strecke abfahren und jeden noch so kleinen Weg überprüfen.« Sie beendete das Gespräch, sprang auf und lief auf den Rastplatz hinaus, den sie hektisch nach dem vermissten Transporter absuchte, bevor sie zu ihrem eigenen Wagen zurückstolperte. Der Burger lag noch immer ungegessen auf dem Tisch.

Sie fädelte sich in den Verkehr auf der Autobahn ein, hielt sich aber auf der rechten Spur. Was, wenn Schweinsberger mit dem Transporter an irgendeiner Ausfahrt abgefahren war und ihn in unmittelbarer Nähe auf einem Feldweg abgestellt hatte? Wäre ihr das anhand der verlängerten Zeitspanne aufgefallen, während der sein Handy in ein und derselben Funkzelle eingeloggt gewesen war? Abfahren, Wald- oder Feldweg suchen, Fahrzeug parken und abschließen, in O'Connors Wagen steigen und zurück auf die Autobahn fahren: Das alles dauerte länger, als wenn man an einem kleinen Rastplatz vom Gas ging, den Transporter ausrollen ließ, ausstieg, absperrte und sich sofort in den Pkw des Komplizen setzte. Mit einem Mal war sich Mur sicher, dass es sich genau so abgespielt haben musste.

Der erste Parkplatz kam in Sicht. Die Beamtin blinkte, bremste und fuhr mit gedrosseltem Tempo bis an dessen Ende. Kein weißer Sprinter weit und breit. Sicherheitshalber hielt sie, nahm die Taschenlampe und lief zum Anfang des unbeleuchteten Rastplatzes zurück, auf dem es noch nicht einmal ein WC-Häuschen gab. Nichts.

Beim nächsten erging es ihr nicht anders – der einzige Unterschied bestand darin, dass dieser etwas größer war und sowohl über eine Toilette als auch über eine eigene Spur für Lastwagen verfügte, die Mur ebenfalls mit ihrer Taschenlampe abging.

Der dritte war offiziell gesperrt. Das Hinweisschild war durchgestrichen und die Einfahrt mit zwei großen quaderförmigen Betonbrocken verstellt, an denen sich Reflektoren befanden. Mur war schon daran vorbeigefahren, als sie ein Gedanke durchzuckte: War ein stillgelegter Parkplatz nicht der ideale Ort, um ein Fahrzeug zu verstecken? Bei der derzeitigen Haushaltslage des Bundes würden Monate, wenn nicht sogar Jahre vergehen, bis die Finanzmittel für die Sanierung eines Autobahnparkplatzes bereitgestellt wurden. Nicht umsonst gab es immer weniger Rastmöglichkeiten für übermüdete Fernfahrer entlang bundesdeutscher Autobahnen. Abrupt trat Mur auf die Bremse, ließ ihr Fahrzeug auf dem Standstreifen ausrollen und betätigte den Warnblinker. Anschließend legte sie den Rückwärtsgang ein und fuhr über die eigentliche Ausfahrt auf den Parkplatz.

Sobald sie ausgestiegen war, entdeckte sie den verlassenen Sprinter. Schnell stieg sie wieder ein, wendete ihren Wagen, blieb aber in einiger Entfernung zu dem größeren Fahrzeug stehen. Statt den Motor auszumachen, zog sie lediglich die Handbremse an, schaltete in den Leerlauf und blendete voll auf, sodass der Transporter in Licht getaucht wurde. Über Funk gab sie ihre Position durch – und dass sie den gesuchten Mietwagen gefunden hatte. Danach griff sie zu ihrer Taschenlampe und rannte hinüber.

Ein ungutes Gefühl erfasste sie und verstärkte sich, je näher sie dem Benz kam. Was, wenn jemand …? Energisch verwarf sie den Gedanken. Wer sollte ihr hier schon auflauern? Die Familienmitglieder waren alle gefasst, und für die anderen Verkehrsteilnehmer war der Parkplatz gesperrt. Es konnte einfach niemand da sein.

Dennoch schlich sie auf Zehenspitzen um das Fahrzeug herum. Zunächst spähte sie durch die Scheiben in die Fahrerkabine. Nichts. Sie rüttelte an den Türen. Abgesperrt. Sie klopfte gegen die Seitenwand des fensterlosen Laderaums. Keine Reaktion. Sie hämmerte mit der Faust dagegen, schrie Hackenholts Namen. Noch immer rührte sich nichts.

Ob der Dreieinhalbtonner leer war? Aber warum hatte Schweinsberger ihn dann ausgerechnet hier abgestellt? Sie musste sich Gewissheit verschaffen. So schnell sie ihre zittrigen Knie trugen, rannte sie zu ihrem Auto zurück und holte das Brecheisen aus dem Kofferraum. Wenn sich später jemand darüber aufregen würde, dass sie die Tür des Sprinters aufgebrochen hatte, würde sie einfach behaupten, sie habe geglaubt, aus dem Inneren ein Geräusch gehört zu haben.

Mit feuchten Händen schob sie die Stange in den Spalt zwischen den beiden Hecktüren knapp unterhalb des Schlosses. Zwar hatte sie nie zuvor eine Wagentür aufgehebelt, doch ihr Verstand arbeitete schnell und logisch und wies sie an, was zu tun war. Mit aller Kraft stemmte sie sich gegen das Eisen, bis ein knirschendes Geräusch ertönte und sie abrutschte. Sie hatte den Lack der linken Türhälfte zerkratzt, die nun außerdem eine tiefe Delle aufwies. Mur setzte erneut an und drückte wieder mit ihrem ganzen Gewicht gegen die Brechstange. Endlich gab es in der nächtlichen Stille einen Knall, die rechte Türhälfte flog auf, und Mur entglitt das Werkzeug. Schnell griff sie nach ihrer Taschenlampe und richtete deren Strahl ins Wageninnere.

In der hintersten Ecke des Laderaums lag eine zusammengekrümmte Gestalt auf dem Boden. Hackenholt. Gefesselt, geknebelt, die Augen mit Klebeband verbunden. Über Funk forderte Mur mit sich überschlagender Stimme Unterstützung, Sanitäter und einen Notarzt an. Dann stieg sie ins Fahrzeug und ging vor dem reglosen Körper in die Knie.

Als die Verstärkung endlich eintraf, hatte Mur die aufgebrochene Hecktür des Transporters wieder angelehnt. Zwar war es im Inneren genauso kalt wie außen, aber zumindest konnte so der eisige Wind keinen zusätzlichen Schaden anrichten. Sobald die Einsatzbeamten die Tür öffneten, bot sich ihnen ein Bild des Jammers: Mur hockte am Ende der Ladefläche, den Rücken gegen die Zwischenwand zur Fahrerkabine gelehnt. Mit ihren Armen und Beinen hielt sie Hackenholts Körper umschlungen, den sie zunächst in eine Goldfolie aus ihrem Erste-Hilfe-Kasten gewickelt und anschließend mit zwei uralten, verdreckten Decken zugedeckt hatte, mit denen sie normalerweise ihr Auto auslegte, wenn sie Grünabfälle zum Kompostplatz fuhr. Ihr Gesicht war tränenüberströmt.

Epilog

Dreieinhalb Monate später gaben sich Hackenholt und Sophie im Historischen Rathaussaal das Jawort. Es war ein stürmischer Apriltag, aber als die Zeremonie vorüber war, riss der Himmel auf und schickte ein paar Sonnenstrahlen zu dem Brautpaar hinunter.

Begleitet wurden sie nur von Christine Mur und Maurice Puellen, die sie als Trauzeugen gewählt hatten, da die Eheschließung ohne die beiden gar nicht hätte stattfinden können. Den Einschätzungen der Ärzte nach grenzte es an ein Wunder, dass Hackenholt die vielen Stunden in dem eisigen Transporter auf dem Autobahnparkplatz überlebt hatte. Trotzdem hatte die Kälte ihren Tribut gefordert: Sie hatte dazu geführt, dass seine Extremitäten minderdurchblutet worden waren, wodurch er drei Zehen am rechten Fuß einbüßte.

Dass er derart glimpflich davongekommen war, hatte er Dr. Puellens energischer Einmischung zu verdanken. Der Rechtsmediziner hatte sich im Krankenhaus einen erbitterten Streit mit dem behandelnden Chefarzt geliefert, der dem Patienten den halben rechten Vorderfuß amputieren wollte, um hinsichtlich des abgestorbenen Gewebes auf der sicheren Seite zu sein und Komplikationen zu vermeiden. Puellen, dem klar war, dass ein Kripobeamter mit Fußprothese seinen Job an den Nagel hängen konnte, hatte so lange interveniert, bis Hackenholt selbst in der Lage war, die Einwilligung zur Operation ausschließlich für die Amputation der Zehen zu erteilen. Was ihm schon schwer genug fiel.

In den vergangenen Wochen hatte er Schritt für Schritt das Laufen wiedererlernen müssen, wobei ihm das eigentliche Gehen keine großen Schwierigkeiten bereitete – wenn man mal davon absah, dass sein Gang in der ersten Zeit an den einer Ente erinnerte. Das Problem war vielmehr sein Gehirn: Es suggerierte ihm pausenlos, dass etwas fehle und er deswegen nicht laufen könne. Auch plagten ihn nach wie vor Schmerzen in den nicht mehr vorhandenen Zehen. Ein Umstand, der laut Dr. Puellen jahrelang andauern konnte.

Sophie hatte sich von all den schockierenden Nachrichten langsam, aber sicher erholt. Die Übelkeit, die ihr am Anfang der Schwangerschaft so zugesetzt hatte, hatte sich in nichts aufgelöst, und vor allem in den letzten vier Wochen war sie richtiggehend aufgeblüht: Ihr Bauch wölbte sich, während das Baby fröhlich um sich trat und boxte.

Wünnenberg, Stellfeldt und Baumann hatten Hackenholt in den vergangenen Wochen hinsichtlich der Geschehnisse im Kommissariat ständig auf dem Laufenden gehalten, aber auch Yvonne Kraus, die Eichstätter Kollegin, hatte ihn nicht vergessen: Eines Nachmittags rief sie ihn an, um ihm zu berichten, dass Rojin Barzani Deutschland verlassen würde. Ganz wie Bülent Alkan und sie es vorgehabt hatten, um gemeinsam in Frieden und ohne Bedrohung leben zu können. Allerdings wanderte Rojin nicht, wie ursprünglich geplant, nach Österreich aus, sondern in ein skandinavisches Land. Zu ihrer Familie unterhielt sie weiterhin keinerlei Kontakt, Yvonne Kraus war allerdings zu Ohren gekommen, dass die Brüder nach wie vor nach ihr suchten und es geschafft hatten, ihre Spur bis nach Eichstätt zu verfolgen.

Einen positiven Gegenpol dazu bildete die Familie Alkan. Damla Ünlü konnte ihren Eltern erfolgreich klarmachen, welches Leid ihr Onkel Köksal Aguzüm mit seinem radikalen Gedankengut über sie alle gebracht hatte, woraufhin die Familie endgültig mit ihm brach. Da der Vater für viele Jahre im Gefängnis sitzen würde, führte Damla die Schneiderei zusammen mit ihrer Mutter weiter, die mittlerweile sogar einen Deutschkurs besuchte, was ihr zuvor von ihrem Bruder verwehrt worden war.

In puncto Ermittlungen Schweinsberger/Sobolew erhielt die Nürnberger Polizei gleich in mehrfacher Hinsicht Unterstützung durch die nordrhein-westfälischen Kollegen. Gemeinsam mit den Beamten vom LKA in Düsseldorf bildeten Detlef Schuster und die Mitarbeiter vom hiesigen Kommissariat für Computerkriminalität eine erweiterte Ermittlungskommission, der es gelang, Toscha Sobolew als Drahtzieher eines international agierenden Rings zu identifizieren, der im großen Stil Onlinebanking-Transaktionen manipuliert hatte. Die Auswertungen erfolgten in enger Kooperation mit den estnischen und britischen Strafverfolgungsbehörden, die nach Hinweisen der deutschen Kriminaler ihrerseits Recherchen gegen dortige Verdächtige einleiteten und damit wesentlich zur Zerschlagung der Gruppe beitrugen. Das Ermittlungsverfahren wuchs sich zu einem der umfangreichsten gegen Verbreiter von Schadsoftware und Online-Betrüger aus, die es in der Bundesrepublik bislang gegeben hatte.

Die Hintermänner hatten über vierhundertsechzig manipulierte Überweisungen in Höhe von mindestens eins Komma zwei Millionen Euro ins In- und Ausland getätigt, nachdem sie zuvor die PCs der Geschädigten mit Echtzeit-Trojanern verseucht hatten.

Durch die umfangreichen Auswertungen von Servern und der Kommunikation zwischen den Tatverdächtigen gelang es den Kriminalbeamten, rund einhundertsiebzig Finanzagenten zu ermitteln, die sich bei fiktiven Firmen beworben hatten, die von den Hauptverantwortlichen betrieben wurden. Gegen die Handlanger wurden Strafverfahren wegen des Verdachts der Geldwäsche eingeleitet.

Bülent Alkan war einer dieser Finanzagenten gewesen – Sobolew hatte ihn aufgrund seiner räumlichen Nähe ausgewählt. Als der junge Mann an jenem Mittag im November von der Sparkasse zurückgekommen war, um sein und Rojins Gepäck zu holen, hatten Arnold Schweinsberger und der Freund seiner Schwester Linda, Brian O'Connor, bereits auf ihn gewartet. Schweinsberger hatte zunächst versucht, Bülent Alkan mittels Drohungen einzuschüchtern. Als der jedoch das Versteck des Geldes nicht preisgeben wollte, hatte er ihn erstochen und sodann die Wohnung durchsucht.

Aber nicht nur Detlef Schuster, sondern auch Lisbet Belzl bekam Hilfe aus Nordrhein-Westfalen. Dirk Glauner, Hackenholts Kollege aus Münster, der seinerzeit ebenfalls an den Ermittlungen im Mordfall Anton Schweinsberger beteiligt gewesen war, brachte ihr persönlich die alten Akten vorbei. Er wollte den Beweis dafür, dass Anton Schweinsberger nicht von Frau und Sohn getötet worden war, mit eigenen Augen sehen.

Im Rahmen von Belzls Recherche kristallisierte sich heraus, dass es der Vater selbst gewesen war, der die Ermordung vorgetäuscht hatte, weil er seine russischen Geschäftspartner nach Strich und Faden betrogen hatte und mit Sicherheit Böses von ihnen zu erwarten gehabt hätte. Mit seinem Plan, den eigenen Tod zu inszenieren, war er ihnen quasi zuvorgekommen. Die Zobelzucht hatte ganz offenbar lediglich als Deckmantel für seine wahren Geschäfte gedient.

Als die Familie den Entschluss fasste, vorzugeben, den Vater getötet zu haben, weil er sich an der Tochter vergangen hätte, hatten sie allerdings zwei Dinge nicht bedacht. Zum einen hatten sie nicht damit gerechnet, dass die Geschäftspartner anonym bei der Polizei anrufen und dadurch Ermittlungen in die Wege leiten würden, da sie selbst den untergetauchten Anton Schweinsberger nicht finden konnten, aber wissen wollten, ob wirklich ein Verbrechen vorlag. Belzl ging davon aus, dass die Geschäftspartner Grund zu der Annahme gehabt hatten, der Vater könnte sehr wohl noch am Leben sein, und sich durch die Einschaltung der deutschen Behörden an der Familie rächen wollten.

Zum anderen war nicht geplant gewesen, dass Mutter und Sohn Schweinsberger fast anderthalb Jahre lang in U-Haft sitzen würden. In dieser Zeit hatte Linda die Zobelzucht mehr schlecht als recht allein weitergeführt und dabei Brian O'Connor kennengelernt. Der Vater war komplett von der Bildfläche verschwunden und wie aus dem Nichts als Toscha Sobolew in Süddeutschland wieder aufgetaucht. Nachdem Mutter und Sohn aus dem Gefängnis entlassen worden waren, waren sie ihm gefolgt und gemeinsam mit der Tochter und deren Freund ins Rother Hinterland gezogen, während Sobolew seine Stadtwohnung als Arbeitsplatz behielt.

Dass Peter Renner von Arnold Schweinsberger und Brian O'Connor umgebracht worden war, ließ sich aufgrund der sichergestellten Fremdspuren nachweisen. Als Motiv vermuteten die Kriminalisten, ähnlich wie bei Hackenholt, das vermeintliche Wiedererkennen des zwei Tage lang um den Appelhof schleichenden Beamten.

Mehr Kopfzerbrechen bereitete Belzl allerdings die Frage, wie der Kollege dahintergekommen war, dass der Kopf der Onlinebanking-Hacker eigentlich Anton Schweinsberger war. Schließlich hatte Renner das seinem Chef gegenüber angedeutet. Allein die Tatsache, dass Anton Schweinsberger in der Zeit, in der er in Russland gelebt hatte, in einer der führenden IT-Firmen angestellt gewesen war, konnte nicht der entscheidende Hinweis gewesen sein.

Wahrscheinlich wäre Belzl nie darauf gekommen, wäre ihr nicht eines Tages eine handschriftliche Notiz am Rand von Renners Ermittlungsakte, die ihr das LKA überlassen hatte, ins Auge gesprungen: Renner hatte notiert, dass das russische Wort »Sobolew« vom Tiernamen »Zobel« abstammte. Zudem fand sie heraus, dass »Toscha«

im Russischen die Abkürzung von »Anton« war. Angaben darüber, wie Renner überhaupt auf Toscha Sobolew gestoßen war, hatte der Kriminaler allerdings unwiderruflich mit ins Grab genommen.

Stellfeld, Wünnenberg und Baumann widmeten sich hingegen ganz den Ermittlungen rund um Hackenholts Entführung, sobald Bülent Alkans Tod aufgeklärt worden war. Auch wenn die Beschuldigten weiterhin nichts preisgaben, konnten die Beamten maßgeblich durch Hackenholts Aussage rekonstruieren, was der Auslöser für die Kurzschlusshandlung gewesen war: Die Durchsuchung von Toscha Sobolews Wohnung zusammen mit der Tatsache, dass Arnold Schweinsberger am Tag zuvor in unmittelbarer Nähe des Appelhofs auf Hackenholt gestoßen war, hatte das Familienoberhaupt zu der Annahme verleitet, dass er trotz Renners Neutralisierung nach wie vor in Gefahr war, aufzufliegen.

Arnold Schweinsberger fuhr an jenem Vormittag nach Nürnberg, um seinen Vater in Gostenhof abzuholen. Sobolew hatte es für besser gehalten, dass er, der offiziell von Hartz IV lebte, kein Auto besaß. Als Arnold ihn am Abend zurückbrachte, waren beiden die vielen Polizeifahrzeuge im Viertel aufgefallen, weshalb der Sohn in einem kleinen Zeitungsladen eine Schachtel Zigaretten und vor allem den neuesten Klatsch besorgte. Sobald klar war, dass SEK-Beamte die Wohnung des Vaters gestürmt hatten, ergriffen die beiden Männer der Schweinsberger-Familie die Flucht, fuhren zum Appelhof zurück und schmiedeten Pläne, wie nun vorzugehen war. Schlussendlich kamen sie überein, nicht länger in Mittelfranken zu bleiben. Um jedoch das ganze Ausmaß der Gefahr abschätzen zu können, in der sie schwebten, hatte der Vater die anderen angewiesen, zumindest zu versuchen, Hackenholt in ihre Gewalt zu bringen.

Dazu fuhr er im Geländewagen nach Nürnberg, O'Connor und der Sohn folgten ihm mit Schweinsbergers BMW. In der Südstadt mietete Arnold dann den Transporter an und kam damit zum Treffpunkt in der Uffenheimer Straße, von wo aus O'Connor mit Renners Handy Hackenholt anrief und ihn zum vermeintlichen Tatort lockte.

Als der Hauptkommissar eintraf, schlugen sie ihn nieder, fesselten und knebelten ihn und legten ihn in den Sprinter. Sobolew brach sodann mit dem Geländewagen Richtung Ansbach auf, weil dort ein

Geschäftspartner lebte, der ihm eine große Menge Bargeld übergab – den Kontakt deckte Detlef Schuster bei seinen Ermittlungen auf –, während Arnold Schweinsberger mit dem Entführten Richtung Greding fuhr. In Schwabach musste O'Connor tanken, wodurch die längere Verweildauer in der Funkzelle entstanden war.

In Hilpoltstein beschloss Schweinsberger, es sei ein guter Moment, sich Hackenholt vorzuknöpfen, um aus ihm herauszupressen, wer außer Renner und ihm noch wusste, dass Anton Schweinsberger und Toscha Sobolew ein und dieselbe Person waren, die im großen Stil fremde Geldkonten abräumte. Geistesgegenwärtig gaukelte Hackenholt dem Sohn vor, dass sämtliche seiner Kollegen in Nürnberg, Münster und Düsseldorf dank Renner bereits informiert waren. Wütend prügelte Schweinsberger anschließend auf sein wehrloses Opfer ein, was mit Sicherheit ein böses Ende genommen hätte, wäre O'Connor nicht dazwischengegangen und hätte Schweinsberger mahnend daran erinnert, dass sie den Hauptkommissar bei ihrer Flucht unter Umständen noch brauchen würden.

Was genau in Greding passierte, warum die beiden Täter dort erneut einige Minuten verweilten, fanden die Beamten nicht heraus, denn auch Hackenholt konnte keine Angaben dazu machen. Allerdings bestand die Vermutung, dass sich Schweinsberger und O'Connor schlicht und ergreifend auf der Autobahnraststätte, die am Rand des durchsuchten Funkzellengebiets lag, etwas zu essen holten, bevor sie sich auf den Weg zu dem verlassenen Parkplatz machten, wo sie schließlich den Transporter abstellten – zumindest fand Mur in der Fahrerkabine zusammengeknüllte Burgerverpackungen, die diese These stützten.

Obwohl Hackenholt sich von den körperlichen Strapazen gut zu erholen schien, blieb er bis auf Weiteres krankgeschrieben – seine Psyche ließ ihn nicht zur Ruhe kommen. Zunächst versuchte er es noch vor Sophie zu verbergen, doch natürlich bemerkte sie, wie seine anfängliche innere Rastlosigkeit in plötzlich auftretende Angstzustände überging.

Ihre Hoffnungen, er werde mit fortschreitender Zeit wieder der Alte werden, erfüllten sich nicht. Vielmehr begann er sich auch von seinen Kollegen immer weiter zurückzuziehen, wenngleich diese den Kontakt zu ihm möglichst lebhaft aufrechtzuerhalten versuchten und ihm regelmäßig zeigten, wie sehr er von allen im Kommissariat vermisst wurde.

Als Hackenholt Sophie kurz nach der Hochzeit eröffnete, er glaube, nie wieder in seinem Beruf arbeiten zu können, fragte sie ein Mal mehr Dr. Puellen um Rat. Gemeinsam schafften sie es schließlich, ihn zu einer mehrwöchigen Kur in einer auf posttraumatische Stressbeschwerden spezialisierten Einrichtung zu überreden. Allerdings bereitete Dr. Puellen Sophie darauf vor, dass Hackenholt möglicherweise auf Jahre hinweg dienstuntauglich bleiben würde – denn eine Entführung geht an niemandem spurlos vorüber.

Danksagung

Wie stets an dieser Stelle möchte ich mich bei allen Personen, die zum Gelingen des Romans beigetragen haben, recht herzlich bedanken. Leider sind es zu viele, um alle einzeln zu benennen.

Bei Frau Elke Schönwald möchte ich mich herzlich für die Kontaktanbahnung zu Herrn Horst Mick und dessen kurze Einführung in den Bereich des Onlinebanking-Hackings bedanken. Daneben geht ein riesengroßes Dankeschön an alle Mitarbeiter des PP Mfr, die mir auch diesmal wieder treu zur Seite gestanden haben.

Meinem lieben Übersetzer Gunter Hackel danke ich ebenfalls recht herzlich für die Texttransformationen ins Fränkische, die Saskia Baumann abermals zum Leben erweckt haben.

Ein dickes Dankeschön geht an Herrn Robert Unterburger, der mich mit seiner Ortskenntnis im Landkreis Roth sachkundig unterstützt hat, sowie an meine lieben Testleser für ihre hilfreichen Anmerkungen und Korrekturen.

Für die sprachliche Überarbeitung danke ich wie immer sehr herzlich meiner langjährigen Lektorin Susanne Bartel.

Und natürlich möchte ich auch den fleißigen Verlagsbienchen für ihre fortwährend erstklassige Arbeit danken.

Meine Recherchen zum Thema »Ehrenmord« haben mich zu Informationsmaterial von »Terre des Femmes« geführt, insbesondere zu dem Hilfsleitfaden »Im Namen der Ehre«, herausgegeben 2007 von Myria Böhmecke, sowie deren Studie »Ehrenmord«, die im Auftrag des Europäischen Parlaments entstanden ist.

Das LKA Baden-Württemberg hat mir mit seiner ausführlichen Medieninformation vom Oktober 2010 hinsichtlich seiner Ermittlungen »Kartusha« wertvolle Inspirationen in puncto Onlinebanking-Hacker geliefert.

Den im Roman beschriebenen Appelhof gibt es wirklich – allerdings befindet er sich in Privatbesitz. Von daher möchte ich ausdrücklich darauf hinweisen, dass weder der Eigentümer noch etwaige Mieter jemals mit dem Gesetz in Konflikt geraten sind: Die Geschichte ist frei erfunden. Die im Text genannte Passage zur Geschichte des Anwesens ist im Übrigen der Website des Landratsamts Nürnberger Land entlehnt.

Der Bauernmarkt auf dem Kobergerplatz findet natürlich freitags und nicht mittwochs statt; genauso wie man in Nürnberg leider nur in den warmen Monaten mit dem Velotaxi durch die Gegend chauffiert wird. Hier musste ich ein bisschen die künstlerische Freiheit bemühen, schließlich ist dieser Krimi Fiktion.

Die von Hackenholt besuchten Weihnachtsmärkte in der Region sind dagegen bis auf die zwei Ausnahmen von Burg Grünsberg und Schloss Dürrenmungenau authentisch. Aber vielleicht lassen sich die dortigen Schlossherren ja durch den Roman inspirieren?

Anhang – Übersetzung der Passagen im fränkischen Dialekt

Seite 15 »Habe ich etwas verpasst?«

»Oder macht ihr nur eine Wintermodenschau?«

Seite 31 »Ahmed. Der ist allerdings in der A-Schicht, und heute hat die Dienstgruppe B Früh. Aber ich schau gleich mal in der Dolmetscherliste nach, ob nicht auch da ein Kollege Türkisch kann. Oder vielleicht eine von den Schreibkräften.«

Seite 33 »Die Mutter hat uns bloß gesagt, dass sie nichts sagen möchte und auch von nichts eine Ahnung hat. Und in Männerangelegenheiten mischt sie sich generell nicht ein«, (…). »Wir sind also keinen Millimeter weiter. Deswegen habe ich mal ein bisschen im Internet über unseren Toten recherchiert. Einen Twitter-Account scheint er nicht zu haben, und bei StudiVZ ist er auch nicht vertreten, aber dafür habe ich ihn bei Facebook gefunden.« (…) »Leider hat er einen hohen Privatsphärenschutz eingegeben. Man kann nur seinen Namen, Geschlecht und Wohnort auf seiner Pinnwand lesen, wenn man nicht mit ihm befreundet ist.«

Seite 33 »Wenn wir Glück haben, hat Bülent seine Passwörter vielleicht im Passwortmanager gespeichert. Ansonsten müssten wir über Facebook und Co die Offenlegung der Accounts beantragen.«

Seite 42 »Ach, so schlimm war sie doch gar nicht«, (…). »Ich bin heute Nachmittag nämlich mit einer Kollegin in die Denisstraße gefahren und habe versucht, die Nachbarn zu befragen, soweit sie zu Hause waren – und Deutsch verstanden haben.«

Seite 42 »Etwas Wichtiges haben wir dabei nicht zu hören bekommen«, (…). »Außer vielleicht von einer Frau im Haus gegenüber. Sie will mal an einem Nachmittag einen Schrei gehört haben. Aber sie konnte sich nicht erinnern, wann das war. Und ob er aus der Wohnung gekommen ist, steht auch nicht zweifelsfrei fest.«

Seite 42 »Das denke ich eigentlich auch. Aber wir haben auch noch nicht alle angetroffen. Ich gehe morgen früh mit Manfred noch einmal hin.«

Seite 48 »Mein Gott, willst du, dass wir uns in der Kälte den Tod holen?«

Seite 48 »Als ob er das könnte. Er ist der bravste Hund von der Welt.«

Seite 48 »Nein.« (…) »Darf ich nicht mal ein paar Minuten früher hier aufkreuzen, ohne dass ich einem Verhör –«

Seite 49 »Er kommt morgen früh aus dem Nachtdienst«, (...).

Seite 49 »Ich will doch jetzt dann mit Manfred die anderen Nachbarn in der Denisstraße befragen. Die, die ich gestern Nachmittag nicht erreicht habe. Da hat es sich angeboten, heute Nacht in Nürnberg zu schlafen.«

Seite 49 »Ich dachte nur, dass du wissen solltest, dass ...«, (...) »dass Christian und ich zusammen sind.«

Seite 53 »Und ihr meint wirklich, dass das der richtige Weg ist, die beiden zusammenzubringen?«, (...).

Seite 53 »Eben. Aber nicht –«

Seite 53 »Ihr meint also wirklich, dass Christine zu Dr. Puellen mit nach Hause geht, wenn sie nur genug getrunken hat?«

Seite 53 »Und Dr. Puellen?«

Seite 54 »Wir haben endlich einen Nachbarn gefunden, der etwas gehört hat«, (...). »Und zwar war das am 16. November gegen Mittag. Der Nachbar hat gesagt, es klang, als ob Bülent Alkan Möbel zerlegen oder verrücken würde. Er will auch ein paar Rufe gehört haben, aber keine Schreie. Die Situation soll nichts Bedrohliches an sich gehabt haben.«

Seite 55 »Sie werden ja wohl nichts mit dem Tod von ihrem eigenen Sohn zu tun haben«, (...).

Seite 70 »Die Sache, nach der er gesucht hat, das kann doch eigentlich nur das Pulver gewesen sein«, (...).

Seite 71 »Und gegen Mittag hat der Nachbar gehört, wie in der Wohnung des Opfers Möbel gerückt wurden.«

Seite 78 »Nur solange du in der Stadt wohnst. Ich bin Montagabend bei uns fast nicht mehr den Berg hochgekommen, so viel hatte es geschneit«, (...). »So früh wie dieses Jahr hat es noch nie so viel geschneit.«

Seite 78 »Ja, aber Trigger hat seine helle Freude am Schnee. Wir toben fast jeden Abend eine Stunde lang über die Felder.«

Seite 79 »Vielleicht haben wir dann ja etwas für euch«, (...).

Seite 87 »Die Polizeiinspektionen, in deren Gebiet er Freunde und Verwandte hat, sind informiert und behalten die fraglichen Adressen besonders im Auge. Bislang wurde er aber noch nirgendwo gesichtet.«

Seite 93 »Bleib, ich bring ihn schnell runter«, (...).

Seite 98 »Pizzaservice. Hier oder drüben im Sozialraum?«

Seite 98 »Der Weihnachtsmarkt in Hersbruck ist viel schöner. Außerdem gibt's bloß bei uns echte Hersbrucker Bratwürste und einen Hersbrucker Glühwein.«

Seite 99 »Der schmeckt einfach viel besser«, (…). »Außerdem gibt's bei uns auch eine Feuerzangenbowle. Die ist echt lecker.«

Seite 129 »Also, wirklich neu ist das ja nun nicht gerade!«, (…). »Das haben wir alles schon letzte Woche vermutet.«

Seite 150 »Jetzt gib mal Obacht, wir haben nämlich noch etwas viel Interessanteres als die Barzanis zu bieten«, (…). »Wir haben uns nämlich auch die Handybewegungen von Özgür Alkan und Köksal Aguzüm angeschaut.«

Seite 150 »Um elf Uhr, viertel drei und dreiviertel fünf.«

Seite 175 »Dann wissen wir ja, auf wen der nächste Kasten Bier geht«, (…).

Seite 175 »Tja, *bloß mal schnell*, das kenn ich. Das geht meistens schief. In der Ruhe liegt die Kraft.«

Seite 175 »Perfekt, dann haben wir jetzt gleich Reiseproviant für die Fahrt nach Köln!«

Seite 176 »Geht es Sophie eigentlich wieder besser? Ich meine, wenn sie so fleißig bäckt?«, (…).

Seite 209 »Jetzt lass Christine weitererzählen«, (…).

Seite 211 »Was soll ich ihr denn erzählen?«, (…).

Seite 223 »Es gibt eine kleine Änderung im Konzept«, (…). »Sophie ist völlig am Ende. Sie bringt keinen zusammenhängenden Satz heraus. Wenn wir sie ans Telefon lassen, merkt Sobolew sofort, dass etwas nicht stimmt und sie schon längst Bescheid weiß. Deshalb werde ich an ihrer Stelle den Anruf entgegennehmen und so tun, als ob ich sie wäre. Sobolew kennt sie ja nicht und weiß daher nicht, dass er mit mir und nicht mit ihr redet.«

Seite 224 »Er … er hat aufgelegt.«

Seite 225 »Und was ist mit Frank?«

Stefanie Mohr
DAS LETZTE LÄCHELN
Broschur, 224 Seiten
ISBN 978-3-89705-643-5

»Ein gelungener atmosphärisch dichter Krimi.« Bayern im Buch

»Mohrs Figuren zeigen, jenseits der Tätersuche, Charakter, Ecken und Kanten, fränkisch radebrechende Zeugen amüsieren uns und manche bekannte Nürnberger Ecke sorgt für Schmunzeln.« primaSonntag

Stefanie Mohr
DIE DUNKLE SEITE DES SOMMERS
Broschur, 224 Seiten
ISBN 978-3-89705-760-9

»Eindrucksvoll und bewegend seziert Stefanie Mohr die verkorksten Schicksale von Täter und Opfer.« Abendzeitung Nürnberg

»Für Frankenkrimi-Fans ein absolutes Muss.« Doppelpunkt

Stefanie Mohr
FRAUENTORMAUER
Broschur, 272 Seiten
ISBN 978-3-89705-800-2

»Der gewagte Blick hinter die Mauer und hinein in die Laufhäuser ist allein schon deswegen gelungen, weil er keineswegs irgendwelche voyeuristischen Triebe befriedigt, aber trotzdem die Türen zu einer Welt öffnet, die sich den meisten verschließt.« Abendzeitung Nürnberg

»Eine hervorragend konstruierte und schlüssige Handlung mit überraschendem Ausgang.« Marktspiegel

www.emons-verlag.de